波斯诗歌的黄金时代

何乃英◎著

華中科技大學出版社
http://www.hustp.com
中国·武汉

图书在版编目（CIP）数据

波斯诗歌的黄金时代 / 何乃英著. -- 武汉：华中科技大学出版社，2019.7

ISBN 978-7-5680-5236-8

Ⅰ. ①波… Ⅱ. ①何… Ⅲ. ①古典诗歌—诗歌研究—伊朗—10世纪-15世纪 Ⅳ. ①I373.072

中国版本图书馆CIP数据核字（2019）第140048号

波斯诗歌的黄金时代

Bosi Shige de Huangjin Shidai

何乃英 著

策划编辑： 郭善珊

责任编辑： 李 静

封面设计： 伊 宁

责任校对： 梁大钧

责任监印： 徐 露

出版发行： 华中科技大学出版社（中国·武汉） 电话：（027）81321913

武汉市东湖新技术开发区华工科技园 邮编：430223

录 排： 北京欣怡文化有限公司

印 刷： 北京富泰印刷有限责任公司

开 本： 880mm × 1230mm 1/32

印 张： 15.25

字 数： 410千字

版 次： 2019年7月第1版 2019年7月第1次印刷

定 价： 65.00元

目　录

引言

从 10 世纪至 15 世纪的五百余年是波斯诗歌的黄金时代，以鲁达基、菲尔多西、海亚姆、内扎米、莫拉维、萨迪和哈菲兹为代表的一系列著名诗人都是这个时代的产儿，真可谓名家如林，名作如林。

德国大诗人歌德在《东西诗集》的题诗里热情洋溢地赞美道：

谁要真正理解诗歌，
应当去诗国里徜徉；
谁要真正理解诗人，
应当前去诗人之邦。[①]

由于他的这部诗集是受德文版《哈菲兹诗集》出版的启示而创作的，且是效法东方诗人，特别是哈菲兹的诗歌而创作的，所以我们可以认为，歌德在这首题诗里所说的“诗人”，主要是指哈菲兹以及菲尔多西、内扎米和萨迪等波斯诗人，所说的“诗国”，主要是指波斯。

德国著名美学家黑格尔在《美学》中写道：“我们看到他们（指波斯诗人——引者注）在火热感情生活中的狂欢极乐，迸发为无穷无尽的丰富华严的灿烂形象和欢乐美丽幸福的音调。”[②]

英国著名波斯文学史家伯朗写道：“如果我们要开列一份从古到今

① 歌德．歌德诗集 [M]. 钱春绮，译．上海：上海译文出版社，1983（2）：303.

② 黑格尔．美学 [M]. 朱光潜，译．北京：商务印书馆，1986：87.

世界大诗人的名单，波斯至少有两三人应该列入其中。”[①]

法国著名东方学家列涅·格鲁赛特写道：“波斯文学引发了一场运动，恰如我们新时代（文艺复兴）的文化运动一样，给人们留下了一座座精神宝库。”[②]

我国著名文学家郑振铎在《文学大纲》里写道：“中世纪的波斯，在文学上真是一个黄金时代。虽然她曾被阿拉伯人侵入了一次，接着又被蒙古人所统治，然而她的诗的天才，在这个时代却发展得登峰造极，无以复加。正有类于同时的我们的中国，那时我们也恰是诗人的黄金时代。”[③]

我国著名东方学家季羡林在本世纪初出版的“波斯经典文库”的“题词”中写道：“波斯古典文学，世界诗苑奇珍。”

---

① 张鸿年．波斯文学史 [M]. 北京：昆仑出版社，2003：41.

② 张鸿年．波斯文学史 [M]. 北京：昆仑出版社，2003：41.

③ 郑振铎．文学大纲 [M]. 上海：上海书店，1986：729.

波斯诗歌黄金时代概观

波斯诗歌大致上又可称为伊朗诗歌。波斯是民族（伊朗的主要民族）和语言（伊朗的通用语言）的名称，也是外国人（包括中国人）长期对他们的称谓。1935年，波斯正式定名为伊朗。该国位于亚洲西南部，大部分国土在伊朗高原上，四周为山脉所环绕，中部为高原地带。本书所谓“波斯诗歌”是指用波斯语写的诗歌，其范围主要是指伊朗，但不仅限于伊朗，还包括当时使用波斯语写诗的印度北部、中亚和西亚的一些地区。

波斯诗歌的黄金时代并不是突然出现的，而是在历史久远的古代文学的基础上产生和发展起来的。波斯是文明古国，建立于公元前550年的波斯帝国是一个地域辽阔的大国，历经阿契美尼德、安息和萨珊三个王朝。在此期间产生的第一部重要典籍是琐罗亚斯德教的经典——《阿维斯陀》。《阿维斯陀》是一部内容丰富的诗文总集，其中收入许多早期神话传说和祭神诗歌。此外，还有史诗雏形《缅怀扎里尔》、传记文学《阿尔达细尔·巴伯康的业绩》、爱情抒情诗《维斯与朗明》以及民间故事集《一千故事》（译著）和《五卷书》等。尽管由于改朝换代和外族入侵等原因，大部分材料已佚，但仅就目前保存下来的材料而言，其成就仍然相当可观，尤其是《阿维斯陀》和《缅怀扎里尔》更是不可多得的文学珍品。

在波斯诗歌的黄金时代，诗人所使用的语言是达里波斯语[①]，又称近代波斯语。波斯诗歌的黄金时代大体上可以分为四个阶段。

第一阶段——9世纪中叶至10世纪中叶

在这个阶段，伊朗社会发生许多重大变化。651年，阿拉伯人占领伊朗，将其置于阿拉伯帝国的统治之下，但是其后由于民族矛盾、宗教矛盾和阶级矛盾交织，武装起义连绵不断，大大动摇了阿拉伯帝国对伊朗的统治。这个时期文坛比较冷清，只有一些诗人使用阿拉伯语写作诗歌，勉强维持局面。从9世纪初叶起，阿拉伯帝国的势力日益衰落，对伊朗的统治也逐渐放松，于是在伊朗境内先后建立起一些地方政权。如塔希尔王朝（820—872），统治霍拉桑地区；萨法尔王朝（9世纪后期），统治霍拉桑、赫拉特、克尔曼、法尔斯、伊斯法罕等地区；萨曼王朝（874—999），统治霍拉桑、塔巴里斯坦、赫拉特、河中等地区。这些地方政权的统治者大多是阿拉伯帝国的大臣或者贵族，他们往往表面上臣服于阿拉伯帝国，但实际上拥有相对的独立性，有时甚至威胁到阿拉伯帝国的存在。这些地方政权一面互相争战，一面从事内部建设，有的（如萨曼王朝）还在一定程度上重视文化和文学，使用达里波斯语写作的波斯诗歌就是在这种社会背景下起步的。这个阶段是波斯诗歌奠定基础的时期。

关于达里波斯语诗歌究竟始于何时的问题，学术界说法颇多，难以得出一致的结论。有人认为阿布·哈夫斯·粟格迪留下的两行诗是最早的达里波斯语诗歌，内容如下：

野鹿在荒原上如何将息？
如何苦度时光，它失却了伴侣。[②]

① “达里”意为宫廷。

② 张鸿年．波斯文学史[M].北京：昆仑出版社，2003：37.

有人认为 808 年向哈里发马蒙献诗的阿卜·阿拔斯·姆鲁兹是第一位达里波斯语诗人，他的献诗如下：

你头颅高昂，洪福齐天，
双手把知识和德威播满人间。
哈里发的王位如若是眼睛，
你就是眼睛中的瞳仁。
你离不开安拉[①]的圣教，
犹如面孔上不能没有双眼。[②]

有人认为汉泽列·巴德葛斯（？—834）写出了第一首达里波斯语诗歌，据说他的诗歌曾被一个驮夫吟诵，内容如下：

壮士豪杰纵然落入狮口，
也与狮口一搏奋勇拼斗。
要么功高位显富贵尊荣，
要么视死如归高昂起头。[③]

此外，还有人认为亚古伯·列斯国王（868—878 在位）曾下令让大臣穆罕默德·本·瓦西夫用达里波斯语写诗，瓦西夫是达里波斯语诗歌的首创者，等等。

综合这些说法，我们可以大致推定，达里波斯语诗歌的创作始于 9 世纪初，在萨曼王朝时期得到迅速发展并逐步走向繁荣，因为迄今为止我们所知最初几位用达里波斯语写作的著名诗人都与萨曼王朝宫廷有关。

---

① 安拉即真主。

② 张鸿年 . 波斯文学史 [M]. 北京：昆仑出版社，2003：37.

③ 张鸿年 . 波斯文学史 [M]. 北京：昆仑出版社，2003：37.

萨曼王朝的第一位著名诗人是鲁达基。他是达里波斯语诗歌的奠基者，抒情诗（卡扎尔）、四行诗（鲁拜）、颂体诗（格绥德）、叙事诗（玛斯纳维）、短诗（卡特埃）和串珠诗（姆萨玛特）等诗体的创立者，拥有“波斯诗歌之父”的美称（详见之后的专节）。

塔吉基（？—约977）是鲁达基之后萨曼王朝的宫廷诗人。他的特点之一是坚持信仰波斯传统的琐罗亚斯德教，而不信仰阿拉伯人传入的伊斯兰教。他在一首诗里公然写道：

世上事物万种千般，
我只把四宗挑选：
红宝石般的朱唇，
竖琴的低吟，
玫瑰色的酒浆，
和琐罗亚斯德教的信仰。①

他的主要功绩是于976年左右奉国王之命，在民间流行故事和散文体《王书》的基础上着手创作诗歌体《列王纪》。但不幸的是，他刚写出2000行左右，就被他的仆人杀害。不过后来菲尔多西在写史诗《列王纪》时，还是特意将这2000行诗收入其中，以此作为对他的纪念。

女诗人拉贝埃也生活在这个时期。她是巴尔赫国王的女儿，具体生卒年代不详。她可能受过良好的教育，既能用阿拉伯语写诗，也能用波斯语写诗。她爱上了国王的司库，但国王（她的哥哥）认为，两人地位不相称，不予批准。由于这门婚事未能如愿，她的心情苦闷，终于悲悲切切地死去。她留下来的诗作不多，大部分以爱情为主题，语言流畅，感情充沛。兹举她的一首抒发痛苦心境的诗为例：

① 张鸿年．波斯古代诗选[M]. 北京：人民文学出版社，1995：588.

我不堪忍受对他爱的折磨，
任凭苦苦挣扎全然无力挣脱。
聪明的朋友，爱情之海无边无沿，
怎能在这海中游到彼岸？
要想游到爱情之海的彼岸，
就要逆来顺受忍受痛苦熬煎。
看到丑恶的要想象它美，
吞下毒药要品出它糖样的甘甜。
我渴望挣脱束缚，摆脱爱的羁绊，
岂知越挣越紧，一切都是枉然。[①]

第二阶段——10 世纪中叶至 11 世纪中叶

962 年，萨曼王朝的一名突厥将领建立伽色尼王朝，并于 999 年推翻萨曼王朝，继续统治萨曼王朝原有的大部分领土。在萨曼王朝后期和伽色尼王朝时期，充满爱国热情的史诗和歌功颂德的颂体诗十分引人注目。

这个阶段最著名的诗人无疑是菲尔多西，他也是波斯诗歌黄金时代的著名诗人之一。他倾注毕生精力写成一部长篇史诗《列王纪》，这部作品不仅在波斯诗歌史上占有重要地位，也是世界著名史诗之一（详见之后的专节）。

大约与菲尔多西同时或稍后的昂萨里、法罗西和玛努切赫里是伽色尼王朝的宫廷诗人。

昂萨里（961—1039）早年跟随父亲经商，后来由于遭到抢劫，决心弃商从文。他在宫廷的地位很高，被国王封为“诗王”。据说他写过 6 万行诗，但留传下来的只有 4000 行诗，以 50 首颂体诗为主。颂体

① 张鸿年 . 波斯文学史 [M]. 北京：昆仑出版社，2003：50.

诗是鲁达基创立的诗体，在昂萨里的手里得到很大的发展。它的主要内容是为玛赫穆德国王歌功颂德，而玛赫穆德并不是一个仁君，而是一个暴君，因此，这类诗歌的思想价值不是很高。不过，他也写过若干短诗，其中一些作品颇有可取之处。

例如，他在一首诗里，劝告国王应当励精图治、兢兢业业：

纵令你的宝座高薄云天，
也难免人们说长道短。
即使你以七颗昴星缀饰宝带，
也难以阻塞人言。
励精图治吧，你的功勋和业绩，
让人们由衷地赞扬。
你如兢兢业业，日后美好名声，
定将永远流传在世上。[①]

在另一首诗里，他提出为人处世的正确态度：

在四种时候，要做到四件事情，
这四种行为对任何人都是珍贵的品行。
当占上风时，应心存宽赦，
见人过错，应恕人罪过。
遇人危难，要伸手相助，
与人有约，要信守誓言。[②]

他还写了一首题为《乌鸦与鹰》的诗，讥讽那些妄想攀龙附凤的人们：

---

① 张鸿年．波斯文学史 [M]. 北京：昆仑出版社，2003：100.

② 张鸿年．波斯文学史 [M]. 北京：昆仑出版社，2003：100.

我听到在黑色乌鸦与白鹰之间，
有一番颇具哲理意味的对谈。
乌鸦对白鹰说：我们本是知交故人，
是一模一样的鸟儿飞禽。
白鹰答道：我们虽都是鸟儿，但是
我们的本领有高有低，
我们品质不同，中间实有距离。
我进餐后，王公贵人才入座举觞，
而你只配以死尸填饱饥肠。
我的居处是王宫、寺院和殿堂，
而你只配栖身在废墟与坟场。
我的白色宜人你的黑色生厌，
我是善与幸福的象征你象征灾难。
天下贵人都与我来往而避开你，
良善与良善为友，邪恶与邪恶相聚。[①]

法罗西（？—1037）少年时代就已表现出文艺才能，他能写诗，能弹唱。长大以后，他起初为一个贵族家庭效力，之后进入一个王朝成为宫廷诗人，不久又成为伽色尼王朝的宫廷诗人。他在《自荐诗》里自豪地写道：

我从西斯坦[②]随西斯坦商队来到这里，
身披一件以心灵与生命编织的锦衣。
语言是这件锦衣的经纬丝缕，
辞藻是这件锦衣的花纹印记。

① 张鸿年．波斯古代诗选 [M]. 北京：人民文学出版社，1995：155–156.

② 西斯坦是法罗西的家乡。

这锦衣的每根经线都出自内心，
这锦衣的每根纬线都发自胸臆。
这锦衣要多华丽有多华丽，
这锦衣要多新奇有多新奇。
这锦衣抛到水中也永不腐烂，
这锦衣投到火中也不惧火的洗礼。
地上灰尘不能遮暗它的颜色，
时光流逝不能磨损它的质地。
我匆匆写就，介绍我的身世，
又反复推敲使它流畅达意。
理智时时向我频传喜讯，
它会使我丰衣足食名闻寰宇。①

在伽色尼王朝宫廷，他得到优厚的待遇，过着富裕的生活。他的代表作是一首哀悼玛赫穆德国王逝世的诗歌。这首诗的开端如下：

今天，伽色尼不复往常模样，
发生了什么事，呈现出这般景象？
家家户户都哀伤愁苦哭泣叫喊，
喊声哭声把人们的心绪搅乱。
大街小巷到处是一片骚动惊慌，
骑兵纵马飞奔，匆忙地来来往往。
一排排商店门前拥挤着人群，
一颗颗铁钉钉牢了禁闭的店门。
宫殿中看不到官员，空空荡荡，
他们都离开闹市，奔赴外乡。②

① 张鸿年．波斯古代诗选 [M]. 北京：人民文学出版社，1995：162–163.

② 张鸿年．波斯古代诗选 [M]. 北京：人民文学出版社，1995：157.

这个不寻常的开端颇具引人入胜的力量，随后他描写了玛赫穆德国王之死和各色人等的悲伤心情，回顾了玛赫穆德一生的丰功伟绩，抒发了诗人自己的无限感慨，最后表达了愿玛赫穆德早升“天堂”的祝福。这首诗虽然歌颂的是一个暴君，但是由于感情充沛、想象丰富、语言朴实、构思巧妙，历来受到好评，被誉为颂体诗的典范。

法罗西在抒情诗方面也有一定的造诣。以《今朝有酒今朝醉》为例，其中有如下感人的诗句：

只听说岁月消磨少年变得老态龙钟，
哪见过七天内老人返老还童？
我可没说啜饮美酒是否犯忌，
犯禁不犯禁我不便妄加评论。
我只说要饮就趁今朝痛饮，
错过今朝何时去寻找这样的阳春？
快来痛饮一杯庆贺花儿初绽，
趁命运之手尚未把你我尸土化作酒坛。①

这首诗在思想内容和艺术表现上很有独特之处，尤其是最后两句——“快来痛饮一杯庆贺花儿初绽，趁命运之手尚未把你我尸土化作酒坛”，有的研究者认为，它与后来海亚姆的四行诗在思想意境上颇为相近，这种说法不无道理。

玛努切赫里（？—1040）早年进入一个王朝成为宫廷诗人，后来转入伽色尼王朝。他的诗歌创作也以颂体诗为主，描绘自然景物是他的特长，例如：

从巴比伦吹来呼啸的狂风，

① 张鸿年 . 波斯文学史 [M]. 北京：昆仑出版社，2003：108.

飞沙走石人仰马翻无法前行。
犹如从山顶冲下一股巨流，
巨流中卷着万千块石头。
大地之上刮起一股旋风，
直吹得天昏地暗日月不明。
十一月的早晨海面热气蒸腾，
一股白色浓雾冉冉上升。
从卡兰山顶拥出一堆堆黑云，
似一群乌鸦转瞬间向身边逼近。
乌云堆积似新秋的禾垛，
什么人竟往那禾垛上放火？
乌云中时时迸射出闪光，
道道闪光把整个天地照亮。①

这十余行诗把暴风雨来临时狂风大作、电闪雷鸣的景象描绘得惟妙惟肖。

除颂体诗外，他也写抒情诗。在一首题为《烛》的诗中，他将自己比作蜡烛，表达自己“以身殉友”的美好意愿。其中写道：

你把自己的生命顶在头顶，
我们的生命是心灵，你的身躯包裹着生命。
你的身躯每刻都供你生命之光燃烧，
你的生命之光每刻都把你的身躯消耗。
若不是星星，你为何只在夜里出现？
若不是恋人，你为何泪水不干？
你是星星，你的天空乃是石蜡，

① 张鸿年 . 波斯文学史 [M]. 北京：昆仑出版社，2003：109–110.

你是恋人，你的情人乃是烛盘。
人人都把衣衫穿在身体外面，
而你的身体却包裹着你的衣衫。
你死去后，一点星火又使你复活，
你生病时，为你治疗只需把颈项轻拨。
你时而哭时而笑，多么令人惊异，
情人与钟情者、神与拜神者集于一体。
你蓄芳吐艳，并不待三月阳春，
你花落枝残，也并不待秋季。
你没有眼睛却暗自啜泣，
你没有口唇却面带笑意。
你真像我，我也真的像你，
我们都对别人充满深情，
而又都苦苦折磨自己。
为了朋友，我们甘愿焚烧净尽，
让朋友心满意足，自己忍受艰辛。
我们都悲伤哭泣面色焦黄备受折磨，
我们都心焦神疲备尝苦辛无比寂寞。
你头上的火也蕴藏在我的心中，
我心中的蕴藏也出现在你的头顶。
你是我的密友，你是我的知音，
你我彼此知心，你我亲如一人。①

除了以上三位宫廷诗人之外，在这个阶段从事诗歌创作的还有两位苏菲派诗人，即阿比尔赫尔和巴巴塔赫尔。这里需要对苏菲派和苏菲派诗歌做个简要介绍。

---

① 张鸿年 . 波斯古代诗选 [M]. 北京：人民文学出版社，1995：164–165.

苏菲派是伊斯兰教中一个神秘主义派别。一般认为，“苏菲”一词来源于阿拉伯语的“苏夫”一词，意思是“羊毛”。由于该派信徒大多穿粗羊毛衣服，所以被称为“苏菲”，意思是“穿粗羊毛衣服的人”。苏菲派具有浓厚的神秘色彩和出世色彩，主张通过各种方式的苦修，滤净自己的心性，变成纯真的完人，在“寂灭”中与真主合一，在合一中得到永生。在日常生活中，提倡克己忍让，戒除骄傲，行善济人，禁欲苦修。苏菲派教徒组成许多相对独立的教团，教团的负责人称为长老，长老的任务是讲经布道，并指导信徒进行苦修。苏菲派起初只是提倡禁欲和苦行，后来逐渐形成一套独特的理论体系。该派在 8 世纪初产生于阿拉伯，之后在伊朗得到迅速发展和广泛流行，甚至在相当长的时间里居于主导地位。这可能是因为伊朗在中古时代多次遭到异族侵略和统治，战火不断，民不聊生，于是人们便自然而然地倾向这种具有神秘色彩和浓厚的出世色彩的信仰了吧。

苏菲派最初用简约的韵文阐述教义。例如，苏菲派长老阿布·哈桑·哈尔卡尼在解释苏菲的本质时指出：苏菲乃三泉汇流之大海，一泉为洁身自好，二泉为乐善好施，三泉为勿扰他人。后来他们主要利用诗歌来阐述教义。当时最流行的诗歌形式是鲁拜，即四行诗。例如，有一首广泛流行的四行诗是这样的：

见不到你我的心情怎么能够平静，
我无法诉说你对我的抚爱与恩情。
纵让我每根毛发都变成口舌，
也难表我千分之一的感激之情。[①]

据说这原来是一首民歌，从内容来看，可能属于情歌。其后经过苏菲派的传抄和润色，逐渐变为歌颂真主（即诗中的“你”）的四行诗。

① 张鸿年 . 波斯文学史 [M]. 北京：昆仑出版社，2003：150.

下面这首诗则是苏菲派利用民歌形式创作出来的：

战士壮烈捐躯牺牲在战场，
不如殉节之人纯洁高尚。
到复活日会显出二者的区别，
一个死于敌手，一个因心上人身亡。[①]

其中的“心上人”是指真主。这就是说，死于敌手的人，不如为思念真主而献身的人更纯洁更高尚。

阿比尔赫尔和巴巴塔赫尔都是苏菲派长老，并且都采用四行诗来宣传苏菲派的思想。

阿比尔赫尔（967—1048）是一位学者，拥有很多信徒。在他看来，最重要的工作是引导人们信仰真主，而信仰真主会使人们心情舒畅：

纵令你如哈利尔[②]建造一座天房，
终日把拜功祈祷牢记在心上，
每天都释放一千个奴隶，
也不如使一颗心如意欢畅。[③]

巴巴塔赫尔（？—11世纪中叶）的四行诗在格律上接近古体诗，在语言上有时使用方言。他的诗以表达对真主的热爱为主要内容，例如：

抬眼张望原野，你出现在我面前，
抬眼张望大海，你出现在我面前。
我放眼张望，不管是高山还是平原，

① 张鸿年 . 波斯文学史 [M]. 北京：昆仑出版社，2003：151.

② 哈利尔是伊斯兰教真主的六大使者之一，据说他和他的儿子是天房的奠基者。

③ 张鸿年 . 波斯文学史 [M]. 北京：昆仑出版社，2003：131.

你端庄的身影总出现在我面前。①

有的诗描写自身不能专心敬主的烦恼：

我受眼睛折磨也受心的折磨，
眼睛看到什么心里就想什么。
我要用纯钢打造一把匕首，
刺穿双眼，让心灵从此解脱。②

他还对于世上存在的贫富悬殊现象感到不平：

假如我的双手能达到天宇，
我要问他为什么厚此薄彼：
给予一些人成百种的优惠，
却让另一些人血水浸着麦粒。③

第三阶段——11 世纪中叶至 13 世纪初叶

11 世纪中叶，另外一个突厥部落在中亚兴起，推翻伽色尼王朝的统治，建立了塞尔柱帝国，但帝国不久即告分裂。12 世纪末，花剌子模夺取伊朗东北部，13 世纪初占领伊朗全境。在塞尔柱王朝统治期间，原有的地方政权有的表示臣服，有的则被消灭。由于该王朝重用伊朗人，并在一定程度上扶植伊朗文化和文学，全国由长期分裂状态进入基本统一状态，从而为波斯诗歌的发展提供了比较优越的条件。

在这个阶段，含义深刻的哲理诗、具有神秘色彩的苏菲派诗和充

① 张鸿年 . 波斯文学史 [M]. 北京：昆仑出版社，2003：132.

② 张鸿年 . 波斯文学史 [M]. 北京：昆仑出版社，2003：132.

③ 张鸿年 . 波斯古代诗选 [M]. 北京：人民文学出版社，1995：151.

满浪漫情调的爱情诗处于重要地位。活跃于波斯诗坛上的诗人有纳绥尔·霍斯鲁、海亚姆、安萨里、萨纳伊、阿塔尔、古尔冈尼、安瓦里、哈冈尼和内扎米等。

纳绥尔·霍斯鲁（1004—1088）出身于官宦家庭，受过良好的教育，具有渊博的学识，熟悉古希腊和伊朗的哲学，在数学和绘画方面也有一定的修养。他曾经自豪地说过："已经没有什么知识和学问，我完全没有尝试和问津。"①

他青年时代在塞尔柱王朝宫廷任职，负责管理皇家园林地产和文书工作，受到国王的赏识，经常陪酒侍宴，但他并不满足于这种生活，中年以后前往麦加朝圣，历经7年之久。在此期间，他的思想发生了深刻变化，在埃及参加了什叶派中的激进派——伊斯玛仪派，并获得"导师"的称号。该派与当时占据统治地位的逊尼派处于对立地位，因此，当他再次回到伊朗传教时，遭到属于逊尼派的塞尔柱王朝宫廷的迫害，不得不过着四处流浪的艰苦生活，直到25年后他的生命结束为止。

他的著作很多，诗歌有4万多行，包括颂体诗、抒情诗和箴言诗等。散文有《旅行记》《宗教之本》和《兄弟之家》等。

由于受到塞尔柱王朝宫廷的迫害，他在一些诗里公然谴责统治者的罪行，甚至称他们为"狰狞的魔鬼"：

霍拉桑本是文化昌明之邦，
如今变成卑劣的鬼蜮之乡。
巴尔赫原本是哲理的国土，
如今房倒屋塌满目凄凉。
霍拉桑富庶安宁似苏莱曼大帝的国土，
如今狰狞的魔鬼在这里当家做主。②

---

① 张鸿年 . 波斯文学史 [M]. 北京：昆仑出版社，2003：119.

② 张鸿年 . 波斯文学史 [M]. 北京：昆仑出版社，2003：122.

他不仅对统治伊朗的塞尔柱王朝进行谴责，对当时统治整个阿拉伯帝国的阿拔斯王朝也采取敌对的态度，称之为“阿拔斯魔鬼”：

愿你不再压迫百姓，选择公道和正义，
谁倒行逆施背弃信仰便是无情无义。
你何时不再虐杀世人，侵吞财产，
何时才不再啜饮你不公正的酒盏？
从这人间逆旅你能带走什么东西？
死后带走的无非是粗布或锦缎尸衣。[①]

歌颂理智和赞扬知识是他的诗歌的另一个重要内容。如他在一首题为《书》的诗里写道：

单居独处时，我有一位挚友，
他对我倾心吐腹为我排忧解愁。
他无耳倾听，但却能开口发言，
他无忧无虑，能拂去我的忧愁。
他有一个脊背，却有千张面孔，
张张面孔都向我传送出和煦的春风。
我有时用手轻扣它后背躯身，
因为我见它面孔上落满灰尘。
他虽开口讲话却没有声音，
他闭口不言，因为没有遇到知音。
他的话语都是闻所未闻的妙论，
这样健谈的朋友到何处找寻？
我时时注视着他的一张张面孔，
把古圣先贤的真知灼见重温。

① 张鸿年 . 波斯文学史 [M]. 北京：昆仑出版社，2003：122.

如若我不造访，他便保持沉默，
决不似嚼舌的人喋喋不休地乱说。[1]

这首短诗采用拟人化的手法，将书籍人格化，使之成为诗人的朋友，笔法生动活泼，读来趣味盎然。

海亚姆（1048—1122）是这个阶段最著名的哲理诗人，也是波斯诗歌黄金时代的著名诗人之一。他采用四行诗(鲁拜)的形式进行创作，并将这种诗歌形式推上了艺术的顶峰，产生了深远的影响（详见之后的专节）。

安萨里、萨纳伊和阿塔尔是苏菲派诗人。

安萨里（1006—1088）也采用四行诗的形式进行创作。他的诗主要抒发他与真主心心相印的密切关系和亲切体验。例如：

爱情如血，在血管中涌流，
把我冲刷净尽，剩下的只有挚友[2]。
挚友占据了我整个躯体，
我已有名无实，唯独挚友在心头。[3]

有的诗表现的是对他人的善意：

敬主之道本有两处天房，
一处在西方，一处在心上。
你若一心一意体贴他人，
温暖一颗心，胜似千次朝拜天房。[4]

---

① 张鸿年 . 波斯文学史 [M]. 北京：昆仑出版社，2003：123.

② 挚友指真主。

③ 张鸿年 . 波斯文学史 [M]. 北京：昆仑出版社，2003：132.

④ 张鸿年 . 波斯文学史 [M]. 北京：昆仑出版社，2003：132.

在安萨里之后，随着苏菲派的发展，他们的诗歌形式也得到进一步发展，其中使用最广泛的诗歌形式是叙事诗，而这个阶段苏菲派叙事诗的代表诗人是萨纳伊和阿塔尔。

萨纳伊（1080—1150）早年是宫廷诗人，写过不少为国王歌功颂德的诗歌；中年以后离开宫廷，隐居乡里，接受苏菲派观点，写作苏菲派诗歌。他一生写下一部抒情诗、一部书信集和九部叙事诗，叙事诗《真理之园》是他的代表作。

《真理之园》共计一万余联句，分为十章：第一章赞颂崇高的唯一的主；第二章论语言；第三章赞颂先知；第四章论智慧；第五章论知识的功能；第六章论理智及性情；第七章论骄傲、粗俗与忘性；第八章赞颂巴赫拉姆国王；第九章论幸福与正直之道路；第十章论写书缘由。每章一个主题，章与章之间没有联系。全书的主旨在于劝导世人舍弃物质享受，虔诚膜拜真主，同时也提倡学习和运用知识，改造不良习惯和品行等。该书用讲故事的方法宣传苏菲派教义。

例如，第五章有一个题为《钟情》的故事，写一对青年男女互相爱慕，但是他们两人分别住在阿姆河的两岸，滔滔河水把他们的情意隔断。那男子沉醉于爱情之中，内心火烧火燎，任凭波涛汹涌，冒着灭顶之灾，夜夜游泳渡河去情人家中幽会——

爱情之酒使他浑然沉醉，
如饥似渴地高擎酒杯。
就这样，一段时光不觉过去，
他心中爱情之火略为平息。
他这才意识到自己的行动，
思前想后，头脑稍微清醒。
这时他留意把美女面庞审视，
才发现她脸上有一颗黑痣。
他说：美人啊，你脸上怎有黑痣一颗，

你能否把此痣原委如实告我？
女子闻言说：我劝你明夜不要泅水过河，
否则，滚滚波涛会把你吞没。
我这痣本是胎中带来先天生成，
是爱情之火遮住了你的眼睛。
当你发现这痣有损我的面容，
表明你对我的爱情已经到顶。①

但是，这个男子不听劝告，第二天晚上他仍然纵身跳入河中，结果一命呜呼，“枉使自己水中送命，葬身鱼腹”。这个故事的结尾写道：

当他心怀激情而沉醉不醒，
便能在波涛中往来自如任凭驰骋；
当他一旦从爱的陶醉中苏醒，
便有可能断送宝贵的生命。
当他心中燃烧着一股激情，
便无性命之忧决然不会送命；
当激情平息醉意稍减，
清醒时便意识到危险就在身边。②

这里强调爱情必须是执着的、全身心投入的、毫不动摇的，否则便会招致祸殃。值得注意的是，诗人表面上讲的是男子对女子的爱情，实际上指的是信徒对真主的爱情、信仰和忠诚，而这正是苏菲派诗歌独特的表现方式。

阿塔尔（1145—1221）出身于商人家庭，早年跟随父亲从事香料生意。他一生勤奋好学，才华横溢，努力钻研苏菲派教义，并善于用

① 张鸿年 . 波斯古代诗选 [M]. 北京：人民文学出版社，1995：228–229.
② 张鸿年 . 波斯古代诗选 [M]. 北京：人民文学出版社，1995：229.

诗歌的形式将其表达出来。他的代表作是一部9200行的长篇叙事诗《百鸟朝凤》。其主要内容是描述一群鸟历经艰难险阻，飞越高山峻岭，克服重重困难，寻找百鸟之王——凤凰的故事。出发时，群鸟的数量很多，但是在寻找凤凰的过程中死伤惨重，到达目的地时只剩下30只了。然而，它们付出如此沉重的代价，其结果又如何呢？原来那里并没有什么百鸟之王，它们的寻找完全是徒劳的。这时，它们才明白一个道理：根本就没有什么凤凰，它们自己就是凤凰。原来，在波斯语中，“30只鸟”与“凤凰”的发音相近。诗人正是通过这样一个故事阐明苏菲派的一个重要观点，即真主并不存在于一个特定的地方，真主就存在于每一个信徒的心中，只要信徒认真修行，摒弃邪恶，一心向善，就能够达到符合真主旨意的最终目的。

他在一首抒情诗里，也表现了同样的思想观念。其中写道：

我茫然若失不知身在何方，
像一粒晨霜溶化在海洋。
我像悄然投到大地上的阴影，
太阳升起我就无影无踪。
我到世上无痕迹，我去了也无声无息，
只是瞬间留驻，又永远逝去。
不要问我世事缘故，我是一只飞蛾，
不惧烈火，甘愿殉道飞身投火。
心怀对他[①]的爱，内心清醒达到“无我”，
对这爱应该清醒，也应茫然忘我。
人人都有双眼但应视而不见，
有目无珠才是脱俗超凡。
如若头上落下灰尘，我有所察觉，

① 指真主。

那心中向往的便永远寻求不到。
阿塔尔的心已然弃绝了两世，
这心使我迷乱无识无知。[①]

他还写过一首短小的寓言诗，题为《蚊子与梧桐》，通过蚊子的“郑重致歉”讥讽“庸人自扰”的现象，对读者不无启发和教育意义。该诗全文如下：

一天有只蚊子要找个地方落脚，
转眼就落在一棵梧桐树梢。
小憩已罢，他又要飞向他方，
开口致歉，请求高大的梧桐原谅：
“我凭空给您添了许多麻烦，
今后一定不再前来讨嫌。”
梧桐闻听，立即开口答道：
“你如此不安实在毫无必要，
你飞来飞去我完全没有感觉，
这样郑重道歉纯系庸人自扰。
就让十万个如你之辈落在我身上，
我也丝毫感觉不到你们的分量。”[②]

一般认为，安萨里、萨纳伊、阿塔尔和下一阶段的莫拉维等苏菲派诗人，以及菲尔多西以后的其他波斯诗人都或多或少受到苏菲派的影响，具有苏菲派的思想倾向。由于他们本人接受了苏菲派具有神秘色彩和出世色彩的理论，又善于通过生动美妙的诗歌形式将这种感受表达出来，因而使苏菲派思想在信徒中的影响大大加强。

---

① 张鸿年 . 波斯文学史 [M]. 北京：昆仑出版社，2003：156.

② 张鸿年 . 波斯古代诗选 [M]. 北京：人民文学出版社，1995：232–233.

苏菲派诗歌在表达方式上往往具有意在言外，言有尽而意不穷，甚至模棱两可、模糊不清的特色。有人认为，这正是苏菲派诗歌无可比拟的长处。中国有所谓“诗无达诂”之说，苏菲派诗歌所达到的或许也是这种境界吧。

古尔冈尼、安瓦里、哈冈尼是宫廷诗人。

古尔冈尼（？—1073）是塞尔柱王朝突格拉尔国王在位时的宫廷诗人。他的主要作品是一部以讴歌爱情为主题的长篇叙事诗《维斯与朗明》。这部作品是根据古代波斯语——巴列维语的原作翻译的，但在翻译过程中又有不少改动和增添。它的故事梗概如下：在一次宫廷宴会上，木鹿国王姆巴德与美女莎赫鲁约定，日后莎赫鲁若生了女儿，就将女儿许配给姆巴德。多年以后，莎赫鲁果然生下一女，取名维斯。维斯长大后，莎赫鲁忘记之前的约定，让维斯与她哥哥维鲁结亲（当时允许近亲结婚）。当举行婚礼时，姆巴德送来信函，要求莎赫鲁履行约定，随后又派人送来大量彩礼，并将维斯带到木鹿。但维斯以为父亲守丧为理由，拒绝嫁给年迈力衰的姆巴德。在此期间，维斯与姆巴德的弟弟朗明暗中相爱。姆巴德得知此事大怒，命人点燃火堆，令维斯和朗明钻火堆，以表示二人从此不再往来之决心。维斯和朗明在保姆的帮助下逃走。姆巴德将二人抓回，把维斯囚禁在碉堡里，派朗明带兵出征迎敌。朗明偷偷回来与维斯相会。姆巴德又派朗明出任外地总督，朗明率兵造反，姆巴德被杀，朗明继承王位，终与维斯结为伴侣。

这部长诗的语言朴实无华，描写深入细腻。例如，当朗明偷偷回来与维斯相会时，他先射出一箭，让维斯有所准备。在射箭时，他的心情是这样的：

当那箭从朗明的弓弦上飞去，
他心中顿时变得千头万绪。
他想如今我的箭飞向何处?
不知我的意愿能否得到满足?

如若维斯知道我现在的处境，
她千方百计也会来把我欢迎。
他对着自己的心说，心儿啊，
振作起来，在任何对手面前也不必惧怕。
让主宰世界的天神和日月明鉴，
让我心中向往的天堂作证。
今天，我若不能称心如愿，
我就至死守候在碉堡之前。
纵令这碉堡之墙土硬石坚，
怎挡得住我心中炽烈的火焰。
纵令墙头布满折磨人的毒蛇，
我也开辟一条道路，从这里通过。①

安瓦里（？—1187）早年接受过正规的教育，博学多识。他不仅喜爱诗歌，而且对哲学、数学和天文学都饶有兴趣。他为自己拥有丰富的知识而自豪，在一首诗里写道：

我懂音乐、哲学与逻辑，
此乃实言，我的确天赋不低。
真主赋予人以健康的头脑，
请相信我能以头脑判断思考。
对星球的运行我并不陌生，
若不相信，请提问题我为你讲明。②

1147 年，他进入塞尔柱王朝宫廷，受到桑伽尔国王的重视。1153 年，桑伽尔国王被伽兹人俘虏，安瓦里失去靠山，过着四处流浪的生

① 张鸿年 . 波斯文学史 [M]. 北京：昆仑出版社，2003：173-174.
② 张鸿年 . 波斯文学史 [M]. 北京：昆仑出版社，2003：177-178.

活，最后凄凉地死在家里。

作为宫廷诗人，他自然以写颂体诗为主。他的颂体诗讲究格律，语言工整，适当融入若干自然科学知识。有的研究者认为，他将这种诗体推到了成熟的地步。但是由于这种诗体在内容上仅限于为统治者歌功颂德，所以历史价值不是很高。

除颂体诗外，他还写过一些具有一定价值的抒情诗，如《乞丐》：

你可听说一个聪明人告诉愚汉，
说乞丐本是我们城里的高官。
愚汉说：他怎么是乞丐，他帽上一颗纽扣，
够上百个你我之辈多少年吃喝。
聪明人说：可怜虫，你错就错在这里，
你可知他的开销用度从何处榨取？
他项链上的珍珠是我女儿的珠泪，
他鞍上的宝石泛着我女儿的血色。
他罐中的水都要靠你我供给，
你想想，他对我们岂不是敲骨吸髓？
不管是收税还是受贿都是讨乞，
巧立名目也无法把事实改变毫厘。
乞丐就是伸手白白向人索取，
是苏莱曼[①]还是卡隆[②]都毫无差异。[③]

这首诗开篇就提出一个令人耳目一新的问题——“你可听说一个聪明人告诉愚汉，说乞丐本是我们城里的高官。”继之，诗人通过这个聪明人之口层层剥开“乞丐”的开销用度是从哪里来的秘密，从而揭

① 苏莱曼是《古兰经》中的人物，真主的使者之一，达伍德之子，传说中以色列的明君。

② 卡隆是《古兰经》中的富豪。

③ 张鸿年．波斯文学史 [M]. 北京：昆仑出版社，2003：179.

穿了他“敲骨吸髓”“白白向人索取”不劳而获的实质。在当时王权神圣、官宦当道的社会里，诗人敢于提出如此尖锐的问题，应当说是难能可贵的。

又如，他在《聪明人》里写道：

明智之人应把四件事牢记在心，
这四个原则聪明人应处处遵循：
一项是应慷慨好施，若有财产，
便享用与施舍，使善名流传。
第二是切勿刺伤朋友的心，
挚友如镜，应时时往来探询。
第三是当发怒时，心想口出恶语，
应强忍愤怒，以免事后悔而无济。
第四是若有人心术不正，将你伤害，
当他向你致歉时，你应宽恕释怀。①

诗人通过自身的生活经历和体验，告诉读者人生在世应当如何处理事物，如何对待别人。

哈冈尼（1126—1198）早年学习过逻辑学、语法学和天文学，其后学习写诗和作文。他长大后进入塞尔柱王朝统辖的席尔旺宫廷，成为宫廷诗人。由于他性情耿直，不喜奉承，所以在宫廷中并不得意，还曾遭受牢狱之灾。他的家庭生活也不美满，中年以后相继丧妻亡子，使他感到异常悲痛。他一生写下大约36000行诗，包括颂体诗、四行诗和抒情诗等多种诗体。一般来说，他的诗歌比较讲究语言修饰，风格开始趋向华美。

他的代表作是颂体诗《麦达因的殿堂》。这首诗的创作与他前往麦

① 张鸿年．波斯古代诗选[M]．北京：人民文学出版社，1995：223.

加朝圣有关。在朝圣归途，他经过底格里斯河附近，特地来到该河东岸的麦达因地区，在这里，他百感交集，激动不已。为什么他会如此激动呢？原来，麦达因地区在3世纪至7世纪的400余年间，曾经是波斯帝国的中心。如今，几百年过去了，此地变得面目全非，一切都已灰飞烟灭，一切都被沙封土埋，这叫他怎能不激动，怎能不伤感？作为一个波斯人，作为一个宫廷诗人，他产生这种激情是极其自然的。而在这首诗里，他又以巧妙的手段和流畅的语言将这种激情完美地表达出来，所以颇具震撼读者心灵的力量。

在这首诗的开头，他首先抒发的是自己来到麦达因的激动心情：

心儿啊，你应善于汲取教益仔细端详，
它会给你几多教训，这麦达因殿堂。
你沿着底格里斯河来到麦达因土地，
让两条底格里斯河从你眼中流过。
底格里斯河痛苦地哭泣，它焦灼的烈焰，
烧得百条血泪的底格里斯奔腾不息。
看啊，底格里斯岸边泛起了水泡，
莫不是伤心的叹息把它双唇烧焦？
面向底格里斯哭泣吧，献上你的泪珠，
而底格里斯又向大海献上岁赋。
底格里斯一声长叹，它胸中的怒火，
半是忧郁的冰冷，半是磨人的灼热。
自从皇家之链在麦达因折断，
底格里斯便铁索缠身，陷入千回百转。
让我们以热泪凭吊往日的宫殿，
心灵之耳能听到那殿堂的伤心的怨言。
宫墙的每个垛口都给人新的教益，
对这些忠告和教益应悉心听取。

它们说你来自泥土，我们是你泥土般仆从，
请为我们一洒同情之泪，在此驻足停步。
鸱鸮的呜咽使我们心头感到凄惨，
请你以自己的泪水洗净我们心头的愁烦。
是的，这有何可怪，在人生的草坪，
夜莺的欢歌过后就是鸱鸮的哀鸣。
这里本是正义的殿堂，尚遭此摧残，
人们会如何对待那残暴的宫殿？
什么人把这天宫般的殿堂扫荡夷平？
这是上苍的意愿，还是主的命令？
你嘲笑我因何至此流泪，
但至此无泪才真正应受责备。①

继之，他穿越数百年的时光，驰骋自己的想象，并以浓墨重彩描绘往昔麦达因的辉煌景象：

这殿堂中绘有一幅幅人物肖像，
那门前土地映照得画廊般壮丽辉煌。
这里曾是古代君王的殿堂，
巴比伦王在此守夜，突厥王在此站岗。
这里曾是雄伟庄严的外殿，
它地毯上的狮子敢向天宫之狮挑战。
请开启心灵慧目，回首往日时光，
这里曾有层叠宫墙，广场布满威严的仪仗。
请离鞍下马，站定在棋盘中央，
在这里，大象“将死”纳曼国王②。

① 张鸿年 . 波斯文学史 [M]. 北京：昆仑出版社，2003：184–185.
② 纳曼是古波斯帝国属国的国王。他因激怒波斯国王霍斯鲁 · 帕尔维兹而被大象踩死。

大地沉沉昏醉，但它饮下的不是酒浆，
那是帕尔维兹头颅之杯中霍斯鲁的心血和忧伤。
当年阿努希拉旺[①]王冠上刻着条条箴言教谕，
怕有百条教谕与他的头颅被深埋地底。
霍尔姆兹的金橼与帕尔维兹的金韭何在？[②]
一切都灰飞烟灭，一切都沙封土埋。
帕尔维兹在宴席上把金韭栽遍，
那宴席多么像繁花似锦的花园。
帕尔维兹已然长逝，对死者不宜多加议论，
如今金韭何在，空余下清泉和园林。[③]

在结尾一段，他表达自己参观的感慨，归纳自己获得的教益：

你或许发问，头戴王冠者都已何往？
大地犹如母腹，把他们永远封藏。
大地怀胎，难得一朝分娩，
生儿育女多么艰难，死亡却只在瞬间。
葡萄酿成的美酒是西琳[④]的心血，
农夫的酒器是帕尔维兹的尸土烧成的酒罐。
大地吞没了多少暴虐无道的君王，
再多的来客也填不满它的饥肠。
这皂乳的老妪和白眉的老汉[⑤]，
竟用儿女的鲜血修饰自己的容颜。

---

① 霍斯鲁和阿努希拉旺指同一个国王。

② 霍尔姆兹和帕尔维兹都是当时波斯的帝王，金橼和金韭是宫廷宴会上的装饰品。

③ 张鸿年．波斯文学史 [M]. 北京：昆仑出版社，2003：185–186.

④ 西琳是帕尔维兹的王妃。

⑤ 老妪和老汉喻指世界。

哈冈尼啊，若从永不知足的殿堂吸取教益，
今后，连君王也要在你的面前俯首屈膝。
远游归乡，要为友人带一份赠礼，
这诗就是我的赠礼，发自兄弟的胸臆。①

他意识到世道无常的道理，不论是多么名声显赫的帝王和辉煌壮丽的殿堂都免不了覆灭的命运，这就是他带给友人的礼物。

内扎米(1141—1209)是这个阶段最著名的叙事诗人，也是波斯诗歌黄金时代的著名诗人之一。他的主要业绩是五部长篇叙事诗，总名为《五卷诗》。其中，《蕾莉与马杰农》标志着以爱情为中心的长篇叙事诗所达到的最高水准。（详见之后的专节）

第四阶段——13 世纪初叶至 15 世纪末叶

蒙古人成吉思汗于 1219 年率军西侵，先后征服花剌子模等国（包括伊朗在内）。1229 年成吉思汗之子窝阔台二次侵略花剌子模（包括伊朗在内）。1260 年，成吉思汗之孙旭烈兀再次率兵占据伊朗，并建立以伊朗为中心的伊尔汗国。蒙古人起初以掠夺者的身份来到伊朗，所到之处烧杀抢掠无所不为，伊朗文化惨遭破坏，文物典籍被抢劫一空，寺院学校被捣毁殆尽。但当蒙古人站稳脚跟以后，逐渐接受了水平较高的伊朗文化，信仰伊斯兰教，并且开始任用伊朗人为行政官员，民族矛盾有所缓和。其后，随着伊尔汗国的逐渐衰落，伊朗又陷入地方封建王朝割据之中。1393 年，突厥人帖木儿占领伊朗全境。1405 年帖木儿死后，他的帝国迅速瓦解。15世纪统治伊朗的主要是由土库曼人建立的黑羊王朝和白羊王朝。

在这种战乱频仍、时局多变的形势下，波斯诗歌在挣扎中向前进，

---

① 张鸿年．波斯文学史 [M]. 北京：昆仑出版社，2003：185-186.

在摸索中求发展。其中，苏菲派诗、教诲诗和抒情诗均已达到登峰造极的地步。莫拉维、萨迪、阿密尔·霍斯鲁、哈珠·克尔曼尼、欧贝德·扎康尼、哈菲兹和贾米是这个时期诗坛上的重要诗人。

莫拉维（1207—1273）是当时最著名的苏菲派诗人，苏菲派叙事诗之集大成者，也是波斯诗歌黄金时代的著名诗人之一。他的主要作品是长篇叙事诗《玛斯纳维全集》。（详见之后的专节）

萨迪（1208—1292）是当时最著名的教诲诗人，也是波斯诗歌黄金时代的著名诗人之一。他的代表作品是《果园》和《蔷薇园》。（详见之后的专节）

阿密尔·霍斯鲁（1253—1324）出生于印度北部，父亲是突厥人。他很早就开始写诗，据说共计写了八九十万行，但流传至今的只有24万行。他使用多种诗体写作，其中抒情诗和叙事诗的水平最高。他非常珍视诗歌的语言，认为语言是人的本质的体现，是人的生命的体现，是人的精髓之精髓。

在抒情诗方面，他以萨迪为师，自称是萨迪的学生。他将自己的抒情诗分为五个部分，即青春赠礼（早年作品）、中途之旅（20至30岁作品）、和谐乐章（30至40岁作品）、诗中精粹（老年作品）和完美顶峰（晚年作品）。他的抒情诗以感情充沛、语言精练为特色。以怀念母亲一诗为例：

我的母亲如今已在地底埋葬，
还有什么灾难更使我心伤。
母亲啊，如今你身在何方？
为何不再显示你的面庞？
愿你面带笑容从地底走出，
安慰我泪流满面悲戚满腹。
你的足迹到达什么地方，
那里便是我心上的天堂。

你耗尽心血把我抚养成人，
你是我生命的依靠，我的亲人。
当初，你曾教我牙牙学语，
你的教诲就是我生命的依据。
如今你的爱仍然充满我的内心，
现在你对我的教诲就是沉默不语。①

在叙事诗方面，他以内扎米为师，按照内扎米《五卷诗》的模式写了自己的《五卷诗》。第一卷《圣光普照》，对应内扎米的《秘密宝库》；第二卷《西琳与霍斯陆》，对应内扎米的《霍斯陆与西琳》；第三卷《马杰农与蕾莉》，对应内扎米的《蕾莉与马杰农》；第四卷《亚历山大宝鉴》，对应内扎米的《亚历山大故事》；第五卷《八重天堂》，对应内扎米的《七美人》。

哈珠·克尔曼尼（1290—1352）生于伊朗东南部的克尔曼地区，长大后前往麦加朝圣，归来后长期居住在设拉子。他曾学习过苏菲派教义，因此所作诗歌具有浓郁的苏菲派色彩。他一生创作诗歌近 9 万行，主要成就在抒情诗和叙事诗方面。

在抒情诗方面，他承继萨迪的抒情诗风格而有所创新。《逆旅》一诗被认为是他的代表作之一。在这首诗里，诗人面对旅行途中目睹的种种景观，感叹世道变化，感叹人生无常，心情凄凉，语调低沉。其中写道：

在慧心人眼里苏莱曼王国毫无意义，
摒弃权欲利禄的人才是苏莱曼大帝。
都道世界浮在一片水上②，
何必听信，哈珠，细看一切都是虚妄。

① 张鸿年．波斯古代诗选 [M]. 北京：人民文学出版社，1995：283–284.

② 在伊朗古代传说中，世界是被一条鱼驮在背上的。

每时每刻苍天都对他人佑助多情，
令人无可奈何，这是它的本性。
……
望你听我良言相劝，也劝告别人，
我也是受人教诲，愿他永活在人心。
施达德[①]曾以金砖构筑宫殿，
后来的国王筑殿却用他的头颅作砖。
巴格达的土地为悼念哈里发而哭泣，
若不是泪，这滔滔河水来自何地?
看那漫山遍野的郁金香多么艳丽，
慎勿上前，那红色诉说着法尔哈德[②]的忧郁。
请睁开你水仙般的慧眼仔细观看，
地下埋葬了多少白杨般的身躯和如花粉面。
在这逆旅之中你切勿搭起久驻的帐篷，
这并非久留之地，在此不会得到安宁。
除了忧愁，哈珠在世上一无所获，
只有辞世而去的人才真正找到归宿。[③]

在叙事诗方面，他以内扎米和莫拉维等诗人为师，创作了五部作品。第一部《霍马与胡马云》，写伊朗王子霍马和中国公主胡马云克服重重障碍，经历种种困难，终于如愿以偿的爱情故事。第二部《玫瑰与新春》，对应内扎米的《霍斯陆与西琳》。第三部《至善诗篇》，具有明显的苏菲派叙事诗特色。第四部《明媚之园》，对应内扎米的《秘密宝库》。第五部《奇珍异宝》，也具有明显的苏菲派叙事诗特色。

欧贝德·扎康尼（？—1370）的祖先是阿拉伯人，早年从阿拉伯

① 施达德是阿拉伯传说中的国王，曾建造人间天堂花园。

② 法尔哈德是内扎米《霍斯陆与西琳》中的人物，因热爱西琳不能如愿，忧郁而死。

③ 张鸿年．波斯古代诗选 [M]. 北京：人民文学出版社，1995：285-286.

半岛移居伊朗。由于家道殷实，他从小接受教育，学习作诗，钻研学问。长大以后，被人称为“学者”和“贵人”。他性情直率，敢于指责当权者，敢于批评不合理的现象，因而在生活中到处碰壁。他的诗作包括四行诗、抒情诗和叙事诗等多种诗体。

在四行诗方面，他的有些作品达到很高的水平，并且十分接近海亚姆的风格，甚至因此被后人收入海亚姆的四行诗集，被误认为是海亚姆的作品。以下这首便是其中之一：

世界不是你的归宿也不是我久留之地，
明智者只图一醉，他们放荡不羁。
你应把澄清的酒浇到愁焰之上，
趁尚未两手空空长眠地底。①

在抒情诗方面，他常以轻快的笔调抒发自己自由放浪、不愿受到羁绊的情怀。例如：

萨吉②，请赏我几杯，我又愁溢心头，
赏我几杯新酿，或是陈年老酒。
一任苏菲伪善隐居和沽名钓誉，
我们在酒肆消磨残酒，名声扫地。
在翠绿的草坪上请把美酒斟满，
伴着乐声赏花，有如花的美人陪伴。
展示你的秀目朱唇，当我有酒在手，
看你糖样的唇杏般的眼喜在心头。
如若你家中事先没有备好美酒，
烦劳去市上沽酒排解我们的忧愁。

① 张鸿年．波斯文学史 [M]. 北京：昆仑出版社，2003：237.

② 萨吉意为侍酒人，可能是姑娘，也可能是男童。

如若无钱购买殷红色的酒浆，
请用破袍作抵押换取几杯佳酿。[1]

在叙事诗方面，他最引人注目的作品是一篇题为《猫与鼠》的短诗。由于该诗故事有趣，语言通畅，已被收入小学课本，在伊朗广泛流传。这首诗的梗概如下：一只老鼠自夸不怕猫，还能把猫杀死。一只猫听见它的狂言，立即将它吃掉，然后跑到清真寺祈祷，表示此后不再吃老鼠。老鼠们得到这个喜讯，决定派七个代表给猫送去礼品。猫当场吃下五只老鼠，并由此引起一场猫鼠大战，大战以猫胜鼠败告终。从全诗内容来看，诗人同情的显然不是强势者——猫，而是弱势者——老鼠。

哈菲兹（1327—1390）是这个阶段最著名的抒情诗人，也是波斯诗歌黄金时代的著名诗人之一。他的《哈菲兹抒情诗全集》将波斯抒情诗推上了顶峰。（详见之后的专节）

贾米（1414—1492）是这个阶段最后一位著名诗人，也是波斯黄金时代最后一位诗人。他幼年接受父亲教育，后来进入内扎米耶学院学习，博学多才，著作等身。他的研究涉及神学、语言学、历史学和音韵学等领域。在诗歌创作上，他的叙事诗以内扎米为师，教诲诗以萨迪为师。

他的叙事诗有七部，合称《七宝座》。第一部《蕾莉与马杰农》，对应内扎米的同名作品。第二部《亚历山大的智慧》，对应内扎米的《亚历山大故事》。第三部《黄金锁链》、第四部《献给埃赫拉尔[2]的礼物》和第五部《信士的念珠》是以宣传苏菲派思想为中心的作品。第六部《萨莱曼和埃伯萨尔》和第七部《尤素夫与佐列哈》写的都是古老的爱情故事。

其中，第三、四、五部体现苏菲派思想的作品大多主张治病救人、

---

① 张鸿年 . 波斯文学史 [M]. 北京：昆仑出版社，2003：237-238.

② 埃赫拉尔是当时苏菲派首领。

与人为善。如《黄金锁链》中有一首诗写的是修士[①]和圣徒[②]面对一个歹徒所采取的截然不同的态度，修士认为应该给予严惩，但圣徒认为应该给予帮助，而诗人显然是赞同圣徒的观点的。该诗写道：

一个修士在一处过路，
见到一个作恶的歹徒。
歹徒犯了重罪不能饶恕，
这是踏上了进地狱的道路。
修士祈祷道：主啊，你严惩他吧，
愿你对此人给予重罚。
让他的船逢上恶浪险风，
这样他的行为就不再叛道离经。
一位圣徒从远处听到他的祈祷，
对修士说：你真无情而且骄傲。
他违反了教规已属不幸，
你何必再加重他的伤痛？
你请真主对他治罪严惩，
天下还有什么比这更加不幸？
他已经是失足落水身陷洪流，
你为何还用石头击打他的额头？
你若力所能及，给他些帮助，
引导他抛弃欲念走上正路。
不然就不要加重他的负担，
你的祈祷是射向他心灵的利箭。[③]

① 修士指摒弃世俗享乐的人。

② 圣徒指虔诚信主的人。

③ 张鸿年．波斯文学史[M]．北京：昆仑出版社，2003：257–258.

第七部《尤素夫与佐列哈》的故事源于《圣经·旧约》。其梗概如下：以色列人亚古伯有好几个儿子，但他最疼爱的是小儿子尤素夫，特地给他缝制了一件彩色外衣。尤素夫的哥哥们忌妒他，便设计陷害他。他们把他带到郊外，推进一口井里。这时恰巧有一个商队从井边经过，把尤素夫救了上来。哥哥们把尤素夫卖给了商队。尤素夫随着这个商队来到埃及。在埃及，尤素夫经过许多曲折，后来进入王宫供职，受到国王信任。埃及王妃佐列哈见尤素夫年轻貌美，多次对他表示爱慕之意，但都遭到他的拒绝。佐列哈恼羞成怒，诬陷尤素夫，并在国王面前进谗言，终于将他打入监牢。之后，全国遭受饥荒困扰，国王无计可施，只得将尤素夫放出，命他率领人民设法度过荒年。尤素夫因此得到全国人民的拥戴，国王让位给他。在这个过程中，佐列哈由于爱情折磨和计谋败露，精神痛苦，面容憔悴，身体衰老，流落宫外。有一天，她看见尤素夫的仪仗经过，立即上前求见。尤素夫认出了她，为她向真主祈祷，使她恢复了青春年华。以下一段引文是故事发展的高潮：

且说尤素夫离开卫士仪仗，
来到后宫，那里是他的住房。
这时，那拦阻道路的年迈妇人，
还等候在他宫殿的大门。
尤素夫吩咐人去问她有何要求，
满足她的要求，尽早打发她走。
左右回话："她可不是市井寻常妇女，
她不愿对我们表明她的来意。"
尤素夫说："你们叫她进宫见我，
让她亲自把要求对我诉说。"
她一被允许入宫，便像个年轻的舞女，
踏着轻快的舞步来到宫里。

她面如鲜花，又似蓓蕾初绽，
含笑祝福尤素夫福寿延年。
尤素夫见她如此欢笑暗自吃惊，
忙开口动问她的家乡姓名。
她答："我就是那倾心于你的人，
有了你，我鄙视世上一切荣华奇珍。
为了你，我挥霍尽所有的金银珠宝，
倾心于你，我把心与命一概不要。
为了你，我捐弃了自己锦绣青春，
如今，变成一个伛偻老人。
你日日怀抱着貌美倾城的女郎，
早已把我这样的人忘到一旁。"
尤素夫闻言已知她是什么人，
不由得眼中流泪，心生怜悯。
他说："佐列哈啊，你这是什么模样？
你怎么会落到如此这般下场？"
她听到"佐列哈啊"一声呼叫，
立即不省人事，平地跌倒。
她内心一阵昏迷，似痛饮烈酒，
尤素夫的呼唤使她暖在心头。
当她渐渐苏醒，又恢复了理智，
尤素夫这才开口，提起了往事。
他问："如今为何不见你娇艳的容颜？"
她答："是离愁别恨把我摧残。"
他问："你的端庄的身躯为何伛偻？"
她答："压弯身躯的是想念你的烦忧。"
他问："你的双眼为何变得黯淡无光？"
她答："为你而血泪终日流淌。"

他问："你如今来此要求什么？
谁能给你帮助，请对我说。"
她答："我过去的容貌你曾看到，
如今，我要我过去的青春和美貌。
此外，我要能看到你的一双眼睛，
让我再有幸目睹你如花的面容。"
这时，尤素夫向真主祈求佑助，
虔诚的语句似生命甘泉从他口中涌出。
顿时，她憔悴之态消失，容颜恢复，
青春的红晕又在她的双颊上透露。
逝去的艳丽的姿色终又重现，
她又变为女中魁首无限娇艳。
樟脑般的白发又变得油亮乌黑，
似白日逝去，夜幕低垂。
眼中的白内障已渐渐退去，
一缕光芒又在她双眼里凝聚。
翠柏般的身躯已不再伛偻，
如银般的细肤上消失了斑纹褶皱。
尤素夫见她已恢复了青春，便对她说：
"现在请讲，你还期望什么？"
佐列哈答："如今我只剩一桩心愿，
愿与你婚配联姻，结为亲眷。
让我白日天天看着你在我身边，
让我夜夜把你服侍陪伴。
伴随着你，如同大树下乘凉，
轻轻一吻，如同从你唇上吸取蜜糖。"
尤素夫听她表明了自己的心愿，
不禁内心踌躇，低头不语。

他看出了她的期望如此热切，
虽未表赞同，但也不便立即拒绝。
正在他下不了决心，犹豫之时，
听到了哲布拉依天使开言。
哲布拉依天使传达了真主的旨意，
说："尊贵的国王，请留心记取，
我们看到了佐列哈陷入了窘境，
听到你为她祈祷，敬求天庭。
她的可怜无助的祈求激起层层波浪，
层层波浪汇成宽恕的海洋。
切勿再以失望之剑刺伤她的心，
真主赞许你与她婚配成亲。"[①]

他的教诲诗文集《春园》是效法萨迪的《蔷薇园》写成的。其中包括若干生动感人的小故事，并配以引人深思的短诗，既有趣味性，又有思想性，颇受读者欢迎。

此外，他还有一首题为《悼亡儿》的短诗，写得情真意切，凄婉动人：

我初绽的蓓蕾，你如今在狭窄的地底埋葬，
失却你，我们沉浸在悲痛之中。
离开我们，你如何苦度时光？
你去了，我们一家从此骨肉离散，
我们尚在一处，而你却形孤影单。
我来到你的坟前，我的头上之冠，
如今，你已被深埋地下，凄凉悲惨。

① 张鸿年 . 波斯古代诗选 [M]. 北京：人民文学出版社，1995：316–319.

你去了，这世界也变得狭窄难挨，
而你却委屈于地下，如何排解愁怀？
眼睛被愁云遮蔽，扑朔迷离，
而你，我的明眸，却被深埋地底！
对你的思念折磨得我神疲心碎，
何必动问，此刻我悲痛欲绝，心已成灰。
你从人世远行，身赴太虚，
我已厌倦这人世，你身处大荒可平安如意？[①]

以上我们简要地叙述了波斯诗歌黄金时代的光辉历史和巨大成就，下面我们简单介绍一下波斯诗歌传入中国的过程。据学者研究，最早把波斯诗歌传入中国的可能是在丝绸之路上往来奔波的文化使者。

福州市郊有一座波斯人的墓，碑文上刻有海亚姆的一首诗，刻碑的时间是1306年，这可能是流传至今波斯诗歌传入中国的最早记录。这首诗内容如下：

从地底深处直到土星之巅，
我已解决了宇宙中一切疑难。
如今没有什么难题使我困惑，
但面对死亡之结我仍感茫然。[②]

14世纪时，摩洛哥旅行家伊本·白图泰在杭州听过中国歌手用波斯文演唱的萨迪的抒情诗。

在明、清时期，《蔷薇园》已成为中国穆斯林经堂教育的基本教材之一。北京牛街清真寺收藏有《列王纪》和《蔷薇园》波斯文古抄本，据说是伊斯兰学者阿赫马德·布里塔尼·喀兹文尼于1820年从伊朗带

---

① 张鸿年．波斯古代诗选 [M]. 北京：人民文学出版社，1995：306.

② 张鸿年．波斯文学史 [M]. 北京：昆仑出版社，2003：437.

来的。他的墓就在这座清真寺内。

1924 年，郭沫若出版译自英文的海亚姆的《鲁拜集》。

1927 年，郑振铎在《文学大纲》中设专章评介波斯文学。

1934 年，伊朗召开菲尔多西诞生千年国际学术研讨会，中国《文学》杂志予以响应，在第三卷第五号发表文章《波斯诗人菲尔多西千年祭》，刊载译自英文的《列王纪》片段——《真犀德和曹亚克》（今译《贾姆希德和佐哈克》）。

1947 年，王静斋翻译了波斯文的《真境花园》（即《蔷薇园》）。

1958 年，为纪念世界文化名人萨迪，水建馥出版译自英文的《蔷薇园》。

1964 年，潘庆舲出版译自俄文的《列王纪》片段《鲁斯塔姆和苏赫拉布》。

1991 年，《列王纪》问世千年国际学术研讨会在伊朗召开，中国多名学者应邀出席。

1991 年，第一次波斯文学研讨会在北京师范大学召开。1994 年，第二次波斯文学研讨会在天津师范大学召开。

2001 年，湖南文艺出版社出版译自波斯文的“波斯经典文库”（18 册，600 万字）。

鲁达基——伊朗诗歌之父

鲁达基（850—941）是波斯诗歌黄金时代的开创者，有“伊朗诗歌之父”“诗人之师”“语言大师”等美称。

鲁达基小传

鲁达基于850年出生在中亚地区撒马尔罕附近的鲁达克镇板治村。他的全名是欧斯塔德·阿布·阿卜达勒·加法尔·本·穆罕默德·鲁达基。

他自幼天资聪慧，声音嘹亮，八岁时便已谙熟《古兰经》，常常为人“唱经”，演唱民歌，弹奏乐器。他一边演唱歌曲，一边写诗填词，足迹遍及乡村和城市。正如他在诗中所描绘的那样：

你不知，那时，
我走遍世界——
哼着歌儿，
像只夜莺。[①]

当时波斯的部分地区正处于萨曼王朝（875—999）的统治之下。鲁达基不知何时被召入宫，后来成为陪伴国王的宫廷诗人。他在宫廷

① 鲁达基 . 鲁达基诗集 [M]. 张晖，译 . 长沙：湖南文艺出版社，2001：176.

似乎很受国王器重，由于他出口成章，才气过人，绝妙好诗层出不穷，所以地位上升快速，获得许多赏赐。他在晚年所写的《老年怨》中回顾当时的情景写道：

同豪杰志士——
结交朋友；
为文官武将——
作助手、侍从。

常常咏诗——
把国王歌颂；
还把赞歌——
唱给国王听。

那时，我的诗歌——
誉满整个世界；
“霍拉桑诗人”——
便是我独享的美名。

官宦名流——
纷纷把我邀入家中；
然后便以——
金钱和马匹相送。

相继而来的是——
更大的荣誉和更多的财富；
这是由于萨曼王族给了我——
十分慷慨的赐赠。

霍拉桑国王——
赏赐我四万金币；
玛康亲王——
又用五千作补充。

宫里的官僚们——
还加上了八千整；
至此，
我的幸福达到顶峰。

亲王履行了诺言——
慨然解囊；
臣僚们——
也把国王的命令执行。[①]

据说他曾经有过二百个奴仆，四百头骆驼。

然而，好景不长，正当他春风得意之时，由于某种变故，他的境遇突然一落千丈。这变故究竟是什么呢？学术界历来有种种不同的说法。有人认为，是他双目失明造成的（但也有人认为他先天失明），因为史书上记载着他是“盲诗人”。菲尔多西在《列王纪》里谈到鲁达基将《卡里来与迪木乃》从阿拉伯文译成波斯文的情景时也写道：有人把故事集拿到鲁达基那里，自始至终读给他听。这就是说，由于双目失明，他失去了国王的宠爱，被逐出宫廷。但也有人认为是由于宫廷发生变故，即国王与将领发生矛盾，王位更迭，国力衰弱，这才造成鲁达基失宠。

① 鲁达基 . 鲁达基诗集 [M]. 张晖，译 . 长沙：湖南文艺出版社，2001：177–178.

不论什么原因，总之，鲁达基离开了宫廷，回到了自己的故乡。他有钱时过着挥霍享乐的生活，从没有想到自己会有失宠的一天，所以没有留下什么积蓄。他的晚年生活是十分艰难的，正如他在《老年怨》里所写的那样：

已成往事——
面容白皙得如素绢；
已成过去——
发似树脂般的深青。

多么美好——
人们把我看作挚友贵客；
已不复返——
到处把我当成佳宾敬重。

多少个美女——
偷偷地眄睨我的美容；
没有一个——
不为我的魅力震惊。

幸福美好的童年——
已经一去不返；
那时不知忧愁苦闷，
只有欢乐无穷。

多少个达拉姆[①]

① 达拉姆是伊朗古代钱币名。

已经挥之如土；
每当到了城市，
就四处寻找酥胸女郎的柔情。

对于闻之欲醉的琼浆
和倾国倾城的佳人，
别人望洋兴叹，
我却得来轻松。

我的心儿——
是语言珍宝的仓库；
温柔如诗歌——
便是我书信的内容。

我只知欢乐，
哪知悲苦；

我的心儿——
在幸福的广场上驰骋。

…………

我没有妻子儿女，
没有家庭的累赘；
生活得逍遥自在，
一切我行我素。

美人哪！

现在你所见到的鲁达基啊，
却同那时的情景——
完全不同。

…………

然而现在年华已逝，
我已变成了另外的模样——
拿来拐杖吧！
我须拄杖荷袋，行乞为生。①

941年，鲁达基在极度穷困潦倒的状态中离开了人世。

鲁达基的诗歌

鲁达基一生究竟创作了多少诗歌，历来有种种不同的说法，12世纪的诗人拉史迪·萨马尔甘迪认为他写了130万行诗歌；12—13世纪的学者欧菲认为，他的诗集共有100卷。由此可见，他创作的诗歌是很多的。但是，由于连年战乱，社会动荡，以及他晚年穷困等原因，他的大部分诗歌都已散失，流传至今的只有大约2000行，其中还包括若干零碎的诗句。

鲁达基现存的诗歌可以分为四类，即抒情诗、四行诗、颂赞诗和叙事诗。

① 鲁达基．鲁达基诗集[M].张晖，译．长沙：湖南文艺出版社，2001：174–178.

一、抒情诗

抒情诗每首包括二至十二个联句，隔行押韵，一韵到底。这些抒情诗又可依据形式和内容细分为抒情哲理诗、短抒情诗、爱情诗、咏酒诗和景物诗五小类。

抒情哲理诗篇幅略长，一般在三至十二个联句之间，共计 36 首。内容颇为广泛。例如，有的表现社会的不平等，贫富悬殊：

这些人佳馔珍馐，肠肥肚满，
那些人却饥肠辘辘，不得饱餐。①

有的表现社会的动荡不安，民不聊生：

这个世界哪有什么安宁？
灾难总是接连不断地发生。②

有的劝导人们应当为善、抑怒：

它对善良的人们说："不要忧愁！
多少人正把你的今日嫉羡。"

时代为了奉劝人们抑制自己的怒气，教诲道：
"谁的舌头若要放纵，他的双足便会套上锁链。"③

有的劝告人们做事要坚韧不拔，持之以恒：

---

① 鲁达基．鲁达基诗集 [M]. 张晖，译．长沙：湖南文艺出版社，2001：2.

② 鲁达基．鲁达基诗集 [M]. 张晖，译．长沙：湖南文艺出版社，2001：3.

③ 鲁达基．鲁达基诗集 [M]. 张晖，译．长沙：湖南文艺出版社，2001：8.

啊，鲁达基！做事要持之以恒，
并应乐于助人，义无反顾。

你生命的画板终要涂成黑色——
切莫再虚度光阴，有些微疏忽。[①]

有的赞美智慧：

我一开口便流淌出珠玑般的诗句，
不论何时何地都受到击节赞誉。

我以抑扬的音调、有趣的传闻，
述说乐观的精神、生命的意趣。

智慧的多寡决定人生的价值，
瑰丽的诗篇产生于锤字炼句。[②]

有的提倡谅解自己的朋友：

不要因一件坏事而忘掉好事百桩，
不要因椰枣树有刺，竟不敢吃椰枣肉。

即使朋友无端发怒，你也应当谅解，
因为不是每天都能结识新的朋友。[③]

① 鲁达基. 鲁达基诗集 [M]. 张晖，译. 长沙：湖南文艺出版社，2001：11.
② 鲁达基. 鲁达基诗集 [M]. 张晖，译. 长沙：湖南文艺出版社，2001：12.
③ 鲁达基. 鲁达基诗集 [M]. 张晖，译. 长沙：湖南文艺出版社，2001：19.

有的告诫暴君不要荼毒无辜的百姓，荼毒者定会得到应有的报应：

不要手持利剑去荼毒无辜生灵，
切勿忘记真主洞晓你的一举一动。

葡萄结实不是为了让人们榨汁酿酒，
制造刀剑不是为了供暴君残民一逞。

当耶稣看到一具尸体横陈街衢，
立即惊讶得牙咬手指，圆睁双睛。

说道："真惨不忍睹啊！是谁将你残害？
杀人者一定会得到应有的报应。"

你若无端地撞击他人的大门，
你的大门也会被别人砸得咚咚。[①]

有的表示不与达官贵人过度密切交往：

假若有志于学却背离先知的训谕——
不正像欲汲清水奔向希腊干涸的小溪？

培养高尚的心灵怎能虚应故事——
这不正像用神圣的精神将狗培育？

虽然我的诗歌像夜莺巧啭般的美好——

① 鲁达基 . 鲁达基诗集 [M]. 张晖，译 . 长沙：湖南文艺出版社，2001：23.

但是约瑟[1]不正是因为俊美才被投入监狱？

由于我经常往来于达官贵人之间，
才得以诡秘地了解了他们的底细。

除去指令——我决不向他们期待什么，
除去悔悟——我决不接受他们的赠礼。[2]

在这首诗里，诗人认为为人应当遵循先知的训谕，认真培养高尚的心灵，虽然自己才华横溢，但也要提高警惕，接受约瑟的教训，不要收取达官贵人的赠礼。

有的提醒人们不要狂妄贪婪：

生命不论是短是长，
有谁能够逃避死亡？

正像一根丝线总是有头有尾，
尽管有些长得难以丈量。

或许长期在贫困中挣扎，
或许一生骄奢淫逸，无羁放荡。

或许从世间所得的微乎其微，
或许占领了列意还要觊觎塔拉兹[3]城厢。

---

① 据《圣经·创世记》记载，约瑟是雅各的儿子，受到父亲的喜爱，却遭到兄弟们的忌妒。在埃及，他曾被投入监狱，后来又当了宰相。

② 鲁达基. 鲁达基诗集 [M]. 张晖，译. 长沙：湖南文艺出版社，2001：26.

③ 列意和塔拉兹是当时的城市名。

狂妄纵恣是因恶魔控制了你的生命，
唯我独尊结果只能是空梦一场。

死亡迟早终会来到，
人人相同，绝无异样。①

这首诗指出人的生命有短有长，生活有好有坏，但都不免一死，因此，人在有生之年不要狂妄自大，骄奢淫逸，贪得无厌，唯我独尊。

有的表示对当时社会状况的不满：

应去同皓齿明眸的姑娘欢度时光，
世界的一切不过像梦幻一样迷茫。

…………

当今世界风云不定，变幻无常，
拿酒来吧！管它狂风与恶浪。

难道人来世上只能愁眉苦脸？
即使如此，你也应当心欢意畅。

难道世间就没有正义可言？
即使如此，你也应有明慧的思想。②

这首诗认为现实世界如梦一般变幻无常，人们不妨谈情说爱，饮

① 鲁达基 . 鲁达基诗集 [M]. 张晖，译 . 长沙：湖南文艺出版社，2001：28.

② 鲁达基 . 鲁达基诗集 [M]. 张晖，译 . 长沙：湖南文艺出版社，2001：31.

酒作乐，心欢意畅，但是应当保持清醒的头脑和明慧的思想。

短抒情诗篇幅较短，一般只有两个联句，共计 39 首。内容也很广泛。例如，有的提倡伸张正义：

当你的正义在蔚蓝的天空中飘动，
卑劣邪恶就要逃遁出苍穹。

就像风为风信子花儿梳头，
或如苍鹰把麻雀抓在利爪之中。[①]

有的倡导智慧和修道行善：

观察世界要用智慧的眼睛，
普通肉眼怎能洞察分明？

世界好像一个浩瀚无际的大海，
修道行善即是造船，有船才能漂渡成功。[②]

有的是对世道的批评：

世界啊！你对待孩子们有无持恒的态度？
为什么忽而慈和如亲娘，忽而狠毒似继母？

你难道就不该受到一定的约束？
即使你无地基、无砖墙、无铁门，也无立柱。[③]

① 鲁达基．鲁达基诗集 [M]. 张晖，译．长沙：湖南文艺出版社，2001：43.
② 鲁达基．鲁达基诗集 [M]. 张晖，译．长沙：湖南文艺出版社，2001：44.
③ 鲁达基．鲁达基诗集 [M]. 张晖，译．长沙：湖南文艺出版社，2001：45.

有的劝导人们不可聚敛钱财和钩心斗角：

世上的人们为了聚敛钱财，
待到何时才不再钩心斗角！

其实世界从来都是慷慨无私，
只要你把贪婪的欲望抛掉。[①]

有的哀叹自己境遇的今昔变化：

我这住宅中的酒宴欢歌曾有过多少，
国王还不断地给我加官晋爵。

虽然我仍然是我，这座住宅也未曾变化，
但是且不要问我：为什么宅里的欢乐变成了哀号！[②]

有的主张不要怜悯恶人，恶人的本性如同毒蛇：

饲养毒蛇即使百般精心，
最后它也会以负义代替感恩。

恶人的本性无异于毒蛇，
不要只看外表就把他怜悯。[③]

有的提倡珍惜时光，认识生命的价值：

---

① 鲁达基．鲁达基诗集 [M]. 张晖，译．长沙：湖南文艺出版社，2001：46.
② 鲁达基．鲁达基诗集 [M]. 张晖，译．长沙：湖南文艺出版社，2001：53.
③ 鲁达基．鲁达基诗集 [M]. 张晖，译．长沙：湖南文艺出版社，2001：56.

啊！为什么要把时光白白地虚度，
难道对得起缔造你的造物主？

你可知道生命有多大的价值？
轻视浪费应叹息痛哭。[①]

有的对逝去的青春年华表示哀悼：

我染黑了自己的苍苍白发，
并不是还想风流，再发春华。

只因悼念死者时要穿黑色衣服，
我为哀悼青春也就染黑了头发。[②]

有的倡导保持心灵的崇高纯正：

应警惕命运的狡黠不忠，
而保持心灵的崇高纯正。

坐吃并馈赠——不要后悔，
把一切积蓄全部吃光分净。[③]

有的表示对不断流逝的时光无能为力：

① 鲁达基 . 鲁达基诗集 [M]. 张晖，译 . 长沙：湖南文艺出版社，2001：57.
② 鲁达基 . 鲁达基诗集 [M]. 张晖，译 . 长沙：湖南文艺出版社，2001：59.
③ 鲁达基 . 鲁达基诗集 [M]. 张晖，译 . 长沙：湖南文艺出版社，2001：60.

哪个国王能够和阿布·法兹尔王[①]的智慧相比？
碎银伪币的价值怎能比得上珠宝玉器？

我能完成他人望洋兴叹的事业，
但对噬人生命的时光却无能为力。[②]

有的揭露伪善者的真面目：

先生啊！我不会迷惑于你虚伪的善行，
你的“善举”不过是罗网，诱饵便是甜饼。

吞食甜饼者不免落网，那时他将相信：
你施舍甜饼正是为了换取他的生命。[③]

有的指出人的命运不同，但生命只有一次，应当过得正直而愉快：

人们的命运终究不外两种结果——
或者作威作福，或者任人宰割。

人们的生命一生只能有一次——
怎样才能正直而愉快地度过？[④]

有的认为人的一生不应损人利己，而应淡泊自处：

---

① 即萨曼王朝的纳赛尔·本·阿赫玛德·萨曼尼王。

② 鲁达基. 鲁达基诗集 [M]. 张晖，译. 长沙：湖南文艺出版社，2001：61.

③ 鲁达基. 鲁达基诗集 [M]. 张晖，译. 长沙：湖南文艺出版社，2001：63.

④ 鲁达基. 鲁达基诗集 [M]. 张晖，译. 长沙：湖南文艺出版社，2001：65.

对良善者不能兵戎相见、弃义背理，
更不应该阴谋作虐、害人利己。

既不要贪婪蜜糖，也不必求助毒药，
一生淡泊自处，才会受到赞誉。①

有的叹惜人生处于水深火热之中，处境令人悲辛：

海洋的眼睛诡秘，烈火的心儿凶狠，
生活在这水深火热之中何等悲辛——

海鲨的利齿直刺人们的肉体，
火舌的狂虐则使人身亡命殒。②

有的认为人应具备雄狮的凛凛威风，才能彻底清除世界的糜烂腐朽：

只有具备雄狮的凛凛威风，
才能在两个世界③中赢得光荣。

只有上上下下彻底翻腾，
才能把糜烂腐朽清除干净。④

有的指出为了信念和理想应不惜牺牲自己的生命：

---

① 鲁达基 . 鲁达基诗集 [M]. 张晖，译 . 长沙：湖南文艺出版社，2001：68.

② 鲁达基 . 鲁达基诗集 [M]. 张晖，译 . 长沙：湖南文艺出版社，2001：69.

③ 两个世界指此世和彼世。

④ 鲁达基 . 鲁达基诗集 [M]. 张晖，译 . 长沙：湖南文艺出版社，2001：72.

来啊！让我们把全部身心都贡献真主，
而不整日为达拉姆和迪纳尔[①]奔波劳碌。

为了信念和理想应不惜牺牲生命，
宁愿以尘躯铺垫通向圣洁的道路。[②]

爱情诗的篇幅有长有短，在二至八个联句之间，共计23首。内容主要描绘谈情说爱过程中的种种境界和情趣。例如，有的表现对往昔爱情心碎肠断的失望情绪：

心爱的人儿啊！你何时才不骄矜傲慢？
为什么对故友要张弩拔剑？

你既然以怨报德，他人如何遵守誓言？
为什么不趁铁块烧红时锤锻？

…………

我的心虽卑弱如粟，爱情却崇高似山，
你这大山为什么要把我这微粟摧残？

孩子啊！不要重蹈我的覆辙——
让缠绵的爱情将神魂散乱。

来啊！来看鲁达基吧！

---

① 达拉姆和迪纳尔都是古代钱币单位。

② 鲁达基 . 鲁达基诗集 [M]. 张晖，译 . 长沙：湖南文艺出版社，2001：77.

他虽存躯壳，却早已心碎肠断。[1]

有的表现当爱情正在进行时近乎狂热的感情和举止：

你秀发的馨香使我的神魂颠倒——
我真想用吻来描画你媚如百合的容貌。

沿着你走过的每一条崎岖幽径，
我将千百次地追踪寻迹、步步跪祷。

假若看到你书函上有戒指的印迹[2]，
我定会千万次地亲吻你的芳痕墨宝。

但愿有一天我能扯住你的裙边，
哪怕你欲断我手臂而举起钢刀。

即使我因此而丧命，也要赋诗——
为你的这个举动而高声叫好。[3]

有的表现情人离别时难分难舍的痛苦心境：

你的离别对我就像一场风暴，
把我这如松的生命连根拔掉。

---

① 鲁达基 . 鲁达基诗集 [M]. 张晖，译 . 长沙：湖南文艺出版社，2001：86–87.

② 戒指是订婚和结婚的信物。古代伊朗人喜欢在戒指的宝石上刻以名字和纹记，称为“图章戒指”。

③ 鲁达基 . 鲁达基诗集 [M]. 张晖，译 . 长沙：湖南文艺出版社，2001：89.

为什么我的全部身心紧系于你，
难道你卷曲的柔发竟似软钩妖娆？

虽然人的生命微不足道，
但你芳唇的一吻却价值极高——

它能使爱慕的心中燃起烈焰，
而你的离去则把我的心儿烧焦。[①]

有的表现既对情人疑惑，又为情人迷醉的无可奈何的矛盾心态：

你能否使我心舒意畅，至今仍然是个谜，
你若对我并无情意，我何必去探究谜底？

我欲用盾牌抵挡你那销魂醉魄之箭，
盾牌还有何用——当箭矢已中肝脾。[②]

有的表现心仪女子的美丽：

就像镜子能映出一切，花儿也能结出果实，
若看到她的面颊似花儿的硕果不必惊讶。

她的美发弯弯曲曲，她的眼睛惺忪迷离，
她的身材俊秀匀称，她的举止妩媚优雅。[③]

---

① 鲁达基．鲁达基诗集 [M]. 张晖，译．长沙：湖南文艺出版社，2001：91.
② 鲁达基．鲁达基诗集 [M]. 张晖，译．长沙：湖南文艺出版社，2001：102.
③ 鲁达基．鲁达基诗集 [M]. 张晖，译．长沙：湖南文艺出版社，2001：105.

有的表现心爱姑娘的亲切举动和幽默语言：

清晨时心爱的姑娘沿着小路来到我家，
她唇若施脂，睛若秋波，色如春花。

我拉住她的衣袖说："欢迎你，亲爱的！"
她幽默地回答："我带来了桃金娘、无花果和土坷垃。"[①]

这首诗风格朴实，富于情趣。其中最精彩的是姑娘的回答，而回答的内容之中最后一件礼物——"土坷垃"乃点睛之笔。它既与前两件礼物具有一定的联系（桃金娘和无花果都要种在土里），又与之形成强烈的对照（桃金娘和无花果是美的，土坷垃谈不上美），显得颇为诙谐风趣。

咏酒诗的篇幅长短不一，在二至四个联句之间，共计 11 首。内容主要表现饮酒作乐时的种种情态。例如，有的描写斟酒人映在葡萄酒中的奇妙形态：

放在托盘里红光闪闪，
如素纱裹着绛红衣衫。

映得釃客[②]似天使下凡——
他走起路来就像水鸟姗姗。[③]

这首诗将映在酒杯中的釃客比喻为天使下凡，将他（她）走路的样子比喻为"水鸟姗姗"，富有想象力。与此同时，似乎也巧妙地描绘

① 鲁达基 . 鲁达基诗集 [M]. 张晖，译 . 长沙：湖南文艺出版社，2001：106.

② 指斟酒人。

③ 鲁达基 . 鲁达基诗集 [M]. 张晖，译 . 长沙：湖南文艺出版社，2001：108.

出饮酒人醉意朦胧之态。

有的描写酒对人产生的巨大作用和影响：

酒，能辨别人们的地位，
区分谁是贵胄，谁是奴婢。

酒，能分辨高尚和卑鄙，
表现了非凡的神威。

每当人们把酒饮啜，
就像茉莉花香沁入心肺。

酒，使多少骏马丧生，
攻破了多少坚固的堡垒。

酒，使多少人仗义疏财，
而从前他们却是吝啬鬼。[①]

有的描写诗人自己的醉态：

朋友们不断地为我斟满玉盅，
我开怀畅饮直至大醉酩酊。

人们把我嘲笑为“狂人”，
我不是“狂人”，而是“醉翁”。[②]

① 鲁达基 . 鲁达基诗集 [M]. 张晖，译 . 长沙：湖南文艺出版社，2001：111.

② 鲁达基 . 鲁达基诗集 [M]. 张晖，译 . 长沙：湖南文艺出版社，2001：118.

景物诗的篇幅长短不一，在二至六个联句之间，共计 14 首。内容主要表现自然界春夏秋冬的不同景色、动物、植物的明显变化。例如，万物更新的春天，在他的笔下仿佛是充满人情味的：

电光不时地张开笑脸，风雷却趁机声泪俱下——
就像十三岁的女儿出嫁时悲喜交加的妈妈。

古老的柳树抽出嫩绿嫩绿的枝条，
郁金香上的露珠好似情侣分离时眼里含着的泪花。[①]

光华璀璨的金秋，在他的笔下则是多姿多彩的：

大地啊！金秋已姗姗来到人间，
有如帝王的节日——光华璀璨。

现今的花园就像生丝那样金黄，
而从前却似绣帐鸳衾般的明艳。

虽然洋苏木和百合花已经萎谢凋败，
却可品尝着新酿，来观赏桃金娘的娇颜。

仗义疏财更衬出你的荣华富贵，
红酒正是因你的福运才酿得香甜。

虽然玫瑰园中已找不到玫瑰的踪影，
但是花园和果园里仍不乏争芳斗艳。

① 鲁达基 . 鲁达基诗集 [M]. 张晖，译 . 长沙：湖南文艺出版社，2001：120.

这时正是郁金香盛开的季节，
无处不在喷吐着猩红的火焰。①

风雨雷电是人们常见的自然现象，但在他的笔下也有别样的形象。且看他对冰雹的描绘：

浓密的乌云抛下一片冰雹，
好像从天空陨落了无数星辰。

它们滚来滚去滚到树基，
才摇摇晃晃地站稳脚跟。②

这首诗将冰雹比喻为从天空陨落的星辰，这种想象是奇特的，而“滚来滚去滚到树基，才摇摇晃晃地站稳脚跟”则将它们写活了，写成有生命的了。

在他的笔下，花草树木乃至鸟兽虫鱼更加活灵活现：

奇花异葩偷偷地钻进花圃，
然后它又蹒蹒跚跚地走到果园。

伏天一过，竟然开始烧荒——
郁金香的花朵就是遍野的火焰。③

这首诗写的是花。其中，“奇花异葩”的所作所为似乎都是有意识的，而“偷偷地”和“蹒蹒跚跚地”则写出了它们的神态。

---

① 鲁达基 . 鲁达基诗集 [M]. 张晖，译 . 长沙：湖南文艺出版社，2001：121.
② 鲁达基 . 鲁达基诗集 [M]. 张晖，译 . 长沙：湖南文艺出版社，2001：123.
③ 鲁达基 . 鲁达基诗集 [M]. 张晖，译 . 长沙：湖南文艺出版社，2001：124.

顶秃背驼、牙似刮刀、胫如钢锉，
满脸的皱纹就像尼罗河的水波。

堤坝上成排的巴旦杏和马尾松，
有如沿着岸边行驶的一队队骆驼。①

这首诗写的是河边的树木。其中，将成排的树的形象（“堤坝上成排的巴旦杏和马尾松”）比喻为“沿着岸边行驶的一队队骆驼”，可以说是惟妙惟肖。

我听到：羊齿草旁戴胜鸟——
鸣声直达九重霄。

我看到：它的全身披彩霞——
五颜六色满身俏。

颓圮衰微的世界啊——令人厌恶，
而戴胜鸟却使我神迷魂销。②

这首诗写的是鸟。其中，戴胜鸟的鸣声和色彩被描绘得出神入化，而戴胜鸟越是美，当时的世界便显得越发丑，这是诗人的痛切感受。

以上所述哲理抒情诗、短抒情诗、爱情诗、咏酒诗和景物诗都属于抒情诗，这些抒情诗占鲁达基诗歌的一半以上。他的抒情诗语言流畅、意境优美、构思巧妙、内容深邃，不仅高出同时代诗人的水准，而且为许多后来者所不及。11 世纪诗人昂萨里便曾写道：

---

① 鲁达基 . 鲁达基诗集 [M]. 张晖，译 . 长沙：湖南文艺出版社，2001：123.

② 鲁达基 . 鲁达基诗集 [M]. 张晖，译 . 长沙：湖南文艺出版社，2001：128.

鲁达基的抒情诗意深隽永，
我的诗却没有那样的抒情。
虽然我用尽全部力气，
诗歌写得仍然不很成功。①

鲁达基是波斯抒情诗的奠基者。在他之后，抒情诗在萨迪和哈菲兹的手上逐步发展到了登峰造极的地步。

二、四行诗

四行诗即“鲁拜”诗体。这种诗体由四行组成，要求第一、二、四行押韵，并有鲜明的节奏感，类似我国的绝句。鲁达基的四行诗共计 33 首，以表现爱情为主要内容。

你好比摆在风口上的一盏油灯，
我担心当你欢悦时会被夺去生命；
苦凄哀愁正笼罩着整个世界——
但愿你有幸躲避一切苦难忧痛。②

这首诗表现的是诗人对自己心爱的人的深切忧虑。在他的心目中，她既是十分可爱的，又是极度脆弱的。处于这个充满苦凄哀愁的世界，他对她的命运非常担心，将她比作“摆在风口上的一盏油灯”，充分说明她所面临的危险之大。因为略有生活经验的人都会明白，这种油灯随时随地都有可能被哪怕一阵小风吹灭。

心思的迷惘——源于美发的卷曲，

---

① 鲁达基 . 鲁达基诗集 [M]. 张晖，译 . 长沙：湖南文艺出版社，2001：14.

② 鲁达基 . 鲁达基诗集 [M]. 张晖，译 . 长沙：湖南文艺出版社，2001：134.

血液的沸腾——源于绝代的娇姿；
布道者啊！枯燥的说教有何用？
多情的转盼——早使人神醉魂迷。①

这首诗表现的是诗人对自己心爱的人的热切爱恋。在他的心目中，她卷曲的美发使他心思迷惘，她绝代的娇姿令他热血沸腾，而她多情的转盼更让他神醉魂迷。在她强大的诱惑下，布道者的枯燥说教怎能不成为“马耳东风”呢？

大概真主赐予你的是冷酷的天性，
你毫无恻隐之心，大肆屠戮他人的心灵；
对于像你这样残害生命的人——使我惊奇：
你夺走人家的性命，人家却仍然迷恋着你的娇容。②

这首诗别具一格。从表面上看，很像是追求者对一位高傲女性的严厉谴责，但实际上恐怕未必如此，似乎更像是追求者对一位高傲女性的热烈迷恋。

假如你遮住了自己的面庞，太阳啊！也请不要再发光，
假如你不在世间，灯火啊！也请不要再明亮；
但愿我们两人永远在一起——没有他人的搅扰，
但愿不会有那样一天——你不在我的身旁。③

这首诗前两行歌咏的是女方无比美好的面庞——太阳为她发光，灯火为她明亮；后两行歌咏的是双方如胶似漆的恋情。

① 鲁达基．鲁达基诗集 [M]. 张晖，译．长沙：湖南文艺出版社，2001：137.
② 鲁达基．鲁达基诗集 [M]. 张晖，译．长沙：湖南文艺出版社，2001：138.
③ 鲁达基．鲁达基诗集 [M]. 张晖，译．长沙：湖南文艺出版社，2001：140.

她若把长发舒展——夜晚将倏地降临世间，
而若把它松散——便会使人神魂迷乱；
卷发的波纹一旦梳平理直，
塔拉兹[①]麝香的芬芳立即洒满人间。[②]

这首诗集中表现女性头发之美之香，舒展时如同夜晚突然降临，松散时使人神魂迷乱，梳平理直时则仿佛麝香的芬芳洒满人间。头发之美达到如此地步，本人之美便不言而喻了。

来我这里——谁？情人。何时？清晨。
害怕——怕谁？敌人。谁是她的敌人？父亲。
我亲吻了她两次。亲吻什么地方？丹唇。
嘴唇？不。那是什么？玛瑙。怎样的玛瑙？甜香永存。[③]

这首诗的表现方式颇为独特。语言极为简洁、活泼，风格极为轻快、风趣，多种标点符号的巧妙运用更为其增添了许多情趣。

假如你看到我已经被害——紧紧地闭上了双唇，
可知道我的灵魂出壳，正是由于热恋的蹂躏；
但愿你将坐在我的枕边，温存地说：
“是我害了你，我心里万分悔恨。”[④]

这首诗的构思较为奇特。它所表达的是一种宁可为爱而死也无怨无悔的决心。请看，“我”的最终愿望是“你”温存地对“我”说：“是

---

① 塔拉兹是萨曼王朝东北部边境以外的一个城市，当时盛产麝香。
② 鲁达基．鲁达基诗集 [M]. 张晖，译．长沙：湖南文艺出版社，2001：128.
③ 鲁达基．鲁达基诗集 [M]. 张晖，译．长沙：湖南文艺出版社，2001：145.
④ 鲁达基．鲁达基诗集 [M]. 张晖，译．长沙：湖南文艺出版社，2001：147.

我害了你，我心里万分悔恨。”只要能够听到这句话，“我”就心满意足死而无憾了。

并不昂贵——掏出赤心，买来相见，
十分廉价——捧出灵魂，买以亲吻；
啊！月儿在做这桩买卖，
若想会见，交出红心；若想接吻，捧出灵魂。①

这首诗与上首诗有异曲同工之妙，歌颂的是“掏出赤心”的“相见”，“捧出灵魂”的“亲吻”，不惜一切代价的爱恋，不惜牺牲生命的爱恋。

知足常乐，慷慨施舍——应秉公刚正地生活，
若陷囹圄，切勿愁闷——应自由愉快地生活；
假如别人比自己富有——不要嫉妒，不必烦忧，
假如别人比自己贫穷——应去关心，共享快乐。②

这首诗语言质朴，用词准确。它在内容方面与上引其他几首四行诗不同，可谓别开生面。它表现的不是爱情，而是诗人所主张的生活态度。这种生活态度无疑是正确的，值得倡导。

据波斯学者萨亥伯勒考证，四行诗的创始者是鲁达基。在鲁达基之后，海亚姆将这种诗体推上了高峰。

三、颂赞诗

颂赞诗即卡斯台诗体，一般在十五个联句以上，第二、四行押韵，

① 鲁达基 . 鲁达基诗集 [M]. 张晖，译 . 长沙：湖南文艺出版社，2001：154.

② 鲁达基 . 鲁达基诗集 [M]. 张晖，译 . 长沙：湖南文艺出版社，2001：165.

内容以颂赞、哀悼、讥讽某人某事为主。鲁达基的颂赞诗共计 5 首。

《新春颂》共有十六节，歌颂春天来到人间，处处一派万物复苏、生机盎然的美好气象。这首诗格调明朗，节奏轻快，充分展现出诗人积极、乐观的生活态度。兹以首尾两节为例：

新春带来缤纷色彩，
并弥散出馥郁芳香；
把千万个生灵唤醒，
给大地披上艳丽新装。

…………

新春使人们赏心悦目，
为世界带来崭新的气象；
它以自己的温暖明媚，
战胜了严冬的寒冷冰霜。①

《老年怨》共有三十三节，描述诗人身强体壮时享尽荣华富贵和年老力衰时备受穷困潦倒熬煎的鲜明对比，表达他的强烈感受，是鲁达基的名篇之一。这首长诗的前几节如下：

我的牙齿都已磨损，
一个个脱落干净；
不，那不是牙齿，
真像是闪耀的明灯。

① 鲁达基 . 鲁达基诗集 [M]. 张晖，译 . 长沙：湖南文艺出版社，2001：168–171.

那是珍珠和珊瑚，
又是一排银锭；
那是滴滴甘露，
又是颗颗明星。

但现在已经磨损脱落，
而且一颗未剩；
果真遇到了厄运？
为什么如此不幸？

并非时运倒转，
也非年华已尽；
告诉你吧：
这是苍天的规定。

宇宙——
总是这样循环旋转；
它的规律——
就是不停地运动。

因为病痛——
才要医治；
痊愈之后——
又会产生新的疾病。

新的事物——
随着时光变得陈旧；
腐朽衰老——

随着时光获得新生。

多少繁茂的花园——
变成荒凉的旷野；
而那不毛的沙漠——
却变得郁郁葱葱。[①]

这首诗开头三节集中描写自己牙齿的巨大变化，通过牙齿的巨大变化表现生活境遇的巨大变化。面对眼前的巨大变化，诗人满怀哀怨、惋惜，但在哀怨和惋惜中又有若干自嘲的因素，甚至幽默的趣味。面对眼前的这种巨大变化，诗人在第三节最后一行提出一个严肃的问题——“为什么如此不幸？”他悟出的答案是“苍天的规定”和宇宙的规律，这就使这首诗具有了一定的哲理色彩，提高了这首诗的思想性。

《悼玛拉迪》共有十二节，属于悼亡诗，是哀悼同时代的诗人阿布·瓦勒哈桑·玛拉迪·布哈拉依的。这首诗的前六节如下：

伟人玛拉迪——
并没有真正死亡；
像他那样的人竟会离开人间——
叫人怎敢设想。

他那高贵的灵魂，
去寻觅升入天堂的先父；
母亲的坟旁，
便是他躯体的归向。

① 鲁达基．鲁达基诗集 [M]. 张晖，译．长沙：湖南文艺出版社，2001：172–173.

他那纯洁的灵魂，
向天国飞去；
死后却又获得新的生命，
而且万载不亡。

他不是水——
遇冷便冻成冰块；
也不是茅草——
随风到处飘扬。

不像梳子——
用久便会断裂；
也不似种子——
在泥土中深深埋藏。

他是宝贵的黄金，
掩藏在泥土里；
静静地观察着两个世界，
把光阴喻作小溪流淌。[①]

这首诗不仅充分抒发出作者对逝者的惋惜和哀悼之情，而且通过四个对比：“他不是水——遇冷便冻成冰块；也不是茅草——随风到处飘扬；不像梳子——用久便会断裂；也不似种子——在泥土中深深埋藏”，充分肯定了逝者的崇高价值——“他是宝贵的黄金”。

《萨曼尼国王颂》共有十六节，是献给纳赛尔·本·阿赫玛德国王的，这是一首典型的歌功颂德的诗作，从头至尾几乎都是在说他的好

① 鲁达基. 鲁达基诗集 [M]. 张晖，译. 长沙：湖南文艺出版社，2001：179.

话。以首尾两节为例：

向伟大的国王祝福，
敬祝他寿长万年；
我们珍贵的生命——
都同他息息相关。

…………

我诗歌的结尾，
仍是颂诗的第一句：
向伟大的国王祝福，
敬祝他寿长万年。[①]

这样的诗句自然不能过分夸奖，不过，虽然好话说尽，但是诗人也巧妙地趁机说出一点希望，或者说是一点要求，而这个希望和要求正是关系诗人自己的切身利益的。这就是诗的倒数第二节所写的：

国王啊！
对待朋友应当温柔和善；
苍天啊！
对待敌人也应绽露笑脸。[②]

有趣的是，诗人还将对国王的希望和要求与对苍天的希望和要求并列在一起，使得国王不得不接受下来，也不好意思不接受下来。

《酒颂》共九十五节，不仅是诗人最长的颂赞诗，也被誉为诗人最

---

① 鲁达基．鲁达基诗集 [M]. 张晖，译．长沙：湖南文艺出版社，2001：182–185.

② 鲁达基．鲁达基诗集 [M]. 张晖，译．长沙：湖南文艺出版社，2001：185.

美的颂赞诗。据译者介绍，这首诗是献给萨法里扬王朝国王阿布·加法尔（923—963）的，当时他战胜了西斯坦地区的统治者玛康·卡基，萨曼王朝国王纳赛尔·本·阿赫玛德得知此消息后说道：我们的生活如此安定美好，但阿布·加法尔国王却不在这里，我们非常想念他，于是便在宫廷举办盛大的宴会，祝贺他的胜利。鲁达基这首诗是奉旨写成的，其主要内容当然是为阿布·加法尔和纳赛尔·本·阿赫玛德歌功颂德，但诗人另辟蹊径，从葡萄酒的酿制过程起笔：

酒的母亲，
必须做出牺牲；
人们要把她的孩儿，
掳来关进牢笼。

获得她的孩子——
并不是轻而易举的事情；
首先要使她遭受重重磨难，
经受万般苦痛。

正如婴儿需要母亲的乳房，
连同她的乳汁；
随意把母亲和婴儿拆散——
绝对不行。

酒的母亲每年从二月初，
直到八月底——
整整七个月的时间，
都要用乳汁喂养她的孩童。

只有在这之后，
母亲才愿意作出牺牲；
为了崇高的信念，
而把孩儿献奉。

孩子开始受苦受难——
被无情地抛进牢笼；
整整七天七夜，
处于晕眩昏沉之中。

经过这番熬煎，
虽然他逐渐恢复了知觉，
但却因为心儿绞痛而呻吟，
全身发热而翻腾。

他由于极度痛苦，
忽而翻上，忽而覆下；
上上下下——
有如开水沸腾。

他不像黄金——
在熔炼时神态自若；
黄金虽然也异常痛苦，
却从来不像这样翻腾滚动。

他像一头狂怒的骆驼——
无比的暴烈、凶猛；
口里吐着白沫，

狂跳、乱蹦。

当狱卒把那些，
吐出的泡沫擦净，
发现他的脸色已经变得暗红；
但是却非常润泽、洁净。

之后，狱卒便把牢门——
紧紧地关闭，
而它也终于
恢复了平静。

他静静地躺在那里，
显得十分秀丽、纯净；
他的容颜像红色宝石，
又像珊瑚般的绛红。

还可以把他比喻为
也门的红玛瑙；
又似巴达合尚[①]的玉石戒指——
是那样的明亮晶莹。

当人们嗅到他所散发的馥郁芳香，
会认为这是来自红色蔷薇；
但是香味——
却似麝香、龙涎香般浓重。

---

① 伊朗城市名。

然后还要继续“监禁”他，
而不管他是否悲哀苦痛；
一直把他“关押”到第二年春天——
三月正中。①

在这里，诗人采用拟人化的笔法，将葡萄酒的产生过程写得形象生动，有声有色，意趣横生。随后，诗人再进一步通过一系列恰当的比喻描写葡萄酒的色香味及其在饮酒者身上所发挥的威力：

假如在深更半夜，
打开这监牢的大门，
立刻会涌出闪闪发光的泉水——
像太阳的流波，灿烂光明。

…………

假如有谁品尝了他，
蜡黄的脸儿会变得红似蔷薇；
吝啬鬼能变得慷慨大方，
怯懦者则变得英勇坚强。

在苦闷的时候，
哪怕饮上一杯，
也会立刻解除烦忧，
消除悲痛。

① 鲁达基 . 鲁达基诗集 [M]. 张晖，译 . 长沙：湖南文艺出版社，2001：186–189.

把十年的忧愁——
全部送往塔杰·拉曼德[1]，
而从列意[2]和阿曼——
引来新的欢腾。[3]

此外，这首诗对酒宴本身的描写也不可忽视，仅从以下几节诗便可想象那种觥筹交错、轻歌曼舞的华美景象——

就是天堂——
也不过如此豪华；
人间的酒宴，
有谁见过这般丰盛？

地毯用金丝织就，
壁毯华丽新颖；
摆开无数的餐桌，
四周的奇花瑶草香气升腾。

悠扬的丝竹声起，
婉转缠绵、悦耳动听；
琴瑟笙箫音色和谐，
美女的笛音回荡空中。

一排坐着——
巴拉米首相和大臣，

① 阿曼地区的城市名。
② 萨曼王朝时期的城市名。
③ 鲁达基．鲁达基诗集 [M]. 张晖，译．长沙：湖南文艺出版社，2001：189–190.

一排则是——
地主绅士贵族贤翁。

霍斯鲁国王[①]
坐上了御座；
他虽然只统治着霍拉桑，
却是各国帝王的首领。[②]

四、叙事诗

叙事诗即玛斯纳维诗，它的押韵方法是“随韵”，即两行押一韵，然后变韵，行数不限。这种诗体主要用于叙事诗，一般是通过故事来说明道理。其中包括十九种韵体，鲁达基遗留下的这类诗歌只是片断，他所采用的有拉姆勒韵体、哈菲弗韵体、萨里韵体、穆塔卡列伯韵体和哈扎至韵体五种。

用拉姆勒韵体写的有《卡里来与迪木乃》的片断。《卡里来与迪木乃》是一部阿拉伯文的寓言故事集，译自伊朗巴列维文本，而巴列维文本又译自印度梵文本《五卷书》，但在辗转翻译过程中有很多增删和艺术加工。阿拉伯文本以第一个故事中的两只豺狗的名字——卡里来与迪木乃为全书命名。全书正文十五章，包括七十个大大小小的故事。这本书不仅在阿拉伯，而且在世界各地广泛流传，影响颇大。据说当时的首相阿布·阿拉法兹尔非常信任鲁达基，认为在阿拉伯文和波斯文的造诣方面，没有人能与鲁达基相比，于是建议鲁达基将阿拉伯文的《卡里来与迪木乃》编写成波斯文的韵体叙事诗。这部诗作共约12000行，可惜现在只剩下三十九个联句了。但从这些仅存的联句里，也可以发现不少闪光的思想和精彩的诗句，兹举例说明之。

---

① 霍斯鲁是伊朗传说中的国王，这里实际是指当时的萨曼国王纳赛尔·本·阿赫玛德。

② 鲁达基. 鲁达基诗集 [M]. 张晖，译. 长沙：湖南文艺出版社，2001：191–192.

从开天辟地直到现今，
没有不需要知识的人。

聪明的人类虽然语言各不相同，
寻求知识却都是一刻不停。

他们积累知识，珍视知识，
甚至刻于石板，以传后世。

知识就像心中闪闪的明灯，
又如身上的铠甲，能够抗灾防病。

…………

没有比知识更珍贵的财宝，
你若不信可以到处去寻找。[①]

这些联句反复强调知识的重要作用，赞美人们渴求知识的强烈欲望。

隆冬之夜，天寒地冻，
忽然飞来一只萤火虫。

猴子以为这是一个火种，
便立即抓住放进柴堆之中。[②]

① 鲁达基 . 鲁达基诗集 [M]. 张晖，译 . 长沙：湖南文艺出版社，2001：208–212.

② 鲁达基 . 鲁达基诗集 [M]. 张晖，译 . 长沙：湖南文艺出版社，2001：209.

这两个联句讲的是一个有趣的故事：在一个寒冷的夜晚，一群猴子抓到一只萤火虫。它们以为萤火虫是火种，可以点燃柴草取暖，于是便把萤火虫放进柴草堆中。这时，有一只山雀看到了猴子们的举动，觉得很可笑，就对它们说道，萤火虫不是火，它不能当作火种，它们这样做是徒劳无功的。但是，猴子们不听劝告，仍然尝试点火。山雀也不肯罢休，又飞到猴子们的身边，继续劝告它们。结果，猴子们不仅不听山雀的劝告，反而生起气来，将山雀抓住摔死了。这个故事告诉人们：不要一味地劝告那些既愚蠢又固执的人们，不仅劳而无功，反而会坑害自己。鲁达基用短短四行诗就说明了故事梗概。

可以让那棵大树来作证人，
你事先藏到树中回答询问：

“现在这里的金币有一袋子，
偷金币的人正是傻子。”①

这两个联句讲的也是一个有趣的故事：有个傻子捡到一袋钱币，他把此事告诉了一个坏人。傻子愿意和坏人平分这些钱币，而坏人却一心独吞。坏人提议把这个袋子埋在一棵大树下，需要用时两人一同去取。傻子同意了。事后，坏人偷偷地把钱币都拿走了。等到两人一同来取时，发现钱币不见了。坏人贼喊捉贼，诬赖傻子偷了钱币，并把傻子告上法庭。法官问坏人，你说傻子偷钱币有什么证据？坏人说，大树可以作证。法官问大树，是谁偷了钱币？大树中有声音回答，是傻子偷了钱币。法官觉得奇怪，心想树怎么会说话呢？便命人烧树。这时，有个老人一面从大树中往外爬，一面大喊“救命，救命！”原来是坏人事先让他的父亲藏在树洞中的。这个故事告诉人们：坏人最

① 鲁达基．鲁达基诗集 [M]. 张晖，译．长沙：湖南文艺出版社，2001：209.

终不得好报，骗人者必将自食其果。鲁达基也用短短四行诗就说明了故事梗概。

除了使用拉姆勒韵体写作之外，鲁达基有五个联句用的是哈菲弗韵体，两个联句用的是萨里韵体，十四个联句用的是穆塔卡列伯韵体，四个联句用的是哈扎至韵体，都很零碎，但也不乏精彩的诗句。如：

假如谁让兀鹰引路，
必将把他引向坟墓。①

这是对社会和生活经验的总结。又如：

一个敌人不为少，不增为好，
千个朋友不为多，应再多交。②

这是为人处世的经验之谈，含有一定的哲理。

鲁达基的贡献和影响

鲁达基的诗歌内容丰富，用词精准，构思巧妙，风格多样，文笔细腻。他的主要贡献是在抒情诗、四行诗、颂赞诗和叙事诗等领域创作了一系列优秀的作品，使得这些诗体逐步趋向定型和成熟，从而为其后几个世纪蓬勃发展的波斯古典诗歌奠定了坚实的基础，开辟了广阔的道路。

由于他的杰出贡献，后世许多诗人都怀念他，歌颂他。如 10 世纪的诗人阿布·满速里·达达基写道：

---

① 鲁达基 . 鲁达基诗集 [M]. 张晖，译 . 长沙：湖南文艺出版社，2001：215.

② 鲁达基 . 鲁达基诗集 [M]. 张晖，译 . 长沙：湖南文艺出版社，2001：217.

故去的诗人理应在世，
他虽是盲人，但有才智。①

另一位 10 世纪的诗人卡萨伊·玛鲁兹写道：

诗人的鼻祖是鲁达基，
卡萨伊啊！你的才能不到他的百分之一。②

12 世纪的诗人哈冈尼写道：

写诗我也有才能，
诗歌的意境较为深邃；
但是若同鲁达基和昂萨里相比，
只可算为小技而感到自愧。③

另一位 12 世纪的诗人纳赛尔·霍斯鲁写道：

诗中充满了告诫和教训，
都是出自那智慧的盲诗人。④

① 鲁达基 . 鲁达基诗集 [M]. 张晖，译 . 长沙：湖南文艺出版社，2001：19.
② 鲁达基 . 鲁达基诗集 [M]. 张晖，译 . 长沙：湖南文艺出版社，2001：19.
③ 鲁达基 . 鲁达基诗集 [M]. 张晖，译 . 长沙：湖南文艺出版社，2001：19-20.
④ 鲁达基 . 鲁达基诗集 [M]. 张晖，译 . 长沙：湖南文艺出版社，2001：18.

史诗诗人菲尔多西和他的《列王纪》

菲尔多西（940—1020）是波斯诗歌黄金时代的著名诗人之一，他创作的民族史诗《列王纪》（又译《王书》）是波斯诗歌发展史上最有代表性的作品之一。

菲尔多西小传

菲尔多西出生在伊朗东部霍拉桑地区图斯城一个被称为“德赫甘”阶层的家庭。“德赫甘”是土地所有者的意思，属于贵族阶层。这个阶层掌握文化，其成员大都接受了良好的教育，具有较强的民族意识，对阿拉伯人在伊朗的统治持不满和反对态度，再加上菲尔多西的故乡由伊朗地方政权萨曼王朝管辖，所以菲尔多西自幼民族意识较强。他从小接受系统的教育，不仅通晓达里波斯语，而且很有可能通晓巴列维语和阿拉伯语。同时，他还具有丰富的历史知识和高深的文学修养。这些为他日后创作《列王纪》打下了坚实的基础，创造了良好的条件。

菲尔多西一生的创作可能很多，但是流传至今的只有一部长篇史诗《列王纪》。《列王纪》是“舒毕思潮”影响下的产物。“舒毕”是一个阿拉伯词语，意思是“民族”或“宗族”。这个词语出自《古兰经》第 49 章第 13 节，内容如下：“众人啊！我确已从一男一女创造你们，我使你们成为许多民族和宗族，以便你们互相认识。在真主看来，你们中最尊贵者，是你们中最敬畏者。真主确是全知的，确是彻知的。”①根据这段话，波斯人便得出一个结论——既然真主认定“许多民族和宗族”都是“一男一女”的子孙，他们应该“互相认识”，既然“在真主看来，你们中最尊贵者，是你们中最敬畏者”，除此之外并没有什么其他区别“尊贵”和“不尊贵”的标准，那么所有信仰伊斯兰教的“民族和宗族”都应该是平等的，阿拉伯人和波斯人也应该是平等的。

所谓舒毕思潮，就是指当时许多波斯人不甘心长期处在阿拉伯人的统治之下，他们一方面在政治和军事上寻找时机，随时准备以武力或其他反抗的方式摆脱阿拉伯帝国的束缚；另一方面在文化上努力宣扬波斯古代文明，恢复波斯古代传统，宣扬波斯古代国王和勇士的英雄业绩，并用波斯人自己的语言——达里波斯语进行写作，以便弘扬波斯的民族精神。

这种舒毕思潮在菲尔多西创作《列王纪》时颇为盛行，因为当时距阿拉伯人入侵波斯已经过去三百年左右，这时波斯虽然在名义上仍是阿拉伯帝国的一部分，但实际上在远离帝国统治中心——巴格达的伊朗本土，尤其是在伊朗的东部、东南部、东北部和中部，建立了不少相对独立的地方王朝，这些地方王朝几乎都是舒毕思潮的推动者。在文化和文学领域，其具体表现包括以下两点：一是提倡使用波斯民族语言——达里波斯语写作，抵制外来语言；二是提倡颂扬波斯的光荣历史和辉煌文明，以便提高民族自信心。于是，在舒毕思潮的推动下，歌颂波斯古代国王和勇士的英雄业绩成为一种潮流，不少作家和诗人竞相尝试。

关于地方王朝统治者提倡歌颂波斯光荣历史的情况，菲尔多西在《列王纪》开篇已经提及。即在第 11 节“对阿布·曼苏尔·穆罕默德·伊本·阿卜杜列扎格的颂词”中，记述了他自己写《列王纪》时得到伊本·阿卜杜列扎格（？—961）的有力支持的情况。伊本·阿卜杜列扎

① 古兰经 [M]. 马坚，译 . 北京：中国社会科学出版社，1981：400.

格在萨曼王朝统治时期原任图斯的总督，后任霍拉桑的总督，他在位期间求贤若渴，曾经招募能人编写出一部散文体的《王书》。关于此事，菲尔多西写道：

有位贤人，他本出身贵族，
胸襟豪爽豁达为人聪明大度。
他有兴趣探讨古代人的生活，
凡往昔陈迹他都细心搜罗。
他从每个城市请一位年长祭司，
请他们合力把此书编排整理。
……
那些祭司桩桩件件对他言讲，
讲过去的世界讲往昔的君王。
当那将军听了他们的叙述，
就决定命人写出一本巨著。①

大约与此同时，他也赞助菲尔多西写作《列王纪》。关于此事，菲尔多西写道：

当我着手写作这本书的时候，
还应感谢一位高贵的贤人。
他年富力强是古代勇士之后，
心胸广阔，为人聪明忠厚。
他心有主见做事出于真心，
心存仁义又兼话语亲切动人。
他对我说，你尽管放心写书，

① 菲尔多西．列王纪全集[M].张鸿年，宋丕方，译．长沙：湖南文艺出版社，2001（1）：12-13.

对我明白相告有什么需要帮助。
只要我能做到，力所能及，
一定尽力相助不使你到处乞讨。
他尽心照料把我视为嫩果，
维护关怀，不使我受狂风折磨。
由于这位心肠仁慈的贵人照料，
我一步登天，头颅高扬到云霄。
……
他说过当你把这部王书写完，
你应将此书向皇家奉献。
想起这番话我就感到欣慰心安，
不由得内心兴奋喜笑开颜。
我每当忆起他的这番劝勉，
就从心底深处泛起阵阵温暖。
于是我就以高贵的国王的名义，
着手写这部皇家贵胄之书。①

据说在菲尔多西创作《列王纪》前，至少已有五部波斯语的《王书》（三部是散文体，两部是诗歌体）问世，可以供他参考。其中包括伊本·阿卜杜列扎格组织编写的散文体《王书》和萨曼王朝宫廷诗人塔吉基未完成的《王书》。关于后者，菲尔多西在“关于诗人塔吉基”中写道：

有一位贵人年轻文采风流，
他禀赋极高又兼是诗文妙手。
他说，我要以诗歌改写此书②，
人们闻听此言感到欢欣鼓舞。

① 菲尔多西．列王纪全集 [M]. 张鸿年，宋丕方，译．长沙：湖南文艺出版社，2001（1）：16–17.
② 指上述散文体《王书》。

但这位青年脾气不好性格暴躁，
见不平之事往往与人争吵。
于是，死神便过早地光顾，
一顶黑色头盔戴上他的头颅。
暴烈的秉性断送了他的性命，
他的心在世上未得到欢乐安宁。①

此外，他还参考了巴列维语的史书《帝王纪》以及流传于西斯坦地区的鲁斯塔姆家族的英雄传说等。菲尔多西大约是从 975 年着手写作《列王纪》的，到 1009 年才大功告成，前后历经 30 余载，几乎耗费了他大半生的精力。

然而，菲尔多西并没有因为这部《列王纪》而得到应有的报偿，这是因为当他把这部巨著写完时，伊本·阿卜杜列扎格早已去世，菲尔多西对此深表遗憾，他在上引“颂词”里写道：

在他眼中金银如同沙砾，
要从他的行为中寻求慷慨的真义。
举世之财在他眼中不过一粟，
他是热血男儿待人心诚意笃。
但是，他突然间便永远消失不见，
如同草坪上的翠柏受狂风摧残。
他杳无音信不知是死是活，
似被鲨鱼般的人一口吞没。
他生得虎背熊腰令人钦敬，
堂堂皇家仪表谁想到气数告终。
他身陷囹圄我的心失望颤抖，

① 菲尔多西 . 列王纪全集 [M]. 张鸿年，宋丕方，译 . 长沙：湖南文艺出版社，2001（1）：13–14.

失望颤抖如同风中之柳。[①]

因此，他不得不将自己的巨著献给霍拉桑的新统治者——玛赫穆德。玛赫穆德是伽色尼王朝的国王，999 年从伽色尼（在今阿富汗东部）入主霍拉桑。1009 年，菲尔多西将《列王纪》献给他，并且在“对玛赫穆德国王的颂词”中说尽好话，但没有得到应有的封赏。例如：

他广为施舍散尽天下财富，
人人有份，心中感念他的好处。
国王靠真主启示指引世人，
愿陛下国本永固根基长存。
愿人世不要没有国王的王冠，
愿王上基业永固世代绵延。
愿国家之君洪福齐天身体健康，
无往不胜无病无灾如意吉祥。[②]

关于菲尔多西与玛赫穆德之间的矛盾有许多不同的说法。其中一个比较流行的说法是《文苑精英》[③] 的记载，其内容如下：当菲尔多西将《列王纪》呈献给玛赫穆德时，玛赫穆德由于听信谗言，只奖赏给他两万银币（传说原来答应一联诗句奖赏一枚金币，六万联诗句应该奖赏六万金币）。菲尔多西大为不满，随即将这些银币分给浴室主人和小贩，自己只身逃往塔巴里斯坦，投奔沙赫里亚尔国王，并写了一首讽刺玛赫穆德的诗。事后，玛赫穆德悔悟，派人携带重金前往图斯补偿菲尔多西。不料，当送重金的驼队进城时，菲尔多西的遗体正被抬出城去。这段记载可能有虚有实，有真有假。后世的研究者见仁见智。

① 菲尔多西．列王纪全集 [M]. 张鸿年，宋丕方，译．长沙：湖南文艺出版社，2001（1）：16–17.
② 菲尔多西．列王纪全集 [M]. 张鸿年，宋丕方，译．长沙：湖南文艺出版社，2001（1）：22.
③ 内扎米·阿鲁兹依著，约成书于 1156—1157 年。

有的相信确有其事，有的半信半疑，有的全盘否定。但无论如何，菲尔多西与玛赫穆德发生冲突，没有获取应得的报酬，恐怕是不能否定的。第 1009 节“《列王纪》终篇”写道：

整整三十五载的人生光阴，
为挣得报酬付出几多艰辛。
到头来我的辛苦尽付东风，
三十五年依旧两手空空。
如今我的年龄已近八十岁，
还空谈什么希望什么际会。[①]

那么，菲尔多西与玛赫穆德为什么会发生冲突呢？据我国学者张鸿年分析，原因可能主要有两点：一是《列王纪》中所包含的反对外国侵略的思想不合玛赫穆德的心意，因为玛赫穆德本人不是波斯人，而是突厥人；二是菲尔多西属于伊斯兰教什叶派，而玛赫穆德则属于逊尼派，他曾经残酷镇压过什叶派。什叶派和逊尼派是伊斯兰教的两大主要派别。它们的分歧在于先知穆罕默德的继承人问题。什叶派主张只有哈希姆家族阿里的直系后裔才是穆罕默德的合法继承人，而逊尼派则主张艾布·伯克尔、欧麦尔、奥斯曼和阿里的后裔都是穆罕默德的合法继承人。

不过，菲尔多西对自己 30 余年的劳动成果是十分珍视的，他了解《列王纪》的巨大意义。他在“《列王纪》终篇”里写道：

当这著名的王书全部写完，
国内会发出一片赞美之言。
只要他有理智、见识和信念，

① 菲尔多西 . 列王纪全集 [M]. 张鸿年，宋丕方，译 . 长沙：湖南文艺出版社，2001（1）：655.

我死后必会把我热情颂赞。
我不会死的，我将会永生，
我已把语言的种子撒遍域中。[①]

《列王纪》提要

《列王纪》的故事始于雅利安人西支——波斯人起源的神话传说时代，终止于公元 651 年阿拉伯人灭掉萨珊王朝，前后历经 4600 年，包括 50 个国王的统治时期。不过，《列王纪》不是历史著作，而是文学作品，它所写的内容与历史事实有一定的差异。如：伊朗古代只有三个王朝，但《列王纪》写成四个王朝；有的王朝所写内容与历史事实有出入；有的王朝所写内容过于简略，不能反映历史事实；等等。

这部史诗共约 12 万行，除开头的序言外，正文可以分为三大部分：神话传说、勇士故事和历史故事。

神话传说部分采用略写的方法，约 2200 行。这部分写的是伊朗第一个王朝——俾什达迪王朝前五代国王的故事。

第一代国王凯尤玛尔斯是天神创造的第一人，他帮助天神与恶魔作斗争。他具有许多善良的品德，得到百姓拥戴。他当政时，人们已知喂养牲畜。但不幸的是，他的儿子西亚玛克后来被恶魔所杀。第二代国王胡山是西亚玛克之子，他为父报仇，打败恶魔，并继承祖父王位。他执政时，人们逐渐学会取火、制铁和农耕。第三代国王塔赫姆列斯是胡山之子，他的功绩是将魔鬼囚禁起来。他执政时，人们学会纺毛、挤奶和饲养家禽。第四代国王贾姆希德是塔赫姆列斯之弟，他执政时，人们学会建造宫殿，制造武器，开采金银，酿酒和医术。第五代国王佐哈克是阿拉伯人。他与魔鬼合作，残害黎民百姓，每天要用两个人脑喂他双肩上长出的两条毒蛇。他起初杀犯人取得人脑，后

① 菲尔多西．列王纪全集 [M]. 张鸿年，宋丕方，译．长沙：湖南文艺出版社，2001（1）：656.

来则杀好人取得人脑，引起百姓的怒火。铁匠卡维的 17 个儿子都被他杀害，轮到最后一个儿子时，卡维请求佐哈克给他留下这根独苗，佐哈克不准。卡维忍无可忍，率领百姓造反，拥立法里东为国王，将佐哈克囚禁起来。神话传说部分至此结束。

勇士故事部分是全书的核心，采用详写的方法，约有 64000 行，占全书的一半以上。这部分写的是伊朗第一个王朝——俾什达迪王朝后五代国王和第二个王朝——凯扬王朝前五代国王的故事。

俾什达迪王朝第六代国王法里东执政期间，天下太平，人们生活安定，虔心信仰天神。法里东有三个儿子，即大儿子萨勒姆、二儿子图尔和三儿子伊拉治。其中伊拉治勇武过人，心地善良，最受他的喜爱。在分封国土时，他将外地分给萨勒姆和图尔，而将“世界的中心”——伊朗分给伊拉治。这引起萨勒姆和图尔的不满，二人设计害死伊拉治，从而形成了伊拉治的悲剧——这是《列王纪》的第一大悲剧。法里东十分愤慨，决心为伊拉治报仇，相继派人杀死图尔和萨勒姆，并将王位传给玛努切赫尔。

在第七代国王玛努切赫尔执政期间，勇士萨姆登场。萨姆的儿子是勇士扎尔，扎尔的儿子则是勇士鲁斯塔姆。其过程如下：萨姆得一子，此子刚一出生便满头白发，遂被弃于深山。后由神鸟抚育长大，取名扎尔。扎尔后来与喀布尔国王之女鲁达贝结婚，生下一个特大婴儿，取名鲁斯塔姆。鲁斯塔姆长大成人后，成为伊朗最著名的勇士。玛努切赫尔之后，努扎尔、扎夫和扎尔相继执政为王，但这几代国王政绩一般，俾什达迪王朝遂告结束，凯扬王朝继之开始。在鲁斯塔姆的辅佐下，凯扬王朝的第一代国王哥巴德登基，哥巴德定都于伊斯塔赫尔。他后来将王位传给自己的长子卡乌斯。第二代国王卡乌斯执政期间，发生了一系列重要事件：一是卡乌斯领兵出征马赞得朗（今里海南岸）被困，鲁斯塔姆勇闯七关前往解救，最后征服马赞得朗。二是卡乌斯领兵出征哈马瓦兰（今也门）被俘，鲁斯塔姆将他解救回国。三是鲁斯塔姆杀死未见过面的亲生儿子苏赫拉布的悲剧——这是《列王纪》

的第二大悲剧（详见后文）。四是卡乌斯之子夏沃什命丧异国他乡的悲剧——这是《列王纪》的第三大悲剧（详见后文）。在选择卡乌斯的继承人时，宫廷内部又展开一场激烈的斗争：有人主张卡乌斯之子法里波尔兹继位，有人力保夏沃什之子霍斯鲁继位。卡乌斯最后决定，谁能攻下边境的一个城堡，谁就继承王位。法里波尔兹未能攻下城堡，而霍斯鲁则将城堡攻下，因而得以继承王位，成为第三代国王。霍斯鲁执政时，伊朗和土兰多次发生战争。如土兰国王命皮兰领兵攻打伊朗，皮兰一面出兵，一面让术士施法术，天降大雪，寒冷无比。不久，术士被伊朗人杀死，天气恢复正常。与此同时，鲁斯塔姆奉命出兵支援，皮兰军队大败。又如霍斯鲁派比让和古尔金前往边境肃清野驴之患，比让杀死许多野驴，功绩卓著；古尔金心生歹意，引诱比让与女人幽会，结果比让被土兰国士兵俘虏。古尔金返回京城报告比让被俘的消息，霍斯鲁大为恼火，命人将古尔金囚禁起来，并派鲁斯塔姆前去营救比让。鲁斯塔姆设巧计救出比让。霍斯鲁在祈祷中得知自己寿命不长，于是下令分封国土，并将王位传给卢赫拉斯帕，使之成为第四代国王，霍斯鲁自己则在前往一座高山的路上消失了踪影。卢赫拉斯帕在位不久便将王位让给古什塔斯帕。第五代国王古什塔斯帕执政时，宣布琐罗亚斯德教为正统宗教。古什塔斯帕的儿子埃斯凡迪亚尔是一个勇士，在与土兰国军队交战中屡战屡胜，却因小人进谗言，说他有篡夺王位的野心，被古什塔斯帕锁在一座高山上。这时土兰国军队再度来犯，古什塔斯帕无计可施，不得不求助于埃斯凡迪亚尔，并且答应退敌后即让位。埃斯凡迪亚尔施展全身本领，连闯七关，杀死两只饿狼、一头狮子、一条巨蟒，制伏一个女妖，杀死一只神鸟，克服风雪障碍，渡过急流险滩，最后冲入一座堡垒，杀死土兰国王和他的儿子。但当埃斯凡迪亚尔大功告成后，古什塔斯帕却不肯让位，又命埃斯凡迪亚尔前去征讨鲁斯塔姆。埃斯凡迪亚尔深知不宜发兵，但迫于王命，不得已而为之。于是，鲁斯塔姆和埃斯凡迪亚尔之间爆发了一场大战。起初鲁斯塔姆因为年事已高不敌对手，后来在神鸟的指引下射穿埃斯凡迪亚尔的双眼（据说此人除眼睛外，其他地方刀枪不入），杀死了埃斯凡迪亚尔。埃斯凡迪亚尔的悲剧是《列王纪》的第四大悲剧。其后不久，鲁斯塔姆也被另一敌手所害，二人同归于尽。勇士故事部分至此结束。

历史故事部分也占很大比重，约有 47000 行。这个部分写的是伊朗第二个王朝——凯扬王朝后五代国王和第三个王朝——阿什康尼王朝、第四个王朝——萨珊王朝的故事。

古什塔斯帕传位给埃斯凡迪亚尔之子巴赫曼，巴赫曼成为凯扬王朝的第六代国王。为了替父亲报仇，他大肆屠杀鲁斯塔姆一族。他娶自己的女儿胡马依为妻（据说伊朗古代有这种风俗），后来将王位传给了她。胡马依成为第七代国王。她治国有方，社会秩序稳定，人民生活水平有所提高。她生下一子，将他装入木箱，任其顺水漂流。后来孩子被人救起，并取名为达拉布。达拉布长大后相貌出众，武艺高强。胡马依认下达拉布，并将王位传给他。第八代国王达拉布在位期间，曾与罗马人交战，并获得胜利。罗马国王菲利普求和，达拉布提出娶菲利普之女纳希德为妻的条件，菲利普只得应允。达拉布和纳希德结婚后，纳希德生了一种怪病，口有异味。达拉布将其送回娘家。纳希德生下一子，即亚历山大。达拉布传位给他的儿子达拉。达拉成为第九代国王。他执政时，亚历山大东征，达拉和亚历山大是亲兄弟（但这个说法没有历史根据，实际上是泛伊朗主义思想的表现，企图将征服伊朗的亚历山大说成是伊朗人），达拉被人杀死，亚历山大获胜。亚历山大成为凯扬王朝第十代国王。他南征北战，先后进军印度、埃及和土耳其等地，后来还曾打算进攻中国，但尚未出兵就死去了。凯扬王朝至此灭亡。

亚历山大以后，伊朗进入第三个王朝——阿什康尼王朝时代。这个王朝统治了约 470 余年，可是史诗对其叙述十分简单，只是提到一些国王的名字，总共不过 40 行，这可能是因为缺乏资料的缘故。

阿什康尼王朝之后是伊朗第四个王朝——萨珊王朝时代。萨珊王朝是由达拉的后代建立的。事情的经过是这样的：达拉死后，他的儿子萨珊逃到印度生活，其四代子孙都叫萨珊。第四代萨珊从印度回到伊朗，与牧场主的女儿结婚，生下一子名叫阿尔达希尔·巴巴康。此人才能出众，历经重重磨难，终于继承国王大位。他既重视武功，又提倡文治，给萨珊王朝奠定了良好的基础，成为萨珊王朝的第一代国王。阿尔达希尔以后，几代国王都没有什么作为，直到第六代国王沙普尔才重振雄风，他最辉煌的业绩是打败领兵前来进攻伊朗的罗马的恺撒，迫使罗马与伊朗签订和约。之后，沙普尔将王位传给小沙普尔，小沙普尔将王位传给耶兹德卡尔德。耶兹德卡尔德因患暴病突然亡故，当时他的儿子巴赫拉姆正在阿拉伯学习，大臣们便借此机会将一个名叫霍斯鲁的贵族推上王位。当巴赫拉姆得到消息赶回伊朗继位时，由于霍斯鲁已经登基，他不得不与霍斯鲁争夺放在两头狮子之间的王座和王冠，争夺到手者为王，结果他把王座和王冠夺到手，大臣们只好口服心服。巴赫拉姆执政期间，对内提倡仁德治国，对外与几个大国修好，所以社会太平，民心稳定。巴赫拉姆死后，又有耶兹德卡尔德、霍尔姆兹德、皮鲁兹、哥巴德和阿努希拉旺相继登基为王。阿努希拉旺是一位有名的国王。在内政方面，他主张仁义治国，关怀贫苦百姓，惩办贪官污吏；在外交方面，他坚决抵御外侮，打败了罗马人，同时与印度等国交好。阿努希拉旺以后，伊朗没有再出现特别出色的国王。萨珊王朝又经过近十代国王的传承，最后登上王位的是末代国王耶兹德卡尔德。他执政 16 年后，阿拉伯军队大举入侵，伊朗人内部叛乱，他在逃亡过程中被一个磨坊主杀死，萨珊王朝灭亡。

在《列王纪》中，精彩的故事共有二十个左右，但伊朗文学家莫哲塔比·米诺维认为，其中有四个故事可以称为真正的悲剧，这四大悲剧是全书的精华所在，这种说法不无道理。兹以第二大悲剧和第三大悲剧为例。

鲁斯塔姆和苏赫拉布的悲剧

在四大悲剧中，鲁斯塔姆和苏赫拉布的悲剧最有名气，最有震撼人心的力量。

鲁斯塔姆是《列王纪》塑造的主要勇士，是古代传说中的主要英雄，具有浓厚的传奇色彩。为了更充分更突出地展示他的英雄本色、他的非同寻常、他的超群出众，诗人在描写他的出生、成长和种种英雄业绩时，采用艺术夸张的笔法来形容他的音容笑貌和所作所为，这种笔法无疑符合他的独特身份，所以虽然夸大，但并不使人觉得不符合事实，不符合情理，反而能够激发读者的想象，引起读者的兴味，强化英雄形象。我们不难想到，诗人从民间传说中和前人作品中所见所闻的鲁斯塔姆的英雄形象已经具有夸张的色彩，诗人又在这个基础上驰骋情思和刻意渲染，运用自己写生绘物和遣词造句的杰出才华，将一位高大伟岸的传奇英雄的形象塑造出来。

鲁斯塔姆的故事要从他的出生说起：

一日果然来了位祭司，他手段高超，
他用酒使如月的美人失去了知觉。
在美人不知不觉中剖开她的腹腔，
找到婴儿的头把它摆正方向。
取出的是一个虎头虎脑的男婴，
这孩子身强体壮面貌俊秀玲珑。
不论男女谁看了孩子都感到惊奇，
他生得如同小象一般庞大的身躯。[①]

他的母亲鲁达贝见这个庞大的儿子终于出生，如释重负，不禁脱

① 菲尔多西．列王纪全集 [M]. 张鸿年，宋丕方，译．长沙：湖南文艺出版社，2001（1）：334.

口说道:“我可解脱了!”于是人们就给孩子取名“鲁斯塔姆”,因为在波斯语中“我解脱了”的发音是“拉斯塔姆”,与“鲁斯塔姆”相近。

鲁斯塔姆不仅出生时身体庞大得惊人,而且出生后成长的速度也快得惊人:

喂鲁斯塔姆奶的是十位奶娘,
孩子高似成人,像狮子一样强壮。
断奶以后就吃平常的食物,
终日以大饼和肉类充饥果腹。
他一顿能吃十个壮汉的食品,
如此的食量惊呆了左右之人。
当鲁斯塔姆长到八岁的年纪,
体态端庄生得松柏一样的身躯。
双颊红润,有如星辰闪闪发光,
那双颊吸引了人们赞叹的目光。①

在鲁斯塔姆的一生中,有如下几个重要情节是诗人着重描写的:

一是鲁斯塔姆初露锋芒——杀死发狂的白象。

他纵身一跳冲上前去直扑白象,
一声高喊,似尼罗河涛声在空中回荡。
他见那白象迎面扑来似一座大山,
象脚下的土地也似乎断裂崩陷。
鲁斯塔姆见武士们都魂飞魄散,
似绵羊猛然间在面前发现了恶狼。
但鲁斯塔姆对白象却毫不畏惧,

① 菲尔多西.列王纪全集[M].张鸿年,宋丕方,译.长沙:湖南文艺出版社,2001(1):337-338.

他大喝一声勇敢地冲上前去。
当发狂的白象看到他奋力向前，
也迎面而上像压下来一座大山。
白象把自己的长鼻子高高卷起，
又猛地一扫给鲁斯塔姆狠狠一击。
鲁斯塔姆趁势举棒朝象头猛击，
象头立即低垂，象身也变得弯曲。
白象疼痛难忍，已然支撑不住身体，
象身猛然一颤，无力地摊倒在地。[①]

这头白象是鲁斯塔姆的父亲——扎尔的坐骑。如今被鲁斯塔姆一棒打死，扎尔既觉得可惜，又为儿子的勇敢高兴。他没有责怪儿子，而是夸奖儿子，并且由此发现儿子已经成为可用之将才。

二是鲁斯塔姆初战告捷——攻克斯潘德山寨。

扎尔派儿子披挂出征，前去踏平伊朗与敌国土兰交界处的斯潘德山寨。扎尔告诉儿子：为了进攻这个山寨，鲁斯塔姆的曾祖父纳里曼光荣牺牲，祖父萨姆也无计可施，如今需要鲁斯塔姆为曾祖父报仇，为祖父和父亲解忧。鲁斯塔姆听完扎尔的话，立即毫不犹豫地答道："谨遵父命，让我报仇雪耻，结束这种伤痛。"他和他手下的兵丁都扮成盐商模样，向山寨走去。由于山寨长期缺盐，所以寨主信以为真，将他们迎入山寨。当夜幕降临大地时，他们向山寨发起猛烈进攻：

这真是一场凶杀恶战血染大地，
似红艳的朝霞映照在天际。
鲁斯塔姆以刀棒弓箭全力奋战，
敌人的头颅滚滚落在他的面前。

① 菲尔多西．列王纪全集[M]. 张鸿年，宋丕方，译．长沙：湖南文艺出版社，2001（1）：345.

当红日从夜幕中升起放射出光芒，
灿烂的阳光把寰宇照得晴朗明亮。
整个山寨已鸦雀无声空无一人，
有的人被杀，有的人逃遁。①

三是鲁斯塔姆勇闯七关。

伊朗国王卡乌斯当初不听扎尔和鲁斯塔姆的铮铮良言，刚愎自用，一意孤行，终于被土兰大军围困。在这危急时刻，他派人通知扎尔和鲁斯塔姆父子，要求他们出兵救援。扎尔对鲁斯塔姆说道：伊朗人遭到空前的挫折，国王陷入敌军之手无法解脱，但他自己已年老体弱，只有鲁斯塔姆才能担此重任。鲁斯塔姆斩钉截铁地答道：

现在我就披挂上阵去战场迎敌，
愿造物之主降恩给孩儿以助力。
我愿为国王献出自己的身躯和生命，
我将竭尽全力把妖魔扫除净尽。
我要想方设法用尽我所有的力量，
把每一个活着的伊朗人救出战场。②

为了尽快解救卡乌斯，他决定选择一条近路，但这条路十分艰险，而且常有妖魔作祟，狮虎出没。走这条路，他必须闯过七道关口。

第一关是“拉赫什与狮子之战”。鲁斯塔姆在苇塘边睡觉时，一头猛狮扑来，幸亏他的坐骑拉赫什烈性大发，竟然把狮子踢倒在地，使它浑身血肉模糊。

第二关是“鲁斯塔姆寻找水源”。鲁斯塔姆走得口干舌燥，难以忍受。幸而在一只山羊的引领下，找到一股清澈的溪水，使得他和他的

① 菲尔多西 . 列王纪全集 [M]. 张鸿年，宋丕方，译 . 长沙：湖南文艺出版社，2001（1）：352.
② 菲尔多西 . 列王纪全集 [M]. 张鸿年，宋丕方，译 . 长沙：湖南文艺出版社，2001（1）：479.

坐骑又重新恢复了活力。

第三关是“鲁斯塔姆与巨蟒之战”。鲁斯塔姆正躺在地上睡觉，忽然从地下钻出一条巨蟒，原来这地下是一个蟒窟。鲁斯塔姆被惊醒后，与巨蟒展开一场恶战：

鲁斯塔姆举剑刺向巨蟒的头，
那巨蟒当即被刺得鲜血涌流。
它巨大的身躯将大片土盖住，
从它的身上有一股血泉流出。
鲁斯塔姆朝那巨蟒看了一眼，
从颈项到尾巴全身尽被血染。
在那荒野的黑褐色的土地上，
巨蟒的热血不停地汩汩流淌。[①]

第四关是“鲁斯塔姆斩杀女妖”。鲁斯塔姆再次踏上征程，不知不觉间进入妖魔出没之境。只见满目树木花草，流水涓涓，更有美酒、面饼和烤肉。随后，女妖化身美女出现在眼前。鲁斯塔姆险些上当受骗，但当鲁斯塔姆赞颂造物主时，女妖现出原形：

一听到主的名字，她脸色大变，
英雄这时也看出了不少破绽。
他迅速地把手中的套索抛出，
不偏不倚恰好套住那女妖的头。
英雄高声呵斥“快说你是何物，
快快显出你本来的面目！”
套索当中立即现出一个枯朽妇人，

① 菲尔多西 . 列王纪全集 [M]. 张鸿年，宋丕方，译 . 长沙：湖南文艺出版社，2001（1）：490.

满脸的害人凶相，满脸的皱纹。
英雄举刀将她一下斩成两截，
这女妖从此再也休想作孽。[1]

第五关是“鲁斯塔姆降服乌拉德”。鲁斯塔姆继续前行，遇见一个名叫乌拉德的勇士。两人交手不久，鲁斯塔姆便用套索将乌拉德套住。经过严厉盘问，乌拉德供出前往卡乌斯被围困之地——马赞得朗的路途和当地的情况。

第六关是“鲁斯塔姆与魔鬼阿尔让之战”。鲁斯塔姆按照乌拉德的指点直接向魔鬼阿尔让奔去，不久便来到阿尔让隐身之地。双方随即展开一场激烈的战斗：

阿尔让闻听到鲁斯塔姆高呼，
一跃而起跳出了他的魔窟。
一见魔鬼出洞，英雄催马前驱，
如同圣火径直向那妖魔扑去。
伸手将魔鬼的耳朵紧紧揪住，
手起刀落那恶魔便身首异处。
魔头被砍下，浑身鲜血淋淋，
血糊糊的魔头旋即被抛向魔群。
众妖魔见这英雄膀大腰圆，
一个个都吓得心惊胆寒。[2]

鲁斯塔姆杀死魔鬼阿尔让，接着便奔向城里，拜见卡乌斯。卡乌斯告诉他，他还需要不辞辛苦，前去活捉一个更加凶恶的敌人——

① 菲尔多西 . 列王纪全集 [M]. 张鸿年，宋丕方，译 . 长沙：湖南文艺出版社，2001（1）：492–493.

② 菲尔多西 . 列王纪全集 [M]. 张鸿年，宋丕方，译 . 长沙：湖南文艺出版社，2001（1）：501.

白妖。

第七关是“鲁斯塔姆斩杀白妖”。鲁斯塔姆奉卡乌斯之命征讨白妖，这是一场最激烈、最残酷的战斗：

英雄见白妖在洞里渐入梦乡，
并未乘机对他下手慌里慌张。
静待他一觉醒来缓睁开睡眼，
才猛然一声天摇地动的呐喊。
白妖也猛压过来像一座黑山，
一顶头盔一双铁臂一对铁肩。
他顺势把一块巨石抓在手中，
向着英雄鲁斯塔姆这边猛冲。
勇士不备被惊吓得毛发直竖，
一闪身跳到旁边一个斜坡处。
这勇士就像一头猛狮被激怒，
一剑刺去正中那白妖的腰部。
鲁斯塔姆凭仗着超人的力气，
将他一只脚一条腿打断在地。
受伤的白妖扭住英雄哪里肯放，
如发狂的狮子碰上发疯的大象。
那独腿白妖仍同英雄力战，
把山洞上下搅得天昏地暗。
英雄顺势扭住了白妖的双胯，
猛然用力要把白妖按在地下。
我抓掉你块肉，你撕下我块皮，
脚底下不知是血水还是稀泥。
鲁斯塔姆此时心中暗自琢磨，
今天保住性命我定会永远存活。

白妖更是心里嘀咕暗自思量，
我这条命看来已没什么希望。
就算今天能从他的身边逃命，
怕也是臂断肢残伤势惨重。
这马赞得朗城中的老老少少，
谁人还会理我，谁不将我耻笑。
白妖想到这里便横下一条心，
管他是死是活且拼他一拼。
于是白妖与英雄战事再起，
直杀得大汗淋漓血染遍体。
英雄凭借造物主给予的力气，
怀着满腔仇恨拼出死力搏击。
英雄这时越战越猛怒火中烧，
终于死死抱住这凶残的白妖。
猛力将他一提使他脚不沾地，
然后再揪住脖子往地上掼去。
就像雄狮把羊羔扑倒在地上，
转眼工夫这白妖便气绝命丧。[1]

鲁斯塔姆勇闯七关救出被困的国王卡乌斯，随后又奉卡乌斯之命征服马赞得朗。卡乌斯为此称赞鲁斯塔姆真是英雄盖世天下无双，他的英雄气概为社稷增光。

其后，又发生了一系列事件：卡乌斯向哈马瓦兰国王的女儿苏达贝求婚，哈马瓦兰国王囚禁了卡乌斯，土兰国王阿夫拉西亚伯乘机袭击伊朗。解救危机的重任再次落在鲁斯塔姆的肩上，他集结兵马出征哈马瓦兰，与哈马瓦兰、柏柏尔和埃及三国国王鏖战，结果鲁斯塔姆

① 菲尔多西．列王纪全集 [M]. 张鸿年，宋丕方，译．长沙：湖南文艺出版社，2001（1）：507–508.

大获全胜，再次救出卡乌斯，然后班师回国。

通过以上一系列赫赫战功，鲁斯塔姆已经成长为真正的勇士。他自述自己的信条如下：

你若想得到勇士的名声，
就应不惜用鲜血染红长缨。
有朝一日你若面临苦战，
莫惧怕凶险，莫逃避危难。
如果你真的赶上时蹇运背，
灾难决不因你胆怯而后退。
作战时思前顾后疑虑重重，
在好汉眼中就算不上英雄。
深邃的理性与虔诚的信仰，
并不适于搏斗击杀的战场。[①]

四是鲁斯塔姆结识塔赫米娜。

有一天，鲁斯塔姆外出打猎，辗转来到位于伊朗和土兰之间的萨曼冈国，受到国王的款待。入夜，国王的女儿塔赫米娜来访。塔赫米娜侃侃而谈，向鲁斯塔姆倾诉仰慕之情。鲁斯塔姆见她姿色娇艳，灵性慧心，也觉得这真是天作之合。于是，他派人去向国王求婚。国王立即满口应承，并且举办了隆重的婚礼，让女儿与鲁斯塔姆成亲。当夜，一对新人进入洞房，两情相悦，这夜分外漫长。随后，鲁斯塔姆得知公主已经怀孕，更加爱慕自己的新人。临别前，他取下一块祖传的玉符，这玉符乃是天下闻名的宝贝。

他对公主说："玉符你好好保管。

---

① 菲尔多西．列王纪全集[M]. 张鸿年，宋丕方，译．长沙：湖南文艺出版社，2001（1）：580.

如若新生的是一女孩来到世间，
你就把玉符系上她的发辫，
取其吉利之兆愿她事事如愿。
若得一子你就系在他的手臂，
说这就是他生身父亲的标记。
愿他像纳里曼之子萨姆一样矫健，
论勇气心胸堪比奇士先贤。
让他从云际掠下雄鹰的翎毛，
让太阳的光辉永把他照耀。
谈笑间能把雄狮战胜降伏，
临阵时能把战象屈服截获。”①

次日，鲁斯塔姆告别塔赫米娜公主，起程返回伊朗。他对谁都没有提起这段姻缘。

五是鲁斯塔姆之子——苏赫拉布降生。

鲁斯塔姆走后，塔赫米娜公主怀孕整整过了九个月，生下一个儿子，这孩子简直又是一个好汉鲁斯塔姆，他酷似鲁斯塔姆的曾祖父纳里曼和祖父萨姆。苏赫拉布长大后，他向母亲询问自己的父亲是谁，母亲如实相告。

苏赫拉布答道：“在世界之中，
岂能永远隔断父子之情。
因何长久不告我门庭世系，
这么长时间隐瞒是何用意？
既然我出身高贵门庭显赫，
这乃是好事又何必瞒我？

① 菲尔多西．列王纪全集 [M]．张鸿年，宋丕方，译．长沙：湖南文艺出版社，2001（1）：611-612.

人们交口称颂古代勇士英雄，
当今，人们都把鲁斯塔姆称颂。
如今我要率领一支土兰的兵丁，
组成大队人马启程出征。
我要征讨伊朗统率复仇大军，
让我马蹄下的征尘蔽日遮云。
我要把卡乌斯驱赶下他的王座，
砍断图斯双腿使他无法厮杀拼搏。
要杀尽古尔金、古达尔兹与格乌，
努扎尔之子古斯塔哈姆和巴赫拉姆[①]。
宝库宝座王冠要交给鲁斯塔姆，
让他成为卡乌斯的江山之主。
然后挥师北上从伊朗打到土兰，
与土兰的国王决一死战。
我要夺取阿夫拉西亚伯的宝库，
挥动长矛把天际的太阳挑落。
我要请你作伊朗的王后，
横扫宇内征服天下荡平九州。”[②]

六是苏赫拉布进攻伊朗。

苏赫拉布当即准备出征。他挑选了一匹由鲁斯塔姆的坐骑——拉赫什配种的骏马作为自己的坐骑，又将他外祖父萨曼冈国王的军队整顿完毕。土兰国王阿夫拉西亚伯得到这个消息也很高兴。他派给苏赫拉布一万二千名精兵和胡曼、巴尔曼两个将军。他的如意算盘如下：

① 巴赫拉姆等人都是伊朗将军。

② 菲尔多西. 列王纪全集 [M]. 张鸿年，宋丕方，译. 长沙：湖南文艺出版社，2001（1）：615–616.

我派一支大军在他麾下听令，
全军由他统领赴伊朗出征。
当他们二人在战场上相逢，
鲁斯塔姆定然竭尽全力取胜。
或者那年高的勇士老态龙钟，
会在这雄狮般勇士手中送命。
失去鲁斯塔姆的伊朗唾手可得，
卡乌斯的国家随之即衰亡败落。
然后我再从容对付苏赫拉布，
趁深夜熟睡时将他捕获。
如若在战斗中儿子死于父亲之手，
做父亲的心头也会郁积忧愁。[①]

苏赫拉布全然不知阿夫拉西亚伯的险恶用心，率领大军即刻起程。他遇到的第一个伊朗据点是白堡。在交战中，他轻而易举地连胜对方两将，随即占领白堡。

七是鲁斯塔姆率兵出战。

苏赫拉布的胜利惊动了卡乌斯，他急忙写信给鲁斯塔姆，告诉他土兰大军前来进犯，其统帅乃是一员小将。让他见信后立刻率兵动身，为保卫国家领兵出征。鲁斯塔姆听了信使的报告，一面满不在乎地放声大笑，一面也不免感到迷惑不解。

他说："居然有位勇士出现在世上，
论相貌身躯与萨姆一模一样。
他若生在伊朗勇士中本非意外，
但土兰竟有这般人物令人奇怪。

① 菲尔多西 . 列王纪全集 [M]. 张鸿年，宋丕方，译 . 长沙：湖南文艺出版社，2001（1）：620–621.

不知造物主造就此人是何用意，
不知这土兰勇士出自何家门第。
无人得知哪里是他的家乡，
我也不知此将来自何方。
我与萨曼冈公主结亲有一子降生，
但此子尚幼未到成人年龄。
我那孩子还不懂作战用兵，
也不能决定进退把利害权衡。
我曾托人为他捎去珠宝金银，
捎去财物礼品交给他的母亲。
细算起来我那心肝宝贝，
还不到领兵作战沙场搏斗的年岁。
苍天日夜回转，岁月悠悠，
他总共在世上度过十四个年头。”①

鲁斯塔姆并未立即动身，而是三天之后才来到都城觐见卡乌斯。卡乌斯勃然大怒，命人将鲁斯塔姆处以绞刑。鲁斯塔姆也义愤填膺——

他对国王说：“你且慢发怒逞凶。
你的举措行为一桩不如一桩，
凭才干你本不应称君为王。
你虽头戴王冠但你根本不配，
与其戴在你卑微之头不如扣在蛇尾。
我是著名勇士萨姆之子鲁斯塔姆，
像你这样的国王我不屑一顾。
有本事何不去绞死苏赫拉布，

① 菲尔多西．列王纪全集[M]．张鸿年，宋丕方，译．长沙：湖南文艺出版社，2001（1）：645-646.

何不去阵前把来袭的顽敌截堵?
……
在世上你靠我之力才得生存,
如今为何心中对我充满仇恨?”①

说完,他跨上战马扬长而去,同时对追随他的勇士们说道:

“造物主佑助我成功造物主赋予我神力,
我的力量不靠国王也不靠军旅。
头盔是我王冠拉赫什是我宝座,
大棒是我权杖大地是我王国。
……
你因何责我我不是你的家奴,
我鲁斯塔姆只是主的奴仆。
勇士们也曾要求我为王登基,
授我以王冠宝座让我主宰社稷。
但我对王位从来不存野心,
我恪守为臣之礼遵循古训。
如若我登上宝座称帝为王,
岂容你今日如此暴虐逞狂。
……
如若当初我不去马赞得朗,
不去斗妖魔和挥舞手中大棒,
谁去为你搏斗把白妖击毙,
谁给你带来希望带来转机?”②

① 菲尔多西.列王纪全集[M].张鸿年,宋丕方,译.长沙:湖南文艺出版社,2001(1):651.
② 菲尔多西.列王纪全集[M].张鸿年,宋丕方,译.长沙:湖南文艺出版社,2001(1):653.

从这些话可以看出，鲁斯塔姆对国王并不是一味的、毫无条件的愚忠，而是有条件的、有分寸的。当然，这是他气愤之极时所说的话。在一般情况下，他还是尽量容忍卡乌斯，忠于卡乌斯，但当卡乌斯逼得他忍无可忍时，他便公然反抗了。

不过，鲁斯塔姆此时虽不愿再为卡乌斯效劳，但他内心仍然担心国家的安危。正因为如此，当卡乌斯表示承认错误，要求他返回王宫时，他还是勉强同意了。于是，卡乌斯和鲁斯塔姆率兵迎敌，在白堡寨门附近扎下大营。

当夜，鲁斯塔姆只身潜入白堡，想要打探敌军主帅究竟是什么人。以下这段描写是《列王纪》中的关键环节。我们需要注意的是，在这样一部规模宏大、内容众多的史诗中，诗人仍然能腾出手来，在一些关键地方用细致的笔法进行细致描写。什么是关键地方呢？当然是父子能否互认的问题。如果父子能够互认，这个悲剧自然就不会发生；只有父子不能互认，这个悲剧才有可能发生，因此，必须在这个关键地方，安排足够的篇幅，进行充分的铺垫，才能使故事更令人可信，更合乎情理。这段描写包含三个环节：

第一个环节是鲁斯塔姆杀死让德拉兹姆。

在第 161 节“鲁斯塔姆手刃让德拉兹姆”里，诗人写道：当苏赫拉布出征时，他的母亲特意安排自己的兄弟——让德拉兹姆随军前行，为的是请他给苏赫拉布指认鲁斯塔姆，因为让德拉兹姆是苏赫拉布统率的大军中唯一认识鲁斯塔姆的人，是唯一在酒席宴上见过鲁斯塔姆的人。她对让德拉兹姆说道：

请你与外甥一起上路，
当他率军到达伊朗国境，
遇到伊朗国王与敌交兵，
当厮杀之时两军彼此接近，

你要指给孩子谁是他的父亲。[1]

当鲁斯塔姆潜入白堡时，两人恰好碰上。这本来是一个机会，可是由于当时两人处于敌对地位，鲁斯塔姆是潜入者，让德拉兹姆是巡视者，鲁斯塔姆在暗处，让德拉兹姆在明处。双方突然见面，两人都没有思想准备，不是鲁斯塔姆被对方抓住，就是鲁斯塔姆打死对方，双方互认的可能性可以说是微乎其微。结果是后者，即鲁斯塔姆不由分说将让德拉兹姆打死：

这时让德拉兹姆起身离席前去方便，
猛抬头见面前出现一个彪形大汉。
他寻思这军中没有这样的人，
于是走上前去把他询问：
“你是什么人？快快对我说，
到亮处来，让我看清你是哪个。”
鲁斯塔姆一拳把他击倒在地，
他登时丧命灵魂飞离了躯体。
让德拉兹姆直挺挺地躺在平地，
再不能搏斗也无法出席宴席。[2]

这样一来，在苏赫拉布的大军中，就再也没有人认识鲁斯塔姆，再也没有人见过鲁斯塔姆，因此，这是一个重要环节，这个环节增加了悲剧发生的可能性。

第二个环节是哈吉尔没有说出鲁斯塔姆的名字。

在第 162 节“苏赫拉布向哈吉尔询问伊朗将官姓名”里，诗人再一次就父子未能互认进行描写。如果说在上一节中，让德拉兹姆之死

① 菲尔多西 . 列王纪全集 [M]. 张鸿年，宋丕方，译 . 长沙：湖南文艺出版社，2001（1）：664.
② 菲尔多西 . 列王纪全集 [M]. 张鸿年，宋丕方，译 . 长沙：湖南文艺出版社，2001（1）：665.

使苏赫拉布失去了从自己军中认识鲁斯塔姆的唯一的机会的话，那么在这一节中，来自敌方的哈吉尔没有实言相告则使苏赫拉布失去了从敌方来人口中认识鲁斯塔姆的唯一的机会，也就是彻底失去了认识鲁斯塔姆的机会，因此，在这一节里，诗人使用了更多的笔墨，更加细致地描写了这个过程。诗中写道，苏赫拉布一一问起敌方各个大营的将官是谁，哈吉尔都如实以告。于是，苏赫拉布又问起绿色大营的情况：

苏赫拉布又说："你看那绿色大营，
伊朗的将领都在那帐下听令。
营中有一宝座富丽堂皇，
有一杆卡维军旗帐前飘扬。
在宝座之上有一位勇士端坐，
他身高体壮相貌威武仪表堂堂。
他坐着也显出身材高大魁梧，
比身旁站立的还高一头，长相突出。
一匹战马在他身旁伺候站立，
这样的马天下找不出第二匹。
他开口讲话有如震耳的洪钟，
似波浪滔滔的大海咆哮翻腾。
他面前还有许多披甲战象，
这勇士似急不可耐摩拳擦掌。
在伊朗这样的好汉举世无双，
他的套索从马背直拖到马掌。
他的军旗上绘的是一条巨龙，
一头金狮点缀在他旗杆之顶。
你要告诉我这位勇士姓名，

他开口讲话如同雄狮发出吼声。”[①]

由于此处正是关键所在，因此苏赫拉布看得格外仔细，问得也格外仔细。接下来，诗人还特地加了一段哈吉尔的心理描写：

哈吉尔这时心中暗暗盘算：
我若指出鲁斯塔姆告他真言，
我若把鲁斯塔姆指给这位小将，
灾难或许降到鲁斯塔姆身上，
因此我最好对他隐瞒实情，
列举众将但不告他鲁斯塔姆其名。[②]

想到这里，哈吉尔和苏赫拉布又有以下对话：

他对苏赫拉布说："这是中国将官，
近日来报效我王协助作战。"
苏赫拉布又问："此将叫何名字？"
哈吉尔推说："此人姓名我实不知。"
苏赫拉布仍然紧追不舍，
说："既然如此你把他中国名字告诉我。"
哈吉尔此时只好虚应支吾，
说："将军明鉴在下确有难处。
前些日子当此将来到我王宫廷，
我一直驻守在白堡之中。
我只猜想他是中国来的将官，

① 菲尔多西．列王纪全集[M]. 张鸿年，宋丕方，译．长沙：湖南文艺出版社，2001（1）：671–672.

② 菲尔多西．列王纪全集[M]. 张鸿年，宋丕方，译．长沙：湖南文艺出版社，2001（1）：672.

因见他辎重与兵器崭新耀眼。”[①]

接下来又是一段苏赫拉布的心理描写：

苏赫拉布一听此言心中忧郁，
至此他未得到鲁斯塔姆的消息。
他母亲曾向他描述父亲的相貌，
但父子无缘相会虽已远远看到。[②]

苏赫拉布仍不甘心就此为止，他继续追问下去：

苏赫拉布又一次向哈吉尔提问，
问他想寻找的自己的亲人。
问到那好汉在绿营中端坐，
他的高头大马和盘绕起的套索。[③]

哈吉尔仍不肯说出实话：

哈吉尔回答说：“元帅明鉴，
我已尽所知相告未敢隐瞒。
如若有一中国将官我未报告，
那是因为他的名字我不知道。”[④]

谈到这里，苏赫拉布不得不直截了当地说出自己所要寻找的人了：

① 菲尔多西．列王纪全集 [M]. 张鸿年，宋丕方，译．长沙：湖南文艺出版社，2001（1）：672.
② 菲尔多西．列王纪全集 [M]. 张鸿年，宋丕方，译．长沙：湖南文艺出版社，2001（1）：672.
③ 菲尔多西．列王纪全集 [M]. 张鸿年，宋丕方，译．长沙：湖南文艺出版社，2001（1）：675.
④ 菲尔多西．列王纪全集 [M]. 张鸿年，宋丕方，译．长沙：湖南文艺出版社，2001（1）：675.

苏赫拉布说："你在耍弄诡计，
鲁斯塔姆之名你尚未提起。
他是天下有数的好汉英雄，
大军出征岂可不闻他的姓名。
你说过他是军中一员主将，
何处御敌他总要走上战场。
既然卡乌斯国王亲自率兵来战，
用战象驮来他的宝座和王冠。
当田野上出征的鼓角齐鸣，
天下闻名的好汉理应做大军先行。"①

哈吉尔的谎言已经出口，如今无法再回头，只好硬着头皮继续编造下去：

哈吉尔这样回答苏赫拉布：
"对方军中或许找不到鲁斯塔姆。
他现在可能正在扎别尔斯坦，
寻欢作乐在明媚的花园。"②

这段谎言编造得过分拙劣，当然不能瞒过苏赫拉布。他当即予以驳斥：

苏赫拉布说："此言不近情理。
当国王陛下率兵亲赴军机，
勇士们都争先恐后赶来勤王，

① 菲尔多西．列王纪全集 [M]. 张鸿年，宋丕方，译．长沙：湖南文艺出版社，2001（1）：675.

② 菲尔多西．列王纪全集 [M]. 张鸿年，宋丕方，译．长沙：湖南文艺出版社，2001（1）：675–676.

勤王出战他们来自四面八方。
天下闻名的英雄岂能袖手旁观，
上下老少怎会不把他责难。
今天，我要你说话一言为定，
无须多费唇舌好汉之言明确坦诚。
如若你指出谁是鲁斯塔姆，
我定然有赏保你高官厚禄。
我赏你一生用不尽的财产，
打开库门任凭你亲自拣选。
但是如若隐瞒这应说出的秘密，
你执意不讲对我不透露消息，
那么我就下令把你开刀问斩，
两条道路由你自己权衡挑选。”[1]

苏赫拉布这番话虽十分严厉，但哈吉尔由于不了解苏赫拉布和鲁斯塔姆的关系，不知道苏赫拉布为什么询问谁是鲁斯塔姆，所以哈吉尔的心里另有一番打算：

哈吉尔心想我把鲁斯塔姆指给他，
就凭他这矫健的身手和战马，
定然会率一支兵前去进击，
攻击鲁斯塔姆大营出其不意。
他有这样的膂力、身手与臂膀，
鲁斯塔姆怕在他手下遭殃。
到那时我们军中便感空虚，
到战场上就再无人与他匹敌。

---

① 菲尔多西 . 列王纪全集 [M]. 张鸿年，宋丕方，译 . 长沙：湖南文艺出版社，2001（1）：676.

伊朗军中再无足以对阵的将官，
他伸出手便直取卡乌斯的王冠。
哈吉尔心想我宁可光荣牺牲，
也不愿为敌效劳苟且偷生。
如若我死在苏赫拉布手中，
白日不会变黑河水不会变红。
……
我若死去伊朗会损失什么？
我曾听一位圣贤这样说过：
当青草坪上长出巍巍劲松，
山鸡便不再光顾杂乱的草丛。[①]

想到这里，哈吉尔决心已下，于是他对苏赫拉布说道：

"此事真正离奇，
你为何屡次把鲁斯塔姆提起？
你与他究竟有何种仇恨？
我实难奉告你徒然苦苦追问。
鲁斯塔姆在何处我确不知情，
你可以一怒断送我的性命。
你不应一心渴望搏斗厮杀，
而且还托词掩饰不讲实话。
与鲁斯塔姆相逢你不会取胜，
此事不易你不应想得过于轻松。
你还是不要寻衅向他挑战，

① 菲尔多西．列王纪全集 [M]. 张鸿年，宋丕方，译．长沙：湖南文艺出版社，2001（1）：679–680.

否则你会惨败在他面前。”[①]

第三个环节是鲁斯塔姆拒绝说明自己的真实身份。

不过，在战场上见面也还留下一个机会，那就是两人能不能在刀对刀、枪对枪之前彼此认亲，若能如此也还可以避免你死我活的厮杀，避免悲剧的发生。对于这最后一次机会，诗人在第163节“苏赫拉布袭击卡乌斯大营”里写道：苏赫拉布气势汹汹突然杀入卡乌斯大营，高声挑战，伊朗众将被他的气势吓倒，无人回应。卡乌斯见势不妙，急忙派人去请鲁斯塔姆。鲁斯塔姆毫不慌张，他威风凛凛奔赴战场：

鲁斯塔姆在帐中已听到叫喊，
心想这又不是去斗魔鬼阿赫里曼[②]，
只一个人便吓得全军乱作一团。
他迅速穿好自己的虎皮战袍，
用御赐的腰带紧束起腰身。
……
兵丁高擎战旗，战旗高高飘扬，
鲁斯塔姆威风凛凛奔赴战场。[③]

在两军阵前，两人面对面处于你死我活的境地，所以都不可能心平气和地正确看待对方，充分估计对方的实力，而是互相看不起。苏赫拉布看不起鲁斯塔姆，是因为他“老”：

他对鲁斯塔姆说：“我们去到一旁，

① 菲尔多西．列王纪全集[M]．张鸿年，宋丕方，译．长沙：湖南文艺出版社，2001（1）：680.

② 阿赫里曼是黑暗和罪恶的本源，妖魔鬼怪的创造者。

③ 菲尔多西．列王纪全集[M]．张鸿年，宋丕方，译．长沙：湖南文艺出版社，2001（1）：683-684.

找个地方你我二人比武较量。
伊朗土兰双方都不派兵将，
一个对一个看谁手段高强。
战场之上可不是你逞强之地，
我手起拳落你未必经受得起。
别看你身躯魁梧膀大腰圆，
但你已年迈体衰步入老年。”①

鲁斯塔姆也看不起苏赫拉布，是因为他“小”：

鲁斯塔姆说：“黄口小儿出言休得无礼，
你可知地上阳光温暖地下阴风凄凄。
我虽年迈但我饱经阵战，
多少兵将被我击溃打翻。
多少妖魔鬼怪断送在我手中，
两军阵前我还从未败在下风。
交手之前你要把我仔细看清，
若不死在我手下便可力战恶鲸。
我一生征战跨过江海攀过高山，
也曾与土兰勇士几番决战。
我的业绩群星可以作证，
抖抖威风世界在我脚下震颤吃惊。
人们见我拼斗厮杀无比欢畅，
还以为我开怀畅饮在酒席宴上。
我从心中泛起对你的怜悯，
使你身首异处我于心不忍。

① 菲尔多西．列王纪全集 [M]．张鸿年，宋丕方，译．长沙：湖南文艺出版社，2001（1）：684.

土兰国找不到你这身躯臂膀，
在伊朗你这身材也是举世无双。"①

听了鲁斯塔姆这番话语，苏赫拉布似乎心有所动：

他开口说："我有句话问你，
你可要如实相告心口如一。
请你告我你的亲族世系，
实言相告我才感到满意。
我猜想你准是鲁斯塔姆，
你定然出身内拉姆家族。"②

这真是千钧一发的紧要关头，如果鲁斯塔姆说出实情，一场残酷的厮杀便可避免，一场可怕的悲剧便可避免。然而，鲁斯塔姆没有意识到这个问题的紧要性质，没有说出实际情况：

鲁斯塔姆答道："我不是鲁斯塔姆，
我并不出身内拉姆家族。
我是无名小卒他是英雄好汉，
我身下无宝座头上也无王冠。"③

他之所以作出这样的回答，或许是出于爱国心理，显示伊朗实力雄厚，兵多将广；或许是出于急躁心理，急于打败小将，迅速结束战

① 菲尔多西．列王纪全集 [M]. 张鸿年，宋丕方，译．长沙：湖南文艺出版社，2001（1）：684–685.

② 菲尔多西．列王纪全集 [M]. 张鸿年，宋丕方，译．长沙：湖南文艺出版社，2001（1）：685.

③ 菲尔多西．列王纪全集 [M]. 张鸿年，宋丕方，译．长沙：湖南文艺出版社，2001（1）：685–686.

斗。无论出于哪种心理，这个回答都使得他们父子二人错过了最后一次相认的机会。事已至此，鲁斯塔姆和苏赫拉布的拼死搏斗已是不可避免的，鲁斯塔姆杀死苏赫拉布的可怕结果也是不可避免的。

以上三个环节诗人之所以描写得如此详细，显然是由于它们非常重要。通过这三个环节，苏赫拉布和鲁斯塔姆就再也没有相认的机会了，二人只有在战场上拼个你死我活这一条路可走。

那么，诗人是怎样看待父子不能相认这个事实的呢？他认为这是命中注定：

他[①]仍让哈吉尔报上敌将姓名，
或许有一个名字正符合他的心情。
但是命运早已把一切般般注定，
铸就的命运无人能减无人能增。
命运好坏本系上苍安排决定，
世人只能俯首帖耳一切遵从。[②]

在另外一个地方，他又一次重复了这个看法：

一个意在寻父但不明言，
一个不讲实情有意隐瞒。
何必苦争世上一切早已铸就，
吉凶祸福都是出自造物之手。
铸就的命运处处违逆人意，
世人只有服从命运定而不移。
谁若对这艰难人世满怀奢望，

① 他指苏赫拉布。

② 菲尔多西．列王纪全集 [M]. 张鸿年，宋丕方，译．长沙：湖南文艺出版社，2001（1）：672–673.

他便处处碰壁辛苦备尝。[1]

但在笔者看来，这个问题似乎不能全部归于“命运”。其实不仅古人，即使是我们现代人，在遇到无可奈何的情况时，也常常将其原因归于“命运”，由此便可原谅自己，宽慰自己。然而仔细想来，所谓“命运”恐怕是莫须有的。说句戏言：造物主恐怕没有那么多的时间和精力，为世上生存的每一个人和发生的每一件事都事先安排“命运”。“命运”的真正原因还得从自身去寻找。在这个故事中，造成父子相残的原因还得从他们父子二人本身去寻找。二人比较起来，苏赫拉布的责任似乎要小一些，因为他先后花费了许多力气去寻找鲁斯塔姆；而鲁斯塔姆的责任似乎要大一些，因为他几乎没有花费什么力气去寻找苏赫拉布，尤其是在第三个环节，即在战场上开战前，苏赫拉布明确要求他说出自己的真实姓名，他却毫不犹豫地拒绝了。

综上所述，在鲁斯塔姆和苏赫拉布正式开战之前，他们本来有三次机会可以避免互相残杀，一是苏赫拉布之母安排让德拉兹姆随军出征，以便告诉苏赫拉布谁是鲁斯塔姆，但鲁斯塔姆无意中先把让德拉兹姆给杀死了；二是苏赫拉布询问哈吉尔谁是鲁斯塔姆，但哈吉尔没有供出实情；三是在两人交手前，苏赫拉布问对方是不是鲁斯塔姆，但鲁斯塔姆矢口否认。失去这三次机会，他们父子就只能在战场上拼杀。他们的厮杀是惊心动魄的。这场厮杀经过以下三个阶段：

第一个阶段，在第 164 节“鲁斯塔姆与苏赫拉布之战”里，诗人写道：

他们二人来到一片不大的平地，
开始搏斗，先用的是短小兵器。
后来打得长枪只剩下枪杆，

① 菲尔多西．列王纪全集 [M]．张鸿年，宋丕方，译．长沙：湖南文艺出版社，2001（1）：674-675.

战马相逢时都把马头拨向左边。
后来他们都抽出印度战刀，
刀锋相撞霎时火星乱冒。
二人激烈搏杀刀刃变成锯齿，
杀得天昏地暗似乎到了世界末日。
刀战之后又挥舞沉重大棒，
棒来棒往棒棒飞舞在头上。
厮杀多时二人都气喘吁吁，
战马奔腾但两位勇士仍满心怒气。
激烈的战斗击碎双方铠甲，
败鳞残甲纷纷撒落在马下。
战马疲惫两位勇士也力竭精疲，
他们臂膀手掌也松软无力。
汗透征衣嘴里充塞着灰尘，
口干舌燥发出沙沙的声音。
……
老少二人突然张弓搭箭彼此对射，
羽箭在战场纷飞往来穿梭。
箭矢纷飞噗噗落在地面，
似秋风乍起横扫落叶一般。
他们都身披铠甲内有虎皮征衣，
箭虽锋利但并未触及躯体。
箭战不分胜负二人心中焦急，
忽又揪作一团彼此抓住征衣。
鲁斯塔姆平素有移山之力，
战斗时乘势能把高山举起。
……
他一把抓住苏赫拉布的腰带，

想把他从马鞍上拉拽过来。
但那小将身躯却纹丝不动，
鲁斯塔姆反变得力竭计穷。
……
这二人谁也无法在搏斗中得胜，
虽酣战多时谁也不能占据上风。①

这是第一天的战斗，也是第一阶段的战斗。在战斗中，双方大体打成平手，但苏赫拉布略占优势，因为他打中鲁斯塔姆肩膀一棒，还杀死不少伊朗兵将。后来由于天色已晚，双方暂时休战。

第二个阶段，在第 166 节“苏赫拉布打倒鲁斯塔姆”里，诗人写道：

说话之间二人翻身下马，
站到地上依然是全身披挂。
他们各自把战马拴到石上，
然后走到场上内心悲怆凄凉。
他们像两头狮子揪打到一起，
热汗混着鲜血从身上往下滴。
从黎明时分直打到烈日当头，
难解难分你出一招我还一手。
苏赫拉布像发情的象猛一探身，
伸开巨掌一下子抓住敌人。
抓住鲁斯塔姆腰带往怀中一拽，
用尽力气似要把大地撕裂。
他猛然发力愤怒地一声吼叫，
竟把雄狮般的鲁斯塔姆撂倒。

① 菲尔多西．列王纪全集 [M]. 张鸿年，宋丕方，译．长沙：湖南文艺出版社，2001（1）：686–689.

他似一头怒象扑到对手身上，
把他提起来又摔到地上。
然后他以膝头抵住对手胸腹，
鲁斯塔姆浑身上下沾满泥土。
像是雄狮捕捉住一头野驴，
挥拳便打打得野驴濒临咽气。
然后他又拔出一把雪亮的匕首，
想把头颅割下结果对手。[①]

眼看着就要命丧敌人之手，鲁斯塔姆不愧为一员久经沙场的老将，他忽然心生一计：

这时鲁斯塔姆方才张口开言，
说："有一个规矩不能对你隐瞒。
你是一位力搏雄狮的勇将，
你精通套索刀枪以及大棒。
我们这里原本有一个规矩，
这规矩与你们的习惯或有差异。
如若一位勇士与人搏斗，
他武艺高强战胜了对手，
当他把对手首次打倒占了上风，
但不应立即下手结果对方性命。
如若二人起身从头再打，
他第二次又打倒了对手。
这第二次就可下手结果对手性命，

① 菲尔多西．列王纪全集 [M]. 张鸿年，宋丕方，译．长沙：湖南文艺出版社，2001（1）：701–702.

时至今日这一规则我们一直奉行。”[1]

这个“规矩”其实是没有的，是鲁斯塔姆伪造的。正如诗中接着所写的那样：“他为求得活命逃脱巨龙之爪，才杜撰出这个规则施展巧计一条。”[2] 然而，不料这伪造的“规矩”竟然产生了巨大的作用，彻底拯救了鲁斯塔姆的性命：

勇敢的年轻人居然信以为真，
那老将讲的一切他完全相信。
一是自恃勇敢无敌二是命运决定，
三是由于慷慨豪爽的勇士之风。
他放开对手纵马来到田野之上，
田野上麋鹿成群来来往往。
他忽然兴起开始追逐猎物，
完全忘掉与他搏斗的鲁斯塔姆。[3]

这是一个颇具戏剧性的转折。这个转折不仅使故事情节显得更加跌宕起伏，而且使鲁斯塔姆的性格变得更加复杂，使故事的悲剧色彩变得更加浓烈。他先用欺诈的手段骗过了苏赫拉布，再在下次作战中亲手杀死苏赫拉布，这种行为岂不卑劣，让人不可原谅？尽管诗人并没有在行文中直接、公开地表现这层意思，但他这样的安排让读者自然而然地想到这层意思。

第三个阶段，在第 167 节“苏赫拉布惨死于鲁斯塔姆手下”，诗人详细地描绘了父亲亲手杀死儿子的悲剧。这是故事的高潮。诗中写道：

---

① 菲尔多西 . 列王纪全集 [M]. 张鸿年，宋丕方，译 . 长沙：湖南文艺出版社，2001（1）：702.

② 菲尔多西 . 列王纪全集 [M]. 张鸿年，宋丕方，译 . 长沙：湖南文艺出版社，2001（1）：702.

③ 菲尔多西 . 列王纪全集 [M]. 张鸿年，宋丕方，译 . 长沙：湖南文艺出版社，2001（1）：702–703.

他们二人又一次把战马系牢，
厄运此时在他们头上笼罩。
命运不济一个人处处为难，
花岗石也变得如同蜡样松软。
他们二人重又搏斗厮杀起来，
双方都紧紧抓住对方腰带。
苏赫拉布统帅有矫健的身手，
但天公不作美气数到了尽头。
鲁斯塔姆怒从心起探出巨掌，
一把抓住那战豹的颈项臂膀。
他用力把年轻勇士腰身压弯，
也是命中注定小将全身瘫软。
鲁斯塔姆猛地把他打翻在地，
提防着他会奋力挣扎站起。
刷地从腰间拔出一把匕首，
在自己的儿子身上划开血口。
每当你心起杀机恶生胆边，
你的匕首就会被鲜血沾染。
如若天命意欲置人于死地，
你身上的汗毛也根根竖立。
年轻人身躯一挣一声长叹，
与人间善恶从此永远绝缘。[①]

这时，苏赫拉布说出的令人痛彻肺腑的临终遗言如下：

他对对手说："我这是自作自受，

① 菲尔多西．列王纪全集 [M]. 张鸿年，宋丕方，译．长沙：湖南文艺出版社，2001（1）：706–707.

我命当绝不过是假你之手。
不应怪你要怪伛偻的苍天，
它让我出生又匆忙把我送入黄泉。
我的同龄人还在优游嬉戏，
我这样力壮身强却要葬身地底。
母亲让我把父亲信物带在身边，
此生无缘，再不能与父亲见面。
我想见生父到处把他寻觅，
如今一走带走对他的情意。
我身躯虽亡但心中怀有遗恨，
临死也无缘见到生身父亲。
纵然你变为海洋中的游鱼，
或者化为黑夜的漆黑的阴影，
或者离开大地升上高空，
变为高挂苍穹的一颗星星，
当我父发现我已黄土掩身，
也定会前来为我报仇雪恨。
那些公卿贵人朝中的文武，
会把这信物带给鲁斯塔姆。
告诉他苏赫拉布已被打翻在地，
临终时还把他探听寻觅。”[①]

鲁斯塔姆亲耳听到苏赫拉布这段临终遗言，大吃一惊，当场昏厥，不省人事，反应异常强烈：

鲁斯塔姆听此言大吃一惊，

① 菲尔多西．列王纪全集 [M]. 张鸿年，宋丕方，译．长沙：湖南文艺出版社，2001（1）：707-708.

登时眼前昏黑人事不省。
他只觉得身躯一软跌倒在地，
失去了知觉当场昏死过去。
等恢复了知觉才开口动问，
声音颤抖话语中伴着呻吟：
“快告诉我你有什么鲁斯塔姆信物，
他不配为勇士真是奇耻大辱。
我就是鲁斯塔姆，让我不要活在世上，
让萨姆之子[①]为我送终举丧。”
他撕扯着头发不住地号叫，
胸中热血沸腾痛苦心焦。[②]

苏赫拉布听到鲁斯塔姆的沉痛告白，得知杀害自己的正是生身父亲，身体猛然向后一仰，也立即昏迷过去，人事不省。待他苏醒过来，便严厉谴责鲁斯塔姆，谴责鲁斯塔姆不肯透露自己的真实姓名，谴责鲁斯塔姆竟然狠毒地杀害自己的亲生儿子：

他说原来你就是鲁斯塔姆，
你居然杀死我，这样狠毒。
我曾想方设法向你探询，
但你咬定牙关毫不动心。
现在你可以把我铠甲解开，
使我的身体裸露出来。
你会看到你的玉符戴在我手臂，
看我承受你这父亲什么恩惠。
当初金鼓齐鸣我率军出征，

① 萨姆之子指扎尔，鲁斯塔姆之父。
② 菲尔多西．列王纪全集 [M]. 张鸿年，宋丕方，译．长沙：湖南文艺出版社，2001（1）：708.

母亲泪流满面忧心忡忡。
她因我出征而痛苦哭泣，
把这玉符系在我的手臂。
她说这是父亲的信物，
珍藏在身边日后定有用处。
如今可以它为证但又有何益，
儿子在父亲面前眼睁睁死去。①

鲁斯塔姆听到苏赫拉布这番字字是血、声声是泪的严厉谴责，越发悔恨不已，越发痛心不已：

鲁斯塔姆解开铠甲看到玉符，
顿时悔恨交加撕扯自己的衣服。
他说军中的勇士人中的英雄，
万想不到你竟在我手中丧生。
他悲痛得乱扯自己的头发，
血泪合流抓土往头上抛撒。②

苏赫拉布的话还没有说完，理还没有说尽。他又对鲁斯塔姆细表前情，这些前情使得鲁斯塔姆更加悲痛欲绝：

“我曾抛起套索把一名勇士捕获，
关在监牢至今也未放出。
我多次向他打听你的踪迹，
我猜想当时看到的是你。

---

① 菲尔多西．列王纪全集 [M]. 张鸿年，宋丕方，译．长沙：湖南文艺出版社，2001（1）：708–709.

② 菲尔多西．列王纪全集 [M]. 张鸿年，宋丕方，译．长沙：湖南文艺出版社，2001（1）：709.

可是他却胡编了一通谰言，
让他为世人唾弃遗臭万年。
他的话使我完全失望，
青天白日登时一片昏黄。
他是个忠心耿耿的伊朗将军，
你不必找他计较去报仇雪恨。
临出征时母亲给我这个信物，
我虽收下但没有看重这个玉符。
这也是际遇命运在冥冥中写就，
我注定要命丧自己的生父之手。
我来如闪电去如一阵轻风，
或许天堂之上再与你欢乐重逢。
我从痛苦中解脱气绝身亡，
眼中含着热泪心中充满悲伤。”①

苏赫拉布这番诉说，尤其是最后几句话令鲁斯塔姆哑口无言，无话可说。他无精打采、精疲力竭地回到自己队伍跟前。众人见他如此模样感到诧异，他只得说出父子相残的实情，随又说道：

“我深深痛悔自己的所作所为，
这是遭到报应惩罚我的大罪。
人到暮年杀死爱子自己的亲人，
亲手断了自己之后斩草除根。
我一刀刺破年轻孩子的心肝，
苍天也为之垂泪他死得好惨。”②

① 菲尔多西．列王纪全集 [M]. 张鸿年，宋丕方，译．长沙：湖南文艺出版社，2001（1）：711–712.

② 菲尔多西．列王纪全集 [M]. 张鸿年，宋丕方，译．长沙：湖南文艺出版社，2001（1）：712–713.

说完之后，他顺手抽出自己身上的匕首，打算用匕首割下自己的头颅。但众将把他拦了下来，并且极力加以劝解。

不过，这时仍有一线希望或许能够拯救苏赫拉布的性命，那就是派人请求国王卡乌斯赐予灵丹妙药予以救助。于是，鲁斯塔姆对勇士古达尔兹吩咐道：

“我的光荣而明智的勇士，
请代我给卡乌斯转达信息，
说我这里遭到了什么打击。
鲁斯塔姆用匕首把儿子心肝刺破，
这样的人本不应再在世上生活。
望你念我一生效忠朝廷，
体谅我此刻的悲痛心情。
请赏我一剂宝库中的灵丹妙药，
那妙药有起死回生的功效。
万望把良药一剂与清酒一杯，
交与派去之人给我带回。
托陛下洪福我儿或许再生，
那他会像我一样为陛下效忠。”①

然而卡乌斯心狠手辣不肯伸出救助之手。他对古达尔兹说道：

“鲁斯塔姆乃军中上将一员。
我不忍心见他遭此不幸，
因为他赢得了我的尊敬。
但我若把灵丹妙药送到他手中，

① 菲尔多西．列王纪全集[M]．张鸿年，宋丕方，译．长沙：湖南文艺出版社，2001（1）：715–716.

妙药救了那彪悍勇士的性命。
鲁斯塔姆便不再把你我放在眼里，
他也肯定会把我置于死地。
既然终有一天他会给我带来灾难，
他遭此横祸我们何必多管。
你没听他说图斯有什么了不起，
连卡乌斯国王也不放在眼里。
那送了命的苏赫拉布也气势汹汹，
以王冠宝座发誓率兵出征。
他曾对我说让我枪下命亡，
要把我的头颅吊在绞架之上。
世界虽大但容不下他的气焰，
他肩宽背厚又兼身手不凡。
他岂愿在我宝座前躬身侍立，
怎能听从皇家命令低声下气。
不管是保国的忠良还是英勇的将军，
我可不能对他妄发善心。
不久以前他对我谩骂无礼，
使我在军士面前颜面扫地。
如若他儿子性命能够得救，
我所得到的仅仅是黄土一抔。
你没有留心苏赫拉布的狂言，
便没有饱经阵战大将的真知灼见。
他扬言断送成千伊朗人性命，
要对卡乌斯活活施以绞刑。
如若此人性命得以保全，
那就给朝野贵贱带来灾难。
在世上谁若是对敌人宽纵，

便会在人间永远留下骂名。”[1]

古达尔兹听完卡乌斯的话，立即如实向鲁斯塔姆回报。他对鲁斯塔姆说，卡乌斯秉性恶毒，见人遇难不肯出手救助，鲁斯塔姆最好亲自前去当面求情，也许还能说动卡乌斯。鲁斯塔姆听古达尔兹说得有理，为了抓住挽救儿子性命的最后一个机会，决定亲自前去求药。但他刚刚动身不久，随即有人赶来报告苏赫拉布死去的噩耗。苏赫拉布死了，鲁斯塔姆还去找卡乌斯做什么？他再也没有什么可做的事了，可做的事只剩下痛哭流涕：

鲁斯塔姆闻听痛抓自己面颊，
捶打自己胸膛抓断自己头发。
不由自主地长吐一口冷气，
悲痛心焦双眉紧紧拧到一起。
他似一阵旋风赶回下马，
抓一把黄沙往自己头上抛撒。
军中将士个个不能自已，
人人都失声落泪悲伤哭泣。
鲁斯塔姆哭诉："孩子你无比英勇，
名门出身，你在战场上有凛凛威风。
日月经天从未见过你这样的勇士，
抛下盔甲王冠王座永远辞世。
谁像我如此不幸遭此厄运，
垂暮之年亲手杀死骨肉亲人。
你是天下勇士萨姆的后人，
你的母亲也是皇家之后出身名门。

① 菲尔多西.列王纪全集[M].张鸿年，宋丕方，译.长沙：湖南文艺出版社，2001（1）：716–717.

论勇气没有一个勇士能与我相比，
但在你面前我却软弱无力。
我罪孽深重理应断我的双臂，
把我埋入深深的阴暗的地底。
我亲手把爱子苏赫拉布断送，
你乃是一位前无古人的勇士英雄。
……
我该怎么办，怎么告诉你的母亲？
我该派什么人去给她送信？
我有什么可说？因何把你无故残杀？
为什么断送了你的锦绣年华？
天下哪个父亲竟如此狠心，
理应众口谴责我这个十恶不赦的罪人。
世界上有谁把儿子生命断送，
他聪明勇敢是盖世的英雄。”①

苏赫拉布没有得到灵丹妙药救治，再也不能延续生命了，鲁斯塔姆哭得伤心不已，痛苦得撕心裂肺。遭到这个沉重打击的鲁斯塔姆只好带着苏赫拉布的棺椁重新回到自己的故土——扎别尔斯坦，长期郁郁不乐，心情无法平静，默默忍受痛苦的煎熬。

而另一边，苏赫拉布被亲生父亲杀死的噩耗传到苏赫拉布母亲的耳朵里，引发了更加惨烈的反应。在第 171 节“苏赫拉布之母惊悉勇士被杀”里，诗人写道：

她边哭边诉说：“儿呀，娘的心肝，
你在地底何处栖身，黄沙血染？

① 菲尔多西．列王纪全集 [M]. 张鸿年，宋丕方，译．长沙：湖南文艺出版社，2001（1）：718-719.

我本来等你的信息望眼欲穿，
希望能得知你们父子平安。
我还以为你此番率队远征，
左冲右突到处抖擞威风。
我还以为你已经寻到生父，
正匆匆忙忙奔驰在归途。
孩子啊，我怎么想到传来的是凶信，
鲁斯塔姆手起刀落杀死亲人。
他毫不吝惜你青春的容颜，
也不吝惜你坚强的臂膀与躯干。
他竟忍心把锋利的钢刀举起，
刺穿你的心肝置你于死地。
儿啊，我日日夜夜把心血耗尽，
耗尽心血抚养你成人。
谁承想你如今倒卧在血地，
尸布裹身装裹成了你的外衣。
现在，我还能拥抱谁的身躯？
如今，还有谁能给我以慰藉？
如今，我呼唤亲儿有谁上前应声？
如今，有谁能了解我此刻的心情？
多么令人痛惜，你青春闪光的生命，
告别园林与殿堂在地下土掩尘封。
你勇冠三军率兵千里寻父，
寻父不成等待你的竟是一座坟墓。
你满怀热望如今俱成泡影，
如今长眠地底孤苦伶仃。”[①]

① 菲尔多西．列王纪全集 [M]. 张鸿年，宋丕方，译．长沙：湖南文艺出版社，2001（1）：729–730.

她呼天抢地哭得死去活来。作为一位慈祥的母亲，她把自己的全部心血、感情和希望都寄托在唯一的儿子身上，如今这个唯一的儿子被杀，她的心血、感情和希望还有什么寄托呢？没有了！她还能苟活下去吗？不能了！

然后她为自己换了一身黑衣，
黑衣上流满血泪，她不住地悲泣。
她日日夜夜哭声不曾间断，
儿子死后她在世上仅活了一年。
最后不胜悲痛辞世亡故，
她的灵魂飞升去投奔苏赫拉布。①

这就是鲁斯塔姆与苏赫拉布悲剧故事的结局。这个悲剧当然首先是苏赫拉布的悲剧，因为苏赫拉布年纪轻轻便丧失了性命。这个悲剧同时也是鲁斯塔姆的悲剧，因为鲁斯塔姆亲手杀死了自己的儿子，并且使用了欺诈的手段。虽然古人有云“兵不厌诈”，可是要看这个“诈”用在谁的身上。若是用在敌人身上，自然无可非议，若是用在自己儿子身上，则是大错特错。鲁斯塔姆正是犯了这样的错误。不过话说回来，鲁斯塔姆毕竟是在不知情的情况下使用这个诈骗手段的，毕竟是在不知道对方是谁的情况下使用这个诈骗手段的，因此，鲁斯塔姆的行为又有可以谅解之处。事实上，在整个鲁斯塔姆的故事中，在整个鲁斯塔姆的形象中，或许只能找到这样一个缺点，这样一个错误，这样一个罪过，但是这样一个缺点，这样一个错误，这样一个罪过，实在是太严重了，它使得鲁斯塔姆和苏赫拉布的悲剧色彩更加浓重。对于鲁斯塔姆来说，这是他个人生活上的最大悲剧，也是他精神世界里的最大悲剧。这个悲剧给他的后半生蒙上了一层永不消失的

① 菲尔多西．列王纪全集 [M]. 张鸿年，宋丕方，译．长沙：湖南文艺出版社，2001（1）：732.

阴影。

当然，鲁斯塔姆在此之后又活了很长时间，继续建立了许多功勋，继续参加了许多次战斗，继续获得了许多次胜利。例如：

卡乌斯在位时，鲁斯塔姆有三大功绩：一是鲁斯塔姆将夏沃什培养成人。二是鲁斯塔姆协助夏沃什出征土兰，在关键时刻给夏沃什出主意提建议，并受夏沃什之托给卡乌斯送信，直到卡乌斯大发雷霆将鲁斯塔姆的军职解除，并把他打发回扎别尔斯坦为止。三是在夏沃什遇害后，鲁斯塔姆发誓要为他复仇。为此，他首先杀死苏达贝，然后兴兵出征土兰，一路过关斩将，所向披靡。他在土兰为王七年，之后荡平土兰，班师返回伊朗。

霍斯鲁在位时，鲁斯塔姆也有三大功绩：一是鲁斯塔姆继续与土兰人征战，杀死土兰多名战将。二是鲁斯塔姆杀死力大无穷、神出鬼没的妖怪阿克旺。三是鲁斯塔姆出兵大败土兰国王阿夫拉西亚伯统率的大军，并从枯井中救出勇士比让。

经过以上一系列事件之后，诗人最后写到鲁斯塔姆生命的结束。事情的经过大致如下：鲁斯塔姆有一个同父异母的兄弟名叫沙卡德。他受到喀布尔国王的赏识，忌妒鲁斯塔姆的名声，与喀布尔国王合谋设计陷害鲁斯塔姆。喀布尔国王派人挖好许多陷阱，陷阱里插上许多刀剑、尖矛，柄朝下，尖朝上，再用遮盖物罩在陷阱上面，这些陷阱无论是人还是马都看不见。然后，沙卡德引领鲁斯塔姆及其随从扎瓦列等人前往喀布尔。喀布尔国王假意设酒宴迎接，随后又邀请鲁斯塔姆到猎场打猎。鲁斯塔姆不知其中有诈，全然没有防备。第 612 节“喀布尔国王在猎场挖陷阱，鲁斯塔姆和扎瓦列双双落入陷阱”里写道：

鲁斯塔姆吩咐人备马架鹰，
把鹰隼一只只放飞到空中。
……

鲁斯塔姆与扎瓦列在前，
还有三五勇士身边相伴。
你看那猎场上到处是人，
人们正奔向陷阱，奔向死神。
扎瓦列和鲁斯塔姆沿路前进，
步步走向隐在陷阱中的命运。
拉赫什闻到新翻土的气味，
像球一样弓起了自己的后背。
闻不惯湿土气味又蹦又跳，
马蹄把地刨得一道一道。
然后又纵身往前面猛一蹿，
恰好蹿到了两个陷阱中间。
鲁斯塔姆对拉赫什十分生气，
是可怕的命运把他双眼蒙蔽。
他怒气冲冲地将马鞭一扬，
重重地抽打在拉赫什身上。
拉赫什早被两边陷阱卡住，
只能向命运寻求一条生路。
一挣扎两条前腿陷到阱中，
后身半悬，没有东西支撑。
陷阱底部放置有各种利器，
马有劲使不上，出又出不去。
这时拉赫什早已伤痕斑斑，
也刺伤了英雄的腿和双肩。
马终于使足劲跳将上来，
同时也把英雄给带了出来。[1]

---

① 菲尔多西．列王纪全集 [M]. 张鸿年，宋丕方，译．长沙：湖南文艺出版社，2001（4）：232–233.

第613节“鲁斯塔姆杀死沙卡德后身亡”里继续写道：

鲁斯塔姆满身伤痕睁开眼，
看清了沙卡德丑恶的嘴脸。
知道这全是沙卡德的阴谋，
一个大骗子，一个无耻之徒。
“好个无耻匹夫！”英雄怒骂道，
“大好河山将会被你葬送掉。
你早晚会有一天受到报应，
像你这样的坏人绝不会善终。”
沙卡德对他同样恶言恶语：
“这乃是老天赠给你的厚礼。
你曾经让多少人鲜血流淌，
你所到之处又是杀又是抢。
你现在终于也面临着大限，
致你死命的乃是阿赫里曼。”
……
鲁斯塔姆又斥责卑鄙的沙卡德：
“如此待我，你实在无义无德。
你要把我的弓拿来交给我，
或许多少会减轻你的罪过。
把弓弦上紧，放在我的前面，
以免一旦有一头猛狮出现。
发现我以后它会伤我的身，
手中有弓箭我就可以防身。
以免活生生被吞入狮口，
我现在还不想就进入黄土。”
沙卡德走过来拿起那张弓，

把弦调整好弄得不紧不松。
笑着递给了眼前这位壮士，
心里盘算着他的死期将至。
壮士接过弓来用手握紧，
强忍着疼痛向沙卡德瞄准。
沙卡德见这架势十分恐惧，
忙躲到一棵树的后面隐蔽。
原来在他身边有一棵梧桐，
这棵老树已有很长的树龄。
树干已空，枝叶尚且茂盛，
这歹徒见势不妙便躲了过去。
鲁斯塔姆一看赶忙举起手，
端着待开的弓强忍着痛苦。
再一次瞄准梧桐树和兄弟，
就在他跑时一箭射了过去。
沙卡德尖叫一声十分凄厉，
倒也未受多少痛苦便断了气。
鲁斯塔姆说道："多谢创世主，
都因为我多年来一直敬主。
在我生命面临终结的时刻，
现世现报，此仇当时就了结。
是主助佑我将这不义之徒
在临死之前亲手予以铲除。"
英雄刚一说完便气绝魂断，
只听人群中顿然哭声一片。
扎瓦列在另一陷阱里丧命，
英雄中年老年少一个未剩。[1]

---

① 菲尔多西．列王纪全集[M].张鸿年，宋丕方，译．长沙：湖南文艺出版社，2001（4）：233-236.

鲁斯塔姆之死结束了他长长的英勇的一生，同时也结束了《列王纪》勇士部分的内容。

综观鲁斯塔姆的一生，可以说他是一个无敌的勇士，一生打过无数胜仗，几乎没有输过，为民族和国家立下汗马功劳。有的战斗异常激烈，他的表现异常勇敢。在《列王纪》中，他是诗人最着力塑造的人物形象，是诗人最崇敬的民族英雄形象。不过，据笔者看来，在他一生的所有经历和战斗中，最感人肺腑、最激动人心的仍然是他杀死苏赫拉布的悲剧。

夏沃什的悲剧

在四大悲剧中，除鲁斯塔姆和苏赫拉布的悲剧外，要数夏沃什的悲剧篇幅最长，情节最复杂，人物最众多，描写最细腻，思想境界最高远。

这个故事的主人公夏沃什也是诗人倾注全力精心刻画的勇士形象和英雄人物。诗人不仅具体、生动地描述了他的言行举止，而且深入、细致地表现了他的内心世界；不仅描写了他的性格，而且描述了他性格的发展嬗变过程。

夏沃什是凯扬王朝第二代国王卡乌斯的长子，是王位的合法继承人。他充分具备了作为王子和王位继承人的各种条件：相貌出众，博学多才，武艺高强，臂力过人，为人正直，道德高尚，文能安邦，武可定国。诗人充分运用自己的生花之笔对他予以赞美。例如，关于他的美貌，诗人写道：

这王子的面颊似天仙般漂亮，
他的脸上闪烁着火样的红光。
普天下都传说这男孩好看，

夸赞他的美发及面颊眉眼。[1]

然而，他的个人条件虽然十分优越，却命途多舛，“顺境不多逆境难免”，正是这种逆境使他陷入有家难归、有国难回的尴尬地步，迫使他投入敌国怀抱，客死异国他乡。

夏沃什的一生是短促的。他的前半生是在祖国伊朗度过的，后半生是在敌国土兰度过的。这两个阶段都充满了矛盾和冲突、荆棘和坎坷。

在伊朗时，他几乎无时无刻不处于卡乌斯和他的妃子苏达贝的纠葛之中，无力自拔，无力解脱。

苏达贝是一个水性杨花、心肠歹毒的女人。她一见夏沃什年轻貌美，便不由自主地心荡神驰，并且不达目的不肯罢休。夏沃什看出她不怀好意，不愿与之苟合。当她派人请夏沃什造访后宫时，夏沃什十分生气，明确表示“我可不是上后宫走动之人”，“我非鼠窃狗偷之辈”。这时，她一计不成又生二计。她鼓动卡乌斯出面吩咐夏沃什探视后宫：

次日清晨苏达贝亲自奔忙，
款款而来面见卡乌斯国王。
她说大军统帅，奴婢的王上，
陛下可称万古一人举世无双。
王子也神武英俊天下无比，
普天下人都羡慕您的福气。
您应派他去看一看后宫，
让后宫嫔妃姐妹对他表示欢迎。
您应叮嘱他到后宫造访，
前往后宫勤把姐妹探望。
后宫的姐妹盼望见他一面，

① 菲尔多西．列王纪全集 [M]. 张鸿年，宋丕方，译．长沙：湖南文艺出版社，2001（2）：7.

盼得心中焦急，双眼泪水不干。
我们为他祈祷为他准备了礼品，
对他的崇拜与敬意充满我们内心。[1]

苏达贝这番花言巧语果然瞒过了卡乌斯，他答道："此话言之有理，你就是母亲，对他应爱护培育。"[2] 随即让夏沃什前往后宫：

国王召见夏沃什对他叮嘱吩咐，
说都是一家骨肉切勿冷落生疏。
神圣的造物主把你如此造就，
只要一看到你，人们就喜在心头。
创世主赋予你显贵的世系门庭，
你这样尊贵正直的王子以前从未诞生。
苏达贝见到你便感到可亲，
这因为是一家人天生的缘分。
我的后宫中还有你的姐妹，
苏达贝对你犹如亲爱的母亲。
后宫中的众姐妹都是你的亲人，
你应时常去后宫小坐探视问讯。[3]

夏沃什年纪虽不大，却是一个头脑聪明、心地善良、为人正直，并且颇有心计的人。他觉得父亲的话有些蹊跷：

夏沃什一听国王这番话语，
他久久凝视国王，闭口不语。

---

① 菲尔多西．列王纪全集 [M]. 张鸿年，宋丕方，译．长沙：湖南文艺出版社，2001（2）：15.
② 菲尔多西．列王纪全集 [M]. 张鸿年，宋丕方，译．长沙：湖南文艺出版社，2001（2）：15.
③ 菲尔多西．列王纪全集 [M]. 张鸿年，宋丕方，译．长沙：湖南文艺出版社，2001（2）：15–16.

他口虽不言但心中暗自思量，
心想此事蹊跷，看来颇不寻常。
他认定这是父亲有意把他考验，
看他心地是否纯洁，心情是否散乱。
他心有主见又兼口齿伶俐，
机警清醒但又生性多疑。
他暗自思前想后打定主意，
想好主意便从容不迫一点不急。
他想如若我到父王后宫造访，
去见苏达贝人们难免飞短流长。
于是他这样回答卡乌斯国王：
“多谢父王授予权柄培育我为王。
自从太阳初次从东方升起，
自从阳光初次普照这片大地，
时至今日历史上出现的每位国君，
论才德学识都无法与父王相提并论。
请父王让我多结识高士与贤人，
结交胸襟坦荡之士，干练超群之人。
鼓励我舞枪弄棒，张弓射箭，
强身习武在两军阵前搏战。
教我为王之道治国安邦，
教我宴宾会客应对之方。
我在父王后宫能学到什么本领，
有谁见妇人之见卓越高明？
如若父王定然要儿造访后宫，
儿谨遵王命诚心诚意服从。”[①]

① 菲尔多西. 列王纪全集 [M]. 张鸿年，宋丕方，译. 长沙：湖南文艺出版社，2001（2）：16–17.

这段话说得头头是道，句句在理，既赞美了卡乌斯，又表明了自己的雄心壮志；既说出自己不愿去后宫，又表示必要时服从命令。当卡乌斯再次让夏沃什进后宫时，他知道此事已经不可避免，如果再要说理，只是白费口舌，而且必然引起卡乌斯的不满，于是立即答道："为儿谨遵王命，得暇时我一定造访后宫。现在，我就在父王面前听令，父王之命为儿一心一意遵从。"①

夏沃什第一次进后宫，苏达贝就对他表现出非同寻常的亲密：

苏达贝一见夏沃什的身影，
便殷勤地走下宝座上前来迎。
她款摆身腰向他深施一礼，
然后紧紧把王子抱在怀里。
她长时间吻王子的面颊眉眼，
情深意笃对王子着实是百看不厌。
她说："我从心底祷告上苍，
我日夜祈祷祝你平安吉祥。
天下有谁有你这样的后人，
国王陛下做你父亲也逊色几分。"②

苏达贝的这番作为使夏沃什吃了一惊，他虽然不是完全没有思想准备，但没有料到苏达贝竟然如此赤裸裸地表现出来。他早就知道这番甜言蜜语的本意，过分殷勤其实背后隐藏了一番心机。于是他灵机一动，心生一计，随即连忙转身走向众位姐妹，为的是避开苏达贝，免得惹是生非。众姐妹见了他也连声称赞，热情让座，递给他一个绣金靠垫。他与众姐妹盘桓多时，告辞而去，缓步而行又回到父王那里。苏达贝当然不肯就此善罢甘休，她对卡乌斯说道：

① 菲尔多西．列王纪全集 [M]. 张鸿年，宋丕方，译．长沙：湖南文艺出版社，2001（2）：17.

② 菲尔多西．列王纪全集 [M]. 张鸿年，宋丕方，译．长沙：湖南文艺出版社，2001（2）：19–20.

“我有个想法不知是否可行，
我要向王子提起一件事情。
我从陛下女儿中为他选一位新娘，
何必为此事找到外人家头上。
成亲后也可门庭有后，早生贵子，
生出贵子模样一定与父亲相似。
我的后宫中您的女儿结队成群，
她们都是您的亲生出自皇门。”①

卡乌斯听完立即满口应承，并于次日吩咐夏沃什照此行事。夏沃什刚刚躲过一关，如今又生枝节，心中再度忐忑不安起来，因为夏沃什知道这一切全是苏达贝的主意，担心她一步步把他逼入绝境。

夏沃什第二次进后宫，是在又过了一天之后。苏达贝派人向夏沃什传达她的口谕——请烦劳尊驾再来一次后宫，再睹王子颜面我们感到荣幸。夏沃什无计可施，只得遵命前来：

王子一听不由得心中一怔，
他求主保佑，感到其中必有隐情。
他左思右想想不出万全之计，
苦无对策心中十分焦急。
无奈只得缓步入宫去见王妃，
去会头戴凤冠端坐宝座的苏达贝。②

见过众多美女之后，苏达贝探问他选中的是哪一位姑娘。夏沃什沉默良久不发一言。在这种情况下——

① 菲尔多西．列王纪全集[M]. 张鸿年，宋丕方，译．长沙：湖南文艺出版社，2001（2）：21.
② 菲尔多西．列王纪全集[M]. 张鸿年，宋丕方，译．长沙：湖南文艺出版社，2001（2）：24.

她便掀开面纱露出了颜面。
她说：“如若一人正欣赏月光，
但同时他也看到了一轮太阳。
他觉得月亮相形失色，这有何可惊？
认为太阳超过月亮本是人之常情。
若有人见我端坐象牙宝座上面，
头戴镶嵌翡翠宝石的凤冠，
他如不恋慕月亮本无可惊异，
月亮虽美也无法与太阳相比。
如若你对我有意我们便互相约定，
二人同心便没有办不成的事情。
我这里物色一个美女派到你身边，
让她晨夕伺候服侍你茶饭。
但现在你在此就要对天盟誓，
对我要言听计从永不背弃。
当国王一旦辞世，寿终正寝，
你我便成就好事正式成亲。
要当心莫让人破坏我们的好事，
你要真心对我，要坦诚忠实。
现在，我就在你面前，
以身相许，完全心甘情愿。
你要我做什么，我都俯首遵从，
你设下捕机，我就跳下你的陷阱。”
说话间她抱起王子的头匆匆一吻，
情急之时完全忘记了羞耻之心。[1]

① 菲尔多西. 列王纪全集 [M]. 张鸿年，宋丕方，译. 长沙：湖南文艺出版社，2001（2）：26–27.

夏沃什万万没有想到苏达贝竟然恬不知耻到这种地步，竟然迫不及待地以身相许。他因为害羞而双颊飞红，委屈得似有一股血泪从眼中往外流淌。他想道：自己当然不能鬼迷心窍心生歹意，背叛父王乱伦越礼，但也不能冷言冷语冷落她，那样她会恼羞成怒，燃起满腔怒火，暗中施展阴谋诡计，当下之计还是对她虚与委蛇为好。想到这里，他开口说道：

“天下美人虽多但哪个能比你的容貌？
你颜面姣美如同一轮月亮，
你这样的人品只能匹配君王。
现在，你可将你一女许我为妻，
我就满足你的选择不再另娶。
事不宜迟你现在就去报告陛下，
看他意下如何怎样回答。
我就娶你的女儿立下誓言，
对天盟誓对你永不背叛。
我耐心等待你女儿长大成人，
她成人之前决不再属意他人。
你曾提到我怎么生得如此貌美，
你的心已经充满爱的陶醉。
我的容貌本是造物主这样造就，
天生的容貌谁也不知缘由。
你我的秘密你应深埋心底，
我也守口如瓶决不对人提起。
你是嫔妃之首，你有王妃之尊，
我如今权且把你视为母亲。”[1]

---

① 菲尔多西 . 列王纪全集 [M]. 张鸿年，宋丕方，译 . 长沙：湖南文艺出版社，2001（2）：27–28.

这段话说得非常巧妙，既没有得罪苏达贝，又让她有苦难言，有口难辩，所以，就连能言善辩的苏达贝也哑口无言了。借着这个时机，夏沃什立即告辞出门，剩下苏达贝呆呆地坐在原地出神。当然，苏达贝是一个不达目的决不罢休的人，她一计不成，再生二计，二计不成，又生三计：

苏达贝一见心中感到十分惊奇，
她心中盘算打定一个歹毒主意。
如若夏沃什不肯听命于我，
那还真不如不在世上生活。
对付他我就要设法或明或暗
用尽一切制伏人的手段，
用种种计策把他困扰折磨，
让他备尝痛苦但却无法诉说。[①]

于是，当夏沃什第三次被迫进后宫时，苏达贝对他说道：

“国王为你准备许多礼品，
有王冠宝座及数不尽的稀世奇珍。
各种珠宝财物多得不计其数，
用二百峰骆驼来驮也嫌不够。
我选自己的女儿与你匹配姻缘，
但我也有几分姿色，不要对我冷淡。
你有什么理由拒绝我的爱情?
难道你看不到我的身姿我的风情?
老实说自从我第一眼看到了你，

① 菲尔多西 . 列王纪全集 [M]. 张鸿年，宋丕方，译 . 长沙：湖南文艺出版社，2001（2）：29.

早已体尝爱的煎熬，以心相许。
我魂飞魄散，白日也阴暗无光，
天际的太阳也变得惨淡昏黄。
如今，我忍受折磨已经七年，
每日眼中滴血，时时以泪洗面。
我求你暗中赐我片刻之欢，
让我再次领略青春的甘甜。
我要比国王给你更多的珠宝财物，
我给你宝座王冠，样样使你满足。
我的请求如果你执意不听，
我的主意如果你执意不从，
我就设法使你不能继承江山，
天地无光，使日月在你眼前暗淡。”①

夏沃什见她已经彻底撕破脸皮，既不能答应她的要求，又不能继续敷衍下去，只得断然予以拒绝：

夏沃什对她说："不要如此无礼，
我不能为私欲把信念背弃。
这样的行为是对我父王的不忠，
有违勇士之道，也欠正大光明。
你是后宫之首你身贵为王妃，
不应自轻自贱可知这是犯罪？”②

夏沃什的回答使得苏达贝感到绝望。她再也无法控制自己的情绪，立即不顾一切撒起泼来：

① 菲尔多西．列王纪全集 [M]. 张鸿年，宋丕方，译．长沙：湖南文艺出版社，2001（2）：29–30.
② 菲尔多西．列王纪全集 [M]. 张鸿年，宋丕方，译．长沙：湖南文艺出版社，2001（2）：30.

苏达贝一听猛然从宝座站起，
她愤怒地向王子夏沃什扑去。
她说："我向你剖示了心底秘密，
你摆出正人君子面孔责我失礼。
你这是存心把我羞辱糟蹋，
在正直人面前责我不遵礼法。"
苏达贝一把撕碎了自己的衣衫，
再一把抓破了自己的双颊颜面。
随后只听后宫中一声高喊，
喊声越过宫墙直达皇宫外面。
于是大殿与宫中一片嘈杂混乱，
似末日之夜的景象呈现在面前。①

苏达贝的撒泼举止惊动了卡乌斯。在卡乌斯面前，苏达贝又表演了一番"恶人先告状"的把戏。幸亏卡乌斯的头脑还算清醒，他经过一番思索和调查，断定夏沃什"完全无罪"，并对他说："此事你不必介意，今后要谨慎清醒以免为人所欺。这件事最好不要向外人提起，以免交口相传闹得满城风雨。"②

苏达贝依然不甘心失败。她又买通手下一个侍女，两人共同表演了一出堕胎的丑剧。然后，苏达贝以这对死双胞胎诬陷夏沃什，一口咬定这是夏沃什强奸自己并致使自己流产的证据。卡乌斯感到此事关系重大，不能视若等闲，于是召集群臣、星相术士和祭司共同商议。星相术士认定这对死双胞胎不是皇家血脉，但有个祭司提出用钻火阵的方法辨别真伪（当时伊朗人相信这种方法是最有效的，是天神对人们行为的最终判决）。卡乌斯接受了这个建议，他问夏沃什"意下如何"，夏沃什回答的语气是坚定的。他说："我地狱也愿去，她（指苏达贝——

① 菲尔多西．列王纪全集[M]．张鸿年，宋丕方，译．长沙：湖南文艺出版社，2001（2）：30–31.
② 菲尔多西．列王纪全集[M]．张鸿年，宋丕方，译．长沙：湖南文艺出版社，2001（2）：35.

引者注）的话把我刺伤。山样高的火堆我也敢去闯，她的话使我的心灵受到创伤。”[①]

于是，卡乌斯下令召一百队骆驼驮着干柴齐聚京城——“田野上驮来的干柴堆成小山两座，缕缕行行的人前来观看人声鼎沸。两堆干柴中间留出一条窄巷，一位骑马人穿过并不感到宽敞。”[②] 随后，干柴被点燃——

火堆上开始升起一股浓烟，
浓烟过后万道火舌向外翻卷。
火堆烧得大地似天空般明亮，
人声嘈杂干柴烧得噼啪作响。
整个田野都被一片大火吞没，
人们的笑脸顿时变得雨泪滂沱。[③]

当一切准备停当时，夏沃什登场了——

他精神振奋穿一身白衣，
唇边带笑希望埋藏在心底。
他胯下骑着的这匹乌黑的骏马，
奔走如飞，月亮也要踏在蹄下。
他将一把樟脑撒上自己的素衣，
似乎一切都遵循着丧葬之礼。
好像他这是向天堂登攀，
而不是冒险去闯两堆火山。[④]

① 菲尔多西．列王纪全集 [M]. 张鸿年，宋丕方，译．长沙：湖南文艺出版社，2001（2）：42.
② 菲尔多西．列王纪全集 [M]. 张鸿年，宋丕方，译．长沙：湖南文艺出版社，2001（2）：43.
③ 菲尔多西．列王纪全集 [M]. 张鸿年，宋丕方，译．长沙：湖南文艺出版社，2001（2）：44.
④ 菲尔多西．列王纪全集 [M]. 张鸿年，宋丕方，译．长沙：湖南文艺出版社，2001（2）：44.

他勇闯火阵的行动是震撼人心的。诗中写道：

只见夏沃什纵身把黑马紧催，
骏马前跃钻进熊熊燃烧的火堆。
火堆上的火舌向外飞卷，
马入火中火光马影连成一片。
田野上人们都眼睁睁等待，
等待王子从火堆中冲将出来。
突然，正直的勇士果然冲出火海，
他双唇含笑面颊似红花绽开。
人们一见立即响起一片欢呼，
欢呼王子从烈火中安然冲出。
骑士跨马奔驰，他的素袍白衣，
一尘不染鲜艳得似一丛茉莉。
泼一盆水衣服上也会沾染污迹，
但此刻他的素衣白袍却洁白整齐。
这真是造物主佑人，吉人自有天相，
任凭水火无情也不能把他损伤。
当他冲出火堆策马来到平原，
人群中立即响起欢腾叫喊。
军中骑士欢欣雀跃不能自已，
一把一把向王子抛撒金币。
城中郊外的气氛似节日般欢腾，
喜悦之情感染了贵胄与平民百姓。[①]

事情发展到这个地步，就连用心极其狠毒、手段极其阴险、必欲

① 菲尔多西．列王纪全集 [M]. 张鸿年，宋丕方，译．长沙：湖南文艺出版社，2001（2）：45–46.

置夏沃什于死地而后快的苏达贝一时之间也无计可施、黔驴技穷了。她原形毕露，卡乌斯宣布将她处以绞刑。他向群臣征求意见，他们的回答是“这种罪犯应该处以极刑，让她自食其果得到应有报应”[①]，于是，卡乌斯下令将她拉出去示众，吊上绞刑架。

但是，“当刽子手把苏达贝拉去行刑，后宫中响起一片刺耳喊声。这时卡乌斯颜色骤变，旧情难忘心中又泛起爱怜。刽子手拖拖拉拉把苏达贝拖出，宫中人都侧过脸去不忍目睹。”[②] 夏沃什将这一切都看在眼里——

王子见状自忖如若国王一时发怒，
命手下人拉出去把苏达贝惩处，
日后想起他定然后悔，
那时必然认定我是祸首罪魁。
于是他走上前去禀奏国王：
“这区区小事陛下何必心伤，
请看在我的面上饶她一命，
或许她能接受教训改邪归正。”[③]

夏沃什的言行十分得体，这一方面表明他胸怀坦荡，并不以怨报怨，而是以德报怨；另一方面也表明他有远虑，他看出卡乌斯脸色的变化和内心的矛盾，这从卡乌斯听到夏沃什建议后的反应看得一清二楚——

国王正在苦无宽赦她的借口，
这一来便找到饶恕她的因由。

① 菲尔多西．列王纪全集 [M]. 张鸿年，宋丕方，译．长沙：湖南文艺出版社，2001（2）：48.
② 菲尔多西．列王纪全集 [M]. 张鸿年，宋丕方，译．长沙：湖南文艺出版社，2001（2）：48–49.
③ 菲尔多西．列王纪全集 [M]. 张鸿年，宋丕方，译．长沙：湖南文艺出版社，2001（2）：49.

他对夏沃什说："你的品质磊落光明，
看在你的面上暂不把她严惩。"[①]

不仅如此，而且之后事态的发展更加能够说明问题——

从那以后又过了一段时间，
国王心中又逐渐对她产生了爱怜。
由于心中怀着对她的爱情，
天天望着她的面庞目不转睛。[②]

以上主要是对夏沃什和苏达贝矛盾的描写。这段描写可谓是细腻入微，故事情节富于戏剧色彩，人物形象刻画得栩栩如生。诗人之所以如此处理，是因为这段故事在整个夏沃什悲剧中属于关键环节，具有重要意义。正因为有夏沃什和苏达贝的矛盾，所以夏沃什虽然贵为王位继承人，却不能在王宫里过安稳的日子，甚至不能在国内过安稳的日子，之后不得不远赴异国他乡，最终客死在外。因此，我们可以说，夏沃什和苏达贝的矛盾是整个夏沃什悲剧的基础，是整个夏沃什悲剧的根源。

不过，苏达贝虽然心狠手辣，但能力有限。她必须依靠卡乌斯的权力，挑起卡乌斯和夏沃什的矛盾，才能达到陷害夏沃什的目的。诗中写道：

苏达贝又一次利用国王的娇纵，
施展阴谋诡计作浪兴风。
她天生歹毒终于阴谋得逞，
挑拨了国王与夏沃什的父子之情。

① 菲尔多西．列王纪全集 [M]. 张鸿年，宋丕方，译．长沙：湖南文艺出版社，2001（2）：49.
② 菲尔多西．列王纪全集 [M]. 张鸿年，宋丕方，译．长沙：湖南文艺出版社，2001（2）：49.

听了她的谗言国王又对夏沃什不满，
但只是闷在心里未对人明言。①

因此，卡乌斯与夏沃什的直接冲突具有更重要的意义。卡乌斯是一个喜怒无常、脾气暴躁、好战成性的国王。他在苏达贝的所有阴谋诡计都被戳穿之后，仍然听信她的谗言，对亲生儿子夏沃什心怀不满。夏沃什颇有心计，早已看穿了这一点。正在这时，伊朗的敌国——土兰国王阿夫拉西亚伯领兵来犯。夏沃什认为这正是摆脱目前尴尬处境的绝好机会——

这时，夏沃什愁绪满怀心事重重，
心乱如麻一桩大事不能决定。
他暗下决心说我要向父王请兵，
我要表明心迹代父出征。
愿造物主助人从此我得到解脱，
不再受父王怀疑和苏达贝折磨。
何况如若大败敌军旗开得胜，
也是立下战功从此扬名。②

夏沃什的请求得到卡乌斯的批准，于是夏沃什作为大军统帅领兵出发，与鲁斯塔姆同行。他们与土兰军队的第一场战斗是巴尔赫之战：

当伊朗军队开到巴尔赫附近，
便发动进攻企图夺取城门。
两军血战整整厮杀了三天，
第四天夏沃什把巴尔赫攻占。

---

① 菲尔多西 . 列王纪全集 [M]. 张鸿年，宋丕方，译 . 长沙：湖南文艺出版社，2001（2）：50.
② 菲尔多西 . 列王纪全集 [M]. 张鸿年，宋丕方，译 . 长沙：湖南文艺出版社，2001（2）：52.

每座城门都派伊朗兵士据守，
巴尔赫城已落入伊朗军队之手。[①]

首战告捷，夏沃什立即致信卡乌斯。卡乌斯见信兴高采烈，大加赞赏。与此同时，土兰国王阿夫拉西亚伯却心急如焚，烦躁不安，深夜从噩梦中惊醒。他梦见自己的身体被一位勇士砍为两段。圆梦祭司认为，此梦表明土兰不宜再战。阿夫拉西亚伯决定派出使者格西乌请求与伊朗方面讲和。

夏沃什面对这个重大问题，没有匆忙作出决定，而是经过慎重考虑，想出一个万全之策——要求对方派出人质，再与经验丰富的鲁斯塔姆仔细研究，倾听他的意见，最后才确定方案——

夏沃什鲁斯塔姆到一僻静之地，
为的是避开众人共议大计。
他二人慎重商量计议从容，
真假利害一一仔细权衡。
鲁斯塔姆对格西乌表示怀疑，
敌使不期而至其中是否有计。
他立即向四面八方派出哨兵，
按用兵规则察看有无动静。
夏沃什开口向鲁斯塔姆问计，
说莫非有诈，请告其中奥秘。
如今他们因何派人前来，
他有来使我们应如何对待。
我们可否要求他派出亲属百人，
百人中个个都应是骨肉至亲。

① 菲尔多西．列王纪全集 [M]. 张鸿年，宋丕方，译．长沙：湖南文艺出版社，2001（2）：58.

把这些人派来充作人质，
以此表明他们说的句句是实。
你看他们是真的惧怕我们兵力，
还是其中有诈在玩弄诡计。
当我们与他们达成协议两罢刀兵，
要选一干练之人去通报军情。
向父王呈报前线议和消息，
让他对阿夫拉西亚伯不怀敌意。
鲁斯塔姆说我意此计可行，
除此之外，万不可轻率结盟。①

次日，夏沃什召见格西乌，对他说道：

你去向阿夫拉西亚伯报告，
如若愿消除仇恨越早越好。
为人做事若不愿自食其果，
便应及早罢手不应行凶作恶。
理智的光辉如若在谁心中照耀，
那便终生受用获得了无价之宝。
如若他真的有意双方结盟，
就请他从速派出骨肉至亲百名。
这百人要出自鲁斯塔姆熟知的世系，
由你一一按人点名把他们聚齐。
你把这百口人交给我们作为人质，
以表明你口无虚言所说句句是实。
然后要把你们侵占的伊朗国土，

① 菲尔多西．列王纪全集 [M]. 张鸿年，宋丕方，译．长沙：湖南文艺出版社，2001（2）：74–75.

悉数交还，退给它们的故主。
交出国土以后你们撤回土兰，
从此永息刀兵不再来战。[①]

这就是说，在前线，他与土兰军队进行了有力、有理、有节的斗争。首先，他指挥大队人马攻占巴尔赫城，进军两国界河阿姆河南岸，迫使土兰军队向阿姆河北岸仓皇逃遁，给进犯之敌人以有力的打击，英勇地捍卫了祖国的利益。其次，当土兰方面要求讲和时，他又在显然有利于伊朗的条件下表示同意，从而既可免去干戈之苦，又能维护国土完整。这表明夏沃什在实际斗争中迅速成长起来，从一个心地善良、为人正直的王子成长为统领国家大军的军事家和具有雄才大略的政治家。

然而，正是围绕讲和问题，夏沃什和卡乌斯的矛盾空前尖锐起来，终于到达了白热化的程度。卡乌斯不准讲和，逼迫夏沃什撕毁和约重启战端，否则就要将他撤职查办。卡乌斯说：

那百名土兰无名之辈又有何用，
他们无显贵世系也不出名。
百名人质在他[②]眼中毫无价值，
他视人质如同河水根本不予重视。
如若你们二人[③]不愿远征，
我可不辞劳苦，我要除恶务尽。[④]

随后，他便将鲁斯塔姆从前线调离，并在给夏沃什的信中写道：

---

① 菲尔多西．列王纪全集 [M]. 张鸿年，宋丕方，译．长沙：湖南文艺出版社，2001（2）：76.
② 指阿夫拉西亚伯。
③ 指夏沃什和鲁斯塔姆。
④ 菲尔多西．列王纪全集 [M]. 张鸿年，宋丕方，译．长沙：湖南文艺出版社，2001（2）：83.

你终日嬉乐生活在美女群中，
宴饮优游不愿再去战场拼争。
鲁斯塔姆也是贪图财宝银钱，
见财喜在心头真是贪得无厌。
……
现在我把统帅图斯派赴前线，
他要帮你整顿眼前的局面。
图斯一到你要把人质戴枷捆绑，
用驴子驮上他们押送到后方。
……
如若你不愿从命碍于情面，
不愿他们说你背信弃义不守诺言，
你就应把军队交与图斯统领，
那你就不是真正的勇士英雄。①

这就将夏沃什逼到了进退维谷的境地。他既不能撕毁和约重新开战，又不能离开战场返回朝廷，正如他自己所说的那样：

难道我要双手沾满鲜血重启战端，
驱使两国百姓陷入仇杀灾难？
不杀掉人质国王决不会心甘，
想起我所作所为他定然不满。
如若我按兵不动不再开战，
然后启程回朝去到他的身边，
那一定会惹得他动怒大发雷霆，
我便是飞鸟投罗网身陷囹圄之中。

① 菲尔多西 . 列王纪全集 [M]. 张鸿年，宋丕方，译 . 长沙：湖南文艺出版社，2001（2）：88-89.

他便会发泄不满对我百般指责，
那真成了旧错之上又加上新错。[①]

在这种情况下，夏沃什被逼得无路可走，终于被迫选择了投奔土兰国王阿夫拉西亚伯。虽然阿夫拉西亚伯对他表示竭诚欢迎，但夏沃什的心里是忐忑的：

夏沃什听了一则以喜一则以忧，
前途未卜不知今后是凶是吉。
以后要与敌人握手言欢，
烈火中岂能有生命的清泉。
敌人终究是敌人，心怀敌意，
多么委曲求全也不会顺遂人意。[②]

这无疑是一条极为崎岖坎坷、艰难困苦的道路。上述种种事实证明，夏沃什决非贪图财物、贪生怕死之徒，更非出卖祖国、背叛民族之辈。他之所以走上这条道路，乃是卡乌斯逼迫所致，乃是迫不得已的选择，这是他后半段悲剧的发端。

夏沃什初到土兰时，受到了破格的优待。土兰国王阿夫拉西亚伯和土兰军队统帅皮兰都对他表示热烈的欢迎，给予他优厚的待遇：皮兰先将女儿贾里莱嫁给他，阿夫拉西亚伯又将女儿——公主法兰吉斯嫁给他；阿夫拉西亚伯赐予他辽阔的封地——“然后给王子册封土地城乡，从国都到中国海慨然封赏。这片土地有一百法尔散格（伊朗古代长度单位——引者注）之长，纵宽多少尚无人能够测量。”[③] 夏沃什在这片封地上先后建造起两座辉煌壮丽的城池，一座是冈格城，一座是

① 菲尔多西．列王纪全集 [M]. 张鸿年，宋丕方，译．长沙：湖南文艺出版社，2001（2）：95.
② 菲尔多西．列王纪全集 [M]. 张鸿年，宋丕方，译．长沙：湖南文艺出版社，2001（2）：104.
③ 菲尔多西．列王纪全集 [M]. 张鸿年，宋丕方，译．长沙：湖南文艺出版社，2001（2）：139.

夏沃什城。

从表面看，夏沃什的生活是安逸的，心情是愉悦的，但如果深入观察便会发现，他的思想深处其实并非如此，因为他深知自己寄人篱下的处境，所以不得不时时提心吊胆，事事谨慎，不能得意忘形，而且不仅自己注意，还要提醒自己手下的伊朗人注意，甚至在土兰人和伊朗人比赛马球而伊朗人占上风时，他也没有忘记提醒伊朗人掌握分寸——

> 夏沃什见此情形不禁心中警觉，
> 他以巴列维语向伊朗人提出警告。
> 他说这不是战场，只是球场上的输赢，
> 你们应谨慎才是不能得意忘形。
> 双方拼抢正急你们应让步勒马，
> 让那球也能滚到土兰人马下。
> 伊朗人遵命把坐下马轻勒，
> 只是虚应慢打不再奋力争夺。
> 这时土兰人才打出漂亮的一杆，
> 打出这一杆才算挽回些颜面。[①]

真可谓用心良苦。

这还只是应付局面，更令他难以忍受的是藏在他内心深处的痛苦。这种痛苦首先表现在他念念不忘自己的祖国以及留在那里的亲人——

> 只是我再也不能返回波斯，
> 再也无法看到卡乌斯父王。
> 再也看不到鲁斯塔姆我的养父，

① 菲尔多西.列王纪全集[M].张鸿年，宋丕方，译.长沙：湖南文艺出版社，2001（2）：120–121.

他似春风化雨辛勤把我抚育。
再也见不到巴勒拉姆、赞格·沙瓦朗，
再也见不到众多的波斯勇士与好汉。
从此要永远割断与他们的联系，
把土兰作为永远安身立命之地。①

这种痛苦还表现在他对自己未来命运的忧心。当皮兰问他为什么心情郁闷时，他的回答十分坦率：

王子回答：“这乃是天不助我，
才使我心中不快闷闷不乐。
你看我虽然为自己构筑了宫殿，
也积累了无数的珠宝财产。
这一切终将落入对头之手，
天不作美我得到的不过一抔黄土。
你看这冈格城真是天下无双，
到何处去寻这城池的风光？
看起来似乎冥冥中命运相助，
万事顺遂前方都是平安坦途。
我在此地经营构筑这座大城，
城中楼台高耸直薄北斗七星。
现在我在此筹划在此经营，
为楼宇描金绘彩涂绿抹红。
宫宇建成更为此地添增风光，
四方献宝进贡人人羡慕景仰。
但命中注定我不能在此久留，

① 菲尔多西．列王纪全集 [M]. 张鸿年，宋丕方，译．长沙：湖南文艺出版社，2001（2）：130.

宫宇虽好终究要落入他人之手。
我本人与我的儿女无缘消受，
我的亲人眷属也将被赶走。
我命中注定身亡寿数告终，
这厅堂楼宇于我又有何用？
宫殿要被阿夫拉西亚伯占据，
他将把我这无罪之人置于死地。
天命不可违抗，世人只得服从，
它时而使人欢畅顺利时而使人沮丧扫兴。”[①]

这与其说是他知天命，不如说是他的担心和预见，而这些担心和预见后来果然一一应验。

原来阿夫拉西亚伯一直对夏沃什怀有戒心，于是便派格西乌前往夏沃什城查看，并对他说：“我派你前往夏沃什城查看，你要到那城中巡视一番。看夏沃什是不是安心住在土兰，再不思念伊朗他的家园。看他离开故园江山是否常常忆想，想那古达尔兹、巴赫拉姆与卡乌斯国王。看他是否思念扎尔之子鲁斯塔姆，看他是否准备大棒武器重整队伍。”[②]

格西乌是一个性情刁钻古怪、善于挑拨离间的人，他一见夏沃什的豪华宫殿和雄壮的队伍便感到十分不满——“他心中思量嘴里自言自语，夏沃什拥兵自重此事堪虑。这样下去只消一年，夏沃什便会藐视众人羽翼丰满。这完全是皇家的宫殿皇家的排场，他拥有皇家的宝座兵强马壮。”[③] 因此，为了达到挑拨离间的目的，他多次往返于夏沃什

① 菲尔多西 . 列王纪全集 [M]. 张鸿年，宋丕方，译 . 长沙：湖南文艺出版社，2001（2）：149–150.

② 菲尔多西 . 列王纪全集 [M]. 张鸿年，宋丕方，译 . 长沙：湖南文艺出版社，2001（2）：160–161.

③ 菲尔多西 . 列王纪全集 [M]. 张鸿年，宋丕方，译 . 长沙：湖南文艺出版社，2001（2）：164.

和阿夫拉西亚伯之间，极尽无事生非、造谣诽谤、添油加醋、煽风点火之能事。在第一个来回，他对阿夫拉西亚伯说的是这样一套：

格西乌说陛下应多加小心，
夏沃什行止可疑似有异心。
卡乌斯国王曾秘遣使臣，
至他的宫中数次秘密访问。
他与中国罗马都有信息来往，
甚至公然举杯祝卡乌斯健康。
他手下兵丁也日益人多势众，
我主的性命会有一日丧在他手中。
……
自古水火异性两方各不相容，
势同水火，终究要启动刀兵。
陛下愿双方和好只是幻想，
引狼入室到头来自家遭殃。[1]

对夏沃什说的是另外一套：

格西乌说王子你心地善良，
可是你不能以好心揣度国王。
其次，还要虑到天有不测风云，
青天白日转眼会变得一片阴沉。
此人历来处世诡计多端，
再聪明机智的人也难于看穿。
你见多识广而且聪明干练，

① 菲尔多西．列王纪全集 [M]．张鸿年，宋丕方，译．长沙：湖南文艺出版社，2001（2）：172.

你身手矫健遇事又有主见。
你看不透他笑脸后的险恶用心，
但愿灾难与厄运不会降临。
他施障目之法迷住你的眼睛，
用计迷惑了你，使你好坏分辨不清。
他首先设法与你联姻招你为婿，
使你喜出望外称心如意。
然后又委以高位派你为封疆大吏，
请上公卿贵胄为你摆开酒席。
他这是骄纵你心意抬高你身份，
使天下人无法对他再加议论。
……
如今他对你的歹意已渐分明，
你万勿以为是翁婿有恃无恐。[1]

在第二个来回，他对阿夫拉西亚伯说的是这样一套：

格西乌说眼看即将大祸临头，
拖延时日岂不是等别人下手？
……
他与伊朗有书信往还，
但我们赶到时却托故不愿相见。
那里有罗马与中国调去的队伍，
一队队兵丁在那里进进出出。
夏沃什之事如若再拖延迟疑，
祸起之后再后悔也于事无济。

① 菲尔多西 . 列王纪全集 [M]. 张鸿年，宋丕方，译 . 长沙：湖南文艺出版社，2001（2）：184–185.

如若坐失良机血战再起，
他会一举把两个国家夺取到手里。
如若他一旦率军返回伊朗，
哪个敢出战把他阻挡？
因此我赶来为陛下通报消息，
宜当机立断切不可再犹疑。[①]

对夏沃什说的是另外一套：

他告诉王子，我的话他全然不听，
盛怒之下他决定兴师出兵。
你定要寻求一个应对之方，
兵力布置在何处哪里辟作战场。[②]

格西乌的挑唆使阿夫拉西亚伯和夏沃什都蒙在鼓里。阿夫拉西亚伯怒不可遏，率领大队兵马出发征讨夏沃什；夏沃什则烧毁花园和宫殿，带领一队亲随匆匆踏上返回伊朗的道路。但夏沃什刚出发不久，阿夫拉西亚伯的兵马便已赶到。阿夫拉西亚伯看见夏沃什一行全副铠甲披挂整齐，夏沃什本人也是一身戎装手执武器，立即认定格西乌的话果然不假，夏沃什显然是要造反夺取天下，于是命令部队将夏沃什及其亲随包围起来。这时，夏沃什的亲随要求决一死战，可是夏沃什不准——

夏沃什对他们说此事万万不可，
进行这场战斗于理不合。

① 菲尔多西．列王纪全集 [M]. 张鸿年，宋丕方，译．长沙：湖南文艺出版社，2001（2）：189–190.

② 菲尔多西．列王纪全集 [M]. 张鸿年，宋丕方，译．长沙：湖南文艺出版社，2001（2）：194.

国王当初待我充满深情厚谊，
我如今岂能向他开战作为回礼。
如若我无辜被害小人结果我的性命，
那也是苍天意旨，事事均属前定。
我虽能征善战，反抗也属无益，
谁能与造物主相左一争高低？
不闻睿智的先贤有过名言：
遭到不幸命运挣扎也是徒然。[①]

既然如此，这场战斗的结果自然也就可想而知了——

夏沃什自忖与国王有约在先，
此时他坚决不对国王舞动刀剑。
他也未对任何兵士下达命令，
未让他们去与对方厮杀拼争。
可是那暴怒的阿夫拉西亚伯，
对伊朗王子却百般凌辱折磨。
他下令兵士们奋勇拼搏，
黄沙血染，让大地血流成河。
此刻，伊朗军士聚集了千人，
个个身手矫健人人饱经战阵。
这千人队伍都被杀在战场，
血沃平川，他们身死处鲜花开放。
一度双方厮杀伊朗人奋力抵抗，
乱军之中夏沃什身负重伤。
他身负刀伤又中了数箭，

① 菲尔多西 . 列王纪全集 [M]. 张鸿年，宋丕方，译 . 长沙：湖南文艺出版社，2001（2）：199-200.

体力不支突然滚下了马鞍。
他似醉酒，人事不省倒卧在地上，
格鲁维[1]上前将他捆绑。[2]

夏沃什的结局令人惨不忍睹——

格西乌以眼色向格鲁维示意，
格鲁维会意立即走上前去。
他跨步来到夏沃什的面前，
道德仁义全都抛到了一边。
他探出手去抓住王子的胡须，
一按就把王子按倒在平地。
……
这时，军士们已把他拖过城外大营，
推推搡搡来到田野之中。
格鲁维从格西乌手中，
接过一把淬火的尖刀准备行凶。
他手揪住夏沃什的头发步步向前，
反绑双手把他拖到预定的地点。
……
他把力敌怒象的勇士按倒在地，
此刻他既不感羞耻也不感畏惧。
他把一个金盆放在勇士身旁，

① 土兰将官。
② 菲尔多西．列王纪全集[M]. 张鸿年，宋丕方，译．长沙：湖南文艺出版社，2001（2）：201–202.

只一刀便使他身首异处登时命亡。[①]

令人感到非常遗憾的是，夏沃什虽然对自己的危险处境早有认识，对自己的不测未来早有预见，却没有采取适当的预防措施，没有发挥主观能动作用，以致事到临头措手不及，只有束手被擒，坐以待毙，直到敌人以兵刃相加，他才想起皮兰的忠告——

请代我向皮兰告别向他致意，
请告诉他风云突变风波骤起。
皮兰他不愿见我到这步田地，
他的忠告落空，我似风中之柳无靠无依。
他劝我随身率领十万精兵，
要披挂整齐个个善战能征。
说遇险可找我，我保你平安，
遇有不测我这里保你安全。
如今陷入格西乌之手凄凄惶惶，
受尽凌辱被人拖拉在路上。
眼前想找一知心之人遍寻不见，
谁能为我一哭，日后为我申冤？[②]

但为时已晚，夏沃什大祸临头了。

在诗人看来，夏沃什的悲剧是命运造成的，人们无论如何也不能逃避命运的安排，这种观点贯穿这个悲剧的始终。例如，在故事开端处，夏沃什刚一降生，国王便请人为其占卜——

① 菲尔多西．列王纪全集 [M]. 张鸿年，宋丕方，译．长沙：湖南文艺出版社，2001（2）：211–212.

② 菲尔多西．列王纪全集 [M]. 张鸿年，宋丕方，译．长沙：湖南文艺出版社，2001（2）：211–212.

国王下令宣召经验丰富的占卜人，
觐见后先向他致意表示慰问。
请他预卜星相推测吉凶，
看此子一生途程际遇穷通。
术士细察星相发现命中主凶，
不禁心中为难默不作声。
他见此子一生顺境不多逆境难免，
只有靠造物主保佑赐他事事平安。
他把王子命运对他父王一一讲明，
详详细细描述了他的前程。[①]

在故事进行中，诗人又多次插入议论。例一：

如若命途多舛流年不利，
就不要指望遭逢好运称心如意。
你在造化面前只好俯首听命，
造化决定你遇事的际遇穷通。
苍穹回转冥冥中决定人的命运，
它深藏起谜底不肯明白告人。[②]

例二：

这也是造化铸就，造物主的意愿，
注定夏沃什出走异域命丧土兰。
人生在世只能听天由命无力回天，

① 菲尔多西．列王纪全集 [M]. 张鸿年，宋丕方，译．长沙：湖南文艺出版社，2001（2）：7–8.
② 菲尔多西．列王纪全集 [M]. 张鸿年，宋丕方，译．长沙：湖南文艺出版社，2001（2）：50.

命定的劫数世人无法改变。[①]

例三：

我反复思量我苦苦寻觅，
寻觅思量也悟不透人情事理。
一个人行为不轨但命运亨通，
事理命运都帮助他作恶行凶。
一个人循规蹈矩一生善良，
但却遭灾罹难得不到好的下场。
这也无须悲痛心头切莫笼罩烦愁，
世事无常不值得世人为之担忧。
人世不永，它从不佑助世人，
过去的已然过去，何必悲痛伤心。
福祸顺逆你都应处之泰然，
事过之后一切都烟消云散。[②]

到这个故事结尾时，诗人则不禁发出如下感慨——

这古老的苍穹从来就是这样，
它使婴儿断奶催他慢慢成长。
当他对这世界产生了依恋之情，
它又突然把他抛入泥土之中。
对这人世千万不能期望过多，
它冥冥中捉弄世人把人折磨。
我们的世界譬如一座花园，

① 菲尔多西 . 列王纪全集 [M]. 张鸿年，宋丕方，译 . 长沙：湖南文艺出版社，2001（2）：53.

② 菲尔多西 . 列王纪全集 [M]. 张鸿年，宋丕方，译 . 长沙：湖南文艺出版社，2001（2）：213.

你来到这世界理应作乐寻欢。
不管你是乞儿还是头戴王冠的国王，
在人世间的岁月都不会久长。
不要强求不舍这不是你的家园，
到头来你摊上的不过是一具窄棺。
何必积聚财富你应寻求欢乐，
诚心祈求造物主的怜悯恩德。
既然这人世对世人不加怜悯，
人在人世生活何不开怀畅饮。
不见一个人春风得意昂首月宫，
但转眼间他又穷愁潦倒跌入井中。
这就是高高苍穹的成规定理，
有时使人穷愁潦倒，有时让人春风得意。[1]

关于悲剧产生的原因，古希腊哲学家亚里士多德指出，悲剧主人公身上不免存在某种过失和弱点，而这种过失和弱点则会导致悲剧的发生，这种说法是有一定道理的。在鲁斯塔姆和苏赫拉布的悲剧中，他们之所以遭遇悲剧，首先是因为鲁斯塔姆主观认定苏赫拉布不会是自己的儿子，而且在战场上矢口否认自己的真实身份，终于酿成大错。其次也因为苏赫拉布没有明确说明自己的真实身份。在夏沃什的悲剧中，夏沃什之所以遭遇这样的悲剧，一方面是因为他重义气，不肯以怨报德；另一方面是因为他相信天意和命运，认为天意和命运是不可违抗的。殊不知正是这种义气感和命运观断送了他的前程和性命。

关于悲剧产生的原因，恩格斯从社会历史发展的角度进行了更进一步的分析。他在评论拉萨尔的悲剧观时指出，悲剧所反映的是“历

① 菲尔多西．列王纪全集[M]．张鸿年，宋丕方，译．长沙：湖南文艺出版社，2001（2）：232.

史的必然要求和这个要求的实际上不可能实现之间的悲剧性的冲突"[①]。这个论断说明了悲剧冲突的社会性质，指出了在某些情况下暂时弱小的善势力和暂时强大的恶势力的冲突是悲剧冲突的社会基础。上述两个悲剧也不例外。在这两个悲剧里，鲁斯塔姆、苏赫拉布和夏沃什都是英雄人物，他们在各个方面都具有优越的条件，是诗人心目中理想的英雄形象，也在一定程度上反映了当时广大人民群众对于英雄的良好愿望。但是由于与之对立的恶势力格外强大，他们未能充分发挥自己的主观能动作用，未能取得应有的地位和成就，反而落得一个悲惨的结局。

总而言之，《列王纪》的基本思想可以概括如下：弘扬伊朗民族的悠久历史传统，歌颂为伊朗民族作出重大贡献的国王（明君）和勇士，谴责损害伊朗民族利益的国王（暴君）和奸佞。

《列王纪》的艺术成就

《列王纪》在艺术表现方面取得了重大成就。除了生动的情节和感人的故事以外，它的成就还特别体现在形象塑造、结构布局和语言运用三个方面。

《列王纪》艺术水准的第一个重要标志是在形象塑造方面。在史诗里，菲尔多西刻画了许许多多生动的人物形象，其中包括国王的形象、勇士的形象和皇家妇女的形象等。国王的形象既有明君，也有暴君；前者如法里东、阿尔达希尔和阿努希拉旺等，后者如佐哈克等。勇士的形象最为引人瞩目，从铁匠卡维到四大悲剧的主人公——伊拉治、苏赫拉布、夏沃什和埃斯凡迪亚尔，个个都有动人心弦的事迹。皇家妇女的形象也占有一定地位，其中有好有坏，好的如苏赫拉布的母亲塔赫米娜，坏的如卡乌斯的妃子苏达贝，她们的登场也为本书增色不

① 马克思，恩格斯．马克思恩格斯选集 [M]，中共中央马恩列斯编译局，译．北京：人民出版社，1972（4）：346.

少。而在所有这些形象中，诗人花力气最多、刻画得最成功的乃是勇士鲁斯塔姆的形象。鲁斯塔姆是勇士故事部分的核心人物。他把自己的一切都献给了国家和民族。他武艺高强，英勇无敌，立下赫赫战功。他对自己有充分的自信。

他的主要性格特点是无限忠诚，无限忠于他的国家，也无限忠于他的国王。因为在他看来，国家和国王是一个整体，是不可分割的，所以，当外敌入侵时，他必定率兵抵御；当国王遇难时，他拼命加以解救。即使国王给他以不公正的待遇，他也能够忍辱负重，不会产生二心。即使国王作出明显错误的决定，他也只是发发牢骚而已。可见忠诚是他的灵魂，是他勇往直前、无往不胜的思想基础。不过，也正因为他的主要性格特点是无限忠诚，所以他有时便不得不面对矛盾，不得不站在错误的方面，即使国王的指令是不对的，他也要不折不扣地去执行。非但如此，他为了保全自己，有时还不得不耍耍滑头，以欺诈的手段战胜对方，这种手段用在敌人身上本无可非议，但用在自己儿子身上就大错特错了。从总体来看，尽管鲁斯塔姆有这样一些弱点和缺点，但并不损害他勇士的光辉形象，而且也许正是由于他有这样一些弱点和缺点，才使他的形象显得更加真实感人吧。值得深思的是，在一部题为《列王纪》的书中，在一部按理应当以“列王”为主人公的书中，作为一位勇士和将军形象的鲁斯塔姆，却显得格外高大，格外有血有肉，格外生动感人，格外引人瞩目，这个事实足以说明诗人的思想观点具有一定的民主性，而作为一位生活于王权神圣时代的诗人，这种民主性又是多么弥足珍贵啊！

《列王纪》艺术水准的第二个重要标志是在结构布局方面。作为一部包容上下数千年历史的史诗，它在结构布局上独具匠心，即有点有面，点面结合；有详有略，详略得当，当详则详，当略则略。不言而喻，这些“点”的描写，这些“详”的描写，正是这部史诗艺术性之所在。我们不难设想，如果没有这些“点”的描写，这些“详”的描写，这部史诗便会接近于记述王朝更迭的历史资料，其艺术性便会大大降低。在这部史诗中，诗人突出描写了四大悲剧故事，在四大悲剧中又着重描写其关键环节。如前所述，在“鲁斯塔姆和苏赫拉布的悲剧”中，关于鲁斯塔姆和苏赫拉布父子二人未能在厮杀前互认的描写，在“夏沃什的悲剧”中，关于夏沃什和苏达贝的矛盾一步步尖锐化的描写，都是详细描写关键环节并获得巨大成功的实例。

《列王纪》艺术水准的第三个重要标志是在语言运用方面，它使用的达里波斯语是由巴列维语演化而来的。达里波斯语兴起于 9 世纪，以鲁达基为代表的一代诗人的创作是这种语言结出的第一批硕果，但是他们的创作大多属于短篇作品，还不能充分体现达里波斯语的巨大表现力。在这种情况下，菲尔多西以准确而又质朴的达里波斯语写出了长篇巨著《列王纪》，为这种民族语言的最终确立作出了历史性的贡献。正因为如此，历代诗人对菲尔多西在语言上的贡献都赞不绝口。如内扎米说：他把语言装扮得像新娘一样光彩照人。伊本 · 亚明说：语言已从宝座跌落平地，是他把语言重新安置在宝座上。菲尔多西本人也对《列王纪》的语言成就感到自豪。他说：

> 我三十年辛劳不倦，
> 用波斯语拯救了伊朗。
> 只要他有理智、见识和信仰，
> 我死后定会把我热情赞扬。
> 我不会死的，我将会永生，
> 我已把语言的种子播撒遍域中。①

《列王纪》的地位和影响

菲尔多西的《列王纪》在波斯诗歌的黄金时代占有重要地位，具

① 菲尔多西 . 列王纪全集 [M]. 张鸿年，宋丕方，译 . 长沙：湖南文艺出版社，2001（1）：19–20.

有重要意义。它是这个时代产生的第一部巨著、第一座高峰。在这部史诗之前，波斯尚未出现过大规模的叙事诗，只有若干神话传说、勇士故事和历史故事保留在有关文献和人民的口头创作中，有些成为菲尔多西创作的素材。在这部史诗之后，波斯许多诗人创作叙事诗时都从菲尔多西笔下吸取营养，不仅从他这里获得材料，而且在形象塑造、结构安排、手法运用和语言技巧上接受他的影响。

菲尔多西也是世界文学史上的著名诗人之一，他的《列王纪》也是世界文学史上的著名史诗之一。世界许多作家和评论家都对菲尔多西和他的《列王纪》表示赞赏。例如，俄罗斯作家车尔尼雪夫斯基认为，菲尔多西是与弥尔顿、莎士比亚、薄伽丘、但丁并列的第一流诗人。他写道："从有人证明荷马史诗不过是希腊民间诗歌的结集以后，一切有识之士终于发现民间诗歌有极高的诗学价值。菲尔多西的优美的创作——伊朗的《列王纪》也是如此，只不过这是改写过的民歌集。在《列王纪》里有许多章节，它们的美甚至在《伊利亚特》和《奥德赛》里都找不到。"[①] 德国诗人海涅写了一首题为《诗人之死》的诗来纪念菲尔多西，其中写道：

> 红花十七次绽放，
> 又十七次枯萎凋落。
> 十七次夜莺放声轻唱，
> 又十七次归于沉默。
> 在这漫漫长年，诗人独居一隅，
> 在他思维的纺车旁，日夜辛劳不息，
> 编织着他的绚丽的诗歌。
> 诗人把他祖国的往昔，
> 把古代伊朗诸王的业绩，

① 菲尔多西．列王纪全集 [M]. 张鸿年，宋丕方，译．长沙：湖南文艺出版社，2001（1）：25.

以他的惊人之笔，编织在他的诗里。[1]

其中的“十七次”可能是误解，因为菲尔多西写作《列王纪》用了 35 年。

最后我们谈谈菲尔多西与中国的关系。在我国，最早介绍菲尔多西的可能是郑振铎。他在 1927 年出版的《文学大纲》第 15 章“中古波斯诗人”中指出菲尔多西的诗名极高。在欧洲人所知道的波斯的诗人中，菲尔多西是他们所熟知的第一位大诗人，如希腊之荷马一样。《列王纪》包含波斯古代至菲尔多西之前代，即阿拉伯人入侵时为止的许多历史故事和传说。他所用的文字是波斯文字的最纯粹者，阿拉伯文字用得极少。《列王纪》中有许多节是非常美丽的，其描写力之伟大与音律之谐和，没有一个诗人可以比得上他。

1934 年，伊朗举行菲尔多西诞生千年纪念，《文学》杂志发表了伍实的题为《波斯诗人菲尔多西千年祭》的文章，比较详细地介绍了菲尔多西和他的《列王纪》，并翻译了英文版中的一个故事《真犀德和曹亚克》（今译《贾姆希德和佐哈克》）。

2001 年，第一部由波斯文译成中文的《列王纪全集》收入由湖南文艺出版社出版的“波斯经典文库”之中，译者是张鸿年和宋丕方。

---

① 菲尔多西 . 列王纪全集 [M]. 张鸿年，宋丕方，译 . 长沙：湖南文艺出版社，2001（1）：27.

哲理诗人海亚姆和他的《鲁拜集》

海亚姆（1048—1122）是波斯诗歌黄金时代的著名诗人之一，他的《鲁拜集》是波斯哲理诗发展史上的代表作。

海亚姆小传

海亚姆生于伊朗东部霍拉桑地区的名城内沙布尔。海亚姆是他的笔名，他的全名是阿甫尔·法塔赫·欧玛尔·本·易卜拉辛·海亚姆·内沙浦里。

正如不少古代诗人一样，海亚姆的生平活动也是模糊不清的。这里只能根据若干材料加以推断和介绍。

关于海亚姆在世时的情况，阿布尔·侯赛因·贝哈基（卒于1169年）在所著《贝哈基历史》一书中有所记载。书中写道，他在内沙布尔见过海亚姆，海亚姆向他提出两个问题，一个是一联诗的问题，另一个是有关几何学定理的问题。他对这两个问题都作了回答。此外，贝哈基说自己于1113年听过海亚姆讲课；海亚姆出身于一个世家，不苟言笑，脾气暴躁。贝哈基称海亚姆为“学者、哲学家和教长”。对于海亚姆去世当天的情况，他写道：据海亚姆的女婿伊玛姆·穆罕默德·巴格达迪说，那天，海亚姆一直热心阅读著名学者伊本·西拿（又译阿维森纳，980—1031）的医学著作——《治疗大全》。他用金牙签剔牙后，把牙签夹到书页里，随后留下遗言。他当日几乎什么都没有吃，什么也没有喝。在进行晚祷时，他以额触地说道：“主啊，你知道，我已竭尽全力去了解你。请宽恕我吧，对我来说，认识你乃是向你的方向前进的途径。”①

海亚姆承认伊本·西拿是自己的老师，这可以从他的一篇论文《论客体与使命》得到证明。该文是为解答伊本·西拿的学生所提的问题而写的。其中写道：“这是一个使大多数人感到困惑的问题。很少有哪个明智之士不为之困扰。或许我和我的老师，当代博学之士、学者之冠阿卜·阿里·阿卜杜拉·伊本·西拿·布哈里才在这方面进行过深入的探讨。”②

与其他许多波斯诗人不同的是，海亚姆不是以写诗为专业的诗人，而是一位杰出的数学家、天文学家和哲学家。

在数学方面，据说他是第一个提出代数三次方程式的人，甚至被誉为整个伊斯兰统治时期最杰出的数学家。他的代数学著作后来被译成法文，在巴黎以波斯文和法文这两种文字出版，那时人们才发现他把代数学发展到了新的高度。他改进了代数方程式的解法，提高了代数学的运算能力，从而确定了他数学家的地位。

在天文学方面，据说他曾经参与修改历法和修建天文台的工作。事情的经过大体上是这样的：1083 年，在国王马立克沙当政和内扎姆·莫尔克任宰相时，他们想按照星球运转规律制定一部准确的历法，于是邀请一批天文学家进行这项工作，其中包括海亚姆在内，据说他还是领头人。他们经过运算，确定了年月日，制定了“哲拉里历法”，并且绘制出星相图，建立起天文台。但可惜的是，后来因内扎姆·莫尔克被害和马立克沙当政时期结束，“哲拉里历法”未能施行。

内扎米·阿鲁兹依是和海亚姆同时代的人，他自称是海亚姆的学生、朋友和崇拜者，对海亚姆怀着发自内心的敬意。他在所著《文苑精英》中记载，海亚姆是一位天文学家，但没有提及海亚姆的鲁拜诗。

---

① 海亚姆 . 鲁拜集 [M]. 张鸿年，译 . 长沙：湖南文艺出版社，2001：14.

② 海亚姆 . 鲁拜集 [M]. 张鸿年，译 . 长沙：湖南文艺出版社，2001：14.

他还提及他听过海亚姆讲学，并在1112年听海亚姆在内沙布尔说过这样的话——“我将埋葬在春风吹拂的鲜花丛中”[①]。过了几年当他再访该地时，海亚姆已经去世。他特地到海亚姆的墓地去看了，发现那里果然为鲜花所覆盖。

另外还有几部书提到海亚姆的情况，说他除了研究数学和天文学外，还研究医学、词汇学、神学和历史学，并且取得了相当可观的成绩，但也没有称他为诗人。由此可见，他在世时，他的诗歌可能没有广泛传播于世；到他去世后，他的诗歌才逐渐为人所知。

第一部记载他的诗歌创作的著作可能是欧玛杜丁·卡台伯·伊斯法罕尼用阿拉伯文写的《深宫仕女》。该书写于1176年，大约在海亚姆去世后50年左右，书中称海亚姆为霍拉桑诗人，并介绍了他的生平活动。

另一部记载海亚姆的诗歌创作的著作是纳季姆丁·拉齐的《信徒的历程》。该书写于1213—1224年。作者属于苏菲派，对海亚姆持否定态度。他认为海亚姆是无神论的哲学家，是大自然的崇拜者。他写道：“理念的体现是理想，实践的体现是苏菲之道。哲学家无神论者和自然的崇拜者达不到这两种境界。他们茫然若失，徘徊歧路。在不懂真理的人们眼中，学者之一是欧玛尔·海亚姆。他茫然不知所措，居然写出这样的鲁拜诗：

我们来去匆匆的宇宙，
上不见渊源，下不见尽头。
从来无人道出个中秘密，
我们从何方来，向何方走。

不晓得造物主创造了人，

① 海亚姆.鲁拜集[M].张鸿年，译.长沙：湖南文艺出版社，2001：13.

为何把他造得缺憾满身。
说造得好，为什么一朝虐杀？
说造得不好，错在何人？”[①]

由于此书作者生活的时代接近海亚姆生活的时代，所以他比较了解海亚姆的情况，他对海亚姆的批评也是有针对性的。

海亚姆生活在塞尔柱王朝统治时期。这个王朝的统治者是突厥人。异族统治使伊朗人陷于水深火热之中。这可以从当时社会上流传的歌谣里看出来：

只要突厥人在国土上肆虐逞狂，
伊朗人就一无钱财二无食粮。[②]

甚至也可以从宫廷诗人安瓦里的诗里看出来：

无论贫贱与高低，
人人彷徨复迷离。
朋友相知不相顾，
世风如许谁能移？[③]

这是海亚姆所处的大环境。至于他所处的小环境，即他的家乡霍拉桑地区的情况也与此大同小异。诗人纳赛尔·霍斯鲁在一首诗里写道：

霍拉桑本是文明之邦，
如今变成鬼蜮横行之乡。

---

① 海亚姆 . 鲁拜集 [M]. 张鸿年，译 . 长沙：湖南文艺出版社，2001：117–118.
② 海亚姆 . 鲁拜集 [M]. 张鸿年，译 . 长沙：湖南文艺出版社，2001：15.
③ 海亚姆 . 鲁拜集 [M]. 张鸿年，译 . 长沙：湖南文艺出版社，2001：15.

巴尔赫[1] 本是哲理的国土，
如今断壁残垣一片凄凉。[2]

海亚姆主要采用四行诗即鲁拜诗体进行诗歌创作。他究竟写了多少首诗，哪些诗是他的作品，却是一个难以回答的问题，迄今为止仍然是一个难解的谜。现在署名海亚姆的鲁拜诗多达一千首，可以肯定这一千首并不都是他的作品。有的学者认为，真正出自海亚姆笔下的鲁拜诗不会超过二百首，甚至不足一百首，因为海亚姆不以写诗为自己的专业，所以他没有必要围绕一个内容反复吟诵。他的每首鲁拜诗都是他反复痛苦思考的结晶，因此，他的作品数量不多。可是由于他的鲁拜诗传布开来之后，许多诗人觉得这种鲁拜诗十分新奇，于是竞相模仿，并且或有意或无意地将自己的鲁拜诗说成是海亚姆的鲁拜诗。如此一来，归入海亚姆名下的鲁拜诗便越来越多。可以说，海亚姆是最早写鲁拜诗的先驱者，他将鲁拜诗推上了顶峰。

那么，怎样从这一千首鲁拜诗中，鉴别出哪些是海亚姆创作的呢？这就成为国际学术界的一个难题。为此，俄罗斯的茹科夫斯基、德国的弗里德里赫·拉兹和丹麦的阿尔托尔·克里斯丁生等学者付出了许多的心血。他们大致采用三种方法进行研究：一是从众多的诗集中将别人的鲁拜诗剥离出去；二是对诗句中出现海亚姆名字的鲁拜诗加以仔细分析；三是尽量寻找可靠的古本。但是，他们的研究仍然不能真正解决这个问题。最后，伊朗以及外国学者只好走另一条路，即依据海亚姆的思想和风格，一首一首地予以鉴别，结果有 66 首鲁拜诗被确定为海亚姆的作品。当然，这也只是一部分学者的看法，因此并不能说海亚姆的鲁拜诗就只有这 66 首。我国最新出版的“波斯经典文库”中的海亚姆的《鲁拜集》，共计收入 376 首诗，就包括这 66 首。这个译本是译者由以下三个选本汇集而成的：一是 1959 年莫斯科出版的波

① 巴拉赫是霍拉桑地区的四大重镇之一。

② 海亚姆 . 鲁拜集 [M]. 张鸿年，译 . 长沙：湖南文艺出版社，2001：18.

俄对照本《鲁拜集》；二是 1941 年德黑兰出版扶鲁基编辑的《海亚姆鲁拜集》；三是 1921 年德黑兰出版赫达雅特编辑的《海亚姆的短歌》。

《鲁拜集》的思想性

海亚姆的鲁拜诗的突出特色是富有哲理性，可以说，他的鲁拜诗是他的哲学观的诗歌化。在他的一生中，他的哲学观几乎是一以贯之的。从青年到老年，他一直拥有一种特定的哲学思想，没有发生过什么动摇，也没有感到过后悔。

例如，他在青年时代这样问自己：

虽然我生就了这姣好的面庞，
体如松柏，颜面如同郁金香。
令人不解的是在这大地乐园，
永恒的画家因何把我描绘成这般模样。[①]

他在实际生活中感受到的其实是痛苦：

如今正值我的锦绣年华，
我畅饮美酒，志得意满。
不要责我，这酒虽苦但却可口，
因为我的生活也同样苦不堪言。[②]

到青春逝去时，他发出慨叹：

可惜啊，青春的篇章已然翻过，

① 海亚姆 . 鲁拜集 [M]. 张鸿年，译 . 长沙：湖南文艺出版社，2001：121.
② 海亚姆 . 鲁拜集 [M]. 张鸿年，译 . 长沙：湖南文艺出版社，2001：121.

春的灿烂已变为秋的萧瑟。
我们名之为青春的时光，
不知何时到来又何时匆匆流过。①

最后面临死亡的威胁，他从酒中寻求慰藉：

白发苍苍，我高举起这酒杯，
我不会假仁假义痛心忏悔。
我的生命之杯已满七十，
此刻不作乐日后哪还有机会。②

赫达雅特针对上述四首诗写道："只要细心观察，就可以发现，上述四首他的生平不同时期创作的鲁拜的思想方法、遣词造句和哲理内涵是一致的，因此我们完全可以断定：海亚姆从青春时期到生命终结都是一个悲观主义者和怀疑主义者（或者至少他在鲁拜诗中是这样表现的）。这种悲怆的语调，除去上述 14 首鲁拜诗的作者（指海亚姆——引者注），别人是没有的。海亚姆的文学和哲学风格始终没有改变。只是到了晚年，在他的创作中，对纷纭的世态中的必然表现出一种无可奈何的悲观情绪，而这种悲观情绪又是通过乐观形式表达的。"③ 赫达雅特的研究结果有助于我们欣赏和理解海亚姆的《鲁拜集》。

那么，海亚姆的鲁拜诗主要涉及哪些问题呢？归纳起来，大致包括如下八个方面：

一是关于宇宙和人类是如何创造出来的问题。

关于宇宙和人类是如何创造出来的，当时的既成观念是：宇宙和人类是由无形无影、无所不在、全知全能的造物主创造和主宰的。对

① 海亚姆 . 鲁拜集 [M]. 张鸿年，译 . 长沙：湖南文艺出版社，2001：121.
② 海亚姆 . 鲁拜集 [M]. 张鸿年，译 . 长沙：湖南文艺出版社，2001：121.
③ 海亚姆 . 鲁拜集 [M]. 张鸿年，译 . 长沙：湖南文艺出版社，2001：122.

于这种说法，海亚姆似乎持有怀疑态度，他认为其中的秘密始终没有人能够说得明明白白，因此，他提出这样一个勇敢的、大胆的问题：

我们来去匆匆的宇宙，
上不见渊源，下不见尽头。
从来无人道出个中秘密，
我们从何方来，向何方走。①

这首诗是对于既成观念的质疑。在诗人和哲学家的头脑中，这是一个最根本、最重大的问题。这个问题解决不了，其他许多问题也都难以解决。

如海的人群在冥冥中诞生，
谁也无法把这神秘的珍珠钻孔②。
每个人都自作聪明妄说一通，
没有人把自己的话真正弄懂。③

这首诗表明，他不相信许多自以为是的人对这个问题的解释，认为他们无非都是“自作聪明”，都是“妄说一通”，其实没有一个人真正懂得自己说的是什么意思。

不晓得造物主创造了人，
为何把他造得缺憾满身。
说造得好，为什么一朝虐杀？

---

① 海亚姆．鲁拜集 [M]. 张鸿年，译．长沙：湖南文艺出版社，2001：117.

② 把珍珠钻孔，意思是真正了解一切事物。

③ 海亚姆．鲁拜集 [M]. 张鸿年，译．长沙：湖南文艺出版社，2001：56.

说造得不好，错在何人？[1]

这首诗进而表明，他怀疑人是造物主创造的说法，因为如果人是造物主创造的，那为什么把人造得“缺憾满身”呢？为什么不把人造得完美无缺呢？为什么造好了又虐杀呢？如此说来，造物主的行为岂不是自相矛盾吗？

着意制造了一个精致的酒杯，
造成了就不应再把它捣毁。
兴头上创造了可人的身躯容貌，
扫兴时因何又把它捣毁？[2]

这首诗与上一首诗相呼应，采用的是一种比喻式的写法，即将造物主创造人比喻为制造酒杯，正如不应把“精致的酒杯”随意捣毁一样，也不应把“可人的身躯容貌”随意捣毁。以上两首诗都是对于传统说法委婉的否定。

那么，宇宙和人类究竟是怎样产生的呢？当然，他也不能作出明确的回答（其实，岂止是他当时不能作出明确的回答，恐怕我们现在也不能作出明确的回答，而且将来也不知道什么时候才能作出明确的回答），但似乎从物质转化的角度多少有所领悟。他写道：

人生遂愿事少，违愿事多，
开颜欢笑吧，虽然受尽折磨。
要与明智之士交游为友，
你的身躯不过是水土风火。[3]

① 海亚姆．鲁拜集 [M]. 张鸿年，译．长沙：湖南文艺出版社，2001：118.
② 海亚姆．鲁拜集 [M]. 张鸿年，译．长沙：湖南文艺出版社，2001：28.
③ 海亚姆．鲁拜集 [M]. 张鸿年，译．长沙：湖南文艺出版社，2001：52.

在这首诗里，他指出，既然我们认为世界是由“水土风火”四种物质构成的[①]，那么也就不妨认为人的身躯也是由“水土风火”四种物质构成的，这是根据物质转化的理论推导出来的结论，虽然不能算是明确的回答，至少也可以算是模糊的、笼统的回答吧。

你我出生之前日夜已穿梭轮替，
苍穹本就在悠悠运转不息。
当心，你的脚步要轻轻踏下，
或许美人明眸就在那片地底。[②]

在这首诗里，他认为日夜在很久以前早已“穿梭轮替”，苍穹一直在“悠悠运转不息”，人类也在这个过程中不断转化，从物转化为人，再从人转化为物。“当心，你的脚步要轻轻踏下，或许美人明眸就在那片地底”——这两行诗乃是这种认识形象化的表现。这些认识似乎可以说具有朴素唯物论和辩证法的因素，虽然有些模糊、笼统，但要说是回答也未为不可。

类似以上两首诗的例子还有很多，也都是从物质不断转化的角度来观察宇宙、世界和人类的。例如：

一天，我买了陶工的一个陶壶，
陶壶居然开口把秘密吐露：
我曾贵为君王，手中高擎金杯，
如今化作酒徒手中的酒壶。[③]

这是君王转化为酒壶的例子。不仅是普普通通的百姓要遵从这个

① 古代伊朗人认为世界是由水土风火四种物质构成的。
② 海亚姆 . 鲁拜集 [M]. 张鸿年，译 . 长沙：湖南文艺出版社，2001：37.
③ 海亚姆 . 鲁拜集 [M]. 张鸿年，译 . 长沙：湖南文艺出版社，2001：55.

转化规律，至高无上的君王也要遵从这个转化规律。

智慧老人啊，快起身，已是黎明，
请把那掘土的年轻人提醒：
关照他把手脚放轻，这土下埋着，
哥巴德的头和帕尔维兹的眼睛。[①]

这里所说的"哥巴德"是古代传说中凯扬王朝的国王，"帕尔维兹"是萨珊王朝的国王，所以这首诗与上首诗相同，也是至高无上的君王转化为酒壶的例子，只不过更加具体化了。

这大地之上的每一粒微尘，
或许来自昔日如花似月的美人。
拂去美女面颊的微尘，切勿鲁莽，
那微尘也来自美人的秀发和面庞。[②]

可心的人儿，快拿上酒壶酒盏，
漫步在青草坪上，小河岸边。
世道把多少亭亭玉立的少女，
成百次化作酒壶，成百次化作酒盏。[③]

这两首诗是美女转化为微尘和酒壶、酒盏的例子。不仅是相貌平平、身材平平的人们要遵从这个转化规律，即使是如花似月的美人和亭亭玉立的少女也要遵从这个转化规律。

---

① 海亚姆 . 鲁拜集 [M]. 张鸿年，译 . 长沙：湖南文艺出版社，2001：46–47.

② 海亚姆 . 鲁拜集 [M]. 张鸿年，译 . 长沙：湖南文艺出版社，2001：52.

③ 海亚姆 . 鲁拜集 [M]. 张鸿年，译 . 长沙：湖南文艺出版社，2001：20.

看这雇工的水罐之上，
不是有君王的眼睛和大臣的心？
看那酒徒手中的酒碗上，
不是有醉客的脸和美女的唇？①

又如：

喂，眼睛，你若未失明应该看清，
看清这人世上纷乱不堪的情景。
帝王将相深深被埋入地底，
如花似月的美女落入蚂蚁口中。②

这两首诗是君王、大臣、醉客和美女无一例外地转化为泥土、水罐和酒碗的例子。

笔者以为，海亚姆用物质转化的理论解释人与物、物与人之间互相转化的过程，这种说法乍听起来似乎颇为奇特，但仔细思考会发现，它虽然不能算是对人类产生的明确回答，但其中确实含有一定的道理。它说明人是物质的，人活着时是物质的一种表现形式，人死去后则转化为物质的另一种表现形式；物质是永远不会消灭的，而其表现形式则是不断变化的。

二是关于彼世、天堂和地狱是否存在的问题。

当时的既成观念是：现实世界必将毁灭，世界末日必将来临；到那时一切生命都会完结，所有生活过的人都将复活，接受造物主的审判，善者进入美妙无比的天堂，恶者进入恐怖无比的地狱；人生既有此世也有彼世，此世之后即是彼世，人死之后便由此世进入彼世；此世是短暂的，彼世是永存的，人们只有在彼世才能找到真正的归宿。对于

① 海亚姆. 鲁拜集 [M]. 张鸿年，译. 长沙：湖南文艺出版社，2001：52.

② 海亚姆. 鲁拜集 [M]. 张鸿年，译. 长沙：湖南文艺出版社，2001：58–59.

这种说法，海亚姆似乎也持怀疑态度。他写道：

看这漫漫长途上络绎不绝的行人，
可有一个回来答一声我们的询问？
当心，在这阴阳两界的交叉路口，
切勿遗下什物，去后便无法回身。①

又如：

切莫听信屈从命运者的指点，
且从美人手中接过醉酒的杯盏。
世人一个接一个远去，
可有人指出谁从去路返还？②

这两首诗是对彼世、天堂、地狱说法的怀疑和否定。在第一首诗里，他用在“络绎不绝的行人”中，没有“一个回来答一声我们的询问”这个事实，来证明彼世、天堂、地狱恐怕是不存在的。在第二首诗里，他用“世人一个接一个远去”，却没有一个人“从去路返还”这个事实，来证明彼世、天堂、地狱恐怕是不存在的。如果人们可以往返于此世和彼世之间，为什么没有一个人从彼世返还并回答我们的询问呢？

当世上鲜花吐蕊，蓓蕾乍放，
美人啊，请命人备足酒浆。
管什么仙境仙女天堂地狱，
全是杜撰，人们在有意张扬。③

① 海亚姆．鲁拜集 [M]. 张鸿年，译．长沙：湖南文艺出版社，2001：25.

② 海亚姆．鲁拜集 [M]. 张鸿年，译．长沙：湖南文艺出版社，2001：51.

③ 海亚姆．鲁拜集 [M]. 张鸿年，译．长沙：湖南文艺出版社，2001：53.

这首诗是前两首诗思想的进一步发展。它指出，既然如此，我们就不用管什么“仙境仙女天堂地狱”之类的说法，这些“全是杜撰”，全是“人们在有意张扬”。

既然你无法破解这亘古大谜，
也无从知晓智者破译的天机，
何不用美酒绿茵创造一个人间天堂，
谁知那天堂上容不容你。①

这首诗劝告人们，“既然你无法破解这亘古大谜，也无从知晓智者破译的天机”，那就与其为此枉费心机，与其期待虚无缥缈的天堂，不如自己动手用“美酒绿茵”创造一个实实在在的“人间天堂”，更何况即使有天堂，“那天堂上容不容你”还是一个问题呢！

因此，他当然也就根本不太在意什么天堂和地狱之类的说法了。所以，他写道：

苍穹好像我们伛偻的躯身，
阿姆河水是我们晶莹的泪珠滚滚。
阴森的地狱是我们无谓的忧虑，
天堂，不过是我们悠然一瞬。②

这首诗是说我们应该踏踏实实生活在现实世界之中，既没有必要忧虑什么阴森的地狱，也没有必要梦想什么美妙的天堂。

心儿啊，谁也没见过地狱和天堂，
有谁是从彼世来到这人世之上？

---

① 海亚姆．鲁拜集[M]．张鸿年，译．长沙：湖南文艺出版社，2001：56.

② 海亚姆．鲁拜集[M]．张鸿年，译．长沙：湖南文艺出版社，2001：24–25.

我们的希望和恐惧都是庸人自扰，
一切都有名无实，不过是虚妄。[1]

这首诗是说对于天堂的“希望”和对于地狱的“恐惧”都是“庸人自扰”，因为所谓天堂和地狱都是“有名无实”的，都是“虚妄”的。

我放眼向四周瞭望，
见一条像库萨尔[2]的小溪流淌。
这田野美如天堂，天堂有何可贵？
伴着天仙般女郎小坐，这里就是天堂。[3]

又如：

人道天堂上有仙女神泉，
美酒蜜糖，如河似川。
斟满眼前的杯，高高举起吧，
现世比幻境胜过千般。[4]

这两首诗似乎就是他关于这个问题的结论：人间美如天堂，人间就是天堂；不必幻想天堂，现世胜过天堂。

三是对于生和死的看法问题。

他对于人生的看法，对于生和死的看法，也是源于物质不断分解和转化的思想。在他看来，世界是许许多多元素微粒的聚合。这些元素不断地聚合，又不断地分化；不断地分解，又不断地转化。人的生

---

① 海亚姆 . 鲁拜集 [M]. 张鸿年，译 . 长沙：湖南文艺出版社，2001：76.

② 库萨尔据说是天堂里的一条小河。

③ 海亚姆 . 鲁拜集 [M]. 张鸿年，译 . 长沙：湖南文艺出版社，2001：66.

④ 海亚姆 . 鲁拜集 [M]. 张鸿年，译 . 长沙：湖南文艺出版社，2001：67.

死便是这种聚合和分化、分解和转化的结果，因此，人生是有限的，死后是不能复生的：

世人不断出生，有一个就是我，
积攒了财富金银，生活幸福欢乐。
事业才刚刚有了点眉目，
死神便一下子扑来，这就是我。[①]

这首诗既含幽默更有心酸，哀叹寿命不长，人生苦短。

海亚姆啊，日日杯中取醉，你应知足，
有美人陪伴在你身旁，你应知足。
这人世上的一切终归毁灭，
想到此，这有生的日月岂不是幸福?

且饮一杯吧，日后你将在花下长眠，
无亲无友，无一人陪伴。
当心，这个秘密可不要告人：
凋谢的郁金香再不能争芳吐艳。[②]

这两首诗劝导人们抓紧有限时间，享受人间幸福，品尝美酒，亲近美人，机不可失，时不再来，因为这人世上的一切终归要被毁灭，因为那时你将在花下独自长眠，正如“凋谢的郁金香再也不能争芳吐艳”。

面对死亡必然到来的问题，海亚姆既感到无能为力，也感到困惑不解，所以，他写出这样的诗歌：

① 海亚姆．鲁拜集 [M]. 张鸿年，译．长沙：湖南文艺出版社，2001：55.
② 海亚姆．鲁拜集 [M]. 张鸿年，译．长沙：湖南文艺出版社，2001：72.

从地底深处直到土星之巅，
我已解决了宇宙的一切疑难。
如今，没有什么难题使我困惑，
但面对死亡之结我仍感到茫然。[①]

这首诗的前三行未免过分夸张，从他其他一些诗句看来，他并没有真正认为“从地底深处直到土星之巅，我已解决了宇宙的一切疑难”，在此处之所以这样说，大约是为了突出最后一句话——“但面对死亡之结我仍感到茫然”吧。

不仅如此，海亚姆还进一步思索下去：当一个人死去之后，他的生命微粒可能会附着在其他物体上，并获得新的生命，但不可能获得独立的个体和独立的灵魂。至于这些生命微粒附着在什么物体上，那就看他自己的命运了，因此，当海亚姆看到碧绿的草地、艳丽的鲜花、美貌的女子和精致的酒壶等人和物时，就会情不自禁地联想到物质的转化，就会想到或许是某个美女身体的微粒化为泥土，这些泥土又被再造成酒壶，于是酒壶的各个部分也便成为美女耳目口鼻身的化身了，因此他的笔下才有这样奇思妙想的诗句：

我贪婪地把唇贴在酒罐的唇上，
从罐中吮吸长寿的琼浆。
罐唇对着我的唇在低声细语：
伴我片刻吧，我当初也和你一样。[②]

又如：

这陶罐也似我们是不幸的恋人，

① 海亚姆．鲁拜集 [M]. 张鸿年，译．长沙：湖南文艺出版社，2001：57.

② 海亚姆．鲁拜集 [M]. 张鸿年，译．长沙：湖南文艺出版社，2001：26.

它又深深陷入发卷编织的情网。
你仔细端详那罐上的把手，
那把手也曾拢在情人的颈上。[①]

再如：

昨晚我把陶制酒罐摔到石上，
贪杯过量才如此粗鲁荒唐。
可是那酒罐竟对我口吐人言：
我也曾像你，你也将与我一样。[②]

这三首诗从不同的角度，用不同的笔法，说明同一个事实：酒罐是人死后转化而成的。

作为一个天文学家，他对天体的运行有一定的认识和研究，所以，他还从天与人的关系的角度思考人生和生死问题。他认为，天是空虚的，不可能帮助人：

人本性中本已注定了善与恶，
命运里早已决定了苦与乐。
放明智些吧，这笔账不要怨天，
苍天一百倍比你更加无可奈何。[③]

天也无能为力，天也不能自主：

苍天对我心灵之耳悄悄低语：

---

① 海亚姆．鲁拜集 [M]. 张鸿年，译．长沙：湖南文艺出版社，2001：49.
② 海亚姆．鲁拜集 [M]. 张鸿年，译．长沙：湖南文艺出版社，2001：20.
③ 海亚姆．鲁拜集 [M]. 张鸿年，译．长沙：湖南文艺出版社，2001：39.

你可知我也得服从命定的规律。
如若我能够主宰自己的行动，
也不愿永远这样奔波不息。[1]

这就使他产生一种想法：世界犹如一座神奇的舞台，有一个指挥者在摆布人们，人们认为自己是自由的，其实人们只是木偶，人们的一举一动都受"牵线者"——命运的摆布：

我们是一堆木偶，牵线者是命运，
这并非戏言，你可得认真。
我们在场上任人舞弄一番之后，
又一一收入虚无的匣中藏身。[2]

这就是说，人生在世是不能由自己做主的，只能听其自然：

纵使世界为你而创造装点，
也切勿痴迷，聪明人不眷恋人间。
许多似你的人已走，还有许多要来，
领取定数吧，趁你尚未被赶出人寰。[3]

又如：

人的福分和寿命无法增减，
何必因厚薄多少而空自愁烦。
我们的命运并不取决于你我，

---

① 海亚姆 . 鲁拜集 [M]. 张鸿年，译 . 长沙：湖南文艺出版社，2001：65.
② 海亚姆 . 鲁拜集 [M]. 张鸿年，译 . 长沙：湖南文艺出版社，2001：35–36.
③ 海亚姆 . 鲁拜集 [M]. 张鸿年，译 . 长沙：湖南文艺出版社，2001：43.

不像手中之蜡，任凭方圆。[1]

四是对不公平世道的严厉谴责。

如前所述，海亚姆所生活的时代是异族统治的时代，民族矛盾和阶级矛盾交错，政治压迫和教派纷争交织，不仅平民百姓的生活相当困苦，就连社会地位较高的知识分子也不免遇到许多坎坷，因此，作为一个目光敏锐、头脑清醒的学者和诗人，他不能不在诗歌里表达自己的意见，抒发自己的不满。在他的笔下，社会是充满不公、灾难和忧愁的：

如若天下事能以公正之尺衡量，
如若人世生活令人满意舒畅，
如若天地之间尚有公平二字，
正直人怎会有百结的愁肠。[2]

这是他对毫无公正可言的世道的直言不讳的指责。

事事都不遂心，人生如此暗淡，
厄运与日俱增，安宁时时消减。
感谢主，若论折磨与灾难，
无需乞讨，我们自有取之不竭的源泉。[3]

这是他对充满折磨与灾难的世道的辛辣讥讽。

上苍撒到人间到处都是忧愁，

① 海亚姆 . 鲁拜集 [M]. 张鸿年，译 . 长沙：湖南文艺出版社，2001：39.
② 海亚姆 . 鲁拜集 [M]. 张鸿年，译 . 长沙：湖南文艺出版社，2001：55–56.
③ 海亚姆 . 鲁拜集 [M]. 张鸿年，译 . 长沙：湖南文艺出版社，2001：52.

送一个人出生，把另一个掠走。
未出世的若知道我们所受的苦，
他决然不会也到世上来受苦。①

这是他对到处都是忧愁痛苦的世道的诅咒。面对这样的世道，人们应当怎么办呢？他有时觉得只有勉强忍耐这一条路：

人生在世应机警清醒，
对纷纭世事应默不作声。
身上原本有眼有舌有耳，
但要装得又瞎又哑又聋。②

但有时又觉得不能如此窝窝囊囊地活下去，于是他甚至产生这样大胆的愿望：既然现有世界如此黑暗，我们不如将它一举掀翻，再铸新的乾坤，让正直的人都活得称心如意：

如若能像天神一样主宰苍天，
我就把这苍天一举掀翻。
再铸乾坤，重造天宇，
让正直人都称心如意。③

然而，掀翻这个世界只是一种愿望，真正实行起来又谈何容易呢！于是一种彻头彻尾的悲观情绪，一种具有浓厚哲理色彩的悲观情绪便在他的心中油然而生。这种情绪似乎始终缠绕着他，使他无法脱身，他一生都被生活的痛苦和死亡的威胁所折磨。他提倡人们应当及时行

---

① 海亚姆 . 鲁拜集 [M]. 张鸿年，译 . 长沙：湖南文艺出版社，2001：27.

② 海亚姆 . 鲁拜集 [M]. 张鸿年，译 . 长沙：湖南文艺出版社，2001：39–40.

③ 海亚姆 . 鲁拜集 [M]. 张鸿年，译 . 长沙：湖南文艺出版社，2001：46.

乐，但他自己往往难以做到。他有时认为，其实人根本就不应该出生，当初就不应该离开母体：

在这进进出出的人生逆旅，
平日备受折磨，一朝辞世而去。
要称心如意根本就不应出生，
求安闲自在当初就不应离开母体。[①]

为什么不应该出生呢？为什么不应该离开母体呢？因为只有如此才能避免被捉弄：

及时行乐吧，人生不过一瞬，
哥巴德和贾姆希德[②]的尸骨化入埃尘。
眼前的世界，乃至茫茫宇宙，
是梦是幻，是瞬间际遇它捉弄世人。[③]

在他看来，人生就是一场悲剧，这种悲剧任何人都避免不了，包括帝王，因此，他写道：

看那直薄云天的殿堂，
帝王曾在此栖息徜徉。
我见那墙垛口上一只布谷鸟声声逼问：
帝王们现在何方，现在何方，现在何方？

① 海亚姆．鲁拜集 [M]．张鸿年，译．长沙：湖南文艺出版社，2001：51.
② 哥巴德和贾姆希德都是伊朗古代国王。
③ 海亚姆．鲁拜集 [M]．张鸿年，译．长沙：湖南文艺出版社，2001：8–9.

看那巴赫拉姆[①]曾举杯畅饮的殿堂，
麋鹿在那里产崽狐狸在那里徜徉。
巴赫拉姆一生狩猎野驴，
可如今他却在坟墓中埋葬。[②]

更何况对于整个宇宙来说，一个人的人生本来就没有什么了不起的意义，跟一只微不足道的苍蝇没有什么不同：

如一滴水汇入大海，
如一粒沙撒落到大地。
你因何降生到人世，
像一只苍蝇，来而复去？[③]

五是关于如何为人处世的问题。

人的一生应该如何度过？海亚姆认为，人们应该坚持自力更生、自食其力的原则，不要好逸恶劳，不要依赖他人。他写道：

人一生起码的穿戴吃喝，
可凭自己去做工取得。
其余一切都不足挂齿，
何必为那些把宝贵生命消磨。[④]

这是说人生在世不必贪图荣华富贵，满足于“起码的穿戴吃喝”就可以了，而这些东西“可凭自己去做工取得”，用不着卑躬屈膝乞求

① 巴赫拉姆是伊朗古代国王。

② 海亚姆 . 鲁拜集 [M]. 张鸿年，译 . 长沙：湖南文艺出版社，2001：135.

③ 海亚姆 . 鲁拜集 [M]. 张鸿年，译 . 长沙：湖南文艺出版社，2001：13.

④ 海亚姆 . 鲁拜集 [M]. 张鸿年，译 . 长沙：湖南文艺出版社，2001：23–24.

他人。

在世上只要有半张大饼充饥，
有一个供起居栖身之地，
不做他人奴仆也不使奴唤婢，
心情舒畅地过活，多么开心惬意。①

这是说人生在世最好既不做他人的奴仆，也不使奴唤婢，满足于起码的生活条件，“心情舒畅”“开心惬意”地过日子。

为浮生利禄何必如此忧伤？
可曾见谁永不死亡？
你胸中吐纳的本是瞬间气息，
为这瞬间气息何必牵心挂肠？②

这是说为追逐浮生利禄而痛苦“忧伤”，而“牵心挂肠”，乃是愚蠢的行为，乃是不值得的行为，因为浮生是短暂的，是转瞬即逝的。

海亚姆啊，谁若因利禄而愁眉不展，
这世道也为他而羞愧无颜。
饮一杯酒，谛听竖琴的呻吟，
趁那杯儿粉身碎骨之前。③

这是说饮美酒、听音乐要比追逐利禄聪明得多，前者令人身心愉悦，后者令人为他而“羞愧无颜”。

---

① 海亚姆. 鲁拜集 [M]. 张鸿年，译. 长沙：湖南文艺出版社，2001：64.
② 海亚姆. 鲁拜集 [M]. 张鸿年，译. 长沙：湖南文艺出版社，2001：36.
③ 海亚姆. 鲁拜集 [M]. 张鸿年，译. 长沙：湖南文艺出版社，2001：18.

含辛茹苦使人品格纯洁高尚，
珍珠晶莹，因水滴在蚌中封藏。
虽一文不名但头颅依然完好，
今朝杯中无酒，明日醉饮千觞。①

这是说“含辛茹苦”才能使人“品格纯洁高尚”，恰如“水滴在蚌中封藏”才能使“珍珠晶莹”。

宁可如同兀鹰一样啃一块骨头，
也不要做人食客向小人伸手乞求。
宁可咀嚼自家的大麦面饼，
也不要去讨守财奴的酸味果酒。②

这是说人们不可依赖他人，尤其不可低声下气地向那些“小人”伸手乞求，不可低声下气地向那些“守财奴”讨要。

你何时才不为悭吝者尽力效忠？
切莫如苍蝇逐血，枉送性命。
家有隔夜之粮就不要伸手求人，
宁吞噬自己心血，也不要乞求他人面饼。③

这是劝告人们不要依赖他人，尤其不要为“悭吝者”尽力效忠，弄得不好可能会如苍蝇逐血一般“枉送性命”。

---

① 海亚姆 . 鲁拜集 [M]. 张鸿年，译 . 长沙：湖南文艺出版社，2001：57.
② 海亚姆 . 鲁拜集 [M]. 张鸿年，译 . 长沙：湖南文艺出版社，2001：59.
③ 海亚姆 . 鲁拜集 [M]. 张鸿年，译 . 长沙：湖南文艺出版社，2001：59.

一个人，家有隔夜之粮，
壶中有水，哪怕是壶破水凉。
为什么去侍奉不如自己的人？
因何为与自己一样的人劳碌奔忙？[①]

这是劝告人们不要依赖他人，尤其不要去侍奉“不如自己的人”，这里所谓“不如自己的人”，可能是指在品格上不如自己的人；也不必去侍奉“与自己一样的人”，这里所谓“与自己一样的人”，可能是从人人平等的角度出发的。

当今世道最好少交朋友，
与达官显贵要谨慎交往应酬。
睁开慧眼看供你衣食的人，
正是他，才是你的冤家对头。[②]

这是劝告人们不要依赖他人，尤其不要轻易与位高权重的“达官显贵”交往应酬，因为他们“才是你的冤家对头”。

海亚姆不仅是这样写的，也是这样做的。从种种迹象可以看出，他一生洁身自好，主要从事科学研究工作，专心致志，精益求精，从不愿追求功名利禄，更不肯巴结别人，听人摆布，随人俯仰。他与塞尔柱王朝的玛立克沙赫国王的关系似乎不错，但他没有成为宫廷诗人。传闻他与内扎姆·莫尔克和哈桑·萨巴赫三人是要好的朋友，分手时曾经互相约定，将来无论谁获得名誉地位都要主动照顾其余两个朋友。其后，内扎姆·莫尔克身居宰相高位，但海亚姆并没有要求他照顾自己。

六是对于现实生活的态度问题。

在海亚姆看来，既然人们无论如何也弄不明白我们从何方来，我

---

① 海亚姆. 鲁拜集 [M]. 张鸿年，译. 长沙：湖南文艺出版社，2001：58.

② 海亚姆. 鲁拜集 [M]. 张鸿年，译. 长沙：湖南文艺出版社，2001：5.

们向何方走，无论如何也弄不清楚我们的过去怎样，我们的未来怎样，人们就不如抓住现实的世界，抓住眼前的时光，过上一段幸福的生活——在青翠茂密的田边，在月光照耀的大地，在橙红的美酒、悠扬的琴声、窈窕的女郎陪伴下过日子，这种日子是转瞬即逝的，因此，人们应该及时行乐，享受生活：

你一生中的一时一刻，
都应轻松适意，不要闷闷不乐。
当珍惜天地间的精华——生命，
无论如何它都点点滴滴消磨。①

这首诗倡导一种乐观的人生观，“轻松适意”，笑对人生，珍惜生命。

人生遂愿事少，违愿事多，
开颜欢笑吧，虽然受尽折磨。
要与明智之士交游为友，
你的身躯不过是水土风火。②

这首诗劝人即使“受尽折磨”，也要“开颜欢笑”。

往事如烟，何劳追忆，
来日未卜，知它是凶是吉？
过去与未来的都不足凭信，
领取如今现在吧，莫使年华匆匆逝去。③

---

① 海亚姆 . 鲁拜集 [M]. 张鸿年，译 . 长沙：湖南文艺出版社，2001：4.

② 海亚姆 . 鲁拜集 [M]. 张鸿年，译 . 长沙：湖南文艺出版社，2001：95.

③ 海亚姆 . 鲁拜集 [M]. 张鸿年，译 . 长沙：湖南文艺出版社，2001：41.

这首诗劝人不要管什么“过去与未来”，要抓紧“如今现在”。

畅饮美酒，如同主宰马赫穆德[①]的王国，
谛听琴声，如同谛听达乌德[②]之歌。
对过去和未来都不要牵挂，
及时行乐，这才能称为生活。[③]

再如：

希望的种子将长留在人生的禾垛，
你我走后还将巍立在这园林亭阁。
你的金银细软和财宝家私，
与朋友共享吧，若不愿被对头挥霍。[④]

又如：

天亮了，娇生惯养的人啊，快起身，
浅斟慢饮，弹起你的竖琴。
谁在世上都不能长留永驻，
启程远行的再也无法回身。[⑤]

又如：

① 马赫穆德是伊朗古代国王。
② 达乌德是《古兰经》中提到的古代先知之一，有动听的歌喉，能使群山和鸟群都听命于他。
③ 海亚姆 . 鲁拜集 [M]. 张鸿年，译 . 长沙：湖南文艺出版社，2001：75.
④ 海亚姆 . 鲁拜集 [M]. 张鸿年，译 . 长沙：湖南文艺出版社，2001：53.
⑤ 海亚姆 . 鲁拜集 [M]. 张鸿年，译 . 长沙：湖南文艺出版社，2001：35.

乌云降雨洗涤郁金香花瓣，
快快起身，斟满眼前的酒盏。
今天你在这草坪上赏花休憩，
来日青草就长在你的尸土上面。①

又如：

美人啊，请以你妩媚的红颜，
为我们痛苦的心排解愁烦。
取来美酒，让我们开怀畅饮，
趁我们的尸土制成酒坛之前。②

以上几首诗从不同的角度构思而成，其主旨基本相同，即抓紧时间，及时行乐，品美酒，听音乐，赏美人，看鲜花，尽情享受，但需要注意的是，联系诗人的其他诗歌来看，我们不难看出，他所提倡的不是盲目的、无所事事的、醉生梦死式的及时行乐，而是理智的、迫不得已的、经过深思熟虑后的及时行乐；他所提倡的不是无限度的、不择手段的及时行乐，而是有限度的、取之有道的及时行乐。二者有明显的差异。前者无可取之处，后者有可取之处。

普通人尚且应该如此，更何况诗人已是古稀老人，余下的日子不多了，稍纵即逝，于是，他写道：

明天，我将启程远走，
白发苍苍我中意于美酒。
人生之杯已漫溢了七十，

---

① 海亚姆．鲁拜集 [M]. 张鸿年，译．长沙：湖南文艺出版社，2001：30.

② 海亚姆．鲁拜集 [M]. 张鸿年，译．长沙：湖南文艺出版社，2001：104.

不寻欢作乐还等到什么时候？[①]

这里应当指出，对海亚姆来说，酒是具有特殊意义的。据说他本人其实并非嗜酒者，但他用不少笔墨歌颂酒。不仅在诗歌里歌颂酒，而且在文章中歌颂酒。如在《论元旦》一书中，他专设一节论述酒的益处。其中写道："任何东西都不如酒对人体有益。特别是澄清的葡萄酒，可以解闷消愁，愉悦人心""一切博学之士都一致认为什么都不像酒那样给人以舒畅和愉快""天堂有各种幸福，酒是天堂上最好的享受"。[②]可见在他的心目中，酒是安慰剂，酒可以使人暂时忘却痛苦：

你还要盲目自满到何月何年，
要探寻这有与无到哪一天？
忧愁注定伴随你终生，饮一杯吧，
何不在醉梦里度过每一天？[③]

不但如此，还有更加"言过其实"的说法：

一口陈酒胜似一个新建的王国，
凡事无酒，最好一律摆脱。
一杯美酒胜过千个法里东国家，
酒罐陶盖比霍斯鲁[④]王冠价值更多。[⑤]

七是他一生苦心求索但终归无果的失望情绪。

---

① 海亚姆．鲁拜集 [M]. 张鸿年，译．长沙：湖南文艺出版社，2001：76.

② 海亚姆．鲁拜集 [M]. 张鸿年，译．长沙：湖南文艺出版社，2001：142.

③ 海亚姆．鲁拜集 [M]. 张鸿年，译．长沙：湖南文艺出版社，2001：142–143.

④ 法里东和霍斯鲁都是传说中的伊朗古代国王。

⑤ 海亚姆．鲁拜集 [M]. 张鸿年，译．长沙：湖南文艺出版社，2001：48.

如上所述，海亚姆作为一个科学家、哲学家和诗人，一生都在苦心探索有关宇宙、世界、社会和人生的奥秘等重大问题，他有时觉得自己似乎明白了许多东西，有时又觉得自己还有许多东西没有弄明白；有时甚至觉得自己似乎什么东西都明白了，有时又觉得自己似乎什么东西都没有弄明白；他的最终结论似乎不是前者——“明白了”，而是后者——“没有弄明白”。这个结果使他感到无限苦恼，无限沮丧，无限失望。以下几首诗便是这种失望情绪的形象抒发。

我一天也未将人世束缚摆脱，
我没有一次呼吸舒畅快活。
我虽事事向世道学习请教，
但人间事始终未能理解透彻。①

这首诗表明他一生都很苦恼，一生都在求索，但结果还是“始终未能理解透彻”。

我的心智时时把学问探讨，
使我困惑的问题已经很少。
七十二年我日夜苦苦寻思，
如今才知道我什么也不曾知晓。②

这首诗的结论更加悲观——本来以为“使我困惑的问题已经很少”，待到生命即将完结之时，“才知道我什么也不曾知晓”。再也无法弥补，再也无法挽回，这是多么令人痛心的事啊！

敌人居然说我是哲学家，

① 海亚姆.鲁拜集[M].张鸿年，译.长沙：湖南文艺出版社，2001：54.
② 海亚姆.鲁拜集[M].张鸿年，译.长沙：湖南文艺出版社，2001：53.

创世主晓得他们说的是胡话。
自从我来到这充满忧愁的世界，
我是什么人，我自己也难以回答。[①]

这首诗的内容也是悲观的。有人说他是哲学家，但他不认为自己是哲学家，因为作为一个哲学家，怎么能“我什么也不曾知晓”呢？怎么能连“我是什么人”这样一个基本的问题也回答不出来呢？更不用说其他重大的问题了。

有人苦苦寻觅，想探索事物的究竟，
不知纷纭的世事自然而然地发生。
今天似乎找到了一事的根由，
明天看时，原来一切早经注定。[②]

这首诗里的“有人”，首先恐怕就是他自己吧。而所谓“原来一切早经注定”，既可以认为是他苦苦寻觅的“结果”，也可以说是他的苦苦探寻毫无结果，全部归于徒劳。

我要走了，在这不公平的人世之上，
一无所获，枉走了一番过场。
谁若能摆脱死神的纠缠，
我死时，他才配感到欢畅。[③]

这首诗里所谓的“一无所获，枉走了一番过场”，是他对自己一生的“总结”，但这个“总结”是不公平的，因为他所留下的业绩是巨大

① 海亚姆．鲁拜集 [M]. 张鸿年，译．长沙：湖南文艺出版社，2001：54.
② 海亚姆．鲁拜集 [M]. 张鸿年，译．长沙：湖南文艺出版社，2001：52–53.
③ 海亚姆．鲁拜集 [M]. 张鸿年，译．长沙：湖南文艺出版社，2001：55.

的、宝贵的。其实，他自己也知道这个“总结”是不公平的，所以他才写出后面两行——我是死了，但谁都摆脱不了死神的纠缠，所以谁都不配感到欢畅。

> 让我生，对这人世无所增益，
> 让我死，对它也没有意义。
> 我的双耳从未听人讲清，
> 因何让我出生，又因何掠我而去。[①]

这首诗可以视为他对自己一生所作的最终评价——一个最悲观的评价，一个最失望的评价：生没有意义，死也没有意义。

八是对于反对者的批驳。

海亚姆一向提倡踏踏实实的科学态度，主张以理服人，反对以权压人，以势压人。他在《代数学》一书的序言中写道：“我们目睹许多学者离开了人世。现在学者已经剩下寥寥可数的一小部分人了。他们人数很少，而且苦难深重。正是这屈指可数的一小部分人，在艰难的生活中，致力于科学研究与探讨。我们大多数学者却弄虚作假，摆脱不了诡诈虚伪和造作卖弄的习气。他们利用获取的那点知识去追求庸俗的物质利益。他们若见有人寻求真理，主持正义，摒弃错误的观念和虚伪的骗局，便群起而攻之。”[②] 他看不起那些弄虚作假的学者，认为他们装出“博学多才”的样子，其实只是“夸夸其谈一番”，没有能力真正解决什么问题——

> 有人博学多才是学人中的精英，
> 探微钩玄，如明烛照彻人们心灵。
> 但他们无法冲出漫漫长夜，

---

① 海亚姆 . 鲁拜集 [M]. 张鸿年，译 . 长沙：湖南文艺出版社，2001：6.

② 海亚姆 . 鲁拜集 [M]. 张鸿年，译 . 长沙：湖南文艺出版社，2001：132.

夸夸其谈一番，复归沉沉大梦。[1]

下面一首诗是对他们更加绝妙的讽刺：

天上有头牛，名叫帕尔温，
地下有头牛，永在地底栖身。
睁开慧眼把世界看透，
上下都是牛，中间是蠢驴一群。[2]

这首诗里所说的“天上的牛”——帕尔温是昴星团，位于金牛星座；所说的“地下的牛”是指伊朗的一个传说——世界是由一头牛的角顶着的，这头牛又骑在一条鱼的背上；而“中间是蠢驴一群”则是指那些弄虚作假的学者。

面对那些自身无知无识还要指责别人的人，他的态度似乎更加激烈。他指出，他们是一群“嗜血无情”的人，他们根本不配指责别人，他们是道貌岸然的伪君子：

喂，教长，我们的劳作可比你的沉重，
即使烂醉如泥，也还比你清醒。
我们喝葡萄的血，你喝的可是人血，
凭良心，究竟谁更嗜血无情？[3]

再如：

你对我声声指责，满腔憎恨，

① 海亚姆 . 鲁拜集 [M]. 张鸿年，译 . 长沙：湖南文艺出版社，2001：12.
② 海亚姆 . 鲁拜集 [M]. 张鸿年，译 . 长沙：湖南文艺出版社，2001：69.
③ 海亚姆 . 鲁拜集 [M]. 张鸿年，译 . 长沙：湖南文艺出版社，2001：14–15.

责我信仰不诚，不颂经文。
我承认你的话完全有理，
但凭良心，你可是配说这话的人？[①]

又如：

教长指责一个妓女轻狂淫乱，
日日都送走旧好，迎来新欢。
她答道：教长，你说的千真万确，
可你就真像你装的这么道貌岸然？[②]

以上我们分八个方面论述了海亚姆《鲁拜集》的思想性。这八个方面当然只能涵盖它主要的、基本的思想，而不能包含它的全部思想。在这一部分的最后，我们还有必要就与此有关的两个问题讨论一下。

第一个是海亚姆的诗歌与他的宗教信仰的关系。伏鲁基对这个问题的解释很有说服力。他写道："这是一种呻吟，但这种呻吟并不仅仅发自海亚姆的胸臆。凡是敏感清醒的人都会提出类似问题。越是明智的人，他的呻吟也越发使人焦灼不安。那些认为海亚姆离经叛道的人没有看到他这种追求和探讨与宗教信仰并不矛盾。一个人凭他内心的信仰和哲学的理念确信创世主的存在，并履行一切宗教义务，他为什么不可以表示对这个世界的事物无法理解，也就是说无法理解主的奥秘呢？如果他不这样说，那反倒是令人感到奇怪的了。因为对于主的秘密，人是无法理解的。否则，人类也就不存在了。如果认为他的这种说法是昧主，那为什么伟大的先知说：我们不可能完全认识真主。其实，提出上述问题的人才是信主的。因为他们相信有一个真主在，只是他并不理解它，而是去探讨。倒是有些人不承认任何真理存在，

① 海亚姆 . 鲁拜集 [M]. 张鸿年，译 . 长沙：湖南文艺出版社，2001：45–46.

② 海亚姆 . 鲁拜集 [M]. 张鸿年，译 . 长沙：湖南文艺出版社，2001：74.

认为世事杂乱无章，纯属偶然，因而也没有什么东西值得探讨。这种人才是真正不信主的人。”①

第二个是海亚姆诗歌的哲理性问题。赫达雅特对这个问题的解释很有说服力。他写道：“海亚姆的哲学任何时候都不过时。他的形式短小、内涵丰富的鲁拜诗所探讨的是世世代代使人困惑不解的问题，强迫人接受的思想和世人破解不开的秘密。海亚姆是这种思想苦刑的表述者。他的呼喊是人类痛苦、焦虑、恐惧、期盼的心声的回音。他企图以鲁拜诗这种特有的语言和方式探讨和解决这些大谜和令人困惑不解的症结。他面带愤怒的笑容，提出宗教和哲学问题，希望寻求合乎理智的答案。简而言之，海亚姆的鲁拜诗是一面镜子，任何人，哪怕是最放荡不羁的人，都可以从这面镜子中看出自己思想的一面，找到自己思想幻灭的影子，从而感到心灵的震动。我们从他的鲁拜诗中可以引发出一种哲学观念。今天，这种哲学观念越来越多地为自然科学家所关注。”②

海亚姆与其他很多波斯诗人不同。他不用诗为权势者歌功颂德，不用诗为男女爱情而喜而忧，不用诗向神灵祈祷，也不用诗宣传教义，只用诗抒发自己的情怀，阐释自己的哲理。

《鲁拜集》的艺术性

海亚姆将鲁拜这种诗体发展到了极致。他的《鲁拜集》在内容上极其丰富，大至宇宙，小至个人，几乎无所不包；在思想上异常深邃，许多作品都含有一定的哲理，发人深省，耐人寻味；在形式上却很短小，所有这些丰富的内容和深邃的思想都容纳在一首短小的四行诗里。每一首诗都能独立成篇，或描绘一幅图画，或构成一种境界，或表达一种思想，或抒发一种情怀。

---

① 海亚姆．鲁拜集 [M]. 张鸿年，译．长沙：湖南文艺出版社，2001：82-83.

② 海亚姆．鲁拜集 [M]. 张鸿年，译．长沙：湖南文艺出版社，2001：124.

这种四行诗，一、二、四行押韵，第三行可押可不押。这种诗歌形式很难驾驭，因为短短四行，可发挥的余地不多，这就要求诗人具有很高的艺术才华和艺术修养，这样才能在短小的形式中表现充实而丰富的内容。

他的诗意是通过对世事变化和时间流逝的理解与感悟体现出来的。例如，他看到一块草地便会联想到这里或许掩埋过前人的躯体，看到一座宫殿便会联想到这里或许曾经是野兽出没的地方，看到星星闪烁的夜空便会联想到是什么力量在主宰它的运行，等等。

他的风格严肃而郑重，毫无轻浮、嬉笑的成分，同时又流露出某种情趣，显得机智而幽默，讥讽嘲笑无所顾忌，针砭时弊入木三分。

这种诗体内容丰富，思想深邃而形式短小，所以诗人必须在语言上下功夫，并有独到之处。他的语言突出的特点是简洁、朴实和平易，不仅不事雕琢和铺陈，而且有时除了押韵之外，几乎不大像诗，极其流畅，富于表现力而毫无滞涩之感。

他善于使用各种修辞方法。兹举例说明如下。

其一是巧妙地使用反复的修辞手法。例如：

你眼前的一切都是虚空，
你说的听的都是虚空。
你走遍天下见到的也是虚空，
你回到家中蛰居也还是虚空。[①]

这首诗四次使用同一个词——“虚空”，显然不是因为他缺乏辞藻，而是为了格外加重“虚空”这个词的力量。

又如：

从邪教到正教只有一步之遥，

① 海亚姆．鲁拜集 [M]. 张鸿年，译．长沙：湖南文艺出版社，2001：151.

从疑到信只有一步之遥。
趁一息尚存及时行乐吧，
我们的生命离终点只有一步之遥。①

这首诗三次使用同一短语——“只有一步之遥”，显然也不是因为他缺乏辞藻，而是为了格外加重“只有一步之遥”这个短语的力量。

再如：

若不跋涉艰苦途程，你将一事无成，
若不以血泪洗面，你将一事无成。
何必愁眉不展，就像是情人，
若不以身殉情，你将一事无成。②

这首诗三次使用同一句话——“你将一事无成”，显然也不是因为他缺乏辞藻，而是为了格外加重“你将一事无成”这句话的力量。

一言以蔽之，一再反复使用同一词、同一短语和同一句话，能更充分地展现现实、抒发情怀、阐明哲理。

其二是巧妙地使用比喻。他的比喻不仅十分贴切，而且寓意深刻。例如：

可惜啊，青春的篇章已然翻篇，
一去不返了，一生中的锦绣华年。
青春像一只欢乐的鸟儿，
不知何时飞来，旋即倏忽不见。③

① 海亚姆 . 鲁拜集 [M]. 张鸿年，译 . 长沙：湖南文艺出版社，2001：75.
② 海亚姆 . 鲁拜集 [M]. 张鸿年，译 . 长沙：湖南文艺出版社，2001：53.
③ 海亚姆 . 鲁拜集 [M]. 张鸿年，译 . 长沙：湖南文艺出版社，2001：3.

这首诗将青春比喻为一只欢乐的鸟儿，“不知何时飞来，旋即倏忽不见”，实在很贴切，既形象地展示出青春的美好，又形象地展示出青春的短暂。

又如：

要像马球一样在杖下俯首低头，
默默地任那杆拨得你时左时右。
只有那把你打得满地翻滚的人，
才晓得人世的始末根由。①

这首诗将人生比喻为任人拨来拨去的马球，形象地展示出人生在世糊里糊涂、无可奈何的窘态。

再如：

心儿啊，纵让你搜罗尽天下财产，
拥有草坪点缀着寻欢作乐的花园。
在这草坪上小坐吧，我们像草上露珠，
夜尽朝来，露珠便霎时蒸干。②

这首诗将短暂的人生比喻为只能存活一夜的露珠，也是十分形象的。这使我们想起曹操的“对酒当歌，人生几何？譬如朝露，去日苦多”（《短歌行》），二者有异曲同工之妙。

《鲁拜集》的流传和影响

海亚姆的《鲁拜集》在伊朗国内外都得到广泛的流传，并产生了

① 海亚姆．鲁拜集 [M]. 张鸿年，译．长沙：湖南文艺出版社，2001：9.
② 海亚姆．鲁拜集 [M]. 张鸿年，译．长沙：湖南文艺出版社，2001：39.

深远的影响。

在伊朗国内，他借鉴了鲁达基的创作成果，同时将这种形式发扬光大，使之成为一种荣登大雅之堂的诗体。这个事实说明他是一位富有创造精神的诗人。他的鲁拜诗对其后的波斯诗歌影响很大，不少诗人都从他的鲁拜诗中获得启示。兹举例说明如下：

例一，哈冈尼的《麦达因的殿堂》是以缅怀古代帝王的宫殿为主旨的，它的结尾一段有如下诗句：

你或许发问，头戴王冠者都已何往？
大地犹如母腹，把他们永远封藏。
大地怀胎，难得一朝分娩，
生儿育女多么艰难，死亡却只在瞬间。
葡萄酿成的美酒是西琳的心血，
农夫的酒器是帕尔维兹的尸土烧成的酒罐。
大地吞没了多少暴虐无道的君王，
再多的来客也填不满它的饥肠。

这首诗的构思很可能是受到海亚姆下面这首鲁拜诗的启示：

看那直薄云天的殿堂，
帝王曾在此栖息徜徉。
我见那墙垛口上一只布谷鸟声声逼问：
帝王们现在何方，现在何方，现在何方？

例二，阿塔尔写道：

纵使你有鲁斯塔姆的豪气和臂力，

最终也要像巴赫拉姆一样葬身地底。[1]

这首诗的构思很可能是受到海亚姆下面这首鲁拜诗的启示：

看那巴赫拉姆曾举杯畅饮的殿堂，
麋鹿在那里产崽狐狸在那里徜徉。
巴赫拉姆一生狩猎野驴，
可如今他却在坟墓中埋葬。

例三，卡扎里写道：

这世界像是一盏千奇百怪的走马灯，
世人如同灯上的人物往来匆匆。[2]

这首诗的构思很可能是受到海亚姆下面这首鲁拜诗的启示：

面对这令人茫然不解的苍穹，
越看越像是光怪陆离的走马灯。
太阳是光源，宇宙是灯体，
我们是灯上人物，急匆匆转个不停。[3]

例四，萨迪写道：

你婀娜前行，不要踏上那片土地，

① 海亚姆．鲁拜集[M]．张鸿年，译．长沙：湖南文艺出版社，2001：148.
② 海亚姆．鲁拜集[M]．张鸿年，译．长沙：湖南文艺出版社，2001：148.
③ 海亚姆．鲁拜集[M]．张鸿年，译．长沙：湖南文艺出版社，2001：148.

那里有像你一样的人埋在地底。[1]

这首诗的构思很可能是受到海亚姆下面这首鲁拜诗的启示：

小溪岸边的每株嫩草，
或许是美人鬓下的秀发。
漫步草坪脚步千万放轻，
如花的美人正憩息在草下。[2]

不过，与上述几位诗人比较起来，哈菲兹受海亚姆的影响无疑更深。赫达雅特指出："在哈菲兹、莫拉维和其他一些作为思想家的诗人的诗作中，虽然也有海亚姆的焦灼和勇气，但是他们诗作的内容被过于夸大的语句和比喻所掩盖，从而可能有一百种解释。特别是哈菲兹，他从海亚姆那里获取了灵感，袭用了海亚姆的比喻。可以说在众多海亚姆的追随者中，哈菲兹是最具思想深度和学得最像的。虽然哈菲兹在浪漫色彩和想象力，在诗意的激情上超过海亚姆（这是哈菲兹对爱的强烈愿望决定的），但是他的思想没有达到海亚姆理性唯物哲学的境界。"[3] 因此，以下举几个哈菲兹诗歌的例子，以便更清楚地说明问题。

例五，哈菲兹写道：

当造化把我们的尸土变为酒壶，
请斟满我们的头骨制成的酒杯。[4]

这首诗的构思很可能是受到海亚姆下面这首鲁拜诗的启示：

---

① 海亚姆 . 鲁拜集 [M]. 张鸿年，译 . 长沙：湖南文艺出版社，2001：144.
② 海亚姆 . 鲁拜集 [M]. 张鸿年，译 . 长沙：湖南文艺出版社，2001：144.
③ 海亚姆 . 鲁拜集 [M]. 张鸿年，译 . 长沙：湖南文艺出版社，2001：146.
④ 海亚姆 . 鲁拜集 [M]. 张鸿年，译 . 长沙：湖南文艺出版社，2001：145.

可心的人儿，快拿上酒壶酒盏，
漫步在青草坪上，小河岸边。
世道把多少亭亭玉立的少女，
成百次化作酒壶，成百次化作酒盏。

例六，哈菲兹写道：

但得欢乐就应把时光珍惜，
谁晓得将来是什么结局？[①]

这首诗的构思很可能是受到海亚姆下面这首鲁拜诗的启示：

谁也拿不到明日平安的保票，
把握现在吧，何必痛苦心焦。
在月光下畅饮一杯，如月的美人啊，
月将永远巡回不息，再找我们时已找不到。[②]

例七，哈菲兹写道：

看这眼前的块块土坯，
这乃是哥巴德和亚历山大的头颅。[③]

这首诗的构思很可能是受到海亚姆下面这首鲁拜诗的启示：

及时行乐吧，人生不过一瞬，

---

① 海亚姆 . 鲁拜集 [M]. 张鸿年，译 . 长沙：湖南文艺出版社，2001：145.
② 海亚姆 . 鲁拜集 [M]. 张鸿年，译 . 长沙：湖南文艺出版社，2001：145.
③ 海亚姆 . 鲁拜集 [M]. 张鸿年，译 . 长沙：湖南文艺出版社，2001：146.

哥巴德和贾姆希德的尸骨化入埃尘。
眼前的世界，乃至茫茫宇宙，
是幻是梦，是瞬间际遇它捉弄世人。

例八，哈菲兹写道：

举起酒碗，你应礼貌周到，
这碗中有贾姆巴赫曼和哥巴德的头颅。[①]

这首诗的构思很可能是受到海亚姆下面这首鲁拜诗的启示：

陶工师傅啊，你可懂得，
你这是把陶土中的人们折磨。
你以为你操作的是陶土吗？
你是把法里东的眼睛霍斯鲁的手放上旋车。[②]

伏鲁基也在《鲁拜集·序言》里写道："他的鲁拜诗是诗坛绝唱。每一首鲁拜诗的内容都相当一首优美的长诗。通过他的鲁拜诗可以看出他不是在插科打诨，也不是以此炫耀诗才。他的确才华横溢，天分极高。他的诗是他严肃沉思和心灵顿悟的体现。他的诗中充满了哲理的探讨，但他又与那些目光短浅又故作深沉的人们不同。那些人在寻求世界奥秘时，只是限于重复某些带有哲理色彩的语句，海亚姆作为一个真正的学者，不仅掌握了书本上的知识，还进一步深究尚未被人解开的宇宙谜团，如世界的本质是什么？为什么有了这个世界？我们为什么到世界上来？我们又要到何处去？如果说生命是本质的现象和应该严肃对待的过程，那我们为什么还会死亡？如果说生活不值得严

① 海亚姆．鲁拜集 [M]. 张鸿年，译．长沙：湖南文艺出版社，2001：146.
② 海亚姆．鲁拜集 [M]. 张鸿年，译．长沙：湖南文艺出版社，2001：146.

肃对待，那为什么要我们到人世上来，陷入这庸俗的生活？海亚姆就是以他的敏锐的感觉和杰出的天才把这种感受表现在他的绚丽多彩的鲁拜诗之中的。”①

在伊朗国外，海亚姆的鲁拜诗在欧洲的流传和影响应该从英国诗人菲茨杰拉德（1809—1883）的《鲁拜集》译本谈起。这个译本收入 101 首诗，被公认为杰作，因为它用英国诗的形式十分巧妙地传达出了原诗的内容和意境，并且非常符合英国人的爱好和情趣。

菲茨杰拉德的译本使海亚姆的鲁拜诗在西方人和西方文学界引起广泛关注。在此之后，世界各主要语言文字的译本相继问世，而且以普通本、袖珍本、插图本、精装本和豪华本等形式成千上万次地出版发行。据不完全统计，至 1929 年为止，菲茨杰拉德译本再版达 139 次之多；此外，已经出版英文译本 32 种，法文译本 16 种，德文译本 12 种，乌尔都文译本 11 种，阿拉伯文译本 10 种，意大利文译本 5 种，俄文译本 4 种，土耳其文译本 4 种，丹麦文译本 2 种，瑞典文译本 2 种，希伯来文译本 1 种，亚美尼亚文译本 1 种等，另外欧美国家出版和发表的研究海亚姆的著作和论文约有 2500 余种。据说，20 世纪以来，欧美一些诗人和作家深受海亚姆影响，以至形成了所谓“海亚姆文学”和“欧玛尔风格”。

在我国，海亚姆诗歌的翻译和研究工作也在持续不断地进行。自从 1919 年 2 月胡适发表两首译文至今，已有十几种译文出版单行本或在报刊上登载（含中国台湾地区在内），其中具有代表性的有以下几种译本：郭沫若译《鲁拜集》，1924 年出版；黄杲炘译《柔巴依集》，1982 年出版；张晖译《柔巴依诗集》，1988 年出版；柏丽译《怒湃译草》，1990 年出版；张鸿年译《波斯哲理诗》，1991 年出版；张鸿年译《鲁拜集》，2001 年出版。其中，郭沫若、黄杲炘和柏丽的译本是从英文转译的，译自菲茨杰拉德英译本第四版，计 101 首诗；张晖的译本直接

① 海亚姆 . 鲁拜集 [M]. 张鸿年，译 . 长沙：湖南文艺出版社，2001：82.

译自波斯文，是从四个波斯文本中自选的，计 189 首诗；张鸿年的《波斯哲理诗》直接译自波斯文，版本是苏联科学院 1957 年的波斯文本，另外补译 3 首诗，计 296 首诗；张鸿年的《鲁拜集》直接译自波斯文。

叙事诗人内扎米和他的《五卷诗》

内扎米（1141—1209）是波斯诗歌黄金时代的著名诗人之一，他创作的《五卷诗》是波斯叙事诗的代表作。

内扎米小传

内扎米的全名是伊里亚斯·本·扎基·本·穆阿耶德·内扎米·甘泽维。在他所生活的时代，伊朗及其周围广大地区处于突厥人所建立的塞尔柱王朝统治之下，民族矛盾和阶级矛盾都很尖锐，人民大众陷于水深火热之中。内扎米的出生地——甘贾是位于里海和黑海之间的一座城市，当时属于阿兰地区，当地的地方政权臣服于塞尔柱王朝。这座城市景色优美，经济繁荣，文化发达，被誉为“珠宝城”。

关于内扎米的生活情况，由于缺乏具体的记载，研究者只能从他的作品里找到若干线索，获得一些启示。这些线索和启示虽然并不完整，但是由于出自他自己的笔端，所以应该说是可靠的。他自幼父母双亡，由舅父抚养长大。他勤奋好学，受过良好的教育，知识相当广博，不仅精通波斯文，而且精通阿拉伯文、格鲁吉亚文和亚美尼亚文；不仅精通文学，而且在神学、医学、数学、伦理学、天文学、地理学和占星术等领域有一定的造诣。他是虔诚的伊斯兰教徒，属于逊尼派，但同时也很了解基督教。

内扎米的一生几乎都是在甘贾度过的，生活相当节俭。尽管他的一些作品是献给地方权贵的，并且颇受他们的赏识，可是他始终没有走上宫廷诗人的道路，一直过着布衣平民的生活。据说他先后结过三次婚。第一个妻子是贵族的婢女，既美丽又贤惠，但可惜中年病死。第二个妻子也在结婚不久去世。第三个妻子也是贵族的婢女，也先于丈夫离开人世。他有一儿一女。儿子名叫穆罕默德·内扎米。他们父子的关系似乎非常密切。在《蕾莉与马杰农》的开端——“序诗”里，有一段文字记载了父子间的深厚情意：当国王命内扎米动手写作这部长诗时，诗人既不敢拂逆王意抗命不遵，又害怕力不从心不能完成任务，因而进退两难——

我的儿子，穆罕默德·内扎米，
他对我像生命一样珍贵亲密。
他手持御书像捧着自己的心，
他坐在我身边，似影儿永不离身。
这时，他亲昵地把我的脚亲吻：
“您的鼓乐直达天庭，名声远震。
您可还记得《霍斯陆与西琳》？
高歌一曲，多少人为之动情倾心。
蕾莉与马杰农也要着意描绘，
让这两篇珠联璧合，交映生辉。
美妙的故事要精心点染，
孔雀成双才称得上美满。
您知道下书相请的是席尔旺国王，
岂止在席尔旺，他就是伊朗之王。
他奖掖艺文，供给文人丰赡衣食，
赏赐优厚，尽心把诗文扶植。
既然他派人下书请您写这部长诗，

快放下心来，立即挥毫把这长诗开始。”[①]

此外，诗人在“序诗”之后还专设一节——“诗人对儿子穆罕默德·内扎米的劝谕”，其中写道：

你不要妄想在诗坛出人头地，
内扎米的诗已经登峰造极。
写诗虽可得到崇高的名声，
但最好还是学习一种有益的本领。
犹如有一把量尺握在手中，
人贵就贵在有自知之明。
要学会时时审视自己，
这种本领对你大有裨益。
……
你努力学会你读过的每一页诗文，
还要把其中的知识牢记在心。
宁穿自家合体的粗布衣衫，
也勿戴一顶不相称的高冠。
我只提出劝告，实行要靠自己，
怕就怕无所作为，垂手而立。
……
三思而言，对语言要爱若珍珠，
言简意赅，让世人牢牢记取。
夸夸其谈，于人于己无益，
不实之言如同粪土烂泥。[②]

① 内扎米 . 蕾莉与马杰农 [M]. 张鸿年，译 . 北京：中国文艺联合出版公司，1984：4–5.
② 内扎米 . 蕾莉与马杰农 [M]. 张鸿年，译 . 北京：中国文艺联合出版公司，1984：11–12.

从中不但可以看出诗人对儿子的热切希望，同时也可以看出诗人自己的道德品质。然而不幸的是，穆罕默德・内扎米因病夭折，诗人悲痛欲绝，写有感人肺腑的悼亡诗传世。

诗人的晚年生活是孤独的、寂寞的。据说他每年都要在修道室里度过四十个昼夜，不停地祈祷真主，不停地冥思苦想，但他始终遵循着独立自主的人生信条。这种信条在《蕾莉与马杰农》里有所表述：

有一点你要在心中牢记：
在生活中不要依靠别人施舍周济。
你若总是处处有求于人，
那就会遇到种种挫折纠纷。
而当你一旦对富贵荣华不抱奢望，
你就立即变得纯洁高尚。
不要像狗一样到处讨乞，
不要像猫在人们餐桌边转来转去。
要像一个火把烧的是自身的柴枝，
要像一支蜡烛消耗自己的身体。[①]

据说内扎米创作的诗歌数量相当可观。伊朗学者杜拉特沙赫认为，除了名扬千古的《五卷诗》之外，他还写了许多其他体裁的诗歌约 4 万行，其中许多诗歌很有特色，尤其是抒情诗更是诗意隽永，感人至深。现在他已经出版的抒情诗共有 194 首，四行诗共有 68 首，颂诗共有 17 首。

① 内扎米 . 蕾莉与马杰农 [M]. 张鸿年，译 . 北京：中国文艺联合出版公司，1984：223.

《五卷诗》提要

《五卷诗》是内扎米在1176年至1200年间创作的五部长篇叙事诗的汇编。这五部叙事诗是《秘密宝库》(1174)、《霍斯陆与西琳》(1181)、《蕾莉与马杰农》(1188)、《七美人》(又名《七美图》,1196)和《亚历山大故事》(1200)。这些长篇叙事诗都是用玛斯纳维体写成的,共约25000个联句。

《秘密宝库》是献给别赫拉姆沙赫·阿尔赞加尼国王的,约有2400联句。全诗分为二十节,收入二十个故事,每个故事后面都有诗人的评论,用以表现具有哲理性或训诫性的思想。颂扬勤劳、勇敢和正义,谴责懒惰、怯懦和残暴是全诗的主旨。据说诗人的第一个妻子就是别赫拉姆沙赫·阿尔赞加尼国王为了表示对内扎米的酬谢而送给他的。不幸的是,这个美丽、贤惠的女子不久病逝。诗人对她怀念至深,于是便把这种感情注入他的下一部长诗中。

《霍斯陆与西琳》是献给沙姆斯丁·穆罕默德国王的,约7700个联句。这首长诗取材于萨珊王朝霍斯陆·帕尔维兹国王和亚美尼亚公主西琳的爱情故事。其梗概如下:王子霍斯陆在梦中得到已故祖父的启示,知道自己将会遇到一个名叫西琳的美丽姑娘。醒过来后,霍斯陆从仆人沙普尔嘴里得知,西琳是阿尔曼王国一个王妃的侄女。霍斯陆命沙普尔设法找到西琳,沙普尔便将霍斯陆的画像挂在各处,从而引起西琳对霍斯陆的思慕,并且使二人不期而遇。这时霍斯陆的父王突然病故,霍斯陆只得与西琳匆匆分手,返回京城为父王料理丧事,随即继承王位。但其后不久,王位被政敌篡夺,霍斯陆只身逃亡。他首先找到西琳,西琳劝他夺回王位,东山再起。霍斯陆随即来到另一个国家,并在该国国王的支持下夺回了王位。该国国王把自己的女儿玛利姆嫁给霍斯陆,但玛利姆性情乖戾,心肠恶毒,霍斯陆颇为不满。霍斯陆日夜思念西琳,便写信给西琳表达自己的心意。西琳见信以后也很动心,自此不进饮食,每日仅以牛羊奶充饥。可是由于当地牧草不良，奶质不佳，西琳便想修建一条小渠和一个小池，将外地鲜奶引入并储存起来。石匠法尔哈德出色地完成了这个任务。西琳赠给法尔哈德许多珍宝，但法尔哈德不在意这些珍宝，只要求能够经常见到西琳。原来，法尔哈德也深深地爱上了西琳。霍斯陆闻听此事，心生忌妒。他命人将法尔哈德召入宫廷，给他大笔金钱，令他放弃对西琳的爱情。法尔哈德严词拒绝。霍斯陆又令法尔哈德在山里开凿一条道路，而法尔哈德则要求此路开通之日即为霍斯陆放弃对西琳的追求之时。西琳深为法尔哈德的痴心所动，亲自前往工地看望法尔哈德。霍斯陆得到消息，更加忌妒，决定使用阴谋诡计毒死法尔哈德。他派人假造西琳死亡的消息，使法尔哈德一惊之下跌入山涧身亡。西琳对法尔哈德之死悲伤不已，命人加以厚葬。霍斯陆再度写信向西琳表示爱慕之意，西琳恼恨霍斯陆设计害死法尔哈德的所作所为，决计不予理睬。后来，玛利姆死去，霍斯陆因得不到西琳的爱，另娶美女什喀尔为妃。尽管如此，霍斯陆仍然念念不忘西琳。一天，他借外出打猎之机来到西琳的住所向她求婚。西琳先是将他拒之门外，后来又原谅了他，于是双方结为秦晋之好。几年之后，玛利姆之子希鲁耶长大成人，派遣刺客杀死霍斯陆，篡夺王位，并表示愿封西琳为自己的王后。西琳假意顺从，最后终于在霍斯陆遗体旁自刎而死。这部作品是爱情的颂歌。诗人在“序诗”中写道：

宇宙中除了爱情再无神圣的殿堂，
无爱的人世一片寂寞荒凉。
作爱的奴仆吧，这才是人生真谛，
有心人莫不对爱情以身相许。
世间除了爱，一切都是骗人的诡计，
除了爱情，一切都是逢场作戏。
一颗心中如若不孕育着爱情，
那么，这颗心怎么会有生命？

无爱的心定然陷于痛苦悲伤，
纵有百条生命实际已经死亡。
纵使爱情没有任何神圣魅力，
它确能使你摆脱无谓的忧虑。
没有爱情的种子庄稼不会生长，
没有爱情的鼓舞不会有纯真的理想。
世上什么能与爱的灼痛相比？
没有爱花儿不开，乌云也不会落雨。
情人如若没有磁铁般的吸引力，
怎能倾心相爱，似磁石与铁永不分离？
如若青天冷漠淡然薄情寡义，
大地怎会郁郁葱葱，一抹翠绿？①

为了更加突出爱情的主旨，诗人还特意在长诗中增加了一个人物，即石匠法尔哈德，用以与霍斯陆形成对比——比起国王霍斯陆来，平民法尔哈德对西琳的爱更加纯洁，更加坚定。为此，当霍斯陆把法尔哈德召到宫中，劝他放弃对西琳的爱时，两人之间有如下一场针锋相对的问答：

国王听到人们的碎语闲言，
下令把石匠召上宫殿。
见面便问：你来自何方？
石匠答：我来自爱情之乡。
国王问：那里百姓以何为生？
他答：买进忧愁，卖出性命。
国王：出卖性命，违背情理。

① 张鸿年 . 波斯文学史 [M]. 北京：昆仑出版社，2003：195.

他说：有情人的本色，何必惊异。

国王：为情人卖命，心甘情愿？

他答：心甘情愿，毫无怨言。

国王：你如何看待对西琳的爱情？

他答：这爱情胜过我的生命。

国王：你可似梦中望月，夜夜与她相见？

他答：入梦定然相见，但哪夜我能合眼？

国王：你何时才能摆脱这爱情？

他答：当我地底长眠，生命告终。

国王：你会做什么，如果漫步到了她的花园？

他答：我会俯身叩首，拜倒在她面前。

国王：如若她刺伤你的眼，你该怎么办？

他答：我会立即献上另只未伤的眼。

国王：如若有人把她夺走，你该怎么办？

他答：就算他是顽石我也用铁锤把他砸烂。

国王：如果你和她无缘相见，你会怎么办？

他答：皎月虽远在天边，仍可举目观看。

国王：远处赏月，总感意犹未尽。

他答：遥望明月也能温暖情人的心。

国王：如若她要求你的一切归她所有？

他答：为此我三番五次向真主请求。

国王：如若她竟然要你献出头颅？

他答：我会立即奉献，毫不踌躇。

国王：你要从心里抛弃对她的爱情。

他答：有情人岂能对爱情不诚不忠。

国王：此事本属荒唐，你应退步抽身。

他答：退步抽身？我生来就不是这样的人。

国王：你要克制忍耐，虽然内心痛苦。

他答：我命都不惜，讲忍耐有什么用处？
国王：遇事忍耐不会使你感到难堪。
他答：有心才能忍耐，我的心已不在胸间。
国王：你的一生会完全毁于爱情。
他答：对我有什么比爱情更高更重？
国王：只要把她记在心里，何必为她牺牲性命？
他答：失去情人，便有命无心，有心无命。
国王：你为她忧伤，可有什么畏惧？
他答：怕就怕与她痛苦地分离。
国王：你可需要一个情妇陪伴？
他答：或许需要，当我已不在人间。
国王：从此后你不要再想对西琳的爱情。
他答：没有对她的爱情，哪还有我的生命！
国王：她早已属于我，从此不要思念西琳。
他答：怎么可能，法尔哈德对她一往情深。
国王：如若我望着她的面庞，你会怎么办？
他答：我焦心的长叹会使世界化为飞烟。
至此，霍斯陆已经词穷计绌，
只好不再把法尔哈德逼迫。[①]

这部长诗情节曲折复杂，形象鲜明生动，是仅次于《蕾莉与马杰农》的力作。

《蕾莉与马杰农》是献给阿布·卡尔伯·阿尔萨朗国王的，约5100个联句。这部长诗取材于阿拉伯民间广泛流传的爱情故事。在内扎米以前，阿拉伯文的《诗与诗人》一书已记载了这个故事，《乐府诗集》一书则描述了其中的若干情节，但到内扎米手里，这个故事才第

① 张鸿年．波斯文学史 [M]. 北京：昆仑出版社，2003：196-198.

一次以完整的长篇叙事诗的形式出现。在《五卷诗》中，这部长诗的名声最大，流传最广，堪称诗人的代表作。

《七美人》是献给阿拉丁·卡尔伯·阿尔萨朗国王的，约5600个联句。这部长诗取材于萨珊王朝巴赫拉姆·古尔国王的宫廷生活故事，其梗概如下：太子巴赫拉姆被父王送到也门国去抚养。也门国王请著名建筑师为巴赫拉姆修建了一座宏伟壮丽的宫殿，时人无不赞叹叫绝。巴赫拉姆喜欢打猎，射技超群，有一次竟然用一支箭射穿了一匹斑马和一头狮子。他还曾杀死一条毒龙，获得无数珍宝。不久，巴赫拉姆的父王去世，王位被外人篡夺，巴赫拉姆不肯善罢甘休，决心夺回王位。祭司们用两头雄狮来考验巴赫拉姆的勇气和力量。巴赫拉姆毫不畏惧，干脆利落地杀死了雄狮，登上了王位。他执政期间，主持公道，关怀百姓，维护和平，避免争端。一天，他外出打猎，一箭将斑马的头和蹄串在一起，他不免得意扬扬，陪同他打猎的妃子法特涅却不以为然，她说道："正像'熟能生巧'这俗谚，熟练了就没有什么困难。尽管看来困难重重，熟练以后不难战胜。国王能用一箭使蹄触头，他人经过训练同样能够。"[①] 巴赫拉姆勃然大怒，命上校将法特涅处死。上校是一个有心人，暗地里将法特涅藏匿在自己的别墅中。这座别墅建在山顶，自山下到山顶有六十个阶梯。

一天有个牛犊出生，
稚嫩可爱娇小玲珑。

喜得那俊秀的娇女[②]，
把牛犊紧紧抱在手上。

抱着它直向山顶走去，

① 张鸿年．波斯古代诗选 [M]. 北京：人民文学出版社，1995：216.

② 娇女指法特涅。

一步一步攀登阶梯。

她把牛犊看作春日艳阳，
不让它见到月亮的冷光。

娇女每天抱着牛犊，
攀登到高台的房屋。

她一天也不曾间断，
以致逐渐养成习惯。

小牛一天天长大，
经历了整整六个冬夏。

本是婀娜的娇嫩弱女，
却能扛着它攀登石梯。

扛到楼台也不觉吃力，
每日劳作已增长力气。

不论小牛增加多少重量，
她的力气都相应增长。[①]

其后，巴赫拉姆来到上校别墅做客，上校让法特涅出面表演扛牛。巴赫拉姆十分惊诧，却故作镇静地说，这没什么了不起，无非是每日锻炼而已。法特涅当即答道，如果扛牛是每日锻炼的结果，那么一箭

① 张鸿年 . 波斯古代诗选 [M]. 北京：人民文学出版社，1995：220–221.

将斑马的头和蹄串在一起不也是每日锻炼的结果吗？巴赫拉姆这才认出了法特涅，当即决定将她立为王后。巴赫拉姆又下令召来伊朗、中国、印度、花剌子模、罗马、玛格拉伯·沙赫（位于欧洲中部）和苏格拉伯（位于土耳其、保加利亚一带）七个国家的七位公主，为她们每人建造一座宫殿，每座宫殿代表一个星球，分别涂以黑、黄、绿、红、蓝、紫、白七种颜色。巴赫拉姆在一周之内，每日前往一座宫殿，会见一位公主，听一位公主讲一个故事。在黑色宫殿里，公主身穿黑衣，她通过一个故事说明，黑色能使人心情平静，消除烦恼。在黄色宫殿里，公主身穿黄衣，她通过一个故事说明，黄色能令人心情舒畅。在绿色宫殿里，公主身穿绿衣，她通过一个故事说明，绿色能给人带来幸福。在红色宫殿里，公主身穿红衣，她通过一个故事说明，红色能让人得到快乐。在蓝色宫殿里，公主身穿蓝衣，她通过一个故事说明，蓝色表示对死者的哀悼。在白色宫殿里，公主身穿白衣，她通过一个故事说明，白色代表清白和纯洁。巴赫拉姆终日玩乐，将国事置之度外，使国家陷入内外交困的境地。一场危机过后，巴赫拉姆决心改弦更张，告别七位公主，经常外出狩猎，终于没于山洞之中。这部长诗也是诗人的佳作之一。据说诗人本人认为这是五部长诗中最好的一部。

《亚历山大故事》是献给加杭·帕赫拉旺·那斯拉特丁·玛斯伍德国王的，约 3700 个联句。这部长诗以亚历山大东征为背景，分为上下两篇，上篇是“光荣篇”，下篇是“幸福篇”。在“光荣篇”里，主要讴歌亚历山大的武功。亚历山大是马其顿国王菲利普的儿子，智勇双全，先后征服许多国家，占领伊朗，访问高加索、亚美尼亚、格鲁吉亚、印度和中国，打败俄罗斯，最后找到长生之水。在“幸福篇”里，着重颂扬亚历山大的文治。他组织人员翻译外国名著，与学者讨论学术问题，成为一个“先知”，然后再度出国访问，为各国人民造福，最后因中毒而死亡。诗人在亚历山大身上寄托了自己对国王的理想和愿望。

内扎米的《五卷诗》在波斯诗歌发展史上占有重要地位，具有重要意义，并对后世产生了深远的影响。

在内扎米之前，菲尔多西以史诗《列王纪》传世，古尔冈尼写有叙事诗《维斯与朗明》。内扎米既吸取了前人的智慧，又进行了勇敢的创新。关于这一点，他在《霍斯陆与西琳》和《亚历山大故事》中都曾明确表示过。在《霍斯陆与西琳》中，他写道：

有位贤人①写过了这则传说，
是他把这则传说写入诗歌。
打从开篇我就力避重复，
老调重弹谱不成新鲜的歌。②

在《亚历山大故事》中，他写道：

图斯城博学多闻的诗人③，
他把诗行装扮得如新娘一样艳丽。
他在诗中把颗颗珍珠琢磨，
但还有许多珠儿未曾钻透。
他不感兴趣的就未曾提及，
提到的也未一一详述。
内扎米重新把珍珠连缀，
他没有旧调重弹拾人牙慧。④

他在前人所开拓的道路上继续向前进，他巧妙地利用历史材料和民间传说，充分发挥自己的创造力和想象力，使诗歌的描写更加细腻，语言更加优美，感情更加深沉，形象更加丰满。

---

① 指菲尔多西。

② 张鸿年 . 波斯文学史 [M]. 北京：昆仑出版社，2003：193.

③ 指菲尔多西。

④ 张鸿年 . 波斯文学史 [M]. 北京：昆仑出版社，2003：192.

内扎米之后，不少诗人纷纷效仿。在伊朗，诗人贾米有意向他学习，写出七部叙事诗，汇编为《七宝座》，其中包括一部同名作品《蕾莉与马杰农》。此外，波斯语诗人阿密尔·霍斯鲁，突厥语诗人阿里席尔·纳沃依也模仿内扎米写成自己的《五卷诗》。纳沃依在他的诗里赞美内扎米道："他在世上撒下自己的珍珠，多如繁星，不可胜数"，"内扎米啊，不论拿谁和你相比，都会相形见绌，无法匹敌"。[①]据有人统计，以《蕾莉与马杰农》为蓝本进行创作的波斯语诗人多达 35 人，突厥语诗人多达 13 人，此外还有使用其他语言写作的诗人若干。从 18 世纪末起，内扎米的《五卷诗》被介绍到欧洲以及世界各国。在欧洲，《蕾莉与马杰农》被誉为"东方的《罗密欧与朱丽叶》"。德国诗人歌德在《东西诗集》里写道：

法尔哈德与西琳，
相依为命度生涯。
马杰农与蕾莉，
相爱到老无变化。[②]

还写道：

书本之中最奇妙的书。
乃是爱情之书。
我曾仔细加以阅读，
只有几页是欢娱，
全篇却都是痛苦。[③]

① 张鸿年 . 波斯文学史 [M]. 北京：昆仑出版社，2003：10.
② 歌德 . 歌德诗集 [M]. 钱春琦，译 . 上海：上海译文出版社，1982（2）：360–361.
③ 歌德 . 歌德诗集 [M]. 钱春琦，译 . 上海：上海译文出版社，1982（2）：363.

《蕾莉与马杰农》的写作缘起

据《蕾莉与马杰农》的“序诗”记载，这部长诗是诗人奉国王之命创作的。事情的经过是这样的：一天，国王派人送来一封信，其中写道：

啊，内扎米，我最亲密的朋友！
你妙笔生花，是诗坛上的圣手。
请快从黎明的沉睡中奋起，
创作出新的奇妙的长歌一曲。
在绚烂多彩的诗坛上面，
把你稀世的才华展现。
让我们怀念马杰农的情真意笃，
请用珍珠般的语言把他赞颂描述。
对蕾莉，这位才貌出众的姑娘，
也请用语言的珍珠把她颂扬。①

但是，诗人接到国王的信后却感到有些为难，“我既不敢拂逆王意抗命不遵，也不指望那封赏的财宝金银”。他为难的是写作之不易：

这段传说虽然闻名远近，
但写成长诗并不愉快轻松。
联章缀句需要的是欢悦与才情，
锦绣诗文就从这二者中产生。
如若激情戴上了枷锁镣铐，
诗文就苍白无力，令人感到枯燥。

① 内扎米．蕾莉与马杰农 [M]. 张鸿年，译．北京：中国文艺联合出版公司，1984：2–3.

当我苦苦探索寻不到出路，
自然什么东西也抒写不出。
没有园林美景和皇家盛宴，
没有琴声和美酒，也没有情意绵绵。
荒凉的山和干燥的沙漠，
哪里去寻觅凄婉动人的歌？
诗句的推敲和情节的安排，
一切都从情致中演化出来。
过去的诗人都怕遭人数落，
所以这段传说才多年受到冷落。
诗人们都不愿描写这段风情，
才留下这许多材料无人问津。[①]

不过，虽然写作不易，可是国王之命不能不遵，所以他只能尽力而为：

如今，天下之主派人下书，
让我以他的名义把它描述。
虽然文思驰骋的天地如此狭窄，
我还是加意描绘把它编写。
当我把这诗在国王面前朗读，
犹如撒下一盘未钻孔的珍珠。[②]
读者即使萎靡不振心灰意懒，
一息尚存，也会引起他情意绵绵。[③]

① 内扎米 . 蕾莉与马杰农 [M]. 张鸿年，译 . 北京：中国文艺联合出版公司，1984：5–6.

② 指其作品尚不成熟，未经进一步加工。

③ 内扎米 . 蕾莉与马杰农 [M]. 张鸿年，译 . 北京：中国文艺联合出版公司，1984：6.

既然写作决心已下，他便全力以赴，不辞辛苦：

我苦苦搜求，寻珠觅宝，
开凿矿山好把宝石采到。
心中暗想，大路茫茫渺无尽头，
文思才情却循着捷便的路走。
再也找不到比这更近便的路，
有时甚至会遇到平川坦途。①

经过一番努力，他终于大功告成。从以下诗句不难看出，他对自己的成果十分满意，甚至非常骄傲：

这诗格②如汹涌的大海充满生机，
海水中到处是鱼儿游来游去。
多少人歌唱过情笃意长，
但是无人唱出这番新的意象。
从未曾有潜水人从这片海底，
把这样晶莹的珍珠捞起。
每联诗句都像串串珍珠放射光辉，
没有败笔，全篇蕴蓄着艺术的韵味。
我全神贯注寻求这稀世之珍，
还未曾有半点疏忽，一丝失神。
口中喃喃自语，心里暗暗答解，
抓耳挠腮，诗句泉水般涌来。
我搜索枯肠，竭尽了心思才力，
要把这美女打扮得妩媚艳丽。

① 内扎米．蕾莉与马杰农 [M]. 张鸿年，译．北京：中国文艺联合出版公司，1984：7–8.

② “诗格”和“海”在波斯语中是一个词。

这总共五千余联诗句，
用了不到四个月就写完。
若不是其他琐事缠身，
写完它只消十四个夜晚。
这美女的姿容早已交口传遍，
如今被打扮得更加动人娇艳。
打扮好这美人娇艳的容颜，
就在阴历五月的最后一天。
年代也要记载得清清楚楚，
正当五百八十四这个年度[①]。[②]

《蕾莉与马杰农》的故事梗概

《蕾莉与马杰农》写的是一对阿拉伯青年男女感人至深的爱情故事，其梗概如下：

阿梅利部落酋长的儿子葛斯与另一部落的姑娘蕾莉是同学，两人相处日久，互相爱慕，情投意合。诗中写道：

果然葛斯一见她便失去了主张，
倾心爱上了这美貌的姑娘。
她也爱上了葛斯，投桃报李，
真是二人同心，两情相依。
刚刚萌生的爱情犹如一杯烈酒，
饮下之后暖流立即荡漾心头。
初次醉酒头脑格外发晕，
从未醉过的人醉意分外深沉。

① 指阿拉伯历，相当于公历 1188 年。

② 内扎米 . 蕾莉与马杰农 [M]. 张鸿年，译 . 北京：中国文艺联合出版公司，1984：8–9.

好像一股花香突然袭来，
从此香气缭绕再难忘怀。
葛斯爱蕾莉爱到失魂落魄，
她留下他的魂，勾走了他的心。
她长久地呆呆望着他的面庞，
倾心爱慕但总不能如愿以偿。
同学们都专心致志地钻研学问，
他们二人却爱得一往情深。
同学们都在练习遣词造句，
他们却暗中传递自己的词语。
同学们都在一页页诵读诗书，
他们却卿卿我我把光阴欢度。
同学们一个个作着形动词练习，
他们却在旁倾诉心中的柔情蜜意。
同学们都孜孜不倦学业日进，
他们却暗地里别有一番温存。①

由于葛斯陷入情网，不能自制，举止异常，人们便称他为“马杰农”，意思是疯人。诗中写道：

葛斯已深深陷入情网，
犹如手足被牢牢捆绑。
他爱上那文静姑娘的姿容，
从此以后他的心怎能不动？
他总爱坐在那美丽姑娘的近旁，
这样也无法拂去心头的惆怅。

① 内扎米.蕾莉与马杰农[M].张鸿年，译.北京：中国文艺联合出版公司，1984：18-19.

一天，他的心终于再也支撑不住，
羊皮水袋撕裂，驴子倒在中途。[①]
那些神志清醒的没陷入情网的年轻友朋，
他们送葛斯一个外号：马杰农。
葛斯越是长吁短叹神志癫狂，
越发证明这个外号贴切恰当。[②]

马杰农和蕾莉恋爱的消息很快传到蕾莉父亲的耳朵里，他大为恼火，当即决定让女儿退学：

有的人像狗一样嗷嗷吠叫，
吠叫声使幼鹿离开了青草。[③]
蕾莉与马杰农活生生被人拆散，
她的眼中不禁滚落珠泪串串。[④]

马杰农因见不到蕾莉，心中异常痛苦，白天跣足蓬头，夜里吟诗哭诉：

他像一支蜡烛夜不成眠，
日夜心神不宁烦躁不安。
忍受痛苦的折磨，痛不欲生，
求医觅药，医治身体与心灵。
满怀忧郁，心里还抱着希望，
焦躁袭来把头撞到自家门上。

---

① 喻指出了严重问题。
② 内扎米 . 蕾莉与马杰农 [M]. 张鸿年，译 . 北京：中国文艺联合出版公司，1984：21–22.
③ 指蕾莉被迫退学回家。
④ 内扎米 . 蕾莉与马杰农 [M]. 张鸿年，译 . 北京：中国文艺联合出版公司，1984：22.

每当清晨就匆匆夺门而去，
披发跣足奔向荒郊野地。
他倾心热恋着情人，情人却身遭囚禁，
听到一点消息才稍稍感到安心。
黄昏时分便吟诵离愁别恨，
悄悄迈步走近情人的家门。
他暗暗地把情人家的门楣亲吻，
归途中脚步迟缓，几番沉吟。①

他的样子使父亲深感不安，于是请来亲朋好友商讨对策。众人纷纷发表意见，他们认为上女方家去提亲乃是上策。父亲赞成这个主意，决定选择吉日良辰率领随从人员前往求亲。他对蕾莉的父亲说道：

我此番前来想与你结亲联姻，
让我的犬子迎娶你家玉女过门。
我那不才的犬子痛摧了心田，
眼巴巴地望着你家的一泓清泉。
山泉泉水涌流清澄甘甜，
口渴的人饮下泉水滋润心田。
我言而有信，决不反悔，
希望你也成全好事不要驳回。
你可知道，当今在这远近一带，
我是知名人物，名声早已传开。
我有足够的钱财，成群的骡马，
好便好，恼便恼，什么我都不怕。
我前来买珠，你把珍珠出卖，

① 内扎米．蕾莉与马杰农 [M]. 张鸿年，译．北京：中国文艺联合出版公司，1984：23-24.

作个聪明人，货物出手宜快。
只要你看准行情，出口要价，
我就不惜重金，高价买下。
只要你肯开口，哪怕要价漫天，
我就出钱来买，交易本要两厢情愿。[①]

听完这番高谈阔论，蕾莉的父亲立即作答，没有丝毫迟疑。他说道：

听你这番话可不讲交情，
你过于自负，只关心自己的事情。
有些话虽然表面上动听，
但我岂能让自己在火中留停。
如果这就是与我结亲交友，
我宁愿从此与你作对结仇。
你的儿子虽然不失为一表人才，
但他愚顽固执，没有宽阔的胸怀。
他四处流浪，终日疯疯癫癫，
疯汉岂能与我们缔结良缘？
要结亲你先要祷告上苍，
他病好后才配说情深意长。
如若他疯癫依旧，不见好转，
结亲的事从此不要再谈。
买一颗珍珠岂能带有伤残，
伤残的珍珠怎能与好珠成串？
你是知道阿拉伯人多么苛刻，
许下亲事，他们会如何把我指责。

① 内扎米 . 蕾莉与马杰农 [M]. 张鸿年，译 . 北京：中国文艺联合出版公司，1984：34–35.

此后对我请不要再说这番话语，
到此为止，结亲之事再勿提起。[①]

马杰农的父亲败兴而归。众人只好规劝马杰农放弃蕾莉，在本族中寻觅伴侣。他们说道：咱们本族上百个漂亮姑娘，论人品和相貌个个都比蕾莉强。她们唇似红玉，肌肤生香，如同三月阳春，容颜娇艳。他们愿为马杰农选个婀娜多姿的伴侣，安慰他的心灵。

但是，马杰农的反应非常强烈：

马杰农一听亲人们的规劝，
犹如吞下苦果，心烦意乱。
他伸手撕碎自己的衣衫，
“要死的人不要这尸布裹缠。
从此不再受‘今生’与‘彼世’的束缚，
再要这破衣衫有什么用处？”
他好像瓦梅格因奥兹拉[②]而痛苦心焦，
一会儿攀上高山，一会儿狂奔在荒郊。
他像野人到远处游荡，
夜间就露宿在荒原牧场。
真是挣裂了铠甲，撕烂了衣服，
扯断了锁链，摆脱了束缚。
像流浪汉在野地踟蹰彷徨，
撕破的衣服从襟头到领口开敞。
他无意苟活，决心以生命殉情，
所到之处，身边便响起真主保佑的喊声。
疯疯癫癫从一地流浪到一地，

① 内扎米.蕾莉与马杰农[M].张鸿年，译.北京：中国文艺联合出版公司，1984：35-36.
② 瓦梅格和奥兹拉是伊朗古代传说中一对情人的名字。

口中不断地呼喊着“蕾莉，蕾莉”。[1]

光阴荏苒，不知不觉间前往麦加朝圣的季节到来。马杰农的父亲眼见儿子的神志一天比一天紊乱，名声也一天不如一天，心中感到无限痛苦，于是决定带他去麦加朝圣，祈求真主帮他解除情网。两人来到天房之下，父亲拉住儿子的手，深情地嘱咐道：“孩子，这可不是儿戏之地，你要祈求真主保佑，你要抓住圣殿的门环，对真主说：‘让我得到解脱吧，真主，使我摆脱非分之想，踏上征途。主啊，请你见怜，施惠于我，把我从这迷误中开导解脱。早日救我，我陷入爱情的苦楚，助我抛弃这折磨人的痴心情愫。’”[2]

然而，马杰农在圣殿里的祷告词却是这般：

如今我就像这门环不得伸展。
把我锁得紧紧的是爱情之环，
愿爱情之环永远垂在我耳畔。[3]
人们劝我斩断这情丝缕缕，
斩断情丝表达对主的真心诚意。
但是，我却从爱情中汲取了力量，
失却爱情我将魂飞命丧。
我的生命全靠爱情滋养，
没有爱情我会运败身亡。
一个人的心中如果没有爱情，
一定会充满潮水般的悲痛莫名。
主啊，你这天地间万物的主宰，
主啊，你这寰宇内至善的神明。

① 内扎米 . 蕾莉与马杰农 [M]. 张鸿年，译 . 北京：中国文艺联合出版公司，1984：37.

② 内扎米 . 蕾莉与马杰农 [M]. 张鸿年，译 . 北京：中国文艺联合出版公司，1984：46–47.

③ 意思是愿作爱情的奴隶。

请让我爱得更加深沉，爱得发狂，
我若不免一死，请让她长留世上。
……
我心中充满因她而起的忧愁，
愿这忧愁片刻不离我的心头。
她若是美酒，让她永远盛在我这杯子，
她若是金币，币面上永刻着我的名字。
我愿献出生命，为了她美丽的容颜，
我日日惆怅百结，但我心甘情愿。
她的爱像烛火一样把我烧透，
我这颗心片刻也不愿摆脱这种忧愁。
我心中的爱情一分也不愿消减，
我衷心盼望这爱情百倍地增添。[①]

他父亲在旁边仔细听完这番祷告方才明白，儿子已经身不由己，他患的是心病，无药能医。

马杰农的疯狂表现激怒了蕾莉家族的酋长。他认为自己因此而受到了侮辱，于是声言要用钢刀惩处马杰农。马杰农的父亲闻讯大惊，亲自跑到荒山野岭，到处寻找儿子，好不容易才听人说道："他正栖身在一片废墟，如同蛇盘石上，蜷曲着身躯。他神志癫狂，心中充满忧郁悲伤，像野鬼一样离开了人群故乡。虚弱不堪，胸怀刺心的痛苦，枯槁憔悴，只剩下皮包瘦骨。"[②] 可怜的父亲终于找到儿子，但儿子的样子令他目不忍睹：

猛然见马杰农在一个石缝中栖身，
伏倒在地，头下以石作枕。

---

① 内扎米 . 蕾莉与马杰农 [M]. 张鸿年，译 . 北京：中国文艺联合出版公司，1984：47–48.

② 内扎米 . 蕾莉与马杰农 [M]. 张鸿年，译 . 北京：中国文艺联合出版公司，1984：54.

口中不停地吟诵着情歌，
一会儿低唱，一会儿失声泪落。
时乖命蹇，人生路上这许多坎坷，
血泪齐涌，滴滴血泪都出自心窝。
他恍然若失，迷离癫狂，
竟忘记还有亲人活在世上。①

父亲见他如此惨状，不禁伤感不已，于是苦口婆心地劝道："你是我的至亲骨肉，我爱你胜过生命，随我回家去吧，你应该留在自家门庭，何必流浪在这旷野山间，独自悲愁，终日以泪洗面？这山间路上到处是巨石陷阱，巨石陷阱眼巴巴把人久等。切莫自讨苦吃，那酋长早已定下诡计，到头来落得铁索缠身，冷铁可无情意。你是无家的孤儿，路上充满凶险，要善自珍重，小心落到头顶的刀剑。"②

听完父亲的话，儿子说道：

我生就的苦命，注定忍受折磨，
哪里还有心思去追求快活？
像一头老驴日日驮物负重，
一辈子劳碌奔波直到临终。
最后，总有一天得到安逸，
那就是生命的尽头，一旦死去。
不惧怕刀剑才配把爱情追求，
刀剑有情，也不斩杀情人的头。
钟情的人不怕威胁以死，
怕世人威胁还算什么钟情之至。
如今滚滚乌云遮蔽住我的月亮，

① 内扎米.蕾莉与马杰农[M].张鸿年，译.北京：中国文艺联合出版公司，1984：54.
② 内扎米.蕾莉与马杰农[M].张鸿年，译.北京：中国文艺联合出版公司，1984：59-60.

我恨不得为救她抛洒热血满腔。
谁若胆怯惜命，不愿殉情，
倒不如被刀剑结果了性命。
我内心痛苦，似火烧油煎，
火烧油煎我也心甘情愿。
我横下一条心准备牺牲，
倒要看他们如何结果我的性命。①

儿子的一番话惹得父亲老泪纵横，勉强把儿子带回家园，将他交给亲朋好友，好言解劝。但马杰农在家仅仅挨过两三天，便又重新奔向旷野荒原。

再说蕾莉。蕾莉被父亲禁闭在家，不能再见马杰农，又无人可以倾诉，无处可以发泄，只能忍气吞声，在人前强装笑脸，在背地暗自落泪，心里更是苦不堪言。诗中写道：

蕾莉像财宝一样被家人幽禁，
锁在深闺内帏，再不许出门。
她更加忧郁寡欢，终日短叹长吁，
愁云恨雾，似一把利剑插在心底。
在愁恨中度日，难展眉头，
谁曾见过爱情不伴着忧愁？②

还有：

她的心境不愿被恶毒的小人发现，
只好在夜静更深独自悲叹。

① 内扎米.蕾莉与马杰农[M].张鸿年，译.北京：中国文艺联合出版公司，1984：63-64.

② 内扎米.蕾莉与马杰农[M].张鸿年，译.北京：中国文艺联合出版公司，1984：79.

像支蜡烛，欢笑时也噙着泪水，
笑颜乍开，立即泪珠儿下坠。
止不住的泪浇得花儿凋零蔫枯，
泪眼模糊，眼前是马杰农还是树？
被拆散的痛苦像烈火一片，
在心中暗烧，没有火光与浓烟。
忧愁恰似她形影不离的明镜，
明镜照见她凄苦的心情。
到处风传的是尽人皆知的爱情，
她心中藏着的是无人理解的隐疼。
闺中作伴的只剩她自己的身影，
排解忧愁的只有眼前的帐篷一顶。
……
珠泪顺着面颊一串串下滴，
似滔滔海水把眼里的珍珠清洗。
她只能在无人处暗暗悲泣，
见有人来立即装出一丝笑意。[①]

不仅如此，俗话说“屋漏偏逢连阴雨”，一天，她在花园散步时，被一个巴尼阿萨德族的青年看中——

此人生得仪态不俗，俊秀端庄，
是阿拉伯人中的尊贵才郎。
他的亲朋至交族中人等，
一个个为他效力，曲意奉承。
伊本·萨拉姆是他的姓名，

---

① 内扎米.蕾莉与马杰农[M].张鸿年，译.北京：中国文艺联合出版公司，1984：68-69.

人人乐于与他交往友朋如云。
家道殷实，人多自然势盛，
人们伸出拇指称赞，远近闻名。①

他立即带上大批彩礼前往蕾莉家求亲。蕾莉的父母大体表示同意，不过要求缓办几天，以便从容筹备。伊本·萨拉姆只好耐心等待。

这时有个名叫努法尔的义士对马杰农的遭遇深表同情，亲自率领自己手下能征惯战的精兵向蕾莉家所属部落发动了进攻，企图依靠武力解决马杰农与蕾莉的婚姻问题，迫使蕾莉的父亲应允这门亲事。努法尔对马杰农夸下海口：不必因见不到那美丽的姑娘就痛心疾首，像蜡烛一样悲伤。无非用钱去买或者动刀用兵，他都一定把好事促成。纵使她变只鸟儿飞上云霄，他也会抬手把她捉到；纵使她隐遁身形，变成石中火星，他也要砸开石头找到她的踪影。

经过一战再战，双方损失都很惨重，但最终还是努法尔一方获胜。于是双方开始谈判。努法尔要求对方答应蕾莉与马杰农的亲事，可是蕾莉的父亲却说出另外一番“道理”：

我犯下了滔天大罪，天地难容，
我羞愧难当，只恨地面无缝。
你如若把我的女儿要去，
许配给你军中一名兵丁，
感激你的恩情，那我也心满意足，
对你的吩咐我打心眼里服。
或者你哪怕是点上一堆烈火，
把她像香料一样燃着。
要不就把她活活抛进水井，

① 内扎米. 蕾莉与马杰农 [M]. 张鸿年，译. 北京：中国文艺联合出版公司，1984：80.

或是手起刀落结果她的性命。
你怎么吩咐，我都遵从衷心，
我决不违抗你的意旨命令。
但是我不能把女儿嫁给疯人，
疯人要用铁链锁住，岂能成亲？
疯人怎配娶光艳照人的美女？
他不过是一堆该烧掉的垃圾。
这到处流浪的疯人痴心妄想，
想讨便宜，准得不到好的下场。
他习惯浪荡在旷野荒郊，
独自一人到处流窜奔跑。
我若与名声不好的人结为亲戚，
到头来还要破坏自己的名誉。
有志气的人宁肯断送终生事业，
也要千方百计保全自己的名节。
……
如若我选中他作我家的女婿，
我的名字就永远与耻辱连在一起。
……
但愿你能对我伸手相助，
请你不加干涉，由我做主。
否则只好请真主保佑，
你的吩咐我无法接受。
那我就砍下如花似玉的女儿的头，
抛到地上，让它去喂狗。[①]

① 内扎米．蕾莉与马杰农 [M]. 张鸿年，译．北京：中国文艺联合出版公司，1984：105–106.

这番“道理”打动了努法尔，他随即答道：“虽然我是主将统率全军，要你的女儿并无任何歹心。既然你执意不给，意愿已经了然，我也不再一味坚持，死死纠缠。”[①] 努法尔给马杰农帮了倒忙，马杰农与蕾莉的婚事从此更加渺茫。于是马杰农再次只身出走，逃往旷野荒郊：

马杰农像一只没觅到食的鸟，
抖动双翅从努法尔面前飞掉。
鸟儿奋力高飞急急匆匆，
飞到田野上，好似一阵清风。
他一边走一边抒情吟诗，
怨只怨努法尔无终有始。
他在荒野上走了一程又一程，
埋怨命运对自己残酷无情。[②]

其后不久，蕾莉的父亲便正式接受伊本·萨拉姆的请求，将女儿蕾莉嫁给了他。蕾莉无可奈何，但心中思念的仍是马杰农，婚后坚决不准伊本·萨拉姆靠近自己。马杰农听到蕾莉结婚的消息悲痛万分，把自己撞得头破血流。“像断了翅膀的鸟儿扑打在地，虚弱不堪，他已奄奄一息。他似乎在寻找救命的泉浆，挣扎着活下去，处境凄惶。”[③]

马杰农的父亲最后一次出门寻找儿子。尽管父亲早有思想准备，但儿子的情状仍然出乎他的意料：

出现在他面前的是个无精打采的游魂，
冒出几条青筋，瘦骨嶙峋。
都因迷上一个美丽的姑娘，

① 内扎米 . 蕾莉与马杰农 [M]. 张鸿年，译 . 北京：中国文艺联合出版公司，1984：107.
② 内扎米 . 蕾莉与马杰农 [M]. 张鸿年，译 . 北京：中国文艺联合出版公司，1984：110.
③ 内扎米 . 蕾莉与马杰农 [M]. 张鸿年，译 . 北京：中国文艺联合出版公司，1984：143.

落得有家不回，到处漂泊流浪。
他好似打场的碌碡被情思牵引，
弱得像一根细发，刚从死神手里脱身。
他比地上的狗还劳碌不停，
他比地下的死人还默默无闻。
他精神恍惚，丧失了理智，
卧倒在地上如醉如痴。
……
只用了一块巴掌大的兽皮，
系在脐下遮住自己的下体。[①]

父子二人抱头痛哭，泣不成声。父亲引经据典规劝儿子，劝他结束这种生活，跟自己回家去。父亲最后说道："今天你若不听我的劝告，来日寻父，怕你再难找到。我这番言词虽然听来凄惶，但有什么办法，命运取决于上苍。"[②] 儿子听完父亲的话，心里虽然感动不已，但是仍然坚持己见，不肯随父亲回家去。他答道："如今爱情完全占据了我的心，整个世界在我眼中不值一文。我的神志全然离开了躯体，左耳听到的事从右耳溜去。记忆中的事情早已淡忘，过去的经历全未留在心上。"[③] 父亲忍痛与儿子分手，回家不久便一命呜呼。马杰农得知父亲已死，心痛欲裂：

他心慌意乱，转身飞步而去，
一口气跑向父亲的墓地。
当他看见通向父亲墓地的道路，
如万箭钻心，感到无限痛苦。

---

① 内扎米．蕾莉与马杰农 [M]. 张鸿年，译．北京：中国文艺联合出版公司，1984：149–150.

② 内扎米．蕾莉与马杰农 [M]. 张鸿年，译．北京：中国文艺联合出版公司，1984：154.

③ 内扎米．蕾莉与马杰农 [M]. 张鸿年，译．北京：中国文艺联合出版公司，1984：156–157.

昏昏沉沉一头栽倒在坟上，
抱住坟头像是抱住父亲一样。
此刻忆起父亲生前对他的爱抚，
滴滴泪水浸湿了坟旁的黄土。
他忽而双手抱住老父的坟丘，
忽而抓一把土撒向自己的头。
……
从他双眼中滴滴血泪向外淌流，
脚下的土地早已被血泪浸透。[①]

有一天，马杰农收到蕾莉托人送来的一封信。蕾莉在信里写道："我的心如若得不到你的体贴温存，不如及早死掉，不在世上作人。"[②] 马杰农读后高兴得心花怒放，随即回信一封，其中写道："你是我致病的因由，也是治病的药物，我因你而染疴，还靠你药到病除。"[③]

马杰农的母亲不能长期忍受与爱子别离的痛苦，只好来到荒郊野外探视他。母亲苦口婆心规劝儿子回家，但儿子执意不从。母亲只得含泪返回，五内中烧，不久也随其夫一命归阴，临终还在念叨儿子。马杰农闻听母亲去世，悲痛难忍，赶到父母墓地又哭又喊，然后重返山野，继续与野兽为伍。

蕾莉日夜思念马杰农，心中苦闷难以排遣，终于冲破种种阻拦，约马杰农前来相会。但两人相距仍有十步左右，马杰农吟唱炽热的情诗——"我会在思念你的痛苦中死去，死去时也还要思念着你。如今我就要为自己旅程准备行装，背鼓的皮带系到远行的鼓上。"[④] 蕾莉倾心侧耳聆听。之后，马杰农再度走向旷野，而蕾莉则怏怏回到家里。

① 内扎米．蕾莉与马杰农 [M]. 张鸿年，译．北京：中国文艺联合出版公司，1984：164–165.
② 内扎米．蕾莉与马杰农 [M]. 张鸿年，译．北京：中国文艺联合出版公司，1984：198.
③ 内扎米．蕾莉与马杰农 [M]. 张鸿年，译．北京：中国文艺联合出版公司，1984：207.
④ 内扎米．蕾莉与马杰农 [M]. 张鸿年，译．北京：中国文艺联合出版公司，1984：232.

蕾莉的丈夫伊本·萨拉姆由于得不到妻子的爱恋，每日愁绪满怀，后来一病不起，命丧黄泉。蕾莉心中郁闷，借此机会大哭一场。“她人前哭的是自己的丈夫，实际上是为心上人而痛哭。想到心上人，痛苦得把头发扯断，看起来是为丈夫而痛摧心肝。”①

转眼之间，秋季降临人间，树叶飘落，大地萧索。蕾莉的身体饱受折磨，到这时再也支撑不住，终于倒在了病榻上。她知道自己不久于人世，便向母亲倾吐心愿——“我是殉情之人，尸布要染成鲜红，让它像我的喜期一样彩色馥浓。要把我打扮得像出嫁的新娘，下葬时，盖头要盖在头上。”②

马杰农得到蕾莉病逝的噩耗，五内俱焚，热泪如雨。他直奔蕾莉的墓地，用自己的头抵住情人的坟头，倾诉衷肠。呼天抢地，直到精力耗尽，一命归西——“终于走到了生命的尽头，他也打点行装启程远游。”③

人们同情蕾莉和马杰农的不幸遭遇，“纷纷动手掘开蕾莉的墓地，让他们二人死后合葬一起。”④

马杰农的形象

男主人公马杰农是爱情的化身，是真正的情种。他对蕾莉的爱情，达到了执着的、至死不渝的地步，达到了疯狂的、不顾一切的地步。正如诗人所感触的那样：

人有时感情冲动，但会瞬息变凉，
那不是真正的爱，而是年轻人的荒唐。

① 内扎米 . 蕾莉与马杰农 [M]. 张鸿年，译 . 北京：中国文艺联合出版公司，1984：250–251.

② 内扎米 . 蕾莉与马杰农 [M]. 张鸿年，译 . 北京：中国文艺联合出版公司，1984：255.

③ 内扎米 . 蕾莉与马杰农 [M]. 张鸿年，译 . 北京：中国文艺联合出版公司，1984：261.

④ 内扎米 . 蕾莉与马杰农 [M]. 张鸿年，译 . 北京：中国文艺联合出版公司，1984：267.

真正的爱情永远不会冷漠，
两情相悦，永远情意缠绵。
纵然是天长地久海枯石烂，
真正的爱情经得起时间的考验。
马杰农一片真情满胸，
他是个忠贞不贰的情种。
像一丛鲜花期待着微风的抚摸，
他生命中岂能没有爱情的折磨？
如今枝枯叶败，花儿凋残，
花儿为人们留下香馨，芬芳充满人寰。
袭人的芳馨在空际飘荡，
我也领略了这沁人心脾的芳香。[①]

他并非不爱父母，当父母死时，他感到无限悲痛，但当他对蕾莉的爱不能为父母充分理解时，他便抛下父母，离家出走，无论父母如何规劝也无济于事，甚至父母因此伤感而死也不改初衷。他并非不爱亲友，但当他对蕾莉的爱不能为亲友充分理解时，他宁愿离开他们，而与野兽为伍。他并非不爱社会，但当他对蕾莉的爱不能为社会所容时，他则远离社会，置身旷野，因为在他看来，爱情是生命所赖以生存的力量，失去爱情则将失去生命。正如他到麦加朝圣时，对真主所说的那样：

我的生命全靠爱情滋养，
没有爱情我会运败身亡。
一个人的心中如若没有爱情，
一定会充满潮水般的悲痛莫名。

① 内扎米 . 蕾莉与马杰农 [M]. 张鸿年，译 . 北京：中国文艺联合出版公司，1984：44.

又如他对一个不理解他的人所说的那样：

我是美好的爱情之国的国君，
我决不为自己的行动感到悔恨。
这尘世上凡人的俗情，
我早从身上滤除干净。
我决不受花花绿绿的困扰，
我已断绝了人间情欲之道。
我从头到脚都是一片真情，
爱情如火，我是麝香燃在火心。
爱情完全占据了我的身心，
原来的我已在我身上隐遁。
你看在你面前站着我这个人，
我不属于自己，我属于心上人。[1]

为了更加充实马杰农的形象，诗人还从其他方面充分展示他精神世界的美。例如：有一次，他在流浪过程中看见几只小麝被猎人关进兽笼不能脱身，麝腿被绳子捆得很紧，鲜血从麝身上滴落下来。他对猎人说道：

我是远方客人，请把这些麝送我。
请你为麝打开你的兽笼，
放它们到自由的田野之中。
为什么非要结果可怜的麝的生命，
一头动物也是天地间一个生灵。
多么漂亮啊，它们的眼睛和后身，

① 内扎米．蕾莉与马杰农 [M]. 张鸿年，译．北京：中国文艺联合出版公司，1984：243.

那上面满布着美丽的花纹。
你为什么生性如此凶狠残暴，
非要把这几只无辜的麝儿杀掉？
杀死麝的人简直凶狠如狼，
无故杀麝可是大罪一桩。
看那眉眼多像情人的眉眼，
看那面容恰似春光般鲜艳。
请千万别毁坏这情人的眼睛，
请多多爱护这新春般的生命。
这麝的脖颈怎能用绳索套起，
刀下留情啊，它们可不忘恩负义。
看那挺直的脖颈不屈而高傲，
你怎么忍心在那上面砍一刀？
看那黑眼睛涂着眼圈溜黯，
这眼睛埋到地下岂不遗憾？
你看那洁白如银的前胸，
怎么忍心把它投到烤肉的火中？
它们的身躯招人喜爱，
这么美的身躯不应被人毁坏。
它们的肚脐分泌纯净的麝香，
杀死它们怎会得到人们的赞扬？
它们的细腿纤弱得像嫩竹一样，
这样的细腿哪里经得住你的一棒？
它们的背上可从未驮过货物，
如若把它打翻在地它该多么痛苦？[①]

猎人听了他这番话表示十分惊诧。猎人说他都听清了马杰农的这

① 内扎米. 蕾莉与马杰农 [M]. 张鸿年，译. 北京：中国文艺联合出版公司，1984：111-112.

番话，可是他一贫如洗，这些麝是他两个月劳碌奔波的收获，如果放掉它们，他一家老小怎么维持生活？马杰农一听此言，立即翻身下马，当即把自己的马交给猎人，用马作交换，为麝赎身。随后，他又请求另一个猎人释放一头牡鹿，为此，他“把自己仅有的衣物钱财，一股脑儿全部拿了出来”[①]。

马杰农为了小麝和牡鹿，甘愿舍弃自己的马匹和财物为它们赎身，这表明他对野生动物的热爱，对大自然的热爱，对生活的热爱。

又有一次，他在流浪过程中，看见一只乌鸦栖息在树枝上，他觉得“它全身如情人的秀发漆黑迷人，它的心头也像是怀着无限悲辛”，便把它当作“同心的好友，难得的知音”，于是吟道：

啊，途径艰辛的旅人，
是谁使你这样皂袍披身？
你为何全身漆黑？你为夜色平添生气。
但是，你的命运为何如此不济？
我满怀忧愁，你因何悲戚？
我遭此不幸，你因何穿起黑衣[②]？
你如若不是痴情痴意的恋人，
为什么像焦心人一样皂袍披身？
如若你是忧心如焚的恋人，
为什么要躲开心焦的情人？[③]

马杰农将乌鸦视为“好友”和“知音”，将乌鸦的命运和自己的命运联系起来，这当然是他的主观想象，但这种想象更加充分地显示出他心中只有蕾莉一个，只有一份爱情，除此之外别无他物。

---

① 内扎米 . 蕾莉与马杰农 [M]. 张鸿年，译 . 北京：中国文艺联合出版公司，1984：116.

② 在伊朗，黑衣是丧服。

③ 内扎米 . 蕾莉与马杰农 [M]. 张鸿年，译 . 北京：中国文艺联合出版公司，1984：120.

蕾莉的形象

女主人公蕾莉是美的化身。诗中通过第三人之口描绘她的美貌和神态：

她美如明月，不，是像太阳，
一条纱巾罩着她如月的面庞。
……
她开口说话如莺歌燕语，
她的话语如同溪水流畅明丽。
她长了一双羚羊般的眼睛，
猛狮看到那眼睛也会萌动春情。
……
弯弯的双眉眉梢接到一起，
眉梢相接透露出特有的秀丽。
她的姿容有一种令人着魔的魅力，
她身上散发出幽香的气息。
她生得姿容艳丽，体态端庄，
人间的绝色，神采飞扬。
她待人显得那么亲切温和，
亲切中令人感到略为娇弱。①

与马杰农一样，蕾莉也是爱情的化身，也是真正的情种。正如马杰农对她的爱情是执着的、至死不渝的一样，她对马杰农的爱情也是执着的、至死不渝的。这可以从她对她丈夫的态度看得一清二楚。虽然她不得不屈从父母之命嫁给伊本·萨拉姆，而且伊本·萨拉姆有钱

① 内扎米.蕾莉与马杰农[M].张鸿年，译.北京：中国文艺联合出版公司，1984：190–191.

有势，并不缺少男子汉气概，但是她坚决反对这种强配的婚姻，始终拒绝与伊本·萨拉姆同床共枕。诗中写道：

开初两天新郎还谨慎收敛一番，
想迎合迁就，使蜡团自行变软。
一天他按捺不住想尝一口生枣[①]，
居然把自己的手伸向树梢。
一伸手就被能行走的枣树[②]刺疼，
疼得他从早到晚坐卧不宁。
蕾莉劈面狠狠打了他一记耳光，
他疼痛难忍，登时跌倒在地上。
她说："你若再敢想入非非，
我决心下定与你玉石俱碎。
现在我向真主立下誓言，
是真主创造了我的形体容颜。
此后你不要对我怀不轨之念，
纵使你以刀相逼，血花飞溅。"
伊本·萨拉姆听到她的誓言，
不再存奢望，满足于问候寒暄。
他知道蕾莉对自己无意无情，
她心中盼望的是另一盏明灯。[③]

正如她对马杰农所说的那样：我的丈夫纵然有丈夫的威严，但我心中有你，连看都不看他一眼。不过，她的表现形式与马杰农的有所不同，这种不同主要是由于性别差异造成的。她说：

---

① 生枣指蕾莉。

② 能行走的枣树指蕾莉。

③ 内扎米.蕾莉与马杰农[M].张鸿年，译.北京：中国文艺联合出版公司，1984：135–136.

他心中虽然忧伤悲恸，
他毕竟是男人，我这女人更加不幸。
在爱情上他从来就刚强不屈，
对什么人都毫不畏惧。
他不像我这样在人后暗自痛苦，
他可以走他要走的路途。
我孑然一身，命运如此不幸，
从未对人倾诉内心隐痛。

事实诚然如此。在当时的社会，妇女身上套着更加沉重的枷锁，蕾莉不可能像马杰农那样不顾一切。父亲令她中途退学，她只能回到家里困坐闺房；父母将她许配他人，她也只能来到丈夫家里苦度岁月。诗中多次描绘她的痛苦心情。例如：

姑娘内心痛苦但强颜欢笑，
独处时暗暗地痛苦心焦。
点燃的蜡烛呈现出笑脸，
但是笑脸下面心似油煎。
像花儿一样有着两种心情，
上面呈现笑脸，底下尖刺刺疼。
表面上迁就顺从父母心愿，
心中不快但不便对人明言。[①]

从一定的意义上说，她的痛苦更加沉重，更加难以忍受。这一点也得到马杰农的承认和理解，他曾对父亲说过这样一段话：

① 内扎米．蕾莉与马杰农[M]. 张鸿年，译．北京：中国文艺联合出版公司，1984：131.

你的这番语重心长的劝告，
好似敷在我伤口的药膏。
但有什么办法呢，我已名声丢尽，
流浪到此也不是出于我的本心。
也并不是我自己要走这条道路，
事到如今我已全然不能做主。
我犹如手足捆绑，铁索缠身，
有什么办法呢，这全是命运。
这条铁索不会自行解开，
担子压在身上，卸也卸不下来。
并不是我一人如此痛苦忧郁，
我受的痛苦不及她的百分之一。[①]

这段话的最后两句点明了事情的真相——“并不是我一人如此痛苦忧郁，我受的痛苦不及她的百分之一。”也正因为如此，她不久便抑郁成疾，先于马杰农告别人世。

《蕾莉与马杰农》的主旨

爱情如若不使人神迷心痴，
那样的爱情一钱不值。
我如若能获得你的爱情，
人分两地心中也格外高兴。
让你的爱情陪伴着我心底的秘密，
让你的折磨成为我心灵的慰藉。
我这受伤的心纵使无药可医，

① 内扎米.蕾莉与马杰农[M].张鸿年，译.北京：中国文艺联合出版公司，1984：61–62.

只要你平安无事，我就称心如意。[1]

这是马杰农在给蕾莉的信里所说的话。在马杰农和蕾莉的爱情中，双方都达到了神迷心痴的程度，十分可贵。他们的爱情不是单纯的性爱，而是因同窗而相爱，因了解而相爱，因情投意合而相爱，是以纯洁的思想感情为基础的爱情。他们的爱情不是单方面的占有，而是男女双方的互爱，男女平等的结合。他们的爱情不是一时的兴致，而是慎重的抉择，既热烈又持久，经得起时间的考验和困难的折磨，始终坚定不移，直至双双殉情。他们为这场爱情而生，为这场爱情而死。

马杰农和蕾莉都出身于大户人家。关于马杰农的父亲，诗中写道：

且说在阿拉伯有一位贵人，
贵冠一方，是上等的人品。
在阿梅利族就属他的财产富足，
五里三乡他是出名的大户。
美名似和风掠过阿拉伯大地，
大地上散发出醇酒般芳香气息。
他学识超群，心地善良，
人中的俊杰，举世无双。
称心如意，像是阿拉伯的君王，
家道殷实，似卡隆[2]重生世上。
他慷慨好客，扶危济困，
吉星高照，当头的红运。[3]

关于蕾莉的家庭，诗中虽然没有具体介绍，但也有这样的诗句：

① 内扎米 . 蕾莉与马杰农 [M]. 张鸿年，译 . 北京：中国文艺联合出版公司，1984：208.

② 卡隆是传说中的巨富。

③ 内扎米 . 蕾莉与马杰农 [M]. 张鸿年，译 . 北京：中国文艺联合出版公司，1984：13–14.

同伴们爱她好似一道护身神符，
娇生惯养的姑娘出自名门大户。①

既然两家都是名门大户，他们两人的婚姻就是门当户对的，本来不应当有什么阻力，问题主要在于，他们两人是私下里在学校谈恋爱的，既没有“父母之命”，也没有“媒妁之言”。在当时的社会环境里，这样自由恋爱的方式是不合时宜、不被容许的，所以其结局必然是悲剧性的。在故事情节的发展过程中，有以下几个关键点：首先是蕾莉的父亲得知女儿在学校谈恋爱的消息，迫令女儿退学，强迫这一对有情人从此分离，其后几乎再无聚首之日。其次是马杰农的父亲为儿子提亲失败（这一方面是由于马杰农父亲的态度过于傲慢，另一方面，也是更重要的方面，是蕾莉的父亲对马杰农已有成见在胸），从而堵塞了这一对有情人结合的唯一一条正常的道路。再次是义士努法尔为马杰农用武力逼婚失败，把两家关系弄得更僵更糟，从而使这一对有情人结合的最后一线希望完全破灭。最后是蕾莉的父亲逼迫女儿嫁给伊本·萨拉姆，于是彻底注定了这一对有情人的悲剧命运。

值得深思的是，造成这一对有情人悲剧命运的主要责任者之一——蕾莉的父亲并不是什么杀人不眨眼的恶魔，而是普普通通的人。他不仅像常人那样真心爱护自己的女儿，而且也承认马杰农“不失为一表人才”。他之所以拒绝这门亲事，是因为他认为马杰农“愚顽固执，没有宽阔的胸怀”，“四处流浪，终日疯疯癫癫”。殊不知马杰农的“愚顽固执”和“疯疯癫癫”正是忠于爱情的特殊表现形式。事实证明，蕾莉的父亲是以传统道德观念为指导行事的，他虽然爱护自己的女儿，可是在处理女儿婚姻大事时，却从不征求女儿的意见，也从不考虑女儿的感情，终于断送了女儿的幸福，毁掉了女儿的生命。其实非但蕾莉的父亲不是什么恶魔，蕾莉的丈夫也不是什么恶魔，也是普普通通

① 内扎米．蕾莉与马杰农[M].张鸿年，译．北京：中国文艺联合出版公司，1984：18.

的人，他“生得仪态不俗，俊秀端庄”，又能够忍耐妻子的冷淡，从不强制妻子就范，甚至使得自己为此抑郁而死。但是，他显然也是受传统道德观念支配的，认为只要男方看中女方，又征得家长同意，不必征得女方的同意，一桩婚姻便可成就。除此之外，马杰农和蕾莉的其他亲人，甚至包括那些制造流言蜚语、有意添油加醋的人们在内，也无一不是传统道德观念的信奉者和维护者。在这个意义上可以说，造成这一对有情人悲剧命运的罪魁祸首是当时的社会环境，是当时社会占据统治地位的传统道德观念。

我受尽了折磨，这算什么爱情？
我受尽了煎熬，这算什么人生？①

——蕾莉在临终前向母亲的哭诉，乃是对当时社会的血泪控诉，乃是对传统道德观念的血泪控诉。

诗人在“序诗”中写道：

多少人歌唱过情笃意长，
但是无人唱出这番新的意象。②

的确，在内扎米以前，波斯已有不少诗人写诗讴歌青年男女的情笃意长，但是还没有人像内扎米这样刻画出马杰农和蕾莉式的具有叛逆性格的鲜明形象，还没有人像内扎米这样大胆揭露压制人身自由和爱情自由的封建社会，还没有人像内扎米这样强烈谴责制造恋爱悲剧的封建道德观念，就此而言，内扎米确实是唱出了“新的意象”。

此外，这部长诗还有别具一格的一章——第 33 章。这一章以“马杰农向至高无上的真主祈祷”的形式，描写夜空的美丽景色，一一叙

① 内扎米 . 蕾莉与马杰农 [M]. 张鸿年，译 . 北京：中国文艺联合出版公司，1984：254.
② 内扎米 . 蕾莉与马杰农 [M]. 张鸿年，译 . 北京：中国文艺联合出版公司，1984：8.

述各个星宿的位置、特点以及有关的传说故事，文笔生动，语言优美，充分表现出内扎米作为一位天文学家所具有的丰富知识。这一章开端写道：

夜色犹如白昼一样明亮灿烂，
天空的景象恰似葱茏的花坛。
上天戴上了一条黄金的项链，
把寰宇映照得金光灿灿。
行星的排列恰似一副漂亮的手镯，
它们在空间翩翩起舞。
苍天驱杀恶魔射出利箭——流星，
口中还把真主赞颂连声。
空际散发出夜的幽香，
大地沐浴着月的清光。
六合之内都享受着清辉与幽香，
幽香缕缕，清辉照彻穹苍。
霎时间群星又变换了模样，
星光闪耀别是一番景象。
此刻的夜空真是繁星万点，
整个苍穹化作星光一片。[①]

《蕾莉与马杰农》的艺术特色

这部长诗不仅在思想内容方面有所创新，在艺术表现方面也有不少值得称道的地方。

首先是注重自然景色描写，并将自然景色与人物形象、心理活动、

① 内扎米．蕾莉与马杰农 [M]. 张鸿年，译．北京：中国文艺联合出版公司，1984：178–179.

思想感情的描写交织起来，互相映衬，从而达到情景交融的艺术效果。

如在第 12 章“蕾莉游果园”里，诗人首先用其生花之笔展示了春回大地果园内繁花似锦的美景：

田野之上又一片繁花似锦，
绚烂的花儿装点了大地之春。
棵棵树上枝叶间鲜花怒放，
像背运人愁颜乍展的脸庞。
红色的郁金香和黄色的月季，
像大地上竖起的红黄彩旗。
花果园里万花竞放，
黄莺儿的歌声婉转嘹亮。
青枝绿叶由溪流滋润浇遍，
让翡翠更绿，比珍珠潋滟。①

这段景色与前来游园的蕾莉的美丽容颜和体态十分协调，二者交相辉映，令人感到美不胜收：

她的秀发像紫罗兰一样盘旋曲卷，
她的面庞像盛开的花儿一般鲜艳。
她比青松更显得端庄文静，
她比茉莉更加洁白素馨。
鲜花向她捐输，为她送来芳香，
嫩草向她纳贡，请她漫步草坪之上。②

在第 34 章“马杰农接到蕾莉的信”里，诗人开篇描绘了一幅阳光

① 内扎米 . 蕾莉与马杰农 [M]. 张鸿年，译 . 北京：中国文艺联合出版公司，1984：73.

② 内扎米 . 蕾莉与马杰农 [M]. 张鸿年，译 . 北京：中国文艺联合出版公司，1984：75.

灿烂的自然景象：

今天天气多好，阳光灿烂，
逢上这样的日子人人喜笑灿然。
黎明仿佛从天空降临，
微风柔和，仿佛出自耶稣的心。
主宰着世人吉凶祸福的命运，
今天可到了转换的时辰。
命星自此以后不再从中作梗，
虽然迟了，但毕竟是好运来临。[1]

这种难得的好天气给愁绪万端的马杰农带来了什么呢？是一个熟人给他捎来的蕾莉的口信和书信——她日思夜想的都是马杰农，没有马杰农她无法在世上生活。她说道：

他神魂颠倒，迷恋上一颗黛色的星[2]，
但是我比他一千倍更加钟情。
他心中虽然忧伤悲痛，
他毕竟是男人，我这女人更加不幸，
在爱情上他从来就刚强不屈，
对什么人都毫无畏惧。
他不像我这样在人后暗自痛苦，
他可以走他要走的路途。
我孑然一身，命运如此不幸，
从未对人倾诉内心隐痛。
我害怕伤心过度不能自已，

① 内扎米．蕾莉与马杰农 [M]. 张鸿年，译．北京：中国文艺联合出版公司，1984：188.
② 他是指马杰农，黛色的星是指蕾莉，蕾莉意为黑色。

到头来落得名声扫地。
苦药再苦，也要咬紧牙关忍住，
身陷地狱心中痛苦不愿暴露。
市井闲人使我痛苦不已，
思念情人我又有口难启。
我时时忍受这两种磨人的痛苦，
进退两难，不知如何自处。
我下不了决心和丈夫把脸翻，
也未决然与父亲一刀两断。
……
我这内心的忧愁无法摆脱，
只好听任忧愁百般折磨。①

蕾莉充满激情的话语是马杰农盼望已久的信息，得到这样的信息他喜出望外。这一章的结尾写道：

马杰农一见深情的来信，
忘记了尘世间万事纷纭。
他以额触地，腰弯得似圆规一般，
欣喜若狂，身体成百圈旋转。
忽然如同醉酒扑通倒地，
人事不省，但那信还捏在手里。
片刻过后他逐渐苏醒，
激动的心情才略为平静。②

这一章首尾互相呼应，开端的自然景色和结尾马杰农的喜悦心情

① 内扎米 . 蕾莉与马杰农 [M]. 张鸿年，译 . 北京：中国文艺联合出版公司，1984：192–193.
② 内扎米 . 蕾莉与马杰农 [M]. 张鸿年，译 . 北京：中国文艺联合出版公司，1984：195.

互相呼应。这样的好天气恰恰适合这样的好心情。

在第46章“秋季到来和蕾莉之死”里，诗人将秋季降临大地花木凋零的荒凉景色与蕾莉饱受折磨郁郁而死的可怜命运紧密联系起来，颇有感人的力量：

每逢树叶飘落的时光，
大地就显得萧索凄凉。
犹如从每根树条之上，
鲜血从细孔中向外流淌。
池塘中的水渐渐变凉，
花园的景象变得凄怆枯黄。
斑驳的枝条萎缩干枯，
树叶儿显得褐黄如土。
水仙急急忙忙脱去衣裳，
从宝座上跌落的是那白杨。
茉莉的姿容也已疲惫衰老，
玫瑰花的四周愁云笼罩。①

在这里，自然界的惨淡图画成为蕾莉不幸死亡的背景，使蕾莉的命运显得分外凄凉，大大加重了悲剧的色彩。

其次是语言生动丰富，优美典雅，广泛地使用了比喻、对偶、排比、夸张等多种修辞方法，极富表现力和感染力。

在比喻方面，如第19章“马杰农搭救小鹿”，描写马杰农神魂颠倒的样子时，使用了一连串生动的比喻：

马杰农神魂颠倒迷恋如月的美人，

① 内扎米．蕾莉与马杰农[M]. 张鸿年，译．北京：中国文艺联合出版公司，1984：252.

他瘦弱得好似绸衣上的丝线一根。
无论怎么把他端详打量，
他都瘦得像发丝一样。
夜，如情人的发辫黑得像漆，
路，窄得像痴情人瘦弱的身体。
他悲悲切切地栖身在一个洞穴，
像一只被蛇咬的蝙蝠心里忐忑。
双眼中禁不住滴下泪珠，
呆坐在地上心潮起伏。
像一条蛇蜷曲在地，
又像一束干枝被人投到火里。
他长吁短叹痛苦得彻夜难眠，
怨只怨心愿难遂命途多蹇。[①]

在第20章“马杰农释放牡鹿”里，描写他漫无目的地流浪时狼狈不堪的样子和心态，也用了一连串的比喻：

这苦命人走了一程又一程，
像尼罗河水，穿一身藏青。
像蛇吐芯一样不得安宁，
像鸟儿一头扎进水里，陷入困境。
像蜕皮的蛇一样烦躁不安，
像被剪了翅膀的鸟儿一样心惊胆战。
他的心神不安，情绪焦躁，
有如孤灯一盏，灯油已完全消耗。
像一支烧完的蜡烛油尽光熄，

① 内扎米．蕾莉与马杰农[M]．张鸿年，译．北京：中国文艺联合出版公司，1984：113.

油尽光熄，无力地跌倒在平地。[①]

在第 35 章“蕾莉给马杰农的信”里，蕾莉表示不爱自己的丈夫，而爱马杰农时，也使用了比喻的方法：

我的丈夫纵然有丈夫的威严，
我心中有你，连看都不看他一眼。
大蒜长得与百合多么相像，
待到一闻，却嗅不到百合的幽香。
黄瓜皮上也会泛起一层焦黄，
看起来岂不与香橼一模一样？
但黄瓜却经不起人们的品尝，
味道过酸，也没有香橼的芳香。[②]

在对偶方面，如第 4 章“马杰农去看望蕾莉”，描写马杰农日夜思念蕾莉，忍无可忍，偷偷来到蕾莉的帐篷门前，又怕被人发现，只得“装作素不相识，彼此离得很远”的情景时，诗人连续使用十余个对偶联句，从各种不同角度将马杰农和蕾莉放在一起比较，既贴切又优美，生动地表现了这一对有情人心心相印、息息相通的密切关系：

蕾莉？不，她像一片晨光把寰宇映照，
马杰农？不，他是一支蜡烛把自身焚烧。
不是蕾莉，是园林中的园林，
不是马杰农，痛苦得似伤痕上的伤痕。
蕾莉像一轮明月，清辉泻地，
马杰农似一棵嫩草，在月光下摇曳。

① 内扎米 . 蕾莉与马杰农 [M]. 张鸿年，译 . 北京：中国文艺联合出版公司，1984：118.

② 内扎米 . 蕾莉与马杰农 [M]. 张鸿年，译 . 北京：中国文艺联合出版公司，1984：198.

蕾莉好似枝头的一朵鲜花，
马杰农悲伤得珠泪遍洒。
她哪是蕾莉，她就是一位天仙，
他哪是马杰农，他就是一团火焰。
蕾莉是未经秋霜摧残的茉莉，
马杰农是遭秋风扫荡的草地。
蕾莉秀丽得胜过晴朗的黎明，
马杰农是黎明前熄灭的孤灯。[1]

在第 12 章“蕾莉游果园”里，诗人写了马杰农吟诵的情歌：

啊，我是通向幸福之门的门帘，
你是我希望的寄托，我为你意惹情牵。
如今，马杰农挣扎在血泊之中，
蕾莉是一番什么样的情景？
马杰农痛苦得肝肠寸断，
蕾莉正在与什么人嬉戏游玩？
马杰农悲愁得如同利箭钻心，
蕾莉怀着什么幻想，睡梦深沉？
马杰农心境悲凉痛苦呻吟，
蕾莉多么怡然自得无动于心。
马杰农的心头笼罩着恨雾愁云，
蕾莉却在花园中漫步散心。
马杰农真心实意，痴情一片，
蕾莉此时对何人露出笑脸？
马杰农见不到情人焦虑伤情，

① 内扎米．蕾莉与马杰农 [M]. 张鸿年，译．北京：中国文艺联合出版公司，1984：30.

蕾莉却若无其事，心头平静。[①]

这是另一种形式的抒情。因为无论多么亲密的关系，当双方长期不能见面交流时，也会发生种种猜忌和疑心，这种猜忌和疑心其实往往不是对对方真正的猜忌和疑心，而是借以表达自己感情的方法。再进一步说，越是关系密切，越是在乎对方，越会发生种种猜忌和疑心。马杰农的情歌正是如此。

在排比方面，如第 35 章“蕾莉给马杰农的书信”，通过一连串的排比表达蕾莉对马杰农发自肺腑的爱情，而排比的形式则大大强化了这种抒情的力量：

啊，你矢志不移守护着爱情的宝库，
但正是爱情才使你如此忧伤痛苦。
啊，你流的血泪把山石染红，
血色长留，像是宝石嵌在其中。
啊，你是使人绝处逢生的甘泉，
你是飞蛾，围着黎明的残灯盘旋。
啊，你挑起一场混战和杀戮，
如今在乱葬岗上与野兽为伍。
啊，我曾多少次指责埋怨过你，
但你仍是我黄泉路上的伴侣。
啊，你一点也不珍惜自己的躯体，
放一把烈火烧毁了自己。
啊，你向我献上了一颗赤诚的心，
因此才招惹得人们议论纷纷。[②]

---

① 内扎米 . 蕾莉与马杰农 [M]. 张鸿年，译 . 北京：中国文艺联合出版公司，1984：77–78.

② 内扎米 . 蕾莉与马杰农 [M]. 张鸿年，译 . 北京：中国文艺联合出版公司，1984：197.

在夸张方面，如第 31 章“马杰农与野兽为伍”，为了更加突出表现马杰农因失恋而与野兽为伍的情景，诗人根据民间传说，再加以艺术加工和艺术想象，大量使用夸张的方法予以描写。其中写道：

他挣脱了束缚，性情变得粗野，
人性在他身上一丝丝泯灭。
像一头野兽生来就栖息在荒郊野地，
在荒草滩上才能够安心休息。
他终日随野兽跑来跑去，
与野兽为伍心中才感到安逸。
他居然能够调动狮子与麋鹿，
让狮子与麋鹿作自己的卫护。
旷野里的住户狼虫虎豹，
一个个都甘愿为他奔走效劳。
身后跟随着狮鹿狐狸和狼，
浩浩荡荡行进在路上。
头头野兽俯首帖耳听从命令，
他俨如所罗门大帝[①]调将遣兵。
要遮阳时早有苍鹰展开翅膀，
兀鹰的双翅也足以挡住阳光。
在群兽之中为君称王，极尽尊荣，
飞禽走兽也似乎失却了野性。
狼不再凶狠地欺侮小羊，
狮子也不再把斑马咬伤。
狗与兔交上了朋友，情深意挚，
小鹿吮吸着狮子的乳汁。

① 以色列古代国王。

他全然不觉自己处于危险之中，
野兽列成队伍前呼后拥。[①]

这些描写当然不会都是事实，但诗人通过这些描写把马杰农与野兽为伍的惨状突显出来，把马杰农对蕾莉的一片痴情突显出来，这就是艺术夸张的力量。

① 内扎米. 蕾莉与马杰农 [M]. 张鸿年，译. 北京：中国文艺联合出版公司，1984：170–171.

苏菲诗人莫拉维和他的《玛斯纳维》

莫拉维（1207—1273）是波斯诗歌黄金时代的著名诗人之一，他的《玛斯纳维》是这个时期苏菲派诗歌的代表作品。

莫拉维小传

莫拉维的全名是莫拉挪·贾拉尔丁·穆罕默德·巴尔赫依·莫拉维·鲁米。其中，“莫拉挪”意为“大莫拉”，“莫拉”是对伊斯兰教学者的称呼，所以“大莫拉”即大学者，这是他获得的封号。“莫拉维”意为“苏菲长老”或“神学家”，是对他的常用敬称。“鲁米”意为“鲁姆人”，这是因为他长期居住在鲁姆。

莫拉维生于伊朗的巴尔赫。他的父亲巴哈尔丁·瓦拉德是当地有名的伊斯兰教教义学家和苏菲派长老。1219年，由于蒙古人入侵伊朗，巴哈尔丁·瓦拉德携带自己家人和300多名门徒长途迁徙，经过巴格达，前往麦加朝觐，然后转赴鲁姆，并在当地定居。巴哈尔丁·瓦拉德在当地传经布道，1231年去世。

莫拉维24岁时继承父亲职位，担任苏菲派长老。他的学识和修行主要受到以下几个因素的影响：一是父亲留下的丰富的苏菲派家学遗产；二是在随父亲迁徙过程中，接受了当时著名苏菲派长老阿塔尔赠与的《隐秘之书》，他读后受益匪浅；三是从1232年起在他父亲的弟子特尔玛兹的指导下开始修行，连续修炼三个“闭关40日”，体验滤净心性的感觉；四是在叙利亚的阿勒颇和大马士革，结识了当时最有影响力的苏菲派理论家伊本·阿拉比，得到他的亲自指点；五是从1244年起与苏菲派游方僧夏姆士结为知己，互相切磋，彼此鼓励，共同探讨苏菲派教义，直到1249年夏姆士失踪为止；六是从1249年起与金匠扎尔库布结为同好，直到1259年扎尔库布去世为止；七是从1260年起与苏菲派大家霍萨姆尔丁相识，二人长期研讨苏菲派奥义，霍萨姆尔丁建议莫拉维写出一部传世之作——《玛斯纳维》，因此莫拉维称他为“真主之光”，还说“夏姆士是太阳，扎尔库布是月亮，霍萨姆尔丁是星星，全都能指引路人。但在黑夜里，人们更多的是靠星星来辨别方向”。[①]

1273年12月，莫拉维去世。他的葬礼在鲁姆举行，据说当天全城的穆斯林都走出家门为他送行，争先恐后抚摸他的灵柩，还有许多非穆斯林也受到感动，立地皈依了伊斯兰教。

莫拉维一生虔诚信仰真主，生活俭朴。他留下的遗嘱即是他为人处世的写照：

> 我嘱咐你们：表里一致地敬畏真主。少食，少眠，少言。戒绝罪恶，戒欲，斋戒，清除恶念，履行功拜。容忍他人的无礼。不与愚昧者卑鄙者为伍，应与善人伟人为伍。所以，至人是对人们有益的人，至言是简短精练之言。赞美归于独一的真主。[②]

莫拉维的传世著作如下：《四行诗集》，收入1600首四行诗；《隐言录》，收入他讲经布道时的散文体语录；《夏姆士集》，收入他写给夏姆士的2500首抒情诗；《书信集》，收入他写给朋友们的书信若干封；《玛

---

① 莫拉维 . 玛斯纳维全集 [M]. 穆宏燕，元文琪，王一丹，宋丕方，张晖，译 . 长沙：湖南文艺出版社，2002（1）：16.

② 莫拉维 . 玛斯纳维全集 [M]. 穆宏燕，元文琪，王一丹，宋丕方，张晖，译 . 长沙：湖南文艺出版社，2002（1）：4.

斯纳维》的写作过程是这样的，先由莫拉维吟诵，霍萨姆尔丁笔录，再由二人共同研究修改定稿。《玛斯纳维》是莫拉维的主要代表著作。

莫拉维的抒情诗主要表达他对真主的忠诚、信仰和热爱。在他看来，作为一个信徒必须彻底摒弃世俗杂念，专心致志进行内心修炼，最终达到“无我”的境界，这样才能真正与真主结合在一起；而不在于是否履行各种各样的宗教仪式，例如朝觐之类。他在一首诗里写道：

朝觐者啊，你们向何处去？
意中人本在这里，快来这里，快来这里。
意中人本与你比邻而居，
你因何四野彷徨到处寻觅？
你想那无影无形的真主，
主仆本是一体，天房就是你自己。
你应朝拜心上的天房，
先要将心镜上的浮尘拂去。[①]

最后一句“先要将心镜上的浮尘拂去”，就是摒弃世俗杂念、进行内心修炼的意思。

《玛斯纳维》提要

《玛斯纳维》是一部叙事哲理诗集。全书共计六卷，包括约 25000 个联句。“玛斯纳维”是一种诗体，其内容一般以叙事为主。莫拉维利用这种诗体阐述苏菲派的教义。由于苏菲派的教义十分深奥且难以理解，所以莫拉维便采用先讲故事、后讲教义的方法，以便普通大众能够记忆、理解和接受。如前所述，这种方法并非始于莫拉维的《玛斯

① 张鸿年．波斯文学史 [M]. 北京：昆仑出版社，2003：162.

纳维》，而是苏菲派诗人常用的方法，在他之前，萨纳依的《真理之园》和阿塔尔的《百鸟朝凤》便是采用这种方法所写的名著。莫拉维的《玛斯纳维》将这种方法发展到极致，被视为杰作，被视为经典，甚至被誉为“波斯语的《古兰经》”。

在这部作品的开端，有莫拉维写的一篇“自序”，阐述了该书的宗旨、意义、思想和方法等问题。其中写道：

这就是《玛斯纳维》一书。它汇集了有关在探索与主结合的秘密方面的宗教原则。这部书是一部伟大的伊斯兰教法学，是闪光而美好的信条，是真主的可靠而清楚的证据。“他的光明像一座灯台，那座灯台上有一盏明灯。”① 他播撒着光辉，比晨光还明亮。这部书是众心灵的花园，是郁郁葱葱的树林，是充满玄理和神智②的众多潺潺溪流，其中的一条溪流，遵循这正道和目标的信徒们称之为醴泉③。在高尚而尊贵的人士面前，它是最好的营地，“最好的乐园”④。善人们从中吸取营养，解脱了欲望的人们从中获得愉悦。这部书犹如埃及大地上水量充沛的尼罗河，是斟给那些顺从真主旨意、以坚忍为己任的人士的醇酒。它让法老们和异教徒们眼红而绝望。正如至上的主的圣旨：“他以譬喻使许多人入迷途，也以譬喻使许多人上正路。”⑤ 这部书是灵魂生病之人的良药，是忧伤之抚慰者，是隐秘之揭示者，是有关《古兰经》的真理和奥秘的显示器，是精神食粮的博施者，是每一卑污品行的美容师。这部书是由众“书记天使”和“尊贵人士”⑥的手撰写的。它阻止那些恶人们走近那真理和奥秘，“只有纯洁者才能抚摩那经本”⑦。它不会被

① 古兰经 [M]. 马坚，译 . 北京：中国社会科学出版社，1981：269.

② 神智指真主直接赐予的神秘知识。

③ 醴泉是天国中的河流。

④ 古兰经 [M]. 马坚，译 . 北京：中国社会科学出版社，1981：273.

⑤ 古兰经 [M]. 马坚，译 . 北京：中国社会科学出版社，1981：3.

⑥ 古兰经 [M]. 马坚，译 . 北京：中国社会科学出版社，1981：465.

⑦ 古兰经 [M]. 马坚，译 . 北京：中国社会科学出版社，1981：419.

废弃，它是空前绝后的。至上的主庇护这部书免于灾害和损伤，“真主是最善于保护的，也是最慈爱的”①，除了以上我们列出的称号外，至上的主还给了这部书许多别的称号。然而我们对这很少的一点已很满足，因为少数能代表众多，一口能代表大地，一捧能代表谷堆。

这柔弱的需求至上的主的恩怜的奴仆、侯赛因·巴尔赫依之子穆罕默德之子穆罕默德②——愿至上的主接受他这部《玛斯纳维》——如此说：“我努力在诗体的浩瀚的《玛斯纳维》中，装进优美的内容，高尚而精辟的见解，明白易懂的语言，及未被钻透的言论之蚌。”③这部《玛斯纳维》是虔信者们的方式和方法，是信士们的牧场。这部书语言精练，含义深邃。我应我挚友的请求把它收集起来，作为我的灵魂和精神，以及今日和明日的储备。④

《玛斯纳维》中的故事大多具有生动有趣、耐人寻味的特点。这些故事有的来源于伊斯兰教经典——《古兰经》，有的来源于民间口头故事，有的来源于其他典籍，有的则是诗人自己的创作。这些故事有长有短，有大有小，有的独立成篇，有的采用故事套故事、大故事套小故事的方法写就。

在《玛斯纳维》第一卷的开头，先有一首《序诗》。在这首诗里，诗人把自己的诗歌比喻为一只芦笛，他要借用这只芦笛表达自己对真主的无限热爱之情。诗的起始部分如下：

请听，聆听这芦笛的倾诉，
它倾诉离愁别恨的痛苦。

---

① 古兰经 [M]. 马坚，译 . 北京：中国社会科学出版社，1981：182.

② 后一个穆罕默德指莫拉维。莫拉维和他父亲同名，均叫穆罕默德。

③ 莫拉维认为苏菲奥秘不能讲得太透，否则就失去了神秘感。

④ 莫拉维 . 玛斯纳维全集 [M]. 穆宏燕，元文琪，王一丹，宋丕方，张晖，译 . 长沙：湖南文艺出版社，2002（1）：1–2.

人们从苇塘中把我砍断，
借我的呻吟表述心中的幽怨。
我从上到下被钻出一个个圆孔，
人们通过孔洞表达他们的凄苦心情。
人若是远离自己的群体根本，
他定然怀念过去，竭力探源寻根。
哪里有聚会哪里便响起我的笛声，
这笛声伴着愁客和兴高采烈的人。
每个人都自以为成了我的知音，
但真懂得我内心隐秘的能有几人？
要探听我的隐秘可听我的呻吟，
但何处能遇到耳聪目明的知音？
我生来就表里如一心口一体，
但知音的慧心人又在哪里？
这声音传达火样的激情，而不是空论，
谁心中缺少火样的激情何必在人间生存？
传达火样的激情要靠我的笛声，
笛声里爱的冲动似醉酒人的朦胧。
谁不重友情芦笛决不与他为伍，
曲曲笛声揭开我心上的帷幕。
谁见过芦笛，既是毒药又能解毒救人，
谁见过芦笛，它既是求友者又是知音人。
芦笛倾诉着爱的洒满鲜血的途程，
这途程艰难曲折如同马杰农的爱情。[①]

以下我们从全书六卷中各选一个故事为例，介绍其故事梗概，并

① 张鸿年．波斯文学史 [M]. 北京：昆仑出版社，2003：163–164.

予以剖析。

第一卷《国王和女仆的故事》

这个故事说：从前有个国王，在打猎途中遇见一个姑娘。看到这个姑娘，他的心好像鸟儿一样乱跳不已。他立即出重金将她买下，毫不计较价钱多少。他将姑娘带回宫中，让她陪他寻欢作乐，他感到十分惬意。然而好景不长，有一天姑娘突然身染重病。于是国王召集全国各地的医生来到王宫，对他们说现在有两条性命全在他们手中，一条是爱妃的，一条是他的；她的性命胜过他的性命，她要痊愈他才能够轻松；谁若能将她的性命拯救，他的珠宝玉石全部归那个人所有。众医生听完国王的吩咐，立刻表示一定尽心竭力拯救王妃的性命。他们都相信自己有起死回生之术，出于傲慢之心，没有先说“真主保佑”。但真主表明：此事仅凭人力远远不够，因此，众医生虽然精心治疗，开出各种药物，结果王妃的身体非但不见起色，反而日益沉重。她的病体似细发般瘦弱，国王的眼里淌出一条血泪长河。国王明白众医生已经力竭计穷，便赤着脚前往清真寺祈求神明。他从心底发出求助的声音，他的声音感动了真主。当他昏然进入梦境时，看见眼前一位老者对他说道：我明天给你派去一位神医，你要坚信他的神奇医术。

次日，果然出现一人，国王连忙上前迎接，随后将他引入后宫，来到病人床前。神医经过诊断，很快弄清她的病因，便对国王说道：

“那等庸医所开之药，
把身体之厦摧毁推倒。
内心隐情他们未曾觉察，
病人受伤害求主保佑她。”[①]

① 莫拉维．玛斯纳维全集 [M]. 穆宏燕，元文琪，王一丹，宋丕方，张晖，译．长沙：湖南文艺出版社，2002（1）：11–12.

神医认为，她的病在内心，而不在身体；她得的是怀春之症，这种心病才是最关紧要的：

内心隐痛可从呻吟明晓，
病于心事并非身体不好。
心在呻吟因她踏履爱涛，
其他病痛怎及心病紧要。
相思病与其他病迥异，
爱之星盘显真主秘密。[①]

于是，神医对国王说道：这间病房要保持清静，请屏退闲杂人等，也不准有人在走廊上偷听，我要仔细询问贵人心底隐情。之后，神医一面用手按住病人的脉搏，一面与她细细交谈；一面听她讲述自己的经历，一面悉心注意她脉搏的变化，终于发现当她说到撒马尔罕[②]时，脸色和脉搏都发生了急剧的变化。原来有一个金匠住在那座城中，这个金匠正是她的心上人。神医对她说道："如今我了解了你的痛苦，让我显示一下奇术，使你药到病除。"然后他起身去见国王，把自己了解的情况告诉国王，并且提出自己的妙计：

"医治该病的妙计，
是召那男人到此地。
请召金匠从远方城市，
赐金子锦袍使之蒙蔽。"[③]

① 莫拉维．玛斯纳维全集 [M]. 穆宏燕，元文琪，王一丹，宋丕方，张晖，译．长沙：湖南文艺出版社，2002（1）：12.

② 中亚地区的历史名城，也是伊斯兰学术中心，现在是乌兹别克斯坦第二大城市。

③ 莫拉维．玛斯纳维全集 [M]. 穆宏燕，元文琪，王一丹，宋丕方，张晖，译．长沙：湖南文艺出版社，2002（1）：19.

国王认为此计可行，立刻派出两个使者奔赴撒马尔罕。他们送给金匠许多金银和锦袍，并对他说，他的手艺高明精湛，他的名声早已传到四面八方；国王特地请他前往，他一定会被待为上宾。那金匠一见如此多的金银和锦袍，头脑一热便把自己的妻子儿女轻抛。他满脑子都想着升官发财，岂知死神已悄悄向他走来。金匠一到王宫，国王便命人将他引入后宫——

国王把美人赐给了他，
两求偶之人结合融洽。
六个月他们尽情如愿，
直到那姑娘身体痊愈。
又配一糖浆让他喝下，
姑娘面前他形容渐垮。
身陷沉疴他魅力全失，
姑娘的心从他拖累中获释。
当他憔悴丑陋病恹恹，
她的爱情也日渐冷淡。
那爱情若是耽于容颜，
并非真爱，结局是羞惭。①

最后四行诗——“当他憔悴丑陋病恹恹，她的爱情也日渐冷淡。那爱情若是耽于容颜，并非真爱，结局是羞惭”，可以说是这个故事的结论，是诗人归纳出来的苏菲派教义。其中包含两层意思：第一层意思是，人们的爱情不应只靠容颜维护，只靠容颜维护的爱情不能持久，并非真正的爱情；第二层意思是，人间男女之爱并非真爱，人对真主的爱才是真爱。第一层意思是浅层次的，第二层意思是深层次的，是

① 莫拉维．玛斯纳维全集[M]．穆宏燕，元文琪，王一丹，宋丕方，张晖，译．长沙：湖南文艺出版社，2002（1）：20-21.

诗人真正想要表达的主要思想。

不仅如此，为了进一步强化对真主的信仰，诗人在讲完这个故事后，还加了一段议论，题为“叙述害死金匠乃依真主指示而非私情歹意”。其中有这样的诗句：

神医下手把金匠害死，
非因害怕非有所希冀。
害死他非为取悦国王，
实乃真主旨意来指航。
……
国王害死他非因私欲，
你休要妄起猜疑仇视。
你疑国王受私欲浸濡，
清澈中洁水怎能变污？
这修苦行受折磨的益处，
乃使熔炉把银中浮沫除；
这反反复复锻炼的好处，
乃使金沸腾让泡沫上浮。
他做的事若非真主旨意，
他非国王乃是恶狗一只。
他将私欲和贪婪摒弃，
做了好事显得是坏事。[①]

这就是说，神医和国王设计害死金匠都是依据真主的指示，而不是出于自身的私情歹意。

这个故事情节曲折，描写手法细腻，人物形象生动，颇有引人入

① 莫拉维．玛斯纳维全集 [M]. 穆宏燕，元文琪，王一丹，宋丕方，张晖，译．长沙：湖南文艺出版社，2002（1）：22–23.

胜的力量。在描写手法细腻方面，可以神医为姑娘切脉并观察姑娘心态的一段为例。其中写道：

“当你离开自己的城市，
在哪个城市长久留滞？”
说出一个城名又撇开，
其颜色脉搏均无变改。
又谈及各城市和要人，
还将饮食起居来询问。
座座城市房屋皆问到，
她脸色不变脉搏不跳。
其脉搏状态依旧不颤，
直至问到甜蜜的撒马尔罕。
她脸泛红晕脉搏跳急，
只因与撒城金匠分离。
当从病人探得这秘密，
神医便找到病灾根源。[①]

在人物形象生动方面，可以金匠会见姑娘前后截然不同的表现为例。在会见前，他高兴得忘乎所以：

国王派遣两个人前去，
皆内中行家富于正义[②]。
两使者到达撒马尔罕，
与利舌的俊金匠见面：

① 莫拉维．玛斯纳维全集 [M]. 穆宏燕，元文琪，王一丹，宋丕方，张晖，译．长沙：湖南文艺出版社，2002（1）：17.

② “正义”在这里指“谨守职责，勿违禁令”。

"喂，艺精识广的巧匠，
你名声在各地流传很广。
现有某国王想制珠宝，
把你选中因你手艺高。
请你收下这锦袍金银，
国王面前你定受亲近。"
男人见锦袍钱物甚多，
便别子离乡因受迷惑。
男人高高兴兴上了路，
哪知道国王将他命图！
骑上快马愉快地奔跑，
把昂贵生命当一锦袍。
哎，一路百事顺心的人，
你正迈向叵测的命运。
他满脑幻想着福禄寿，
死神曰：奔命、索取、占有。①

在会见后，他则痛哭流涕，后悔不已：

他眼里血泪流成小溪，
其俊颜成他生命之敌。
无数孔雀因丽羽遭险恶，
多少国王因辉煌遭不测。
说："我乃麝，猎人图麝香，
使我纯洁的鲜血流淌；

① 莫拉维．玛斯纳维全集 [M]. 穆宏燕，元文琪，王一丹，宋丕方，张晖，译．长沙：湖南文艺出版社，2002（1）：19–20.

我乃沙漠之狐，中埋伏，
人们图毛皮断我头颅；
我乃大象，为谋取象骨，
肓象人把我打伤杀戮。
因我鄙薄而害我之徒，
难道不知我死不瞑目？
害我之道明朝还治他，
我的鲜血难道会白洒？
尽管墙把阴影抛老远，
但那阴影终会归墙垣；
世界似山你我行为似呼喊，
呼喊定成回声向我们扑返。”①

说完这段凄凄惨惨的话，他便一命呜呼，撒手人寰。

第二卷《四个人因对葡萄的叫法不同而产生争执》

这个故事开端写道：

某人给四个人一枚第拉姆硬币，
其中一个说：“我想用它买安古尔②”
另一个是阿拉伯人，他说：“骗子！
不行，我想要艾纳布③，而不是安古尔。”
另一个是突厥人，他说：“这钱归我，

① 莫拉维．玛斯纳维全集 [M]. 穆宏燕，元文琪，王一丹，宋丕方，张晖，译．长沙：湖南文艺出版社，2002（1）：21.

② 安古尔是波斯语，意思是葡萄。

③ 艾纳布是阿拉伯语，意思是葡萄。

我不想要艾纳布，我想要乌朱姆[①]。”
另一个是罗马人，他说：“这些言语
休要再说，我想要斯托非尔[②]。”
那些人陷入了打斗和争吵，
只因他们对名称的秘密不晓。
由于无知，他们相互拳打不停，
他们充满愚昧，知识却空空。[③]

这个故事情节简洁明了，但颇有意趣。他们四个人本来没有分歧，他们想要的都是同一种东西，即葡萄，可是由于语言不同，发生了激烈争执，甚至动手打了起来。

那么，诗人通过这个故事想要表达什么思想呢？他假设如果能出现一个懂得各种语言的“尊贵者”，就可帮助他们解决矛盾冲突。诗中写道：

懂得百种语言秘密的尊贵者
假若在那里，会使他们平和。
他会说：“我用这个第拉姆，
可把你们所有人的愿望满足。
若你们把心交给我不介意，
你们的这个第拉姆可做好几件事。
这一个第拉姆可满足心愿四个，
可使四个仇敌团结成一个。
你们每个人说的话都会引起战争和分歧，

---

① 乌朱姆是突厥语，意思是葡萄。

② 斯托非尔是东罗马语，意思是葡萄。

③ 莫拉维．玛斯纳维全集 [M]. 穆宏燕，元文琪，王一丹，宋丕方，张晖，译．长沙：湖南文艺出版社，2002（2）：361.

而我的话却可以使你们团结一致。
因此你们应沉默，‘严守缄默’，
以便我替你们交谈，变成你们之舌。
若你们的话只是表面可靠一致，
结果也会引起争斗和分离。
暂时的热量不能有任何效应，
性质本身的热量才具有作用。
若你用火把醋加热后饮下，①
毫无疑问会把寒冷增加。
因为它的热量是穿堂风，
它的本性是酸涩是寒冷。
孩子啊，即使椰枣糖浆冻成了冰，②
你若吃下，也会给内脏把热量添增。”③

其中“严守缄默”一语出自《古兰经》第7章第204节，这一节全文如下：“当别人诵读《古兰经》的时候，你们当侧耳细听，严守缄默，以便你们蒙受真主的怜悯。”这种引经据典的说法显得更加郑重其事，更加能够引人注意，更加使人明确地认识到在必要时保持沉默的重要性。

不仅如此，诗人还继续引申下去，进一步阐述保持沉默、维护团结的重要意义。他在这个故事的结尾写道：

在这个最后的时代，众灵魂之鸟④

① 波斯医学认为醋属性寒之物。

② 波斯医学认为椰枣、糖浆属性热之物。

③ 莫拉维．玛斯纳维全集[M]. 穆宏燕，元文琪，王一丹，宋丕方，张晖，译．长沙：湖南文艺出版社，2002（1）：361–362.

④ 此处指人类和鸟类。

没有一刻能彼此相安互相友好。
在我们的时代也有素莱曼，
他能带来和平，消除我们的残暴。
请学习此言，“只要有一个民族”，
直到“其中就会有警告者”。
真主曰：没有一个民族
无真主的志向高远的代言者。
他使众灵魂之鸟如此团结一心，
以致他们和睦相处坦荡诚恳。
他们变得温柔似母亲，先知言：
“众穆斯林是统一的一员。”
真主的使者使他们成为一个人，
否则每个人都会成为绝对的敌人。①

这段话的意思比较深奥，要弄明白必须从“最后的时代”说起。伊斯兰教把每七千年（一说四千年）划分为一个时代，我们现在所处的时代就是所谓“最后的时代”，也称“月亮时代”，这个时代将以世界末日而告终。据说在这个“最后的时代”，各民族之间总是争端不断。因此，诗中说“在这个最后的时代，众灵魂之鸟没有一刻能彼此相安互相友好”。

那么，希望何在呢？就在素莱曼身上。素莱曼是伊斯兰教的圣人之一。伊斯兰教认为：圣人与一般人的不同之处在于，他们是经真主选择，引导世人皈依真主，劝化世人止恶扬善的人。他们都有真主给予的使命，他们都懂得宗教的真谛，都具有超常的人格。他们的特点是诚实可靠，博学多才，品格高尚。据说真主派遣了十二万四千多位圣人到世界各民族去劝化世人，世界各民族都有过自己的圣人。如今

① 莫拉维．玛斯纳维全集 [M]. 穆宏燕，元文琪，王一丹，宋丕方，张晖，译．长沙：湖南文艺出版社，2002（2）：363-364.

仍有素莱曼这样的圣人存在，他“能带来和平，消除我们的残暴”。

接下来的两行诗——“请学习此言，‘只要有一个民族’，直到‘其中就会有警告者’”中所引用的两句话，出自《古兰经》第35章第24节，原文是：“没有一个民族则已，只要有一个民族，其中就有警告者已经逝去了。”其中的“警告者”是指素莱曼那样的圣人。

这一段最后的八行诗可以说是整个故事的结论：由于每个民族都有“志向高远的代言者”（即圣人），他会使众人团结一心，和睦相处，坦荡诚恳，所以先知说“众穆斯林是统一的一员”。先知这句话出自伊斯兰教经典之一的《圣训》（伊斯兰教先知穆罕默德传教、立教的言行记录），其原文是：众信士犹如一个人。这就是这个故事的终极思想。

第三卷《人们对大象的看法不一》

这个故事开端写道：

印度人牵着一头大象到达某地，
展出之前，先把它关进黑屋里。
当地人未见过大象，争相视之，
于是，前呼后拥地挤进黑屋子。
什么也看不见，眼前一团漆黑，
只得用手去摸，猜猜是什么东西。
其中一人触及大象的鼻子，
便说大象如一根排水管子。
摸到象耳的人有不同意见，
说大象是一把特大的蒲扇。
另一个人摸到大象的粗腿，
在他看来大象似一根棒槌。
触摸大象脊背的人坚持说，

这东西像椅子或帝王宝座。
就这样各持己见，争执不休，
听者茫然，不知相信谁的话。
触摸部位不同，故众说纷纭，
你说弯，他说直，是非难分。
假如每个人得以手执明烛，
有关象的分歧便全然消除。[①]

这个故事讲到这里，显然是要说明人们对于事物的认识应该全面，不应该片面、以偏概全。它与我国的成语——“盲人摸象”十分相近。“盲人摸象”出自佛经《大般涅盘经·三十二》：“尔时大王，即唤众盲各各问言：‘汝见象耶？’众盲各言：‘我已得见。’王言：‘象为何类？’其触牙者即言象形如芦菔根，其触耳者言象如箕，其触头者言象如石，其触鼻者言象如杵，其触脚者言象如木臼，其触脊者言象如床，其触腹者言象如瓮，其触尾者言象如绳。”二者不同的只是《人们对大象的看法不一》中的人不是盲人，而“盲人摸象”中的人是盲人，不过被关在黑屋子里的人，其实也和盲人差不多，他们都犯了片面的、以偏概全的错误。

但诗人的意图当然不止于此，而是要阐述苏菲派教义，因此，他继续写道：

人的肉眼啊，一如他的手掌，
未触及全部，不见整个大象。
洞察大海[②]的眼睛，则迥然不同，
须摒弃肉眼，代之以火眼金睛。

---

① 莫拉维．玛斯纳维全集 [M]. 穆宏燕，元文琪，王一丹，宋丕方，张晖，译．长沙：湖南文艺出版社，2002（3）：122–123.

② 指真主。

波浪起伏日夜奔流有赖于大海，
你只见浪花[①]不见海洋，真怪哉！
我们如船，航行在清澈水面[②]上，
但却有眼无珠，经常发生碰撞。
人们在肉体的航船上酣然入睡，
只知有水[③]推动，不见推水的水[④]。
确有另外的水在推动流动的水，
另有灵魂在召唤人的灵魂归队。[⑤]

这段话比较费解。它的意思如下：人们的肉眼如同他们的手掌一样，也会犯片面的、以偏概全的错误。当他们用手掌触摸大象时，只能认识大象的局部，不能认识大象的全体。当他们用眼睛观察大海时，也只能看见大海的局部——浪花，不能看见大海的全体——海洋；他们只能看见浪花的起伏奔流，不能看见这些起伏奔流有赖于海洋。这是第一层意思。

人们如同航船，航行在清澈的水面上，本来不应该彼此碰撞，但他们有眼无珠，经常发生碰撞。这是因为他们在航船上酣然入睡，只顾自己航行，不顾别人航行。这是第二层意思。

人们只知道有水推动航船前行，不知道还有推动水的水，这推动水的水就是真主。其意思是，的确是有另外的水在推动他们所看到的流动的水，也就是说，的确是有另外的灵魂在召唤他们的灵魂归队。这另外的灵魂就是真主。这是第三层意思。

---

① 指客观世界的表象。

② 指真主本质。

③ 指人的生命或灵魂。

④ 指生命之生命，灵魂之灵魂，即主的绝对本质。

⑤ 莫拉维．玛斯纳维全集 [M]. 穆宏燕，元文琪，王一丹，宋丕方，张晖，译．长沙：湖南文艺出版社，2002（3）：123.

诗人接着写道：

太阳普照大地，滋润万物之时，
先知穆萨何在？尔撒又在哪里？
真主的造化之箭搭在弓弦之际，
人类的始祖阿丹和好娃又在哪里？
有关真主之言，不过挂一漏万，
来自彼岸的天启确是至美至善。
……
修道者啊，走向源自主的生活，
便可抛弃那物欲的泥沼和污浊。
吃奶的孩子唯有断奶进食，
他才不再吸吮奶妈的乳汁。
庄稼生长，依靠土地的滋润和营养，
进食精神食粮，方可不沾五谷杂粮。
假如你承受不住那无遮掩的纯光，
就尽量吸取哲理——被掩盖的光。
在被掩盖的光哺育下茁壮成长，
有朝一日定能如愿，心见纯光。
见证纯光，宛如空中的明星，
即使没有苍穹照样自如运行。①

这段引文的前半部分是赞美真主的。其中的“太阳”喻指真主。当“太阳普照大地，滋润万物之时”，先知穆萨（即摩西）和尔撒（即耶稣）都不存在（穆斯林认为先知是凡人，是真主派遣的，每位先知都带来了伊斯兰式的基本信息，包括独一造物主的信仰，避免偶像崇拜与罪

① 莫拉维．玛斯纳维全集 [M]. 穆宏燕，元文琪，王一丹，宋丕方，张晖，译．长沙：湖南文艺出版社，2002（3）：123–125.

恶。在伊斯兰教文化中，有五大先知，他们分别是努哈、易卜拉欣、穆萨、尔撒和穆罕默德），当“真主的造化之箭搭在弓弦之际”，人类的始祖阿丹（即亚当）和好娃（即夏娃）也不存在，唯独真主自身存在。这就说明一个问题——“真主乃无物与之同在的存在”（《圣训》）。

这段引文的后半部分是指引修道者“走向源自主的生活”，即走向真正信仰真主和接近真主的生活。其中指出，如果“你承受不住那无遮掩的纯光”，就是说如果你不能直接领悟真主的思想，那么你就要首先学习和研究伊斯兰的哲理——“被掩盖的光”，并在这种“被掩盖的光哺育下茁壮成长”，将来总有一天能够如愿以偿，达到直接领悟真主思想的地步。到那时，你就能“心见纯光，见证纯光，宛如空中的明星，即使没有苍穹照样自如运行”。

总之，诗人通过《人们对大象的看法不一》的故事所要阐明的道理是：人们不仅对客观事物的认识常常是片面的、表面的、以偏概全的，而且对真主（真理）的认识也常常是片面的、表面的、以偏概全的，并且还坚持认为自己的认识是最正确的，这种错误乃是社会上出现许多宗教、宗教教派和异教徒的原因之一。

第四卷《痴情男子的故事结局》

这个故事说：有一个痴情男子对一个女子爱得发疯，可是命运却偏偏捉弄他，使他苦恋八年却怎么也见不到那个女子一面。这种朝思暮想不能见面的恋情令他受尽磨难，痛苦万分，身心交病，形销骨立。在这种情况下，有一次，这个青年被巡夜人追赶，不得已躲进花园里藏身。正巧他的意中人也在花园里面，这是他苦恋整整八年之后初次见到她——

八年里一次也不曾见过她的倩影，
就像那神鸟凤凰不见其身只闻其名。

只记得他初次见她时惊慌失措，
从此后为她神魂颠倒，辗转反侧。
尽管他费尽心机将她苦苦追求，
怎奈美人对他的情意就是不肯接受。
不为他的哀求心软，也不为钱财心动，
她淡泊傲岸，清新纯洁如出水芙蓉。
……
且说那痴情男子在园中邂逅意中人，
因祸得福，就好像乞丐拣到了黄金。
上天安排了巡夜人把他拼命追赶，
逼得他半夜三更躲进路边花园。
他意外地看见心上人也在花园里，
正手提灯笼沿着小溪寻找失落的戒指。
痴情人见状心中不由得欣喜若狂，
连连说“感谢主”，并祝巡夜人如意吉祥。
他说：“主啊，若巡夜人这次丢了财路，
请给予他奖励，赏赐他二十倍的财物。
让他不用再夜夜无眠出来打更巡逻，
让他像我一样事事如意，日子好过。
让他今生和来世都过得幸福如意，
同时也改掉巡夜人原有的种种恶习。”[①]

那个痴情人本来恨透了巡夜人，认为他们总是欺压百姓，横行霸道，幸灾乐祸，毫无恻隐之心，一贯无事生非，处处与人为敌，但如今却在花园里诚心诚意地喃喃自语，对巡夜人感恩戴德，一而再、再而三地说，多亏巡夜人的追赶，才使自己得以见到日思夜想的心上人。

---

① 莫拉维 . 玛斯纳维全集 [M]. 穆宏燕，元文琪，王一丹，宋丕方，张晖，译 . 长沙：湖南文艺出版社，2002（4）：5-6.

诗人通过这个故事想要说明什么道理呢？他随后写道：

巡夜人对别人来说好比致命毒药，
对于他却一下子变成了救命稻草。
世界上本来就没有绝对的事情，
善恶好坏都是相对而言，取决于处境。
一种东西对于你来说也许像蜜一样甜，
用在别人身上却可能让他命丧黄泉。
一种工具你用起来脚下生风如虎添翼，
但对于别人来说也许就是一块绊脚石。
蝮蛇的毒液能保护它自己无性命之虞，
但却能把其他动物和人的性命夺取。
渔民在大海里可以自由自在地游憩，
不懂水性的人到了海里却会一命归西。
聪明人啊，如此这般的例子数不胜数，
我在这里就不再逐一列举和重复。
……
他给这人带来无穷的痛苦和烦恼，
对于那人却像生命一样可亲和重要。
假如你用情人的眼光去把他端详，
你会觉得他气度不凡仪表堂堂。
但是假如你的眼光带着挑剔和厌恶，
你就会觉得他面目可憎，一无是处。
你不妨把自己挑剔的眼睛闭上，
借来情人的眼睛重新把他打量。
于是你将发现他的过人之处和魅力，
这就是情人眼里出西施的道理。
一个人若想心情愉快忘却忧烦，

就应努力做到恕人之过隐恶扬善。[①]

这段议论之后，诗人还引用真主的话来证明其正确性：

真主说："每个人的存在都有其道理，
我是他的眼、手、心，助他逢凶化吉。"[②]

不过这个故事的情节也很曲折复杂，并非到此为止。我们再往下看：

痴情男子见意中人独自站在河边，
便大胆地想要上去亲吻她的脸。
那美人连忙躲到一旁对他厉声呵斥：
"你这轻浮无礼之徒，不要太过放肆！"
痴情男子说："别怕，没有别人在这里，
我对你仰慕多年，早已似渴如饥。
你看这里静悄悄的只有微风在吹，
没有什么人会妨碍我们纵情陶醉。"
美人答道："你为何如此愚昧，
难道你从来没有听说过先贤的教诲？
古人说：假如你看到轻轻吹动的风，
要知道必定有一股力量在使它吹动。
那是创造了万物的真主的威力之扇，

① 莫拉维．玛斯纳维全集 [M]. 穆宏燕，元文琪，王一丹，宋丕方，张晖，译．长沙：湖南文艺出版社，2002（4）：7–8.

② 莫拉维．玛斯纳维全集 [M]. 穆宏燕，元文琪，王一丹，宋丕方，张晖，译．长沙：湖南文艺出版社，2002（4）：7–8.

在轻轻摇动着把这风儿吹送到人间。”①

诗人随后议论道：

这就好像我们手中的扇子送来清风，
如果你不摇它，它自己怎么会摆动？
……
天风阵阵吹来，你可知其中奥秘？
是至高无上的真主把那“扇子”轻摇。
……
每个人的心中都对此深信不疑；
风的来去是真主在支配和控制。
要知道：每一种运动中的物体，
都有一个使它运动的神秘之力。
虽然你不能直接看到这种力量，
但也能看到它存在的种种迹象。
就像你虽然只看得见肉体看不见生命，
但肉体的运动已说明生命存在的情形。②

这段议论既是对美人所说的话的阐发，也是对苏菲派教义的阐述——真主是世界的主宰者和原动力，这是诗人通过这个故事所要阐明的苏菲派教义之一。

但痴情男子仍不甘心，他辩解道：

① 莫拉维 . 玛斯纳维全集 [M]. 穆宏燕，元文琪，王一丹，宋丕方，张晖，译 . 长沙：湖南文艺出版社，2002（4）：12.

② 莫拉维 . 玛斯纳维全集 [M]. 穆宏燕，元文琪，王一丹，宋丕方，张晖，译 . 长沙：湖南文艺出版社，2002（4）：12–15.

“请不要怪我失礼，
只因为我对你实在是太过痴迷。”①

美人立即针锋相对地答道：

“你这样无礼我已见到，
是否真的痴迷只有你自己知晓。”②

美人说的话看似有些过分严厉，其实并非如此。她这样指责痴情男子，既是因为他不敬畏真主，也是因为她有根有据：

“我在此之前已经了解你的情况，
知道你容貌虽俊美，品行却不怎样。
我虽然没有见过你，却早已听说：
你为人自私，心胸狭窄，到处惹祸。
即使我得了眼病什么也看不清，
却能通过疼痛知道它病得不轻。
你见我独自一人在此无依无靠，
就像失去了牧人庇护的小羊羔。
人一旦落入情网总是唉声叹气，
因为他想得到不应得到的东西。
看见迷路的小鹿在野外踟蹰，
就以为发现了一个唾手可得的猎物。
谁知意中人的秋波犹如离弦的利箭，

---

① 莫拉维．玛斯纳维全集 [M]. 穆宏燕，元文琪，王一丹，宋丕方，张晖，译．长沙：湖南文艺出版社，2002（4）：15.

② 莫拉维．玛斯纳维全集 [M]. 穆宏燕，元文琪，王一丹，宋丕方，张晖，译．长沙：湖南文艺出版社，2002（4）：15.

刺中痴情人的胸膛，说：‘勿生邪念！’
你看那小羊羔尚且有牧人守护，
我的身后又怎能没有人把我佑助？
至高无上的真主始终在保护着我，
他无所不知，哪怕是一阵微风吹过。
他甚至知道这风是热还是冷，
世间的一切在他眼中都无所遁形。
你的眼睛和心灵都被肉欲充塞，
全然忘记了真主的存在，整天浑浑噩噩。
八年来我从不理会你的苦苦追寻，
因为你如此狂妄无知，不值得怜悯。
你就像那在澡堂里烧火的锅炉工，
浑身肮脏，被欲望之火烧得发疯。”①

这段话说得痛快淋漓，把痴情男子批驳得体无完肤。他如果知趣的话，应该无言以对、狼狈逃窜，但他还不死心，还要厚着脸皮挣扎一番，于是在此之后两人又进行了多次你来我往的交锋，直到最后他理屈词穷、哑口无言为止。

这个故事在艺术表现方面有以下两个鲜明的特点：

一是它主要通过男女主人公的辩论展开故事和刻画人物，在双方唇枪舌剑的辩论过程中，既推动故事情节的发展，又进行人物性格的描写，充分展示两人鲜明对立的性格和品行，因此，虽然这场辩论的文字较长，但读者并不感到烦琐，而是觉得颇具情趣，富有引人入胜的力量。例如，诗中写道，痴情男子在被美人揭穿伪装之后，仍然不肯死心，又假意来道歉：

---

① 莫拉维．玛斯纳维全集[M]．穆宏燕，元文琪，王一丹，宋丕方，张晖，译．长沙：湖南文艺出版社，2002（4）：21–22.

痴情男子说："请莫怪我鲁莽失礼，
我只不过想试试你是否洁身自好而已。
我早就听说你是个纯洁贞静的美人，
但百闻不如一见，如今我才真的确信。
你就像天上的太阳光芒四射，光彩夺目，
我的冒失举动丝毫无损你的迷人气度。
相爱的双方本应融为一体不分彼此，
我考验你其实也就是考验我自己。
就好比敌人总是想方设法来考验先知，
先知的奇迹也因此而为人们所认识。
真主保佑你，阳光一样的美人，
我其实是在用阳光考验自己的眼神。
世界犹如废墟，你却是其中的宝库，
我像寻宝者把你苦苦追寻，请别动怒。
我如此鲁莽地冲撞了你确实不对，
只因我想借此在众人面前有本钱自吹。
以后每当我双唇念起你的芳名，
我的眼前就会同时浮现出你的倩影。
我像拦路抢劫的强盗侵犯了你的尊严，
如今我负荆请罪，真诚地跪倒在你面前。
请你亲手砍下我卑贱的双脚和头颅，
我是你最忠实的仆人，任凭你裁处。
不管你怎样处罚我都心甘情愿，
只要你不对我说今后不再相见。
此刻我心中有千言万语要尽情诉说，
只可惜时间太少，要说的话却太多。
前面这一番话都是不着边际的谈吐，

接下来请让我把真正的心里话倾诉。”[①]

他真不愧是一个能言善辩的人，一番花言巧语竟然能说得头头是道，圆圆满满。但是，美人可不是一个普通女子，痴情男子的谎言岂能蒙蔽她那聪明的头脑？她早已识破他的阴谋诡计，所以接着又是一番更加严厉的斥责：

意中人说：“事实对于我就像白昼般清楚，
你自己却昏昏然如同在暗夜里行路。
你想用这些荒唐的狡辩来为自己开脱，
却不知明眼人对此伎俩洞若观火。
你心里藏着什么诡计和肮脏念头，
我看得清清楚楚，不必再找借口。
我本想与人为善不计较你的无礼，
你自己却不知收敛反而越发放肆。
莫非你父亲没有教过你这无耻之徒：
犯罪的阿丹怎样乞求真主的宽恕？
……
自命多情的狂徒，你既心怀邪念，
就应直言不讳，何必喋喋不休地狡辩？
阿丹的真正子孙应该有认错的勇气，
承认‘咎由自取’，不找借口回避。
乞求真主的宽恕不需要巧言推脱，
不要像易卜劣厮[②]狂妄悖逆死不认错。
他的狡辩无法掩盖自己的无耻与顽固，

① 莫拉维.玛斯纳维全集[M].穆宏燕，元文琪，王一丹，宋丕方，张晖，译.长沙：湖南文艺出版社，2002（4）：28–29.

② 易卜劣厮，恶魔名，意为“罪恶放荡者”。

你的巧舌如簧同样也不会有什么用处。”①

这真是最严厉的警告。在这种警告面前，就连痴情男子这样狡猾的人也彻底失去了再辩论下去的勇气，只能低头认输了。不过，美人说到这里，觉得还没有把道理讲透，她又补充如下：

意中人斥责痴情男子：“你轻薄无行，
而你的借口又比举止更加可耻可憎。
是真主创造了这辽远无边的天空，
难道你还想试验他是否威力无穷？
你善恶不分愚顽浅薄最是可笑，
要说考验，最好还是先把自己考一考。”②

这段话进一步指出并谴责了痴情男子一个更加严重的罪行——考验真主。在苏菲派看来，一个普通人竟然怀疑真主和考验真主，乃是不可饶恕的罪行，所以，诗人在这个故事的结尾写道：

一旦你心里产生了考验真主的念头，
不幸就会降临，紧紧扼住你的咽喉。
假如你发现自己被这种念头迷住，
要赶快叩首跪拜，祈求真主的佑护。
用你真诚的泪水表示忏悔思过，
请真主保佑你远离邪念的诱惑。
假如你还是执迷不悟要把真主稽考，

① 莫拉维 . 玛斯纳维全集 [M]. 穆宏燕，元文琪，王一丹，宋丕方，张晖，译 . 长沙：湖南文艺出版社，2002（4）：30–32.

② 莫拉维 . 玛斯纳维全集 [M]. 穆宏燕，元文琪，王一丹，宋丕方，张晖，译 . 长沙：湖南文艺出版社，2002（4）：34.

你的信仰之殿就将坍塌，长满野草。[①]

这是诗人通过这个故事所要阐明的另一个重要教义。总之，通过双方的辩论，我们可以清晰地看出，男主人公并非一个真正的痴情男子，而是一个地道的好色之徒。不仅如此，他还信口开河，谎话连篇，欺世盗名，死不悔改。事实正如女主人公所说的那样，“你轻薄无行，而你的借口又比举止更加可耻可憎”。女主人公不仅是一个品行端正的女子，而且头脑清醒，目光敏锐，胸有成竹，语言犀利，有理有据，坚决维护自己的尊严，敢于严厉谴责对方的行径，直到对方理屈词穷为止，给人以痛快淋漓之感。

二是它在结构上采用大故事套小故事的方法，巧妙地把若干小故事嵌在大故事之中，通过一个小故事说明一个道理，再用这个道理推动大故事的发展，从而使大故事显得更有说服力，同时也使整个故事显得更有趣味性。

以“一个苏菲的故事”为例。这个故事大意是说：有一个苏菲，识破自己的妻子与人偷情。诗中写道：

有个苏菲某日回家看见家门紧闭，
原来他的妻子正与一个鞋匠躲在屋里。
她以为丈夫外出暂时不会回家，
便与鞋匠幽会，把无耻的事情做下。
谁知苏菲中午时分就回来敲门，
那一对男女手足无措，好像丢了魂。
苏菲每天一大早就去店铺工作，
从来没有这么早就回家来过。
可是这天苏菲心里突然有一种预感，

① 莫拉维.玛斯纳维全集[M].穆宏燕，元文琪，王一丹，宋丕方，张晖，译.长沙：湖南文艺出版社，2002（4）：35-36.

预感到妻子不忠，急忙跑回家来查看。
妻子却以为苏菲不会提前收工，
因此放心大胆地和鞋匠偷情放纵。
没想到这一次她打错了算盘，
西洋镜眼看就要被无情地戳穿。
……
苏菲之妻已经多次做下这无耻之事，
每次都平安过去，因此她便粗心大意。
……
苏菲之妻与鞋匠眼看丑事败露，
想躲起来却实在没有藏身之处。
苏菲在外面见房门迟迟不开，
对事情的真相已经完全明白。
他想："你这寡廉鲜耻的女人，
看我怎样慢慢地惩罚你们。
我先不动声色，假装什么也不知道，
免得家丑外扬，被别人耻笑。"①

这时苏菲之妻"急中生智"，让鞋匠披上一件斗篷，以此来蒙混过关，并对丈夫巧言欺骗。诗中写道：

苏菲之妻急忙用斗篷把情夫装扮起来，
让他乔装女人，然后去把房门打开。
情夫披着斗篷，样子十分尴尬紧张，
就像骆驼爬上了梯子，一副窘相。
苏菲之妻对丈夫说："我给你介绍一下，

① 莫拉维．玛斯纳维全集 [M]. 穆宏燕，元文琪，王一丹，宋丕方，张晖，译．长沙：湖南文艺出版社，2002（4）：16–17.

这位可敬的夫人来自本市的富贵人家，
她尊贵的容颜不愿向外人显露，
所以我才把家门紧闭，如你刚才所见。”①

苏菲觉得妻子的手段既卑鄙又拙劣，但并不立即捅破，而是尽力用话语点拨，想要给她一个台阶下，使她承认错误，让她回心转意，痛改前非。然而，苏菲之妻不但死不认账，死不悔改，而且谎话连篇，张口就来，因此，夫妻之间展开如下一场“舌战”：

苏菲说：“如此高贵的夫人屈尊驾到，
不知有何吩咐，可让我倾力效劳？”
苏菲之妻说：“她想和我们家联姻，
真主知道她可真是位体面和善之人。
她悄悄来到咱家想把咱们闺女瞧瞧，
正巧她不在家里，一早就去了学校。
夫人说不管咱家闺女美丑妍媸，
她都已认定让她做儿媳。
她有一个出众的好儿子，百里挑一，
知书达理，聪明能干，很会做生意。”
苏菲说：“我们和她家地位相差太远，
我们这么贫穷卑贱，她家却有势有钱。
我们的女儿嫁给她儿子实在不相配，
就好比一扇柴门配一扇象牙门扉。
联姻结亲讲求的是两家户对门当，
否则夫妻间必定有无穷的烦恼惆怅。”
苏菲之妻说：“我也对她表达了这个意思，

① 莫拉维．玛斯纳维全集 [M]. 穆宏燕，元文琪，王一丹，宋丕方，张晖，译．长沙：湖南文艺出版社，2002（4）：18.

可是她说：我对家境富裕与否并不重视。
我们家境富有，对金银珠宝早已餍足，
不再像世人那样敛财致富。
我们更注意一个人的品行和操守，
依靠它，我们在今生来世才能获救。”
苏菲还是再三强调家中一贫如洗，
想让妻子明白自己话中的真正用意。
妻子不知他话中有话暗藏锋芒，
答道：“我也说我家太穷办不起嫁妆。
无奈她像山一样坚定，不肯改变主意，
说什么你就是再穷我们也不嫌弃。
她还说她只看重女子的贞节，
以及是否具备诚实和慷慨的品德。”
苏菲说：“她已经看见我们家徒四壁，
一定也已经了解我们的外表和底细。
在这个只容得下一个人的小屋里，
就连一根细小的绣花针也无法藏匿。
所谓贞操、纯洁和诚实种种美德，
她也一定都比我们了解得更加透彻。
她应该更清楚什么叫作贞节和羞耻，
所谓的妇道和守身是什么含义。
我家闺女虽然没有随嫁的妆奁和奴婢，
但大家都知道她是庄重贞节的好闺女。
虽说父亲称赞自己的闺女有自夸之嫌，
但这是事实，清楚得有如朗朗晴天。”①

① 莫拉维．玛斯纳维全集 [M]. 穆宏燕，元文琪，王一丹，宋丕方，张晖，译．长沙：湖南文艺出版社，2002（4）：18-20.

苏菲的话已经说得够明白了，但他的妻子依然执迷不悟，顽固不化。这使诗人忍无可忍，他只好明白指出：

我讲述这个故事只是为了告诫诸位，
假如丑事已经败露，就不要再自吹自擂。
有些人总喜欢自我表白和吹牛，
其目的不过是为掩饰自己的丑陋。①

诗人在大故事中插入这样一个小故事，是因为小故事中苏菲的妻子的道德败坏和能言善辩与大故事中痴情男子的道德败坏和能言善辩十分近似，因此，在这个故事之后，美人进而揭露痴情男子道：

"无耻之徒，你像苏菲之妻一样堕落，
还企图用花言巧语来掩饰自己的过错。
你们放浪形骸却大谈什么端庄忠贞，
对无所不在的真主毫无敬畏之心。"②

在美人看来，"对无所不在的真主毫无敬畏之心"是最不可原谅的，诗人自然也持这种观点，因此，他接着议论道：

人们啊，真主是明察者，他无所不见，
要时刻小心，行为举止要多加检点。
真主又是全聪者，他无所不闻，
爱说坏话的人最好紧闭双唇。

---

① 莫拉维 . 玛斯纳维全集 [M]. 穆宏燕，元文琪，王一丹，宋丕方，张晖，译 . 长沙：湖南文艺出版社，2002（4）：20.

② 莫拉维 . 玛斯纳维全集 [M]. 穆宏燕，元文琪，王一丹，宋丕方，张晖，译 . 长沙：湖南文艺出版社，2002（4）：20.

真主还是彻知者，他无所不知，
世人千万不可心存邪念和恶意。[1]

读者不难看出，这种大故事套小故事的方法非常巧妙，其间的衔接也很自然。除此之外，这个大故事里还插入了“一个传教者的故事：他每次开始布道，都要先为强盗和无信仰者祈祷”“一个鞣皮工的故事：他在香料集市上闻到麝香的气味，当场恶心晕倒，鞣皮工的兄长用狗屎的臭气治好了他的病”和“一个犹太人对信徒的首领阿里说：‘你要是坚持真主会保佑你，就从这屋顶跳下去！’阿里作了回答”三个小故事。这种结构方法是《玛斯纳维》里经常使用的。

第五卷《阿拉伯人与饿狗的故事》

这个故事说：有一个阿拉伯人因为他的狗死了而痛哭流涕，他泪流满面地哭道：“啊，实在让人伤心！”一个乞丐从他身边走过，见他如此伤心，便问他道：“你为什么痛哭流涕？是家里有谁故去了吗？”他答道：

“我是为义犬泣涕，
它现在已无声无息。
白天它随我打猎，晚上为我守卫；
它眼光锐利，狩猎灵活，驱赶盗贼。”
问道：“它患了何病？受了何伤？”
答道：“它因饥饿而虚弱死亡。”
……
乞丐又问道：“啊，高贵者！

---

① 莫拉维．玛斯纳维全集[M]．穆宏燕，元文琪，王一丹，宋丕方，张晖，译．长沙：湖南文艺出版社，2002（4）：20–21.

你手中的食物袋里装的是什么？”
“这是我昨晚吃剩下的口粮，
我以它保证我身体的健壮。”
问道：“你为何不喂给狗这些食物？”
答道：“我的慷慨还未达到这种程度。
我没有固定收入去将烤饼购买，
但流出两眼泪水却无须钱财。”
乞丐说道：“真令人鄙弃啊，充满伪善，
难道烤饼比泪水还要值钱？
泪水原是血，因忧伤才得转化，
食品源于土，土的价值能有多大？”[①]

这个故事简短明白，显然是对伪善的吝啬鬼的辛辣讽刺。诗人接着评论道：

他变得像魔鬼那样无耻卑鄙，
他的所作所为令人厌恶鄙夷。
我是奴仆，但不出卖生命，
除非他慷慨、高尚、纯正。
他的哭泣，引得天空也以泪洗面，
他的叹息，引得大地也不停咏叹。
……
请遵照主的启示，舍弃自己的计谋，
你的小计，在主面前，理应害羞。
你的计谋，终会遭到失败，
你将会惊异——他所作的安排。

① 莫拉维．玛斯纳维全集 [M]. 穆宏燕，元文琪，王一丹，宋丕方，张晖，译．长沙：湖南文艺出版社，2002（5）：44–45.

他明察秋毫，无不能做到，
他永恒的精神，无上至高。[①]

这段话既是对吝啬鬼的批判，又是对真主的歌颂。

第六卷《巴格达人前往埃及寻宝的故事》

这个故事说：有一个巴格达人把父母留下的遗产通通花光，一贫如洗，痛苦不堪。他坐在废墟上哭诉道："主啊，你曾赐我口粮，但如今口粮已吃光；或者你再赐我口粮，或者你赏我死亡。"不一会儿，他进入了梦乡。诗中写道：

继承遗产者当挥霍完成为穷汉，
便开始痛哭流涕，把真主呼唤。
……
他做了个梦，听到有个人言：
"你的富足会在埃及实现。
去埃及吧，你的事情会在那里安排就绪，
真主已接受你的恳求，那是你寄希望之地。
有一巨大的宝藏在某地，
要找到它你必须前往埃及。
忧郁者啊，从巴格达动身莫迟疑，
前往埃及那甘甜富饶之地。"[②]

---

① 莫拉维．玛斯纳维全集 [M]. 穆宏燕，元文琪，王一丹，宋丕方，张晖，译．长沙：湖南文艺出版社，2002（5）：45–46.

② 莫拉维．玛斯纳维全集 [M]. 穆宏燕，元文琪，王一丹，宋丕方，张晖，译．长沙：湖南文艺出版社，2002（6）：406.

巴格达人听了很高兴，梦醒之后立即动身前往埃及寻宝。当他经过长途跋涉到达埃及以后，身上仅有的一点儿钱已经全部花光，就连吃喝都成了问题：

他从巴格达来到埃及，
一到达埃及他就背冒热气。
他寄希望于那个人的允诺：在埃及
能找到宝藏，一切痛苦都会消失。
在某某街巷，某某地方，
埋着非常罕见珍贵的宝藏。
但他所有的旅费已无剩余，
他打算向黎民百姓乞讨，
然而他的羞耻感和自尊心
阻止了他，他便强迫自己忍耐。
他再次在饥饿中挣扎，
除乞讨食物外毫无办法。
他说："夜里我缓缓地在外面行走，
黑暗中行乞我不会感到害羞。
似夜行乞丐般在夜里高声赞念，
好让人从屋顶扔给我一星半点。"
他这样想着走出来，走到街巷，
怀着这份心思东游西荡。
一会儿羞耻和地位把他阻挠，
一会儿饥饿又对他说："乞讨！"
他一会前进一会后退直到三更天：
"我是乞讨呢还是伴着饥饿而眠？"①

① 莫拉维．玛斯纳维全集 [M]. 穆宏燕，元文琪，王一丹，宋丕方，张晖，译．长沙：湖南文艺出版社，2002（6）：406–407.

或许是运气不佳，正在他犹豫不决之时，由于当地近日发生了盗窃事件，巡夜官奉国王之命沿着大街小巷格外仔细巡查，恰好碰上这个巴格达人在那里东游西荡。他当即成为巡夜官的抓捕对象：

忽然巡夜官把他抓住，愤怒地
毫不客气地对他拳打棒击。
碰巧，在那漆黑的夜里，
人们因夜盗而遭受损失。
那几夜正是令人恐怖的不祥之夜，
因此巡夜官正在努力寻找偷窃者。
以致哈里发命令："砍断他的手，
谁若夜游，哪怕他是我的亲友。"
国王如此恐吓威胁巡夜官：
"为何对盗贼们如此手软？
你为何要相信他们的花招手段？
为何要接受他们行贿的金钱？
对盗贼和罪恶之手同情，
就是对弱者的打击和冷酷无情。
别因担心少数人痛苦就放弃惩罚，
休要操心他痛苦，你须看到百姓的苦痛。
须把被毒蛇咬伤的手指砍断，
以免毒液蔓延导致身体死难。"[①]

从上文叙述已经可以看出，这个巴格达人虽然不务正业，坐吃山空，但还是一个有自尊心和羞耻感的人，一个老老实实的人，因此，他在巡夜官面前说了实话——

① 莫拉维．玛斯纳维全集 [M]．穆宏燕，元文琪，王一丹，宋丕方，张晖，译．长沙：湖南文艺出版社，2002（6）：408–409.

他在百般发誓之后，说道：
“我不是摸包贼也不是强盗，
我不是不义者，不是行窃之人，
我是巴格达人，在埃及举目无亲。”
他把那梦和黄金宝藏的故事讲一番，
由于他的一番实话，巡夜官心里释然。
从他赌咒发誓中他嗅到诚实之气，
其内心的痛苦和焦灼全部显示。
诚实之言能使心灵平静，
就像水能使焦渴者平静。
……
巡夜官的眼睛泪水流成溪，
非因枯燥之言，而因心灵之气。①

他的实话果然起了作用。正因为他说了实话，感动了巡夜官，所以巡夜官也对他说了实话——

巡夜官说：“你非小偷也不是坏人，
是个好人，但却是十足的愚蠢。
为那臆想和梦就如此长途跋涉，
你理智没有一丁点的光芒闪烁。
我曾多次梦见，这梦很频繁，
在巴格达埋着一座宝藏，
埋在某某方向某某巷中。”
那正是这伤心者的街名。
“埋在某某人的房子里，快去寻觅。”

---

① 莫拉维．玛斯纳维全集 [M]. 穆宏燕，元文琪，王一丹，宋丕方，张晖，译．长沙：湖南文艺出版社，2002（6）：409–410.

那巡夜官所说的正是他的房屋和名字。
“我曾多次做这个梦，
有宝藏在巴格达的土地中。
我并没有因为这幻想而挪动地方，
而你因一个梦就不知疲倦地奔忙。
傻瓜的梦总是与他理智相适，
似他本人微不足道毫无价值。”①

巡夜官的一番话或许是不经意说出，或许还有嘲笑他的意思，但这个巴格达人并不在意这些，他在意的是巡夜官所说出的内容：

巴格达人自语道：“宝藏就在我家里，
而我却在那里受穷哭泣！
我坐在宝藏上却穷得要死，
只因我处在懵懂的帷幕里。”
这喜讯使他醉晕，痛苦全部消失，
他不动嘴唇，念着“感谢”千万次。
他说：“我的口粮来源于这顿打击，
生命之水就在我家里。
我盲目地认为自己一贫如洗，
去吧，我已找到丰盛的美食。
你可把我看作下等人或蠢货，
但那已属于我，你想说什么只管说。
毫无疑问我已实现我的心愿，
恶语者，你想喊我什么只管喊。
大人，你只管称我为痛苦者，

① 莫拉维．玛斯纳维全集[M]．穆宏燕，元文琪，王一丹，宋丕方，张晖，译．长沙：湖南文艺出版社，2002（6）：413–414.

在你面前我很痛苦，在自己面前我很快乐。”①

于是，他立即起身从埃及返回巴格达：

他从埃及向巴格达返回，
又跪拜又鞠躬又感恩又赞美。
对这口粮和寻求之路的颠倒显示，
对这奇迹一路上他又沉醉又惊异：
“你曾让我对何处把希望寄予，
又从何处向我抛撒金银和赢利？
这是何玄理，我把愿望之使者
从家逐出，既是迷误又是快乐？
只要我在迷途中奔跑，
会离目标越来越遥。
但真主出于慷慨仍把迷途
连接到赢利和正路。
把迷途转变成信仰之正路，
把歧途转变成恩惠之田土。
以便行善者都心存绝望，
以便背叛者都心存希望。
那至仁者在毒药中把解药暗设，
以致人们都说他是隐蔽施恩者。”②

这段引文最后四行让人有些费解。所谓“以便行善者都心存绝望”，

① 莫拉维 . 玛斯纳维全集 [M]. 穆宏燕，元文琪，王一丹，宋丕方，张晖，译 . 长沙：湖南文艺出版社，2002（6）：414.

② 莫拉维 . 玛斯纳维全集 [M]. 穆宏燕，元文琪，王一丹，宋丕方，张晖，译 . 长沙：湖南文艺出版社，2002（6）：415–416.

意思是行善者对自己的善行不应当心存希望，而应当心存绝望，因为如果行善者对自己的善行心存希望，就会期盼得到回报，就会陷入骄傲和虚伪；所谓“以便背叛者都心存希望”，意思是背叛者不要太坏，还要心存希望，这样或许最终能够获救；所谓“那至仁者在毒药中把解药暗设，以致人们都说他是隐蔽施恩者”中的“至仁者”和“隐蔽施恩者”是指真主。

与其他故事一样，诗人讲这个故事，也是为了阐述相关的苏菲派教义。这个故事所阐述的教义主要是以下两个：

其一是“拖延满足信士乞求的原因”[①]。这个巴格达人刚把遗产挥霍完，马上就祈求真主：“主啊，你曾赐我口粮。但如今口粮已吃光；或者你再赐口粮，或者你赏我死亡。”[②] 诗人接着写道：

当他一无所有，便想起真主，
念叨“真主啊真主，把我庇护”。
先知曾说：“信士好似琵琶，
腹中空空时才会把呻吟发。”[③]

面对这种情况，真主自然也有其应对之法，那就是并不立即满足信士的乞求，而是拖延一段时间之后再满足信士的乞求。这是为什么呢？诗人引用真主的话道：

真主说：“非为要使他卑微无助，

① 莫拉维．玛斯纳维全集 [M]. 穆宏燕，元文琪，王一丹，宋丕方，张晖，译．长沙：湖南文艺出版社，2002（6）：404.
② 莫拉维．玛斯纳维全集 [M]. 穆宏燕，元文琪，王一丹，宋丕方，张晖，译．长沙：湖南文艺出版社，2002（6）：403.
③ 莫拉维．玛斯纳维全集 [M]. 穆宏燕，元文琪，王一丹，宋丕方，张晖，译．长沙：湖南文艺出版社，2002（6）：403-404.

拖延赏赐本身即是对他的帮助。
需求使他从懵懂走向我，
需求把他拉拽着走向我。
假若我满足他，他激情就会消，
又会再次沉湎于那玩乐嬉笑。
尽管他撕肝裂肺地用生命哭诉：
‘庇护者啊！’仍对他说‘再哭！’
因为我喜欢听他的哭声，
听他喊真主，听他的心声。
我喜欢他在苦求和陈述时，
以各种方式吸引我的注意。”①

大约也正因为这个缘故吧，真主并不立即满足巴格达人的祈求，而是让他远走埃及吃些苦头，然后再出手帮助他，满足他的需要，因此，这个故事最后一段的开头写道：“那人返回家乡，高兴地找到宝藏，感谢并跪拜真主，对真主冥冥中的指示很困惑，任何思维和理智都对那阐释无能为力。”② 这个故事的结尾则写道：

回程中那人③每走一步都在想：
真主如何取消了这符咒和设想！
他回到家，找到宝藏，
真主的仁慈使他如愿以偿。④

① 莫拉维．玛斯纳维全集 [M]. 穆宏燕，元文琪，王一丹，宋丕方，张晖，译．长沙：湖南文艺出版社，2002（6）：404–405.

② 莫拉维．玛斯纳维全集 [M]. 穆宏燕，元文琪，王一丹，宋丕方，张晖，译．长沙：湖南文艺出版社，2002（6）：415.

③ 指那个巴格达人。

④ 莫拉维．玛斯纳维全集 [M]. 穆宏燕，元文琪，王一丹，宋丕方，张晖，译．长沙：湖南文艺出版社，2002（6）：420.

这两段话中所说的“对真主冥冥中的指示很困惑，任何思维和理智都对那阐释无能为力”和“回程中那人每走一步都在想：真主如何取消了这符咒和设想”，都是指不明白真主为什么要考验他。

其二是“谎言使人产生疑惑，实言使人产生确信”[①]。如上所述，由于他说了实话，巡夜官也说了实话，而巡夜官的实话使他因祸得福，使他返回家乡再度获得宝藏。诗中写道：

一种语言从地狱钻到口腔，
一种语言从心灵之城流进嘴巷。
令人振奋之海与令人萎靡之海，
两海之间这张嘴是其汇合之宅。
就像城市中的公共场地，
各种货物从各地汇集于此。
既有诱惑人的假冒伪劣品，
也有珍珠般珍贵有益的物品。
在这广场上谁更精明老练，
谁就能将真品与假货明鉴。[②]

① 莫拉维．玛斯纳维全集[M]．穆宏燕，元文琪，王一丹，宋丕方，张晖，译．长沙：湖南文艺出版社，2002（6）：410．

② 莫拉维．玛斯纳维全集[M]．穆宏燕，元文琪，王一丹，宋丕方，张晖，译．长沙：湖南文艺出版社，2002（6）：410–411．

教诲诗人萨迪和他的《果园》《蔷薇园》

萨迪（1208—1292）是波斯诗歌黄金时代的著名诗人之一，他的《果园》和《蔷薇园》是这个时期教诲诗的代表作。

萨迪小传

萨迪出生在伊朗南方名城设拉子。他的全名是谢赫·穆斯列赫丁·阿卜杜拉·萨迪·设拉子依。

他生活在伊朗战乱频繁的年代。先是花剌子模人的入侵，后是蒙古人的两次入侵，社会动荡不定，民不聊生，人心惶惶。他出生在一个下层宗教人士家庭里，幼年是在贫困和孤苦的环境中度过的。由于父母早亡，他只好寄人篱下。正像他在一首诗里所写的那样："我明白孩子们的忧伤，因为自幼我就失去了爹娘。"

萨迪早年在设拉子求学，后来转到巴格达的最高学府——内扎米耶学院深造。他不但精通波斯文，而且精通阿拉伯文。不过，或许是他不大喜欢学院刻板枯燥的生活，或许是有其他原因，总之他没有完成学业，就开始云游天下。大约从不足 30 岁时起，他就成为伊斯兰教的游方者。他的足迹遍及亚非两大洲的广大地区，往西到过叙利亚、埃及、摩洛哥和埃塞俄比亚，往东到过阿富汗和印度，甚至还到过我国新疆的喀什。他的生活是艰苦的，经常徒步旅行，还当过十字军的俘虏。他在《蔷薇园》第二卷第十二节里，就曾写过如下一段经历：

有一天夜晚，在麦加的郊外，他因为太缺乏睡眠，再也走不动了。他倒在地上，让那赶骆驼的人只管把他丢下。

连那强壮的骆驼也已跌倒，
我的两只脚怎么能再上前？
连胖子也已变得羸弱瘦小，
瘦子又怎么能不死在路边？[①]

那赶骆驼的人说道："兄弟！圣地在前面，盗贼在后面；你若继续前进，就快到了；你若在这里贪眠，就会丧命。"

在沙漠的橡胶树下虽然正好甜眠，
但在夜里旅伴去后会有死亡危险。[②]

他的传教布道并非都受到欢迎，有时也遭到冷遇。他在《蔷薇园》第二卷第十一节里，也曾写过如下一段经历：

有一次他在巴尔倍克[③]的总礼拜堂，向一群冷漠的听众演说，给予劝导。他们冥顽不灵，丝毫无动于心。他发现，他的话不能使他们感动，他心中的烈火不能点燃他们心中的湿柴。他不愿再对这群畜生多费口舌，也不想再把镜子举到这帮瞎子面前；可是他的心灵的门户已经打开，仍滔滔不绝地讲下去，一直讲到"我离他（指真主——引者注）比自己的血脉还近"。讲到这里，他嚷道："他和我近在咫尺，我却不知道他在眼前。这道理叫我如何解释，他在我心中我却视而不见。"这时，他已被自己的演说所陶醉，但手中的一杯酒还没有饮尽。正巧有一个旅人从他们面前路过，旅人听到最后的讲话，大为感动，不由

① 萨迪 . 蔷薇园 [M]. 水建馥，译 . 北京：人民文学出版社，1958：74.
② 萨迪 . 蔷薇园 [M]. 水建馥，译 . 北京：人民文学出版社，1958：74.
③ 位于黎巴嫩。

得大声赞扬起来。听众受到他的影响，也都喧哗起来，赞不绝口。诗人嚷道："赞美真主啊！那离得遥远的人，因为认识他，到了他的面前；那站在他身边的，因为盲目，离他很远。"

假如听众不能领悟，
怎样的言词也是无补。
假如他们茅塞顿开，
真理才能打中他们心怀。[①]

他在国外旅居了 30 余年，直到 1257 年才回到自己的祖国伊朗，定居在故乡设拉子。他的晚年生活似乎比较平静，没有发生什么重大事件。1291 年，他在设拉子去世。他的坟墓保存至今，成为当地的重要古迹。

萨迪认为，一个人应当经历两段生活：第一阶段进行探索，自然会犯一些错误，同时也能积累一定的经验。第二阶段则根据这些经历，总结出若干经验教训。他自己就是这样做的。他前半生走过许多地方，接触了各种各样的人，取得了相当丰富的经验。他后半生的创作便是这些经验教训的艺术结晶，所以内容极其充实。

他的作品很多，不过有些已经散失。保存下来的作品可以分为三个部分：《果园》《蔷薇园》和其他诗歌。诗集《果园》和诗文集《蔷薇园》是他的主要作品，其他诗歌则包括颂体诗、四行诗和抒情诗，其中又以抒情诗成就更高。

他的抒情诗感情炽热，语言畅达，是波斯抒情诗发展史上的重要标志之一，具有承上启下的历史意义。兹举数例如下：

请看那高耸的云杉，她是何等袅袅婷婷！

① 萨迪．蔷薇园 [M]. 水建馥，译．北京：人民文学出版社，1958：73.

请看那皓皓的明月，是否在倾吐着钟情？

请看那双盈盈秋水，是多么肆无忌惮；
简直要把清醒的人们，推向死亡的深潭。

每当你的眼睛，窥视那仙女的容颜；
你那颗纯洁的心，即刻变得如痴似癫。

我把整个世界置之度外，一心一意把她敬仰；
但那轻诺薄情的人，却对我冷若冰霜。

那些无知的人们，岂能懂得热恋者的哀叹；
他们犹如沉睡的人挑剔清醒者的缺点。

苦行僧哪有力量回避丽女的姝容；
苏菲主义的信徒，承认自己的无能。

这些可怜的人们曾经揣摩美女的光辉；
他们一百次地忏悔——还要再一次忏悔。

萨迪啊，我曾对你相劝，在美女的秀发面前，
万万不要裹足不前，那可是缠身的锁链。①

《果园》提要

《果园》完成于1257年，即萨迪长期侨居国外之后，回到祖国和

① 张鸿年. 波斯古代诗选[M]. 北京：人民文学出版社，1995：278-279.

故乡的第一年。这部作品是他多年旅游的收获，是他带给故乡的礼物，而目的则在于训诫育人。他在“序诗·写作缘起”中写道：

我曾在世界四方长久漫游，
与形形色色的人共度春秋。
从任何角落都未空手而返，
从每个禾垛选取谷穗一束。
设拉子，愿真主为此城降恩，
到何地也未见如此温文尔雅的人。
我怀念乡亲故人，多么情深意厚，
我再也不能在叙利亚和罗马逗留。
可是，我此番离开这许多繁茂的果园，
怎可空手还乡去与故人会面？
我自忖游子从埃及都带回砂糖，
作为礼物，献给亲友品尝。
我虽没带回砂糖馈赠亲朋友人，
但甘言如饴，比砂糖还甜三分。
这并非供人食用的砂糖，
是糖样的语言，诗人写在纸上。
我营造了这座幸运的殿堂，
旨在育人，它有十扇门儿开敞。
第一座门是公正与治世之理，
要誓为民牧，对主心怀畏惧。
第二座门是行善为做人的根本，
行善之人对主要怀感激之心。
第三座门是爱、陶醉与激情，
人力无法使这爱消失平静。
第四座门是谦虚，第五是乐天知命，

第六是心满意足者的身世情形。
第七座门是关于人的教育感化，
第八是感谢主使我们身体康宁。
第九座门是回头是岸，有罪应忏悔，
第十是向主祈祷，全书告终。
……
虽然，我的衣襟中仍留有一兜珍珠，
但我还得俯首低头自感不足。
在珠海之中还杂有贝壳螺蚌，
园中有参天大树也有灌木草莽。
我的聪明的心地善良的朋友，
听说明智者对人从不苛求。
比如用绫罗绸缎缝制一件外衣，
外衣中难免有些填料衬里。
你若找不到真正的绫罗绸缎，
谨请谅解，粗布衣衫也可御寒。
我并不夸耀自己见多识广，
向人求教我如同乞儿一样。
听说到心怀希望与畏惧的那天，
仁慈的真主会把邪恶之徒饶恕。
如若你在本书中发现尚有不足，
也请宽大为怀，效法造物真主。
哪怕一千联诗中有一联可取，
也请笑纳，万勿过于挑剔。
我的诗在法尔斯我的故乡，
像麝香在和田本属平常。
犹如一面大鼓人们不知其腹内空洞，
只在远处惊闻它吓人的鼓声隆隆。

萨迪把一束鲜花献给花园，
岂不可笑，似向印度把胡椒奉献。
此书如同椰枣，外是甘甜的皮肉，
剖开看时，见核儿包在里头。[①]

全书除序诗外，由一百六十个故事组成。这一百六十个故事分为十章：第一章正义和治世的道理；第二章善行；第三章真正的爱、陶醉与激情；第四章谦虚；第五章乐天知命；第六章知足常乐；第七章论教育；第八章感恩；第九章悔过与正道；第十章向主祈祷与结束语。

关于《果园》的思想内容，兹举例评介如下：

在《果园》第一章里，萨迪着重阐述的是作为一国之主的帝王应当如何治理国家，诸如关怀贫苦百姓，不可任用坏人，尽心款待客商，尊重身边旧臣，待人慷慨大度，敬重先辈伟人等。这是他对帝王的希望，其中特别值得注意的是，他把帝王与百姓的关系放在最重要的地位，反复强调帝王要时刻想到穷人的饥寒，不要一味贪图自己的安逸；要体恤缺衣少食的贫民，不要一心追求个人的舒适；不可残暴虐杀平民，不可为非作歹专横无理，因为在他看来，帝王与百姓的关系犹如树木与树根的关系。在这一章的开端，诗人写道：

我听说阿努席拉旺王[②]弥留之际，
对霍尔姆斯[③]嘱咐过这样的话语：
你要时时想到贫苦人的饥寒，
切不要贪图自己的安逸饱暖。
你如若一心贪求个人的舒适享乐，
国中百姓便无法平安宁静地生活。

① 萨迪．果园 [M]. 张鸿年，译．长沙：湖南文艺出版社，2000：10–12.

② 阿努席拉旺王是伊朗萨珊王朝的国王，伊朗历史上的明君之一。

③ 霍尔姆斯是王子。

在有识之士看来决不能容忍，
牧人沉沉酣睡豺狼溜入羊群。
你要体恤缺衣少粮的百姓贫民，
国中有民王者才能成为国君。
君王犹如树木，农夫好像树根，
树要高大挺拔，树根要植得深。
为政万万不可刺伤平民百姓的心，
欺压百姓就是在掘自家的根。
你应当遵循一条世间的正路，
圣徒之道是心怀希望与畏惧。
人的本性原本十分自然，
人们总是追求幸福畏惧灾难。
如若国王经常怀有这两种心情，
他的国家就会呈现和平与安宁。
……
如果一国百姓不满他们的君王，
这个国家就休想繁荣富强。
……
如果全国百姓的心都被刺伤，
想要这样的国家富强只是梦想。
暴虐无道招致国土荒芜，名声扫地，
明智之士才真正懂得这话的深意。
切不可凶残暴虐杀戮无辜平民，
平民百姓是国王的靠山和后盾。①

不言而喻，对于生活在中古时期的诗人来说，这种认识应当说是

① 萨迪．果园 [M]. 张鸿年，译．长沙：湖南文艺出版社，2000：20–21.

相当深刻的。

在这段话之后，诗人又通过一系列的故事，从不同的侧面讲述帝王治世的道理。如故事2《达拉国王和他的马夫》：有一个出身高贵的国王出外打猎取乐，不料与自己的卫队失去联系，剩下他自己孤身一人。他正在为难之际，忽然看见一个人急匆匆地朝自己跑过来。国王心想来者可能是个敌人，于是他把一支利箭搭上弓弦，转眼之间就要送来人上西天。这时——

只听来人说道："土兰与伊朗之王，
愿陛下江山永固福寿绵长。
我是陛下宫中一名管马的仆役，
牵马随镫紧跟陛下来到此地。"
国王一听此话方才感到放心，
他微微一笑说你真是个蠢人。
这是吉祥天使降恩保佑你平安，
要不我早已拉满强弓射你一箭。
马夫微微一笑随即开言：
有句话不应对恩主隐瞒，
如若一国之君分不清敌我，
那可是行事鲁莽于理不合。
为王之道就是要体察下情，
了解每一个臣下有什么本领。
我过去也曾几次面见君王，
陛下还问起过我牲畜牧场。
此刻出于忠心我前来伴君，
陛下竟以为我是歹徒坏人。
名震天下的君王，我说句大话，
万匹马中我能识别任何一匹良马。

我凭聪明智慧牧放马群，
请您对自己的马群也多多留心。
如若国王的聪明智慧不如马夫，
这样的国家怎么不一塌糊涂？”[①]

这个故事批评了国王的不分敌我和傲慢自大，赞扬了马夫的智慧和勇气。

又如故事4《劝阻国王退位》：从前有一个塔克列国王，他当政时天下太平，谁也不受欺压。有一次，他对一个贤士表白心迹：“我行将就木一生毫无意义，我想找个地方潜心敬主修行，在安宁静谧中度过我这余生。江山社稷荣华富贵已成过去，除敬主之人谁能体尝人生真谛？”那个睿智博学的贤士听了他的话，大不以为然。他对国王说道：

敬主修行无非是为民效力，
否则念珠拜垫和破袍[②]又有何益？
你尽可主宰社稷，南面称王，
但要心地纯洁如同修士一样。
要恭谨为民效力意笃心诚，
不要口出狂言，也不用动辄与人论争。[③]

这体现了诗人对于帝王的期望和理想。

再如故事16《一个直言不讳的人不怕失掉舌头》：有一个修士因敢于直言而触犯国王，国王将他监禁起来，他仍然不肯屈服——

国王下令把修士囚禁在监，

① 萨迪．果园[M]．张鸿年，译．长沙：湖南文艺出版社，2000：42–43.
② 念珠、拜垫和破袍是虔诚信仰的标志。——译者注
③ 萨迪．果园[M]．张鸿年，译．长沙：湖南文艺出版社，2000：47.

人主为天下之尊握有生杀大权。
修士有一密友向他暗进一言，
说你那番话可触犯了龙颜。
修士回答：“修士之道是为主直言，
囚禁狱中不过是片刻灾难。”
这朋友间的一番知心话语，
顷刻间竟传到国王的耳朵里。
国王闻言冷笑说这是妄想，
他不知要终身监禁在狱中身亡。
有个奴仆把此话传给了修士，
修士说有一言请转告国王。
我心地坦然，心情舒畅，
人生在世也不过瞬息时光。
我并不因恩赏有加就喜笑开颜，
也不因迫害折磨就忧郁愁烦。
你志得意满任你金银满库，
我贫穷凄凉甘愿含辛茹苦。
当我们相会于死神之门，
几天之内你我就毫无区分。
这瞬息间的幸福欢乐不足贪恋，
你要当心葬身于民众心中的烈火浓烟。
在你以前有人更加财多势盛，
他们暴虐无道陷天下于烈火之中。
你应生时行善让人称颂你的功德，
莫等死后入土人们骂你生前罪恶。
切不可暴虐无道多行不义，
死后世人在诅咒声中将你提起。
纵让你主宰江山显赫威风，

运终命丧还不是葬身黄土之中。
国王听了此话越发愤怒，
下令把他的舌头从后脑抽出。
那直言不讳的人听到这个命令，
说抽出我的舌头我也不惧怕心惊。
我虽然口中无舌又有何妨，
我不说真主也了如指掌。
如今我忍饥挨饿遭受欺凌，
又有何妨，反正我会得到善终。
欢乐的婚宴转瞬间变为悲伤的丧仪，
你志得意满转眼就会遭难悲泣。[①]

在这个故事里，诗人对滥施淫威的国王加以严厉谴责，而对仗义直言的修士则表示无限崇敬，可谓爱憎分明。

在《果园》第二章，萨迪强调人生在世必须多多行善，他特别注意帮助贫苦无助的穷人和无父无母的孤儿。作为一个伊斯兰教徒，他提倡善行自然与他的宗教信仰有关，所以他在这一章的开端写道：

如若明智，你应注重修养内心，
身躯终会腐烂，内心善果永存。
为人没有知识不敬主行善，
空有一副躯壳，毫无价值可言。
有的人在地下永得安宁，
他赋予百姓生活幸福与宁静。
趁有生之年为自己多多行善，
死后亲人行善会吝惜财产。

---

① 萨迪．果园 [M]. 张鸿年，译．长沙：湖南文艺出版社，2000：81–82.

如若你不想有朝一日内心不安，
切记把流离失所的人挂在心间。
趁今日慷慨施舍财产金银，
明天，库门钥匙怕已不在你身。
你有生之日要自行积累功德，
妻子儿女日后不会再为你施舍。
要凭自己的善行渐渐积德，
幸福地辞世而去修成正果。
积累自己功德不能依靠他人，
谁也不像对自己肢体痛痒那样关心。
不要吝惜钱财要济困扶危，
以免日后想起再徒劳后悔。
你要为贫苦无衣之人筹措寒衣，
真主才会于末日降恩于你。
对上门的乞讨者不要驱赶，
或许日后你也要叩响别人门环。
有人想到日后可能求人，
便对贫苦人施恩惜老怜贫。
要体贴关怀一颗被刺伤的心，
或许你的心也被刺伤有求于人。
要预想到日后自己可能穷困潦倒，
因此要周济贫苦使他们破涕为笑。
如今你不虑生计无求于人，
要感谢真主，对登门者仍要热情殷勤。[①]

更为难能可贵的是，他甚至认为多多行善胜过礼拜祈祷，他在故

① 萨迪 . 果园 [M]. 张鸿年，译 . 长沙：湖南文艺出版社，2000：97–98.

事 24《一个朝觐者险些误入歧途》中写道：

听说一个老人前去朝觐，
每走一步都诵读两句经文。
他足踏通向真主大道心意虔诚，
脚上扎了洋槐刺也半步不停。
这真是魔鬼作祟他的心着了迷，
而他还自以为他的举动无可挑剔。
魔鬼的诡计把他引入歧途，
他自己还以为找到了最好归宿。
他的这种举动得不到主的庇护，
他虽走上邪路却还自鸣得意。
这时，只听冥冥中有天使呼唤：
心地善良的人啊且听我一言，
不要以为只要你诚心祈祷，
真主的启示就会降下世来。
若能以善行解脱一颗心的痛苦，
胜似每步把千句经文诵读。①

在《果园》第四章，萨迪提倡谦虚谨慎，反对骄傲自满。这一章的开端写道：

圣洁的真主把你以泥土塑成，
主的奴仆啊，你应似泥土一样谦恭。
切莫贪婪暴虐，切勿骄傲自满，
既是泥土之身，切勿似熊熊烈焰。

① 萨迪 . 果园 [M]. 张鸿年，译 . 长沙：湖南文艺出版社，2000：107-108.

浓烟滚滚的烈焰漫卷升腾，
谦虚的泥土低头默不作声。
一个不可一世，一个谨慎谦恭，
从火中跳出魔鬼，用泥土制成人形。
一滴雨珠从云端高处下坠，
见了浩瀚大海不禁自惭形秽。
在大海面前我算是什么？
有大海在此我自觉相形见绌。
当它自怨自艾感到自卑，
一个海蚌把它吸入体内。
造化变幻乃是神工鬼斧，
小小水滴变为一颗珍珠。
这真是至卑至贱变成显贵尊荣，
置之死地然后才获得永生。
越是明智之人越恭谨谦虚，
挂满果实的枝头垂向大地。①

如故事63《长老吩咐一人打扫清真寺的垃圾》：有一个年轻人出身名门，聪明能干，深明事理，博学多才。人们都对他十分尊重，以礼相待。一天，长老吩咐他打扫清真寺的垃圾。当那长老刚一吩咐完毕，那青年起身便走，不知向何处而去。同伴们都迷惑不解纷纷猜测，说这信徒好逸恶劳干不了重活。后来，一个仆人与他在路上相遇，责备他见识短浅，行事违情背理，说他娇生惯养，要知道，信徒要为人做事才能修成正果。

那青年一听失声痛哭悲从中来，

① 萨迪．果园[M]．张鸿年，译．长沙：湖南文艺出版社，2000：173-174.

说："热心的朋友啊多承你关怀。
那清真寺中没有垃圾与灰尘，
那块净土只有我这个不洁之人。
因此，我才动身离开了那里，
使清真寺名副其实成为清真之地。"
这就是苦行者的唯一真谛，
自己要像泥土一样恭谨谦虚。
谦虚恭谨才能使你地位崇高，
谦虚如一架天梯，助你登上九霄。[①]

又如故事75《库什亚尔和骄傲的弟子》：有一个人粗知一些天文星相，便傲视一切趾高气扬。一天，他去向数学家和天文学家库什亚尔求教，但态度十分傲慢，自命不凡。

那学者看也不看他一眼，
不与他谈论学问对他不进一言。
他见求学不成要启程回家，
这时那有名的学者才开口讲话：
"你自以为已是才高智广，
满溢之器再灌水岂不向外流淌？
你空手而归只因你自命不凡，
如若虚怀若谷便能学成而返。"
愿你像萨迪一样恭谨谦虚，
这样才能从学问的禾垛上获得教益。[②]

在《果园》第六章，萨迪倡导知足常乐，不要贪得无厌。这一章

① 萨迪．果园[M]. 张鸿年，译．长沙：湖南文艺出版社，2000：174–175.
② 萨迪．果园[M]. 张鸿年，译．长沙：湖南文艺出版社，2000：201–202.

的开端写道：

知足能使一个人内心充满希望，
这话要告诉不知足者，以免他四处彷徨。
到处寻觅的人啊，你要安定在一方，
转动着的石磨上岂能长出谷粮？
如若你明智，切勿贪吃养身，
养胖身体也就窒杀了本人。
明智之人追求真知学问，
好吃好喝之人定然孤陋寡闻。
如若一个人真想具有崇高的品性，
就要窒杀狗一样的六欲七情。
贪吃和好睡与禽兽何异？
聪明人认为此道并不可取。
幸运的人是静居一个角落，
从知识之仓中把谷穗选择。
……
如若你是有心人你就依量进餐，
脑满肠肥是人还是酒罐？
人的腹内本蕴藏着力量、语言与人性，
难道在你看来腹中只能填满大饼？
贪婪的袋中岂能蕴藏着慧言妙语，
无耻之徒岂能得闻人的真义？
贪吃的人绝不会具有真知，
每日塞满胃的人定然缺乏知识。
……
难道你没有看见一个个野兽，
只为贪吃一口就落井被缚。

斑豹高傲无比是兽中之雄，
但像鼠一样贪吃落入陷阱。
老鼠偷吃黄油大饼，
终不免尾巴被夹无法逃生。①

如故事108《人应自食其力》：有一个人穷得要命，一文不名，没有财产，也没有亲人，只能靠一块大饼和一根大葱维持生命。有人对他说，你这个倒霉的家伙，为什么不到施舍的宴席上去讨些吃喝，去吧，去混一顿吧，不要有什么顾虑，断了顿的人才颜面扫地哪！

于是他束衣挽袖出门赴宴，
但挤得衣衫破碎手臂折断。
他长叹一声不觉落泪失声，
自作自受吧，谁让你过于贪心。
过于贪心难免烦恼缠身，
我和家小今后就吃大饼和大葱一根。
自家凭劳力换来的粗茶淡饭，
强似善人宴席上的佳肴美餐。
没志气的人夜晚不能安眠，
老是眼巴巴地望着人家施舍美餐。②

这个故事主张人应当自食其力，不应当依靠别人的施舍。

又如故事109《一只猫学会知足》：有一个老太婆穷困潦倒，日子过得十分艰难。她家里养着一只猫。这只猫耐不住老太婆家的贫穷，羡慕别人家的好生活，于是它便私自离开老太婆家，径直奔向皇家驿馆。不料——

① 萨迪.果园[M].张鸿年，译.长沙：湖南文艺出版社，2000：237-239.
② 萨迪.果园[M].张鸿年，译.长沙：湖南文艺出版社，2000：245.

国王的卫士向它射来利箭，
那只猫中箭流血拔腿便跑，
一边惊慌逃命，一边口中说道：
如若我今天能不死在这个射手手中，
就逃回家与老鼠和老太婆相依为命。
我可不能为一口蜂蜜断送性命，
满足于自家杯水岂不更加聪明。①

这个故事通过一只猫得到的教训说明知足常乐的道理。

在《果园》第七章，萨迪论述了教育的重要意义，强调加强自我修养的重要性，主张出言必须谨慎。这一章的开端写道：

你应像严父一样对自己严加管教，
何必在他人头上舞枪弄刀。
自己是比任何敌人都难对付的敌人，
任你有千方百计也无法驾驭自身。
你自身就是一座城堡充满是非善恶，
你也是国王与大臣统辖和治理之国。
知足与虔诚就是国中的良民，
异想天开的情欲就是强盗与贼人。
如若国王与盗贼沆瀣一气，
哪里有善良百姓的立锥之地？
人出生时便带来欲念贪心忌妒仇恨，
似血管中的血液躯壳中的灵魂。
但是当理智的坚强手臂控制欲念，
它便俯首帖耳不敢轻启事端。

① 萨迪．果园 [M]. 张鸿年，译．长沙：湖南文艺出版社，2000：245–246.

……

博学的朋友啊，你应切记慎言，
到复活日沉默并不作为罪过清算。
应学习蚌壳，它孕育出珍珠，
一旦开口便把一颗颗珍珠吐出。
有的人终日赘语闲言喋喋不休，
对他们最好的劝告就是免开尊口。
你若每到一地便开口滔滔不绝，
那你就无法享受他人语言的甘甜。
不深思熟虑不应开口发言，
不量好衣料尺寸不能动手裁剪。
遇事如果思索一番权衡利害，
强过见风就是雨张口便来。
言谈话语体现出人的修养品性，
你不应自毁形象要三思慎重。
深思慎言毫无必要感到羞愧，
点滴香料抵得过烂泥一堆。
要当心有人说得天花乱坠夸大吹嘘，
有修养的人话语不繁一语中的。
有些事只宜隐讳不便明言，
这些话何必在人前大言不惭？
不要在墙背后对人说长道短，
人道是慎防偷听当心有耳隔墙。
你的心犹如储存秘密的库房，
要谨防人们看到这库房大门开敞。[①]

① 萨迪．果园 [M]. 张鸿年，译．长沙：湖南文艺出版社，2000：253–255.

如故事 127《一个苏菲主义者不愿听别人对他的背后议论》：有一个人对一个苏菲派信徒说道："你可知道有人在背后议论你什么？"对方的回答出乎传话者的意料——

那苏菲派说免开尊口请你自重，
我不知他们说什么岂不更平静？
那些把敌人的话传给你的人，
是比敌人更加卑劣的小人。
除非你是敌人的知心好友，
否则谁愿把他的话向人透露？
敌人有话他都不敢当面讲明，
因为听了他的话我会气得浑身抖动。
他不敢明讲只得背后议论，
你却明言相告分明有更险恶用心。
传闲话的人往往煽起新仇旧恨，
使正直人彼此结仇成为仇人。
谁若是有意挑起已熄灭的仇恨，
你要远远避开他对他存有戒心。
人宁可被囚于监牢深井，
也胜于摇唇鼓舌把是非搬弄。
两个仇敌彼此之间如有熊熊烈焰，
搬弄是非的人是在投柴助燃。①

这个故事反对背后议论的行为。

又如故事 132《不要只见人缺点不见人长处》：有一个青年多才多艺颖秀聪明，能说会道善于讲经，语言简洁文笔流畅，只是有些字母

① 萨迪 . 果园 [M]. 张鸿年，译 . 长沙：湖南文艺出版社，2000：272–273.

发音不够准确。“我”抓住这个缺点对一位贤士说道：“这青年的前牙没有长全。”贤士的回答也出乎“我”的意料——

贤士听了我的话十分不满，
说以后别再讲这些无稽之谈。
你在他身上只看到这是个缺点，
而对他全身的长处却视而不见。
你听我说，到复活日算一笔总账，
对与人为善的人不会有坏的报偿。
一个人只要勤奋好学又聪明能干，
一心向主一向不沾染不良习惯。
就不该对他只见一点不看其他长处，
圣贤教导对人应多看优点原谅不足。
明智的朋友啊，花儿与刺儿从来为伴，
为什么只见刺儿尖尖不见花儿娇艳？
如果一人只见孔雀丑陋的长腿，
那实在是生性过于挑剔令人可悲。
你应心地更加纯洁，对朋友切莫过于挑剔，
晦暗不明的镜子映照不清物体。
你为人厚道到复活日才能解脱，
为何对人总是不满，非议苛责？
你不要只是眼盯着他人短处，
这样你就看不到自己的不足。①

这个故事反对只见别人缺点不见别人长处。

① 萨迪．果园 [M]．张鸿年，译．长沙：湖南文艺出版社，2000：289-290.

《蔷薇园》的写作缘由

《蔷薇园》是萨迪的代表作。这部作品是怎样写成的呢？在该书开端有“写作《蔷薇园》的缘由”：1258年的春天，萨迪隐居于设拉子城外一所风景优美的别墅里。一天夜里，他和一个朋友在花园中散步。那地方树木繁茂，清幽可爱，地面好像是铺了碎玉，葡萄藤上好像是挂满了项链。

在那花园里溪水的流声潺潺，
枝头鸟儿的歌声悠扬婉转；
各样的水果和各色的香花，
使人眼目应接不暇。
微风在那绿树的阴影下面，
把落花铺成了一张艳丽的地毯。[①]

他们流连忘返，到了早晨将要回去的时候，他的朋友用衣襟满满地兜了许多蔷薇、香草、风信子和罗勒，想要带回城里去。萨迪说道：这园中的花都是要凋谢的，即使是蔷薇园中的花也不能久存。圣人说：凡属不能长久的东西，你不要珍爱它。他的朋友问道，那该怎么办呢？萨迪回答，为了读者的浏览和游客的观赏，他要写一本《蔷薇园》，它的绿叶不会被秋风的手夺去，它的新春不会被时序的循环而变为岁暮的残景。他说完后，随即吟诗一首道：

你这花瓶有什么用场？
不如采撷我那园里的蔷薇。
这些蔷薇只有五六天开放，

① 萨迪．蔷薇园[M]. 水建馥，译．北京：人民文学出版社，1958：11–12.

我的花园冬季也不会枯萎。[1]

听完萨迪这番话，他的朋友便把衣襟里兜着的香花撒在地上，拉着萨迪的衣襟说道：君子言出必行！过了几天的时间，萨迪已经在一个小本子上写出了两卷，谈论教育的功效和为人的道理，即该书的最后两卷。后来，他完成了这部《蔷薇园》。

萨迪还在这本书里写了各地奇闻、圣人训谕、故事诗歌、帝王言行，其中也包含他自己的一部分宝贵的生活经验。这就是他写作《蔷薇园》的缘由。

在我的身体化为尘土之后，
我的诗文将会继续存留。
世间的一切都是变动不居，
我的图画却将永远留下记忆。
也许将来会有某一位圣徒，
在他祈祷的时候为我祝福。[2]

事实正如诗人所预言的那样，他的"蔷薇园"至今已经开放了760余年，仍然没有一点枯萎的样子，因为，它既有优美新颖的形式，又有深刻隽永的含义，堪称不朽的名作。

《蔷薇园》的艺术形式

《蔷薇园》共有八卷：第一卷记帝王言行；第二卷记僧侣言行；第三卷论知足常乐；第四卷论寡言；第五卷论青春与爱情；第六卷论老年昏愚；第七卷论教育的功效；第八卷论交往之道。前七卷包括一百八十六

① 萨迪．蔷薇园 [M]. 水建馥，译．北京：人民文学出版社，1958：12.

② 萨迪．蔷薇园 [M]. 水建馥，译．北京：人民文学出版社，1958：16.

个故事和若干首诗，后一卷包括一百二十条格言。

《蔷薇园》是一部在艺术形式上颇具特色的诗文集。它虽属于教诲性的作品，却不是干巴巴的说教，而是采用活泼的形式，深入浅出地阐述道理。即如萨迪所说的："萨迪的话多半是隽语风生，诙谐有趣。一般目光短浅的人认为不值得为它绞尽脑汁，耗费灯油；但我这本书是献给性行高尚的明眼人的。他们看了自会一目了然。我用美丽词采的长线串着箴言的明珠，我用欢笑的蜜糖调着忠言的苦药，免得枯燥无味，使人错过了从中获益的机会。"①

我已经完成了我的使命，
将忠言尽力奉告。
虽然有人充耳不闻，
使徒应把信息传到。②

那么，《蔷薇园》在艺术形式上主要具有哪些特点呢？笔者认为，主要可以归纳为以下两点：

首先是它的文体别致。它既不是纯粹的散文，又不是纯粹的韵文，而是散文和韵文的结合。如果再进一步分析，还可以发现韵文部分实际上又包括韵文和诗歌两种文体，前者基本合辙押韵，后者更加严谨规整。据说这种文体在波斯古已有之，不能说是萨迪的独创，但到他的手里才发展成为独立的体裁，并且达到了完美的地步。在前七卷里，他常常先用散文描述一个生动有趣的故事，刻画一些栩栩如生的形象，然后再以寓意深刻的哲理式的韵文或诗歌加以概括，从而做到了形象性和哲理性的统一，显得既生动又深刻。散文故事和韵文或诗歌互相配合，可以说散文故事是为了细致入微地说明韵文或诗歌，也可以说韵文或诗歌是为了简明扼要地注解散文故事。

---

① 萨迪．蔷薇园 [M]. 水建馥，译．北京：人民文学出版社，1958：232.

② 萨迪．蔷薇园 [M]. 水建馥，译．北京：人民文学出版社，1958：232.

例如，第七卷第十三节的故事说，有一个人眼睛生病，不去找医生，却去找兽医，上了治疗牲口眼病的药，结果眼睛瞎了。他去告状，法官认为他不能得到赔偿。“因为，”法官说，“这人如果不是驴子，决不会去找兽医。”① 这个故事的教训是：谁如果把一件重任委托给毫无经验的人，定会吃亏，而且还会被聪明人把他看作比畜生还不如。作者还题诗一首：

那人若是聪明谨慎，
决不把重任交给庸人；
他若知道某人编织草席，
决不托他纺织绸衣。②

其次是笔法浅易而多变化。他的语言朴实、自然，好像日常说话一般，但又极其简练、深刻，决非轻易可以写出。有的伊朗评论家说得好：读者读到萨迪的诗时，甚至有一种跃跃欲试的感觉，似乎自己也可以写出这样简易的诗篇。然而，应当指出，直到现在也没有一个诗人和作家的语言达到萨迪那样炉火纯青的地步。同时，萨迪的文笔又决不使人感到单调，而是富于变化的。

有的是绝妙无比的讽刺。如第二卷第二十二节讽刺贪吃的圣徒，故事说：有一个圣徒，一夜要吃三斤粮食，到早晨才把《古兰经》念完一遍。另有一个圣徒听见这件事，说道：“他只吃半个馒头，多睡些觉，要比这好得多。” ③ 这个故事的题诗是：

假如你把肚子填得太饱，
真主的光辉怎能见到？

---

① 萨迪．蔷薇园 [M]. 水建馥，译．北京：人民文学出版社，1958：174.

② 萨迪．蔷薇园 [M]. 水建馥，译．北京：人民文学出版社，1958：175.

③ 萨迪．蔷薇园 [M]. 水建馥，译．北京：人民文学出版社，1958：81.

假如你的食物满到鼻孔，
你的头脑怎能运用？[①]

有的是机智惊人的妙语。如第五卷第二节的故事说，有一天晚上，萨迪的一位亲密的友人走进房间里来，萨迪急于欢迎他，从座位上站起来的时候，袖子把灯盏扑灭了。友人坐下来以后，便责问萨迪说："你看见我进来，为什么要把灯盏扑灭呢？"萨迪当即答道："我以为太阳进来了。"

除了以上两点之外，短小精悍、言简意赅的格言就更不胜枚举了。这些不同风格的文字融合在一起，显得丰富多彩。

这部作品在艺术表现形式方面的成功，充分显示了萨迪的艺术创造力。他自己说过："我自始至终都没有像一般诗人那样袭取前人的章句。与其借用别人的服装，不如缝补自己的旧裳。"[②] 那么，他是怎样进行创造的呢？一方面，他从人民中间汲取养分。无数事实证明，他比同时代的任何波斯诗人都更注意人民口头创作和人民口头语言。从他足迹所及的各个地方的人民群众的嘴里，他听到了许多生动有趣、寓意深刻的民歌、民谣、谚语、格言和故事。另一方面，他又从书本上汲取养料，尤其是伊斯兰教经典《古兰经》。他的文风有些近似《古兰经》，不过仍有许多独创。他把这些融化在自己智慧的头脑里，再经过提炼加工，从而创造出了光照千古的著作。

《蔷薇园》的思想内涵

《蔷薇园》受到读者欢迎的更重要的原因在于，它鲜明地反映了当时伊朗以及中亚、西亚和北非伊斯兰教各国社会生活的许多方面，强烈地表现出诗人同情和热爱受苦受难的人民，嫌恶和憎恨残暴贪婪的

---

① 萨迪 . 蔷薇园 [M]. 水建馥，译 . 北京：人民文学出版社，1958：82.

② 萨迪 . 蔷薇园 [M]. 水建馥，译 . 北京：人民文学出版社，1958：232.

帝王、官吏以及富人，表彰好的僧侣、批判坏的僧侣等思想感情，并且还含有许多实用的、智慧的有关为人处世的经验教训。以下分别予以论析。

一、关于帝王和官吏的论述

在中古时代，帝王具有无上的权威。他们专横残暴，动不动就杀人。一般诗人都争相为他们歌功颂德，并以加入宫廷诗人的行列为荣。萨迪却与众不同，他傲慢地拒绝了当权者阿布·伯克尔·本·萨德·本·詹吉的邀请，不肯成为宫廷诗人，尽管这部作品名义上是献给这位当权者的。萨迪看到历史上和现实中的帝王绝大部分是坏的，于是便用他那支锋利无比的笔批判他们。

在他的笔下，多数帝王都是暴君。他们的性格特点是自私、高傲、贪婪、凶残好战、喜怒无常。

如第一卷第十五节的故事，有一个宰相被国王撤职，到托钵僧当中去生活。他们的善行使他逐渐改变，使他的心渐渐归于宁静。后来，国王回心转意，想要让他复职。他拒绝道："撤职要比复职好得多。"并题诗一首：

若在清静地方隐居，
没有狗的烦扰，人的中伤；
从此可以抛弃纸笔，
不再担心仇人诽谤。①

有人问一只山猫："为什么你要服侍狮子？"它回答说："我可以吃它剩下的食物，又可以借着它的威风躲过我的敌人。"那人又问："你

① 萨迪．蔷薇园[M]．水建馥，译．北京：人民文学出版社，1958：37.

既受它保护，得它恩惠，为什么不更加接近它，使它对你更加器重，把你看作一个心腹呢？”它回答说：“我害怕它那喜怒无常的性情。”并题诗一首：

拜火教[①]徒虽然拜火一百年，
落在火里也会被火焰吞咽。[②]

廷臣有时能从君王手中得到黄金，有时却会丧失性命。圣人说：“你要当心帝王喜怒无常的性情。有时，恭顺会使他不悦；有时，怒骂反而得到重赏。”圣人又说：“机巧圆滑，在廷臣是一种才干，在贤人却是一个缺点。”并题诗一首：

你应淡泊自处保持尊严，
让廷臣在王前陪送笑脸。[③]

又如第一卷第十六节的故事，“我”有一个朋友向“我”诉苦说：“我没有什么财产，却有一大家子人，贫穷的重担实在无法忍受。你若是能够给我谋个一官半职，使我生活舒适，我将终身感激不尽。”“我”回答说：“朋友！给国王办事有两方面——一方面固然可以得到养家糊口的好处，一方面也得担着死于非命的风险。在聪明人看来，以这样的好处去担那样的风险未免得不偿失。”并题诗一首：

穷人没有土地和山林，
没有人向他征收税款。
你若能够安于清贫，

① 拜火教即琐罗亚斯德教。

② 萨迪 . 蔷薇园 [M]. 水建馥，译 . 北京：人民文学出版社，1958：37.

③ 萨迪 . 蔷薇园 [M]. 水建馥，译 . 北京：人民文学出版社，1958：37–38.

才没有丧命的危险。[1]

他说道:“你的话与我情况不合,也不解决我的问题。”“我”回答说:“你的情况正和那只吓得拼命逃跑的狐狸一样。有人问它说:‘你为什么吓到这步田地?’它回答说:‘我听说人们正在追捕骆驼。’那人又问它:‘傻瓜!你和骆驼毫无共同之处,你和它有什么关系呢?’它回答说:‘要是有个忌恨我的人故意说,这是一只骆驼,我就会被抓住。他们哪还顾得问明是非?被蛇咬伤的人是等不及从伊拉克把药拿来就会死去的。’所以,你虽然品行端正,光明磊落,但是忌妒的人随时都在暗算你,诽谤的人随时都在暗藏着。假如他们诬告你,国王对你不满,你就要吃苦。到了那个地步,谁还为你说情呢?我看,你不如安贫乐道,放弃这种追求职位的打算吧。”

他听完“我”的话,低下头闷闷不乐,不肯接受“我”的劝告。“我”只好去找一个财政官,凭着过去的交情,请他为“我”的朋友找到了一个小职位。他上任以后,人们觉得他人缘好,又有才识,不久便高升了。他一帆风顺,心满意足,随后终于成为国王的心腹,人人都羡慕他,连朝廷元老也敬重他,“我”也为他感到高兴。

在这之后,“我”出去一段时间,当“我”从麦加朝圣归来时,他出来迎接“我”。“我”见他衣衫褴褛,神色不定,潦倒不堪。“我”问他说:“你的情况怎么样?”他答道:“和你过去所说的完全一样:有一伙人忌妒我,诬告我行为不轨,国王也不详加调查。我过去的朋友,哪怕是知交,也不肯出来说一句真话,他们把过去的交情都忘记了。正所谓:‘某人如果地位一落千丈,人人都会在他头上践踏;人们也会对他逢迎拍马,假如他的命运飞黄腾达。’我受尽了种种折磨,直到这礼拜,听说麦加的朝圣者要来了,他们才把我释放出来,没收了我的一切财产。”“我”说道:“我当初劝你,你不肯听我的话。在国王面前

① 萨迪.蔷薇园[M].水建馥,译.北京:人民文学出版社,1958:39.

做事，如同航海经商，虽能获利，总有危险；或者是发家致富，或者是死于海底。”“我”觉得不便再责备他，往他的伤口上撒盐，于是题诗二首：

商人也许能够获得无数黄金，
也许将被海浪送到岸上停灵。

当初你不肯听从我的忠告，
不料自己会戴上一副镣铐。
你既然受不住被蜇伤的苦痛，
何必把手伸进蝎子的洞中？[①]

萨迪指出，这种祸国殃民的暴君归根结底都是与人民为敌的，都是剥削和压迫人民的，因此他们必将遭到覆灭的下场。第一卷第六节他借用一个帝王的经历阐明了这个不可抗拒的规律。故事说：有个伊朗国王，横征暴敛，残害人民。人民在他的暴政压迫之下，贫穷困苦，纷纷逃亡，人口日渐减少，税收没有着落，国库日渐空虚，周围的敌人都在伺机入侵。有一天，臣子为他诵读《列王纪》。当读到国王更替时，宰相问国王：“这位新登基的国王，一无财宝，二无国土，三无军队，何以竟能据有天下呢？”国王回答说：“你不会不知道：人民拥戴他，肯为他出力，他才得了天下。”宰相说道：“陛下，既然天下的得失在于民心的向背，为什么您要使人民逃散呢？莫非您不想当国王了吗？”国王问宰相道：“怎样才能使军民倾心归附呢？”宰相回答：“国王若能大公无私，人心自然归附；国王若能仁慈宽厚，人民就能在他的庇护下安居乐业。这两件事陛下都未做到。”然而宰相的诤谏不合国王的心意。他命人将宰相捆绑起来，下在狱里。不久，国王的几个兄弟起兵

① 萨迪．蔷薇园 [M]. 水建馥，译．北京：人民文学出版社，1958：38–42.

作乱，向他要还他们父亲的领土。过去从他的暴政下逃亡的人民，纷纷投奔他的兄弟，为他们出力，从他手上夺取了天下。这个故事的题诗说得很明确：

暴君决不可为王，
豺狼决不可牧羊。
国王对人民任意榨取，
正是削弱国家的根基。

假如帝王欺压人民，
在危难中就会众叛亲离。
你若时时体念人民，
在战争时才能无所畏惧。
因为君主如果英明有为，
全国人民便是军队。[①]

对于这种危害人民的暴君，萨迪是万分痛恨的。第一卷第十一节表达的就是这种感情。这个故事说：有一个圣徒，他的祈祷最为灵验。有一次，他来到巴格达。人们将此事报告给暴君哈志·宾·优素福，暴君派人将圣徒请去，说道："请为我作一次最好的祝愿。"圣徒说："主啊！取走他的生命吧。"暴君问道："天哪！这算是最好的祝愿吗？"圣徒说："对于你和对于全体穆斯林，这个祝愿就是最好不过的了。"这个故事的题诗是：

暴君，暴君，你是人民的灾难，
你应立即关闭你的市廛！

---

① 萨迪．蔷薇园[M]．水建馥，译．北京：人民文学出版社，1958：28–29.

王权对你有害无益，
你的死胜于你的暴力。[①]

萨迪称暴君为“国家的敌人”“天下最大的恶人”，主张对他们不可心慈手软，因为——

我们虽然承认仁慈可取，
不要为暴君的创伤涂药。
你对毒蛇如果怜悯惋惜，
就是对亚当的子孙残暴。[②]

这真可谓爱憎分明。第一卷第二十节的题诗说得更为干脆：

烈火焚烧柴木，一时不会烧光。
人民痛恨暴君，转眼叫他灭亡。[③]

这些足以说明，萨迪对暴君采取的是否定的态度，他有时讽刺，有时挖苦，有时则加以攻击，情绪非常激烈。

不过，萨迪虽否定暴君，却并不彻底否定王权。由于时代和思想的局限，他认为帝王还是要有的，但是，在他的心目中，帝王和人民的关系应当是保护和被保护的关系，而不应当是压迫和被压迫的关系。

在第一卷第二十八节里，诗人借一个托钵僧之口表达了这种观点。故事说：有个托钵僧独自坐在郊外的一个荒僻地方，国王从他身边经过。他弃世绝俗，清心寡欲，不理不睬，头也不抬。国王有失威风，不觉勃然大怒，说道：“这班穿破袍的穷僧真和畜生一样。”宰相

---

① 萨迪．蔷薇园 [M]. 水建馥，译．北京：人民文学出版社，1958：33.

② 萨迪．蔷薇园 [M]. 水建馥，译．北京：人民文学出版社，1958：196.

③ 萨迪．蔷薇园 [M]. 水建馥，译．北京：人民文学出版社，1958：46.

连忙对托钵僧说道:“王上从你眼前经过，你怎么就不知恭敬，上前行礼呢？”他回答说:“先请告诉王上，教他找那有求于他的人伺候他吧。再请告诉他，国王是保护百姓的，不是百姓应当伺候国王。”他又说道:

国王虽然拥有天下的财富，
应是保护人民的民牧。
不是羊群应当照顾牧人，
而是牧人应当保护羊群。

今日你见这人飞黄腾达，
那人在困苦中挣扎；
你不要轻易妄下判断，
且待两人同为黄土所掩。
一朝生命告了終结，
帝王、奴隶毫无区别。
纵使有人掘启坟墓，
也难分辨谁贫谁富。①

国王听了这番话很受感动，于是说道:“你向我要求一件赏赐吧。”那托钵僧说:“我求你以后不要再来打搅我。”国王又说:“那么请给我一两句忠告吧。”托钵僧说道:

你应记取，而今你是得天独厚，
你这土地钱财终将落入他人之手。②

这是民贵君轻的思想。在当时的社会，这种思想无疑具有一定的

① 萨迪．蔷薇园 [M]. 水建馥，译．北京：人民文学出版社，1958：54–55.

② 萨迪．蔷薇园 [M]. 水建馥，译．北京：人民文学出版社，1958：55.

民主性和进步性，不过并未脱出固有统治秩序的框框。既然如此，他就只好把希望寄托在理想帝王的身上。虽然他也知道这样的帝王是极为罕见的，在现实生活中是很难找到的，可是他并不甘心，在现实社会上没有，就到历史传说中去寻找，终于发现了一个努什旺王①，于是便不厌其烦地对他加以颂扬，以寄托自己的理想。那么，他笔下的好帝王有什么特点呢？他们仁慈宽厚，关心人民。

如第一卷第十八节的故事：有一位国王从他父亲那里承继了无数财宝。他宽仁大度，慷慨好施，把无数的钱财都散发给士兵和平民。有个大臣不明事理，劝告他说："先王得到这些财宝，不知经过多少辛苦，原是留作正当用途的。前面有艰难，后面有强敌，您还是不要再这样吧，到了急需时反而弄得无法可想。您把所有的钱财散给人民，每人得到的粮食不过几颗。不如向每人征收一粒白银，您的库藏便可日日增多。"国王听了他这番话，不以为然，露出不悦之色，说道："主让我治理天下，我除自用之外，应当周济别人。我决不做一个守财奴。"这个故事的题诗是：

沉香本来并没有气息，
放在火上才会散出芬芳。
只有善行才会为你带来声誉，
种子撒在地里才会生长。

卡伦没有带走他的40件宝物②，
努什旺王的善名却能流传千古。③

又如第一卷第十九节的故事：有一次努什旺王出外打猎，仆人为

① 即《列王纪全集》中的阿努希拉旺王。

② 卡伦为富不仁，骄奢淫逸，终于灭亡。事见《古兰经》第28章第76~84节。

③ 萨迪．蔷薇园[M]．水建馥，译．北京：人民文学出版社，1958：44–45.

他烹调一只野味，可是找不到盐。他们正要派一个仆人到村子里去取的时候，努什旺王说道："你拿百姓家的盐，不要忘了付钱，假如坏了规矩，这座村子就要破产了。"仆人们说道："讨一点盐有什么要紧的呢？"努什旺王回答："一切的罪恶最初都是微不足道，由于相习成风，最后便不可收拾了。"这个故事的题诗是：

国王如果在一个百姓的园子里，
取一个苹果，臣属就会砍走一棵树；
苏丹如果放纵了自己，
拿走五个鸡蛋，他的臣属
就会杀死百姓家里的一千只母鸡。

暴君的寿命虽然有限，
他的恶名却将永远流传。①

再如，第一卷第三十七节的故事：有人向正义的努什旺王报捷说："主已经取走了您的敌人的性命。"他回答道："你以为主会使我永存吗？"这个故事的题诗是：

敌人死亡何足庆幸？
我的生命也有穷尽。②

萨迪认为，像这样的好帝王是值得赞扬的，死后可以升入天堂。正如第二卷第16节的故事所说的那样：有一个善人，梦见一个国王在天国，一个圣徒却在地狱。他问道："为什么这一个到了天堂，那一个反倒进了地狱呢？"他听见回答道："这位国王因为爱护穷人，所以进了天国；那个圣徒因为常在帝王门前奔走，所以坠入地狱。"

---

① 萨迪．蔷薇园[M]．水建馥，译．北京：人民文学出版社，1958：45-46.

② 萨迪．蔷薇园[M]．水建馥，译．北京：人民文学出版社，1958：60.

何用这些毛衣、数珠和旧裳?
只要你的行为正当,
就不必把这顶破帽戴在头上;
你的心若能和圣徒一样,
戴上鞑靼人的礼帽也无妨。[①]

由此可见,萨迪主要是以对待人民的态度为尺度来评判帝王的:暴君有许多坏品质,归根到底是欺压人民;明君有许多好品质,归根到底是不欺压人民。他否定前者,肯定后者,并且想用二者的对照,来给当代帝王指出一条正确的路。他的目的是劝诫他们,警告他们,但并非一般的劝诫和警告,而是十分严厉的劝诫,是十分严重的警告。虽然他采取的不是否定王权而是维护王权的态度,不是否定封建秩序而是维护封建秩序的态度,可是他对暴君最严厉的谴责确乎是广大人民群众愤怒情绪的直接反映,他对明君的颂扬也正是广大人民群众理想和愿望的曲折表现。在760余年前王权神圣的时代,他敢于这样鲜明地提出自己的观点,实在是难能可贵。

萨迪否定暴君,而现实社会中的帝王又多是暴君,所以萨迪对在他们手下服务的官吏也很少怀有好感。在萨迪的笔下,诚然也有刚正的官吏,可多数官吏都是暴君压迫人民的爪牙和帮凶。他们是贪婪的,专门以搜刮民脂民膏为己任。第八卷第一百零三节所写的法官就是如此——“所有人的牙齿都怕酸的,法官的牙齿却是最受不得甜的。

你把五条胡瓜送给法官,
他会判给你十处瓜田。”[②]

他们又是横暴的,专门以欺压人民为能事。第八卷第一百零四节

① 萨迪.蔷薇园[M].水建馥,译.北京:人民文学出版社,1958:76.

② 萨迪.蔷薇园[M].水建馥,译.北京:人民文学出版社,1958:230.

所写的巡官就是这样——妓女衰老以后，巡官退休以后，还能怎样呢？前者只能发誓不再卖淫，后者只能发誓不再横暴。

年轻时作修士才可称赞，
若是老年，本来已不能作乐寻欢。[①]

这是他对这帮家伙的辛辣讽刺。

一般来说，萨迪对官吏没有什么好的印象，认为他们远远不如自食其力的劳动者。第一卷第三十六节所表现的正是这样一种观点。这个故事说：有兄弟二人，一个在苏丹那里做官，一个靠双手劳动，自食其力。有一次，那有钱的兄弟对那贫穷的说："你何不也来伺候苏丹，摆脱这苦重的劳动？"对方回答："你若摆脱你这伺候人的可耻地位，岂不更好？圣人说：'与其腰束金带，服侍别人，不如坐在地上，自食其力。'"这个故事的题诗是：

与其抱手而立伺候权贵，
不如动手操劳搅拌泥灰。

可贵的生命，为何如此：
夏日为食，冬日为衣。
糊涂昏聩的肚子，你应满足一片面包，
何必让我在贵人面前折腰。[②]

对于那些帮助暴君欺压人民的贪官污吏，萨迪更是深恶痛绝。第一卷第二十节写了一个税吏为了充实苏丹的府库，不惜使百姓家破人亡的故事。诗人借圣人的话给他以严厉谴责："谁若欺压真主的百姓以

① 萨迪．蔷薇园[M]．水建馥，译．北京：人民文学出版社，1958：230–231.

② 萨迪．蔷薇园[M]．水建馥，译．北京：人民文学出版社，1958：38.

讨好一人，真主将发动百姓将他诛灭。”诗人还接着写道：人说兽类之中，狮子最高贵，驴子最低贱，但圣人认为，负重的驴子远比吃人的狮子可取。题诗是：

驴子虽然蠢笨愚昧，
驮物使人觉得可贵。
忍苦负重的牛和驴子，
胜于为害人群的败类。

你若不得人心，
难得苏丹赏识；
你对人类无情，
真主岂能仁慈？[①]

二、关于富人的论述

萨迪对于富人的态度是复杂的、矛盾的，为当时时代所限制，他不可能用阶级的观点看待问题，不能从剥削被剥削和压迫被压迫的关系分析社会各集团的性质，因而笼统地认为善不属于一个社会集团，恶也不属于一个社会集团，富人中也有好人，穷人中也有坏人。然而在现实生活中，他又不能不看到极端严重的贫富悬殊的现象，不能不看到无所不在的剥削和被剥削、压迫和被压迫的事实，因而又不能不发现富人的许多劣迹，不能不把同情放在穷人一边，所以，在他的笔下，富人里固然也有好人，但多数富人是贪婪的、吝啬的，是被嘲弄的对象。他特别喜欢挖苦那些吝啬鬼。

① 萨迪．蔷薇园 [M]. 水建馥，译．北京：人民文学出版社，1958：46–47.

如第六卷第七节就是一个很好的例子。这个故事说：有个富翁，极为悭吝。他的独生子患病，朋友们都劝他："或是念一卷《古兰经》，或是祭献一头家畜，求主保佑你儿子的病早好。"他想了一想，说道："我念《古兰经》吧。我的《古兰经》在手边，我的羊群都放到远地去了。"有个圣徒听见这件事，说道："他选择《古兰经》，只是因为经句可以从他的舌尖上毫不费力地溜出来，钱财却要挖取他的心。"这个故事的题诗是：

要他祈祷倒还好办，
要他布施就很为难。
要他拿出一个金币，他像一头驴，
固执得怎么也不肯走出泥地。
可是要他把《古兰经》念一卷，
念一百遍他也心甘情愿。[1]

当亲眼看见富人压迫穷人，主人虐待仆人时，萨迪就不能不站出来公开谴责前者而维护后者。如第七卷第十五节的故事：有一位圣徒从富人门前经过，看见富人把一个仆人的手脚捆绑起来，正在百般毒打。他说道："孩子！主交给你一个和你同样的人服侍你，你应当感谢主的恩赐，不应该这样虐待他。你不要忘了审判日那一天，仆人将比你高贵，你将无脸见人。"这个故事的题诗是：

你对仆人不要这样飞扬跋扈，
不要虐待他，使他这样受苦。
你为他付过十块钱的身价，
但是他的生命不是你所给他。

① 萨迪．蔷薇园 [M]. 水建馥，译．北京：人民文学出版社，1958：164.

你的震怒、权力、傲慢都将消亡，
真主的权力远比你的权力高强。
现在你是阿兰和阿富[①]的主人，
但是你不要忘记你自己的主人。

对于服侍你的奴仆，
不要任意加以打骂；
在那最后的审判日里，
你将懊悔戴上枷锁，
他却不受任何惩罚。[②]

应当指出，萨迪对富人的态度是同他对帝王的态度密切相关的。一方面，他并未希图彻底改变人压迫人、人剥削人的现存社会秩序，所以他并不否定帝王的统治，只是盼望英明的帝王出现；他也不否定富人的剥削，只是盼望慈善的富人多一些。另一方面，他又对一部分人作威作福，另一部分人当牛做马的社会现象非常不满，所以他既严厉谴责暴虐不仁的帝王，也严厉谴责为富不仁的富人。

三、关于僧侣的论述

萨迪还大量记述了宗教人士的言行。他本人是个伊斯兰教徒，因而他在很多地方赞美伊斯兰教，赞美真主，赞美宗教人士。在他的笔下，不少圣徒道德高尚，学识渊博，真理往往掌握在他们手中。

如第二卷第四节的故事：有一个小偷溜进一个隐士家里。他四处寻找，一无所获。在伤心之余正要转身走掉，那圣徒却拿起自己睡觉的毯子来，故意扔到他路过的地方，使他不致过度失望。

---

① 仆人的名字。

② 萨迪．蔷薇园 [M]. 水建馥，译．北京：人民文学出版社，1958：175–176.

凡是真心信仰安拉的人，
甚至不愿刺伤敌人的心。
谁若背弃了自己的友人，
怎能达到这样的界境？[①]

再如第二卷第八节的故事：有一个圣徒在公众面前受到赞扬，大家对他的品德推崇备至。他抬起头来说道："我是怎样的人我自己知道。"这个故事的题诗是：

你对我的外表赞叹不止，
我的内心你却一无所知。

我的外貌看来虽然十分端好，
我内心的缺点却使我感到羞惭。
孔雀虽然为自己的羽毛而自豪，
也为丑陋的双脚感到不安。[②]

又如第二卷第二十一节的故事：有人问卢格曼[③]："你向什么人学来礼貌？"他回答说："向那没有礼貌的人。凡是他那要不得的举动，我决不去做。"这个故事的题诗是：

虽然只是一句笑话，
智者从中得到教益。
虽然那是百卷经典，

---

① 萨迪．蔷薇园 [M]. 水建馥，译．北京：人民文学出版社，1958：67.
② 萨迪．蔷薇园 [M]. 水建馥，译．北京：人民文学出版社，1958：71.
③ 在《古兰经》中，卢格曼是世上最聪明的人。

愚人始终认作儿戏。[①]

但是，他也并不认为圣徒个个都是合乎理想的，因为他看重的是实质，不是名义；是品德，不是外表。正如第二卷第四十七节所说的那样："托钵僧的外貌是衣衫破烂，光头光顶；内心却是精神振作，清心寡欲。"并题诗一首：

他不坐在纷争门口，
不为争吵动心。
山上虽然落下石头，
他也一样镇静。[②]

然后写道："圣徒的生活应当是思念和感谢；敬拜和顺从（真主）；施与和满足；仁义和信赖；驯顺和坚忍。谁有这样的品德，就是真正的信徒，尽管身上穿的是华贵的袍子。假如一个人华而不实，不做祷告，贪求饱暖，纵情逸乐，从早到晚穷奢极欲，从早到晚昏睡不醒，大吃大喝，信口开河，他就是一个浪子，尽管他披着托钵僧的外衣。"[③]并题诗一首：

你的心里如果不善，
何必穿上圣洁的衣衫？
不如拉开华丽的帷幔，
露出屋里的草垫。[④]

---

① 萨迪．蔷薇园 [M]. 水建馥，译．北京：人民文学出版社，1958：81.

② 萨迪．蔷薇园 [M]. 水建馥，译．北京：人民文学出版社，1958：103.

③ 萨迪．蔷薇园 [M]. 水建馥，译．北京：人民文学出版社，1958：103.

④ 萨迪．蔷薇园 [M]. 水建馥，译．北京：人民文学出版社，1958：103.

又如第二卷第五节的题诗写道：

破衣原是圣徒的表记，
人们看人常看外衣。
如果真是行为善良，
穿上锦缎又何妨？
心地不在戴帽穿衣，
品德不在衣衫褴褛。
圣洁不在服装如何，
只在于远离邪恶。
铠甲只配穿在勇士身上，
懦夫不配带枪。[①]

用这个标准来衡量现实生活中的圣徒，他发现其中有不少人是披着宗教外衣的伪善者。于是，他常常很尖锐地揭露他们中的伪君子。他对那些奉承帝王，在权势者面前奔走的宗教人士特别反感，他那锋利的笔往往指向他们。

如第二卷第六节的故事：有一个圣徒到国王那里赴宴，在大家用膳的时候，他吃得比平日格外少，在大家祈祷的时候，他祈祷得比平时格外长，以求别人对他尊敬。题诗是：

阿拉伯人啊！天房的大殿你进不去，
你的道路只通向鞑靼人的土地。[②]

回到家里，他立即吩咐给他开饭。他的儿子心直口快，便问他道："爸爸，您在国王那里没有吃饭吗？"他回答道："我因为另有所图，

① 萨迪．蔷薇园 [M]. 水建馥，译．北京：人民文学出版社，1958：67–69.

② 萨迪．蔷薇园 [M]. 水建馥，译．北京：人民文学出版社，1958：69–70.

在他们面前没有多吃。”他儿子说道：“既然这样，您的祈祷也不能算数，还得重新来作。”题诗是：

你把你的优点放在手心，
把缺点藏在腋窝里。
虚伪的人，假如困苦来临，
你的赝币岂能买到东西？①

又如第二卷第十八节的故事：国王召请一位僧人。那僧人心想：“我若吃些消瘦的药品，显得清癯憔悴，当会抬高我的身份。”于是他吞下毒药，因而丧命。这个故事的题诗是：

那人像是多肉的阿月浑子②，
实是皮中有皮的葱头。
圣徒如果贪图世人的重视，
便是背向麦加祈求。③
你若真是真主仆人，
真主之外没有主人。④

以上两例就是萨迪所勾画的这类人的丑恶形象。“这人穿了一件圣徒的衣裳，等于把天房的幔子披在驴子身上。”⑤——诗人对这帮宗教败类的愤怒溢于言表。

---

① 萨迪．蔷薇园 [M]. 水建馥，译．北京：人民文学出版社，1958：69–70.

② 又名开心果。

③ 按《古兰经》规定，穆斯林在礼拜时应朝向麦加的天房。

④ 萨迪．蔷薇园 [M]. 水建馥，译．北京：人民文学出版社，1958：77–78.

⑤ 萨迪．蔷薇园 [M]. 水建馥，译．北京：人民文学出版社，1958：68.

四、关于为人处世的论述

除了以上内容之外，萨迪还用相当多的篇幅记载了许多有关为人处世的道理和认识问题的经验教训，这是他吸取别人的智慧，加上自己的实际体验，并且经过深思熟虑后的总结。其中有不少可以说是真理，直到今天仍然有借鉴意义。

有的提倡知足常乐，安贫乐道。如第三卷第二节的故事：埃及某贵人有两个儿子。一个研究学问，一个追求富贵。后来，一个成为当代的博士，一个做了埃及王。这富有的儿子很轻视他那有学问的兄弟。他说："我做了国王，你却依然一无所有。"那博士回答说："兄弟！我当感谢至尊至贵的真主，给了我这么大的恩惠。因为，我得到的是先知的遗产——智慧，你得到的是法老欧和哈玛[①]留传下来的埃及。"这个故事的题诗是：

与其做一只蜇人的黄蜂，
我宁愿做人们脚下的蚂蚁。
我感激苍天给我的恩宠，
使我没有伤害别人的能力。[②]

又如第三卷第二十二节的故事：有一个商人随身带了 150 只骆驼，还有 50 个奴仆。一天晚上，他在波斯湾怯失岛的寓所招待诗人，终夜夸夸其谈。他说："我在土耳其斯坦存着一批货；我在印度斯坦有一批货色齐全的商品；这张是房契，这张是商号开给我的抵押单。"又说："我打算到亚历山大里亚去住一阵，那边空气好，对身体有益；可惜地中海风浪太大，现在去不成。萨迪！我只想再作一次旅行，实现以后就深居简出，了此余生，不再出外经商了。"诗人问他："你的旅行计划

① 法老欧和哈玛是一对昏聩的君臣。
② 萨迪．蔷薇园 [M]. 水建馥，译．北京：人民文学出版社，1958：106–107.

如何呢？”他说：“我听说硫黄在中国很值钱，我想把波斯的硫黄带到中国，把中国的瓷器带到希腊，把希腊或威尼斯的绸缎带到印度，把印度的铁带到阿勒颇，把阿勒颇的玻璃品带到也门，再从也门把花布带回波斯。然后我就守着我的铺子，不再出外旅行了。”他滔滔不绝地说下去，一直说到声嘶力竭。最后说道：“萨迪！你也谈谈你的见闻吧。”诗人说道：

“沙漠里有个商人从骆驼上跌下，
你没听见他临死时所说的话吗？
他说：“贪婪的眼睛如果永不满足，
终究会被黄土将他封住。”①

又如第八卷第三十一节的故事：“十个人可以同桌进食，两只狗不能共吃一具死尸。贪婪的人富有天下，也难饱足；知足的人只要一块面饼，便可充饥。”并题诗一首：

一个面包可把饥饿的肚子填满，
天下的财富满足不了贪婪的双眼。

当我的父亲已经十分衰老，
在临死之前给我一番忠告：
“烈火一般的欲望，你应避免，
别在地狱中为自己安排火焰。
那里的火焰你一定经受不起，
你应清心寡欲，及早以水把它浇熄。”②

① 萨迪．蔷薇园[M]．水建馥，译．北京：人民文学出版社，1958：120–121.
② 萨迪．蔷薇园[M]．水建馥，译．北京：人民文学出版社，1958：201–202.

有的歌颂美妙的青春和纯真的爱情。如第五卷第十一节的故事是用诗体写成的，内容如下：

我听说有一个英俊的青年，
带着美丽的情人一起坐船。
他们在途中遇见惊涛骇浪，
把两人一齐卷到茫茫海上。
船夫伸手搭救那可爱青年，
想把他救出水乡里的墓园。
那青年虽然已经奄奄一息，
仍喊着说："我的爱人在哪里？
你快去救她，救她，救她！"
临死之前他喊出最后一句话：
"谁在患难中把他的情人抛弃，
千万不要相信他的甜言蜜语！"
一对可怜情人终于同时灭顶，
萨迪所说的话你要牢记在心：
因为他深深懂得爱情的深意，
像是巴格达人精通阿拉伯语。
假如你对他深爱，对他钟情，
对世间的一切就应闭上眼睛。
假如蕾莉与马杰农重回大地，
也将从我这卷书里得到教益。[①]

有的提倡坚韧不拔，坚持到底。如第六卷第四节的故事：有一天，诗人凭着年富力强，拼命赶路。傍晚停下来，精疲力竭，便一头倒在山脚下。旅伴中有个年迈力衰的老人对诗人说道："起来吧，这不是睡

① 萨迪．蔷薇园 [M]. 水建馥，译．北京：人民文学出版社，1958：157.

觉的地方。”诗人说道：“我的两只脚动不得了，哪能再往前走？”老人责备诗人说：“你没有听见说吗？走走停停，胜于跑得筋疲力尽。”这个故事的题诗是：

若想到达终点，不要拼命奔跑；
你应坚持，并听取我的忠告：
疾驰的快马往往只跑两个驿亭，
从容的骆驼才能日夜前行。①

又如第八卷第三十五节写道：“事业常成于坚忍，毁于急躁。”并题诗一首：

我在沙漠中曾亲眼看见，
匆忙的旅人落在从容的后边。
疾驰的骏马落在后头，
缓步的骆驼继续向前。②

有的强调知识的重要性。如第七卷第二节的故事：有一位哲学家教导他的儿子们说道：“我的宝贝！你们应当努力求学，因为世上的一切东西，无论土地还是金钱，都是靠不住的。权位不能离开本乡本土，带着金钱上路也不保险，或者会被盗贼抢去，或者会被渐渐用光；知识却是取之不尽的源泉，用之不竭的财富；假如有知识，即使钱财用完也不要紧，因为知识是存在头脑里的财产。有学问的人无论到什么地方，都受人尊敬，坐在首席；没有学问的人无论到哪里，都只有吃残羹剩饭，看人冷眼。”③并题诗道：

---

① 萨迪．蔷薇园 [M]. 水建馥，译．北京：人民文学出版社，1958：162.

② 萨迪．蔷薇园 [M]. 水建馥，译．北京：人民文学出版社，1958：203–204.

③ 萨迪．蔷薇园 [M]. 水建馥，译．北京：人民文学出版社，1958：204.

曾在高位，难于屈膝；
曾经享福，难受委屈。

有一回叙利亚发生大扰攘，
人民纷纷离乡背井。
国王忙把农民的儿子请去做宰相，
因为他绝顶聪明；
宰相的儿子却被赶走，
到各地去向人求乞。

你若想继承父业，应把他的话牢记在心，
因为他所留下的钱财十天就会用尽。①

有的强调知识与实践的密切关系。如第八卷第三节的故事：有两种人徒劳无功。一种人得到财富不肯享用，一种人得到学问不肯实践。并题诗一首：

无论你腹中有多少知识，
假如不用便是一无所知。
牲口虽然驮着无数经卷，
也不算聪明饱学的圣贤。
驴子虽然驮着重重的口袋，
哪会知道里面是书还是木柴？②

又如第八卷第四十节写道："有了知识而不运用，如同一个农民耕

① 萨迪．蔷薇园 [M]. 水建馥，译．北京：人民文学出版社，1958：165–166.
② 萨迪．蔷薇园 [M]. 水建馥，译．北京：人民文学出版社，1958：190–191.

耘而不播种。”[①]

再如第八卷第七十三节写道：“有知识的人不实践，等于一只蜜蜂不酿蜜。”[②]

有的指出知识必须用在正当地方。如第八卷第六十三节写道：“作恶原不是好事，有学识的人作恶尤为不可；因为学识是战胜恶魔的武器，如果手持武器而为敌人所俘最为可耻。”并题诗一首：

一个无知的人受到人们非难，
强过一个智者明知而故犯。
前者只是盲人走上歧途，
后者却是睁着眼睛迷路。[③]

有的赞美清心寡欲。如第七卷第十八节的故事：我问圣人这句谚语怎样解释：“最大的仇敌莫过于自己的情欲。”他回答说：“任何的敌人，你若对他好，都有可能成为朋友；唯独你自己的情欲，你越待它宽厚，它越与你为敌。”并题诗一首：

你若贪心不足，将会变成畜生，
你若清心寡欲，就是一个神仙。
你若善待别人，人人都会感恩，
唯有你那欲望，你愈宽大它愈造反。[④]

又如第八卷第七十四节写道：“圣徒如果贪婪便是强盗。”并题诗一首：

---

① 萨迪 . 蔷薇园 [M]. 水建馥，译 . 北京：人民文学出版社，1958：205.
② 萨迪 . 蔷薇园 [M]. 水建馥，译 . 北京：人民文学出版社，1958：218.
③ 萨迪 . 蔷薇园 [M]. 水建馥，译 . 北京：人民文学出版社，1958：214.
④ 萨迪 . 蔷薇园 [M]. 水建馥，译 . 北京：人民文学出版社，1958：179.

你为了得到人们的赞扬，
穿上了善行的白色衣服。
你应牢牢记在心上：
圣徒首先应当弃世绝俗，
不要只注意衣袖的短长。①

有的论述正确的思想方法。如第八卷第四十四节写道："并不是每一个外表美好的人都有完美的心灵；因为品德在于内心，不在于外表。"又题诗一首：

从一个人的办事能力，
一天便可看出学问高低。
但是他心中的善恶，
决不可妄加推测。
因为这要经过长久的岁月，
才能见出他内心的卑劣。②

有的主张为人应该慎言。如第四卷第五节的故事：有一次圣人卡伦看见一个愚人抓住一个有学问人的领子，横加侮辱。他说道："假如这人真是聪明，便不会和一个愚人闹到这步田地了。"这个故事的题诗是：

理智的人决不会挑起争端，
聪明人决不会和傻子争辩。
愚人虽然说话野蛮粗鲁，
聪明人也会温和地加以说服。

① 萨迪．蔷薇园 [M]. 水建馥，译．北京：人民文学出版社，1958：219.
② 萨迪．蔷薇园 [M]. 水建馥，译．北京：人民文学出版社，1958：206–207.

两个明白人不会争夺一根头发，
蛮横的人和温厚的人决不会吵架。
可是即或那是一根铁链，
两个愚人也会把它抢断。①

又如第八卷第三十六节写道："无知的人最好是沉默。他若知道这一点，便不算无知。"并题诗一首：

愚蠢的谈话会使人显得平庸，
你若没有才智最好不要开口。
胡桃如果掂起来分量不重，
准是腹中空虚，有皮无肉。

有个傻子在教训一头驴：
"你怎么永远学不会一点东西？"
聪明人在旁边说道："傻瓜！
你白费时间，不怕别人笑话？
牲口岂能从你受到教育，
倒不如你向它的沉默学习。"

说话之前如果不先想想，
总难说得正确适当。
你若不能口若悬河，
不如像牲口一样沉默。②

又如第八卷第三十七节写道："谁如果和比自己高明的人争论，以

① 萨迪．蔷薇园 [M]. 水建馥，译．北京：人民文学出版社，1958：140.
② 萨迪．蔷薇园 [M]. 水建馥，译．北京：人民文学出版社，1958：204.

自显聪明，只会使人觉得愚蠢。”并题诗一首：

假如比你高明的人在说话，
你虽另有所见，也不要反驳他。[①]

有的反对谎言。如第八卷第八十四节的故事：说谎话等于受刀伤；伤口虽然愈合，却会留下痕迹。约瑟的兄弟们一向说谎，他们说了真话，别人也不肯信任了。他们的父亲说："这是你们的坏心叫你们作恶。但我还是忍耐吧。"[②]并题诗一首：

他如果一向说话可靠，
一次说错别人也会原谅。
他如果一向喜欢捏造，
说了真话也被认作撒谎。[③]

有的主张爱憎分明。如第八卷第八节写道："怜悯恶人便是亏负好人，宽容恶霸便是欺压平民。"并题诗一首：

若对坏人宽容，
便是和他串通。[④]

有的倡导不耻下问。如第八卷第七十七节的故事：有人问教长穆

① 萨迪．蔷薇园 [M]. 水建馥，译．北京：人民文学出版社，1958：205.

② 约瑟的兄弟们把他推进坑里，假说是被狼吃掉了，回去向他们的父亲报告。他们的父亲不相信他们的话，便说了这句话。

③ 萨迪．蔷薇园 [M]. 水建馥，译．北京：人民文学出版社，1958：223.

④ 萨迪．蔷薇园 [M]. 水建馥，译．北京：人民文学出版社，1958：192.

罕默德·吉萨里[①]："您怎样获得这么大的学问？"他回答说："凡是我不知道的，我都不耻下问。"并题诗一首：

假如你认为自己的病能治好，
总应请教一位高明的医生。
凡是你不知道的事，都应向人请教。
虽然这会有失身份，
学问却会日渐加深。[②]

有的认为人贵有自知之明。如第八卷第二十八节写道："你不要接受敌人的哄骗，也不要听信佞人的逢迎；前者布下虚伪的网，后者张开了贪求的嘴。喜欢别人吹捧的愚人，如同一具死尸，因脚踝水肿而显得肥胖。"并题诗一首：

不要听信他的吹拍，
他想从你得些小惠。
假如你不满足他的期待，
他会百般将你诋毁。[③]

有的强调理性的重要意义。如第八卷第五十八节写道："理性为感情所掌握，如同一个软弱的人落在泼辣的女人手中。"[④]

有的倡导吸取前人的经验教训。如第八卷第九十节写道："有善心的人，接受先人的教训，不使自己成为后人的借鉴。"并题诗一首：

---

① 苏菲派的著名长老。

② 萨迪．蔷薇园 [M]. 水建馥，译．北京：人民文学出版社，1958：220.

③ 萨迪．蔷薇园 [M]. 水建馥，译．北京：人民文学出版社，1958：200.

④ 萨迪．蔷薇园 [M]. 水建馥，译．北京：人民文学出版社，1958：212.

一只麻雀已落在罗网里边，
另一只不会再飞来吃米。
你应记取前人的痛苦经验，
勿作后人取得教训的前例。[①]

有的讽刺守财奴。如第八卷第九节写道："地下的金子要从矿脉里挖取，守财奴的金子要从他的灵魂里发掘。"并题诗一首：

卑微的人紧紧地把钱攥在手里，
他说道："与其受用，不如积聚。"
不久他死了，成为贪婪的牺牲品，
敌人称快，他却没有带走一点黄金。[②]

又如第八卷第一百零六节写道："有两类人将饮恨而死：一类是空有钱财而未受用；一类是空有知识而未实践。"并题诗一首：

假如那人生性悭吝，
人人都将指出他的疵病。
仁人虽有两百过错，
也不会被人算作罪恶。[③]

但是，其中也有若干不能原封不动地照搬到今天来的内容。有的是宣扬宿命论的。如第八卷第六十七节写道："不是命中注定的，不会到手；若是命中注定的，我们逃不掉。"[④]又如第八卷第六十八节写道：

① 萨迪．蔷薇园 [M]．水建馥，译．北京：人民文学出版社，1958：225.
② 萨迪．蔷薇园 [M]．水建馥，译．北京：人民文学出版社，1958：227.
③ 萨迪．蔷薇园 [M]．水建馥，译．北京：人民文学出版社，1958：231.
④ 萨迪．蔷薇园 [M]．水建馥，译．北京：人民文学出版社，1958：216.

“若不是靠天帮助，渔翁休想在底格里斯河打到一条鱼；若不是命中注定，一条鱼决不会死在陆地。”[①] 在笔者看来，这些说法都具有一定的消极色彩，完全忽视了人的主观能动性。

有的是轻视妇女的。如第八卷第五十三节写道：“和女人去商量最坏事，对恶人宽容便是犯罪。”[②] 在笔者看来，这种说法对于女人是不公正的，将女人与恶人相提并论是一种偏见，而这种偏见之所以产生则与当时的时代局限不无关系。

总而言之，《蔷薇园》的思想内涵相当丰富，有的观点还是相当深刻、相当激进的。在与萨迪同时代的波斯诗人中，没有人像他这样经历了如此长期的、艰苦的流浪生活，没有人像他这样如此广泛地接触了社会各个阶层的人，尤其是下层人民，因此，萨迪就比同时代的波斯诗人更全面、更深入地描绘出当时的社会面貌和社会矛盾，更直接有力地表达出人民大众的情绪和愿望。不过，由于历史的前进和时代的推移，其中有些东西已经显得陈旧，所以，我们应当采取分析的态度，吸取那些对我们有益的东西，扬弃那些对我们有害的东西。

不言而喻，《果园》与《蔷薇园》有许多相似之处，所以，人们常对二者进行比较研究。有的学者认为，前者表现的主要是诗人对理想世界的向往；后者表现的主要是诗人对现实世界的认识，这种看法不无道理。如拉兹姆米在《果园》的“前言”中写道：“《蔷薇园》是一幅现实世界的图画。在这部作品中，人的精神与道德面貌是什么样子，就被圆熟地表现成什么样子……而《果园》则是萨迪对理想世界向往的产物。这部书中充满善良、纯洁、理想和赤诚。”[③]

---

① 萨迪．蔷薇园 [M]. 水建馥，译．北京：人民文学出版社，1958：216.

② 萨迪．蔷薇园 [M]. 水建馥，译．北京：人民文学出版社，1958：208.

③ 张鸿年．波斯文学史 [M]. 北京：昆仑出版社，2003：217.

萨迪的地位和影响

萨迪在波斯诗歌黄金时代占有重要地位，他的诗歌语言精美，因而人们把波斯语称为“萨迪的语言”。他的抒情诗为其后不久问世的抒情诗人哈菲兹的抒情诗打下了良好的基础，他的《蔷薇园》则成为另一位诗人贾米写作《春园》的范本。

据张鸿年考证，萨迪的诗歌早在1348年就已经传入中国。那一年，摩洛哥旅行家伊本・白图泰在他的游记里记载过这样一件事——他到杭州游览时，曾经听到一个中国歌手用波斯语演唱萨迪的一首抒情诗，该诗内容如下：

当你走过时，总该看我一眼，
莫不是出于矜持才对朋友如此冷淡？
纵使到和田也难寻如此妩媚的容颜，
这亭亭玉立的翠柏，哪片草坪也难寻见。
请中国丝绢画家端详这姣好的面容，
请他画一幅图画，要么何必从事水墨丹青。
当你掀起头巾，露出弓形的弯眉，
天边新月也会收敛起她迷人的清辉。
翠柏躯干挺拔，但缺少美丽的面庞，
太阳面庞美丽，却略欠秀发的芳香。
从开天辟地也未见有人如此妩媚娇艳，
你是皎月，还是安琪儿，是凡人，还是天仙？
我对你一见钟情，心潮如波涛汹涌，
恭立祈祷，壁龛中时时浮现你的面影。
我愁锁眉头，似失足坠入激流之中，
你的朱唇可是涂上我的血，这般殷红？
当你从我坟旁飘然而过，轻曳衣襟，

我纵然死去，也会立即复活还魂。
你从我身边走过时，我的心备受折磨，
萨迪，别人不堪忍受，对你岂不是欢乐？
谁若是夸口说对你意长情深，
那定是一派花言巧语，蓄意骗人。[①]

不难看出，这首诗不仅写得优美动人，而且其中不乏诗人对中国的向往之情。到了明清时期，萨迪的《蔷薇园》已经成为中国伊斯兰教的教材之一。1947 年，王静斋在杂志上发表了他的《蔷薇园》中文译文，名为《真境花园》，这可能是《蔷薇园》第一次被译成中文。1958 年，为纪念萨迪被列为世界文化名人，水建馥将英文译本《蔷薇园》译成中文。2000 年，张鸿年又将波斯文本《果园》和《蔷薇园》译成中文。

① 张鸿年．波斯文学史 [M]. 北京：昆仑出版社，2003：223–224.

抒情诗人哈菲兹和他的《哈菲兹抒情诗全集》

哈菲兹（1327—1390）是波斯诗歌黄金时代的著名诗人之一，《哈菲兹抒情诗全集》是波斯抒情诗的代表作。

哈菲兹小传

哈菲兹的全名是沙姆斯丁·穆罕默德·哈菲兹。他自幼聪慧好学，很早就能够熟练地把《古兰经》从头到尾背下来，他的笔名——哈菲兹的意思就是“熟背《古兰经》的人”。

他的祖籍是伊斯法罕，但他本人生于设拉子，并且一生大部分时间住在设拉子，所以他的诗歌大多以设拉子为背景。设拉子是一座美丽的城市，有不少著名的风景区。该城至今已有两千多年的历史，享有“玫瑰和夜莺之城”的美誉。在他的笔下，设拉子是无限美好的，是令人向往的：

萨吉啊，把这仅有的甘露斟满，
天国里哪会有这样的光景；
莫萨拉花园百花争艳，
路克那巴德清泉曼歌低吟。[1]

---

① 哈菲兹 . 哈菲兹抒情诗全集 [M]. 邢秉顺，译 . 长沙：湖南文艺出版社，2001（1）：4.

其中所说的“莫萨拉花园”是设拉子郊外的著名花园，“路克那巴德清泉”是设拉子郊外的著名清泉。在诗人看来，有这样的美景，再加上美女和美酒，就连“天国”也比不过。

心啊，伴随你的是吉祥幸福，
你为此应该感到满足；
设拉子花园的风景是你的信使，
你为此应该感到满足。①

再如：

设拉子啊，我向你欢呼，
你是一颗璀璨的明珠；
愿真主保佑你呀，
你的光华万年长驻！②

又如：

路克那巴德清泉啊，
我千百次为你祈祷；
谁要饮下你生命的泉水，
谁就会寿比青山永不老。③

又如：

① 哈菲兹 . 哈菲兹抒情诗全集 [M]. 邢秉顺，译 . 长沙：湖南文艺出版社，2001（2）：564.
② 哈菲兹 . 哈菲兹抒情诗全集 [M]. 邢秉顺，译 . 长沙：湖南文艺出版社，2001（2）：583.
③ 哈菲兹 . 哈菲兹抒情诗全集 [M]. 邢秉顺，译 . 长沙：湖南文艺出版社，2001（2）：583.

到设拉子来吧，
那里有天使带来的清泉；
向那里美好的人民索取吧，
索取生命的甘甜。[①]

以上这些诗句反复歌咏的都是设拉子美丽宜人的景色。在哈菲兹看来，设拉子不但景色美，而且人也长得美：

在设拉子名城，
你可以造访每个家庭；
家家出美女，
姿色倾国又倾城。[②]

又如：

这是一座美女之乡，
到处可见国色天香；
朋友们啊，假如你追求爱情，
听，它的呼吸已响彻四方！[③]

哈菲兹十分爱慕留恋设拉子的美景和美人，他不忍离去：

那莫萨拉宜人的微风，
路克那巴德涓涓的清泉，
怎能容我拔足远走——

① 哈菲兹．哈菲兹抒情诗全集[M]．邢秉顺，译．长沙：湖南文艺出版社，2001（2）：584.
② 哈菲兹．哈菲兹抒情诗全集[M]．邢秉顺，译．长沙：湖南文艺出版社，2001（2）：842–843.
③ 哈菲兹．哈菲兹抒情诗全集[M]．邢秉顺，译．长沙：湖南文艺出版社，2001（2）：925.

我们相互是何等眷恋。[①]

当因故不得不暂时离开设拉子到外地去时，他便对设拉子异常怀念，异常依恋。他的诗清晰地表达出这种留恋之情：

我怎能不下定决心，
重返我的故里；
我怎能不日夜企盼，
与恋人相亲相依。[②]

再如：

我已经难以忍受
沦落他乡的痛苦；
我要回到自己的故土，
我要做自己的君主。[③]

又如：

假如我从异乡的住地，
回到自己的家里，
一旦再有机会远行，
我必要深思熟虑。[④]

---

① 哈菲兹 . 哈菲兹抒情诗全集 [M]. 邢秉顺，译 . 长沙：湖南文艺出版社，2001（1）：214–215.
② 哈菲兹 . 哈菲兹抒情诗全集 [M]. 邢秉顺，译 . 长沙：湖南文艺出版社，2001（2）：709.
③ 哈菲兹 . 哈菲兹抒情诗全集 [M]. 邢秉顺，译 . 长沙：湖南文艺出版社，2001（2）：709.
④ 哈菲兹 . 哈菲兹抒情诗全集 [M]. 邢秉顺，译 . 长沙：湖南文艺出版社，2001（2）：753.

这三节诗写于亚兹德城。亚兹德位于伊朗中部。据说他之所以来到此地，是为了得到亚兹德国王的奖励，但结果没有如愿。他大失所望，败兴而归。最后两行诗表示，从此以后将接受这次出行的教训，不再轻易离开设拉子了。

亚历山大的监狱，
令我感到恐惧；
我要收拾行装，
到所罗门王国去。①

这节诗写于伊斯法罕。诗中表明，他对当地的社会气氛感到不安和恐惧，盼望能够尽快回到设拉子去。所谓“亚历山大的监狱”是指伊斯法罕的监狱，所谓“所罗门王国”是指设拉子。

对故乡人的眷恋，
令我彻夜难眠；
我心中的惆怅，
令我肝肠寸断。②

这节诗直接抒发他对设拉子和设拉子人的热切思念，写得情真意切，颇有动人的力量。

哈菲兹的父亲是商人，但很早就离开了人世。父亲死后，他的两个哥哥自谋生路，他自己则为生计所迫，成为面包店的小伙计。尽管生活如此艰辛，勤奋好学的哈菲兹仍然抓紧一切时机学习知识。他一度进过学校学习，还经常去听诗人朗诵诗歌，同时自己也动手写起诗来。

---

① 哈菲兹 . 哈菲兹抒情诗全集 [M]. 邢秉顺，译 . 长沙：湖南文艺出版社，2001（2）：751.

② 哈菲兹 . 哈菲兹抒情诗全集 [M]. 邢秉顺，译 . 长沙：湖南文艺出版社，2001（2）：963.

早在青年时代，他的博学多才便已为人们所承认，甚至引起伊朗和印度一些当权者的兴趣，他们纷纷向他发出邀请。对于有些邀请，他没有应邀前往，有些应邀前往却没有得到满意的结果，因此，他始终没有像很多波斯诗人那样成为宫廷诗人。他的物质生活是不富裕的，甚至经常处于贫困状态。这种情况可以从他的诗里窥见一斑。例如，他在第 563 首诗里感慨万端地写道：

有真才实学者，
处于无奈的境地；
只有向卑贱者，
把乞讨的手伸去。
在当今的世界上，
学术才华不吃香；
所有的贤人学士，
都困苦无告百结愁肠。

而愚昧的人们，
却享受荣华富贵；
因为他们有市场，
且价格很昂贵。

即便有一位诗人，
书写出隽永的诗篇，
并能把光亮，
撒满人们的心田——

由于吝啬和小气，
无人会奖赏他半文钱；

即使你有萨纳伊的才华，
把富贵人歌颂盛赞。

昨天，我的理智
悄悄在我耳边进言：
对于贫穷的处境，
要忍耐，要习惯。[①]

他不仅通晓波斯文学，而且通晓阿拉伯文学，因而获得了"神舌""神学家""设拉子学者""设拉子夜莺"等称号。他也常常以夜莺自比：

请听哈菲兹的歌喉，
它犹如动人的夜莺一样；
为了在花坛与你[②]相会，
他正在放声歌唱。[③]

再如：

不是任何一只鸟儿，
都能把爱情赞美；
来吧，我是一只善歌的夜莺，
愿你成为我鲜艳的玫瑰。[④]

---

① 哈菲兹．哈菲兹抒情诗全集 [M]. 邢秉顺，译．长沙：湖南文艺出版社，2001（2）：1039–1040.

② "你"指情人。

③ 哈菲兹．哈菲兹抒情诗全集 [M]. 邢秉顺，译．长沙：湖南文艺出版社，2001（2）：547.

④ 哈菲兹．哈菲兹抒情诗全集 [M]. 邢秉顺，译．长沙：湖南文艺出版社，2001（2）：573.

又如：

鲜艳的玫瑰啊，
你该享受这幸福的光景；
正是由于你的庇护，
我才成为世界花园中的夜莺。[①]

不仅如此，夜莺和玫瑰也成为他的抒情诗里经常出现的爱情的象征：

夜莺日夜企盼的，
是玫瑰对她钟情；
而玫瑰朝思暮想的，
是向夜莺卖弄风情。[②]

再如：

夜莺从玫瑰身上，
学会了动人的歌声；
否则她的喉咙，
岂能发出如此的啭鸣。[③]

又如：

花园里的玫瑰和夜莺，
都难以摆脱对你的苦恋；

① 哈菲兹．哈菲兹抒情诗全集 [M]. 邢秉顺，译．长沙：湖南文艺出版社，2001（2）：681.
② 哈菲兹．哈菲兹抒情诗全集 [M]. 邢秉顺，译．长沙：湖南文艺出版社，2001（2）：579.
③ 哈菲兹．哈菲兹抒情诗全集 [M]. 邢秉顺，译．长沙：湖南文艺出版社，2001（2）：580.

玫瑰撕碎了自己的衣衫，
夜莺在声嘶力竭地叫喊。[1]

据说在伊朗，他的诗集的发行量仅次于《古兰经》，人们至今仍用他的诗歌进行占卜，希望自己心中的愿望能够实现。

不过，哈菲兹虽然生活在设拉子名城，但是他在世时的社会环境是相当恶劣的。当时伊朗全境都处于异族人的统治之下，设拉子由莫扎法尔王朝直接管辖。由于异族长期统治，战火连年不断，社会动荡不安，人民的生活颇为艰难困苦，文学艺术受到百般压制。桀骜不驯的哈菲兹与莫扎法尔王朝的关系十分紧张，不时发生冲突。该王朝的第一代国王莫巴列兹丁曾经下令封闭所有的酒店，禁止一切人饮酒。哈菲兹表示反对，立即写诗予以批评。第二代国王舒查喜好诗歌，自己也动手写诗。有一次，他批评哈菲兹的诗歌内容杂乱，不够和谐。哈菲兹听了大为不满，当即说道："尽管我的诗有些不足之处，但我的诗名却传遍遐迩，人人都在吟咏我的诗。可是有些诗人（我不便说出他们的名字）的诗，却不能传到城门以外。"[2]还有一次，哈菲兹写了一节诗，其中有这样两句："如若哈菲兹的想法合乎伊斯兰教义，天哪，那彼岸岂不真会代替今生。"当这节诗传到宫中时，舒查十分生气，因为这两句诗显然违背了宗教教义。哈菲兹也感觉到问题的严重性，于是经过别人指点，在这两句诗的前面又巧妙地加上另外两句诗，变成了如下一节诗：

清晨，在酒肆里伴着手鼓与笛声，
一个基督徒说得多么动听：
如若哈菲兹的想法合乎伊斯兰教义，
天哪，那彼岸岂不真会代替今生。[3]

① 哈菲兹．哈菲兹抒情诗全集 [M]. 邢秉顺，译．长沙：湖南文艺出版社，2001（2）：937.
② 张鸿年．波斯文学史 [M]. 北京：昆仑出版社，2003：244.
③ 张鸿年．波斯文学史 [M]. 北京：昆仑出版社，2003：245.

这样一来，原来的两句诗就变成了基督徒所说的话，一场可怕的灾祸也就避免了，因此种种，哈菲兹的诗歌始终得不到舒查的赏识。哈菲兹非常不满，他在一节诗里愤愤不平地写道：

哈菲兹写下了优美的诗篇
而国王却令我感慨万千；
如此珍贵的瑰宝，
你为何视而不见？①

这种情况使他的家人感到担忧，他们觉得这样与国王硬顶下去可能会惹来更大的麻烦，便背着哈菲兹，偷偷地烧毁了他放在家里的几乎全部诗稿。

哈菲兹的家庭生活似乎也不幸福。他到中年时期才结婚，婚后有两个孩子。但不幸的是，他的妻子和两个孩子都在他之前离开了人世。他的晚年是在孤独和贫困中度过的。1387 年帖木儿占领设拉子时，哈菲兹已经沦为一个贫困潦倒的托钵僧。他在一节诗中写道：

我的朋友人人都平安度日，
因为都有粮食储备；
而哈菲兹一贫如洗，
同时又是债务累累。②

另外一节诗写的则是社会的动乱：

这岁月的沧桑，
充满了喧嚣纷扰；

① 哈菲兹 . 哈菲兹抒情诗全集 [M]. 邢秉顺，译 . 长沙：湖南文艺出版社，2001（1）：302.
② 哈菲兹 . 哈菲兹抒情诗全集 [M]. 邢秉顺，译 . 长沙：湖南文艺出版社，2001（2）：799.

这世界充满了动乱，
被邪恶灾难所笼罩。[①]

前一节诗虽然无从考察是否写于他的晚年，但这类诗在他的诗集中并不罕见，所以我们也不难想象他的生活状况。后一节诗据说写于帖木儿军队从设拉子撤退之时，显然是对这场动乱的谴责。总之，面对国破家亡孤独贫困的景象，诗人最后悲愤满怀，抑郁而死。他的坟墓坐落在设拉子城外的莫萨拉花园附近，如今已成为人们崇敬和向往的哈菲兹陵园。

此外还有一个疑难问题，学术界一直未能得出结论，即哈菲兹与苏菲派的关系。有人认为他是苏菲派；有人认为他不是苏菲派；有人认为他起初是苏菲派，后来脱离了苏菲派；还有人认为他属于苏菲派的一个支派，但不是正统的苏菲派。众人各执一词，莫衷一是。事实上，哈菲兹有些诗歌确实带有一定的神秘主义色彩，理解起来比较困难，因此，有人认为哈菲兹诗歌中对情人的歌颂，其实是对真主的歌颂，但也有人反对这种说法，生活在 15 世纪的波斯诗人贾米就明确指出，哈菲兹不是苏菲派诗人。哈菲兹的好友古兰丹姆则认为，哈菲兹的诗歌是为苏菲派所利用的。他说：苏菲派歌颂真主时，如听不到哈菲兹激动人心的诗句，就唤不起狂热的感情；而酒徒欢聚时，不吟咏他的情意绵绵的诗句，就感到意犹未尽。笔者从他的诗集也很难断定究竟以上哪种说法正确。我们只能看到，在他的诗集里很少有赞扬苏菲派的诗歌，而批评苏菲派的诗歌，尤其是虚伪的苏菲派的诗歌却不少；表示亲近苏菲派的诗歌不多，而表示远离苏菲派的诗歌却不少。例如：

托钵僧和修道士，
不会把人捉弄折磨；

① 哈菲兹．哈菲兹抒情诗全集 [M]. 邢秉顺，译．长沙：湖南文艺出版社，2001（2）：799-800.

拿酒来吧，这些神秘教徒，
不是表里如一的虔诚者。[①]

这节诗里所说的“托钵僧和修道士”是指不虚伪的、表里如一的虔诚教徒，而“神秘教徒”则是指虚伪的、表里不一的苏菲派教徒。

我是天国寺院里的
苏菲派信徒；
但如今我已乔迁，
摩冈寺院成了我的住处。[②]

这里所说的“摩冈寺院”是指饮酒的地方。

对于这顶帽子和僧衣，
我已经厌倦至极；
请用你扼杀苏菲的秋波，
让我变得放荡不羁。[③]

这里所说的帽子和僧衣是指苏菲派教徒穿戴的衣帽，而诗人的意愿显然是“让我变得放荡不羁”。

《哈菲兹抒情诗全集》提要

哈菲兹一生写了多种体裁的诗歌，还写了不少关于伊斯兰教和《古兰经》的文章，但他的主要贡献是在抒情诗的创作方面，是在用“卡

① 哈菲兹 . 哈菲兹抒情诗全集 [M]. 邢秉顺，译 . 长沙：湖南文艺出版社，2001（1）：400.
② 哈菲兹 . 哈菲兹抒情诗全集 [M]. 邢秉顺，译 . 长沙：湖南文艺出版社，2001（2）：755.
③ 哈菲兹 . 哈菲兹抒情诗全集 [M]. 邢秉顺，译 . 长沙：湖南文艺出版社，2001（2）：828.

扎尔”诗体创作的抒情诗方面。“卡扎尔”本来是阿拉伯的一种诗体，后来在波斯得到充分发展。这种诗体比较自由，一般一首诗七至十二节（联句），最少的一首诗五节，最多的十六节，一节诗的汉语译文为四行，第二行和第四行的尾音押韵，整首诗有的一韵到底，有的中间换韵。在结尾的一节或两节中，必须嵌入诗人的名字。波斯的抒情诗是由鲁达基创立的，但始终未能成为正宗诗体。萨迪写了许多热情洋溢的抒情诗，从而提高了这种诗体的地位，为哈菲兹的创作创造了条件。到哈菲兹的手里，这种抒情诗体发展到了登峰造极的地步，并且最终成为正宗诗体之一。

哈菲兹存留至今的主要创作——《哈菲兹抒情诗全集》并非他创作的全部抒情诗，而是他的朋友在他去世后根据当时所能找到的材料重新编辑整理成书的。这部诗集共计收入 569 首诗，最后还附上《酒歌》和《颂诗》两首较长的诗，合计 571 首。这些抒情诗有的围绕爱情展开，有的围绕美酒展开，有的围绕爱情和美酒展开，还有的掺入了其他方面的内容。在一首诗里，各个诗节之间的内容有的有一定的联系，有的没有联系，而且即使有联系也未必十分紧密，可以说全凭诗人兴之所至，不受严格约束。在这一点上也充分体现出哈菲兹作为一位浪漫豪放诗人的特色。

这里举第 487 首诗为例：

萨吉啊，快把酒端上，
花儿已盛开季节已来临；
在这繁花似锦的季节，
何人不把美酒开怀畅饮！

这清心寡欲的生活，
我早已感到厌倦；
萨吉啊，拿酒来吧，

让我解除心头的厌烦。
昨天，一位苏菲教徒，
曾把熟悉的人们规劝；
今天，我看到他成为醉人，
丢掉了自己虔诚的信念。

花的季节只有一两天，
你要珍惜这短暂的时间；
假如你追求爱情，
快同萨吉姑娘尽饮尽欢！

伙伴们啊，花季来去匆匆，
你为何如此无动于衷，
为何没有琴声没有歌声，
没有酒没有情人的倩影？

君不见，在晨饮的聚会上，
萨吉姑娘的迷人姿影？
正是她那绯红的面颊，
在酒杯中闪闪辉映。

在王子的盛宴上，
假如歌手弹唱一首歌曲，
效仿哈菲兹的韵律，
那必定和谐相宜。①

---

① 哈菲兹 . 哈菲兹抒情诗全集 [M]. 邢秉顺，译 . 长沙：湖南文艺出版社，2001（2）：889–890.

这首诗共计七节，以歌咏美酒和爱情为中心，押韵工整（中间换韵），风格明快，语言流畅。第一节以“萨吉啊”为开端。“萨吉”是波斯语的音译，是哈菲兹抒情诗里经常出现的形象，有时是少男，有时是少女。本诗中的萨吉是少女的形象，是饮酒人谈情说爱的对象。最后一节按照规定出现了哈菲兹的名字，并且巧妙地赞美了自己的诗歌。这一节所说的“王子”是指莫扎法尔王朝国王的儿子，他所举办的盛宴自然是高规格的宴会，在这样的宴会上演唱的歌曲自然也是高规格的歌曲，而这首歌曲效仿了哈菲兹的韵律，由此可见哈菲兹的诗歌是多么高雅、多么有名了。

那么，哈菲兹为谁而写作呢？以下两节诗回答了这个问题，所以这两节诗格外引人注目，其一：

只有托钵僧的出入地，
才是人间天堂，地上乐园；
唯有做穷苦人的奴仆，
才能获得做人的尊严。①

其二：

哈菲兹啊，莫非你企盼
得到永恒的生命泉？
只要你能对穷苦人效忠，
你就找到了生命的源泉。②

这两节诗出自第54首诗，是这首诗的首尾两节。全诗共十二节，前十一节都是歌颂托钵僧的。在哈菲兹的笔下，外表穷苦不堪的托钵

① 哈菲兹．哈菲兹抒情诗全集 [M]. 邢秉顺，译．长沙：湖南文艺出版社，2001（1）：100.
② 哈菲兹．哈菲兹抒情诗全集 [M]. 邢秉顺，译．长沙：湖南文艺出版社，2001（1）：102.

僧，其实是高洁的、幸运的、神圣的、法力无穷的。在第一节诗里，哈菲兹表示“唯有做穷苦人的奴仆，才能获得做人的尊严”，在最后一节诗里，他又表示“只要你能对穷苦人效忠，你就找到了生命的源泉”。这就明确地回答了为穷苦人、为穷苦的托钵僧而写作的问题，这也许可以视为哈菲兹一生生活和创作的座右铭。为穷苦人和穷苦的托钵僧而效力，为穷苦人和穷苦的托钵僧而写作，这既是他的为人之道，也是他的写作目标。

哈菲兹抒情诗的思想内容

诵读哈菲兹的诗歌，我们首先会强烈地感受到诗人无限热爱现实世界、无限热爱人间生活。

诗人认为，那些忽视眼前的现实生活，一心向往天堂的人们是愚蠢的——

草地绿茵如盖，
报告春天来到人间。
妄想明日的天堂，
岂非十足的蠢汉！[①]

在诗人的心目中，美妙无比的地方不是在虚无缥缈的天上，而是在实实在在的人间，更具体地说就在诗人所居住的设拉子。在他的笔下，设拉子的自然风光是诱人的，尤其是在生机盎然的春天：

大地上又充满生机，
果园里又荡漾着春意；

① 哈菲兹 . 哈菲兹抒情诗全集 [M]. 邢秉顺，译 . 长沙：湖南文艺出版社，2001（1）：158.

歌声美妙的夜莺啊，
又得到了蔷薇的信息。①

他觉得这里就是天堂，甚至胜过天堂：

萨吉呵，把这仅有的甘露斟满，
天国里哪会有这样的光景；
莫萨拉花园百花争艳，
路克那巴德清泉曼歌低吟。②

他对于天堂是半信半疑的。在他的心目中，现实世界是实在的，而天堂则是渺茫的：

天堂的“现金”，
如今我已经得到；
我怎能相信布道者
为明天开的空头支票。③

这节诗里所说的“现金”，是指爱情和美酒等现实已经存在的东西，已经到手的东西，看得见、摸得着的东西，而布道者宣传的天堂美景，在他看来不过是空头支票，谁也不知道究竟能否兑现。

天堂的美酒和天仙
将属于我们——那是在明天；
而可爱的萨吉和红酒

① 哈菲兹 . 哈菲兹抒情诗全集 [M]. 邢秉顺，译 . 长沙：湖南文艺出版社，2001（1）：16.
② 哈菲兹 . 哈菲兹抒情诗全集 [M]. 邢秉顺，译 . 长沙：湖南文艺出版社，2001（1）：4.
③ 哈菲兹 . 哈菲兹抒情诗全集 [M]. 邢秉顺，译 . 长沙：湖南文艺出版社，2001（2）：727.

也为我们所有——那是在今天。[①]

这节诗与上节诗意思相同，只是表达方式有所不同，“那是在明天”和“那是在今天”两句构成鲜明的对比，带有几分诙谐幽默的味道。

在有些诗歌里，他公开否认天堂，认为天堂不如现实世界美好，甚至公然表示拒绝到天堂去：

天堂的花园，图巴树[②]的绿荫，
天国仙女的宫殿——
所有这一切的一切，
岂能与女友的寓所等量齐观。[③]

在这节诗里，诗人认为人们所宣传的天堂的各种美景，诸如花园、绿树、仙女和宫殿等，远远不如现实生活中女友的寓所美好，远远不能与现实生活中女友的寓所等量齐观。

伪善的隐士啊，走开吧！
不要邀我去天堂；
真主一开始就断定，
天堂不是我去的地方。[④]

这节诗更加干脆，语气更加决绝。诗人之所以拒绝“伪善的隐士”的邀请，是因为“真主一开始就断定，天堂不是我去的地方”。既然如此，那自然只能服从，还有什么可商量的余地呢！

---

① 哈菲兹 . 哈菲兹抒情诗全集 [M]. 邢秉顺，译 . 长沙：湖南文艺出版社，2001（2）：897.

② 长在天堂的一种树。

③ 哈菲兹 . 哈菲兹抒情诗全集 [M]. 邢秉顺，译 . 长沙：湖南文艺出版社，2001（2）：739.

④ 哈菲兹 . 哈菲兹抒情诗全集 [M]. 邢秉顺，译 . 长沙：湖南文艺出版社，2001（1）：189.

假如没有美酒和歌手，
就不要邀我去天堂；
因为我的宁静在酒中，
而不在天堂泉水旁。[①]

又如：

假如一杯美酒握在手里，
有红颜知己相伴相依，
无论多么神气的天堂花园，
决不交换，决不舍弃。[②]

在这两节诗里，诗人指出，现实生活中既有葡萄美酒握在手里，又有红颜知己相伴相依，天堂花园无论多么神气，我都“决不交换，决不舍弃”。

当然，作为一个穆斯林，他信仰真主，歌颂真主，并且认为真主是威力无穷、永远存在的：

为了摆脱恶魔般的敌人，
我要在真主的身边栖身；
或许流星的火焰从天而降，
把敌人的罪孽全部烧尽。[③]

再如：

① 哈菲兹．哈菲兹抒情诗全集 [M]. 邢秉顺，译．长沙：湖南文艺出版社，2001（2）：654.
② 哈菲兹．哈菲兹抒情诗全集 [M]. 邢秉顺，译．长沙：湖南文艺出版社，2001（2）：911.
③ 哈菲兹．哈菲兹抒情诗全集 [M]. 邢秉顺，译．长沙：湖南文艺出版社，2001（1）：11.

如果敌人诋毁哈菲兹，
不必有什么惊慌；
我无愧是挚友的知音——
伟大的真主在上！①

又如：

把你的事交给真主去安排，
你要保持快乐的心态；
即便指控者冷酷无情，
真主也会对你宽大为怀。②

又如：

请快快走吧，
迈向前往来世的路程；
一切都会消亡，
只有真主才永恒。③

在这几节诗里，诗人表示要栖身于真主的身边，要把自己的事交给真主去安排，要保持快乐的心态，不怕敌人的诋毁，不必有什么惊慌，因为他相信真主是伟大的、永恒的，真主会保佑他。

他也相信真主是宽宏大量的，会原谅有罪之人，也包括他自己这个有罪之人在内，因此，他在有些诗里否定天堂，而在另外一些诗里又希望真主允许他死后到天堂去：

① 哈菲兹. 哈菲兹抒情诗全集 [M]. 邢秉顺，译. 长沙：湖南文艺出版社，2001（1）：122.

② 哈菲兹. 哈菲兹抒情诗全集 [M]. 邢秉顺，译. 长沙：湖南文艺出版社，2001（1）：372.

③ 哈菲兹. 哈菲兹抒情诗全集 [M]. 邢秉顺，译. 长沙：湖南文艺出版社，2001（2）：1066.

哈菲兹将来死后，
定要把他的尸体埋葬；
尽管他沉溺于罪孽，
他将被邀往天堂。[①]

再如：

哈菲兹啊，有朝一日闭上眼睛，
你如能把酒杯握在手中，
你定将从那酒店的大街，
一直被邀往天堂的宫廷。[②]

又如：

尽管那天堂
不是罪孽者去的地方，
还是拿酒来吧，
我仍企盼真主的宽宏大量。[③]

又如：

快快端上清醇，
昨夜晚天使传来一道喜讯：
那真主慈爱的雨露，

① 哈菲兹．哈菲兹抒情诗全集 [M]. 邢秉顺，译．长沙：湖南文艺出版社，2001（1）：159.
② 哈菲兹．哈菲兹抒情诗全集 [M]. 邢秉顺，译．长沙：湖南文艺出版社，2001（1）：160.
③ 哈菲兹．哈菲兹抒情诗全集 [M]. 邢秉顺，译．长沙：湖南文艺出版社，2001（2）：844.

将赐给世上所有的人。[1]

不过这里需要注意的是，他在这几节诗里所表示的，并不是为了死后能够上天堂，现在就立即停止饮酒，停止享乐，停止“罪孽”活动，而是即使现在继续饮酒，继续享乐，继续“罪孽”活动，死后仍能上天堂。“哈菲兹啊，有朝一日闭上眼睛，你如能把酒杯握在手中，你定将从那酒店的大街，一直被邀往天堂的宫廷。”——这节诗把这个意思表达得再明白不过了。“尽管那天堂不是罪孽者去的地方，还是拿酒来吧，我仍企盼真主的宽宏大量。”——这节诗的意思也是十分明白的。这些都说明他丝毫没有“悔过”的意思。

当然，这也可以说在他的思想观念里存在着矛盾——既否定有天堂，又相信有天堂；既拒绝现在上天堂，又希望死后上天堂，但无论如何，他始终热爱现实世界和人间生活，这种精神是积极向上、鼓舞人心的。同时，也正是在这种精神的鼓舞下，诗人热情地歌咏美酒和爱情。

歌咏美酒是哈菲兹诗歌最常见、最重要的内容。在诗人看来，美酒是现实世界和人间生活不可或缺的组成部分，若没有美酒则现实世界和人间生活就会失去光彩。不过，值得注意的是，诗人歌咏美酒并非倡导醉生梦死、庸庸碌碌、无所事事的生活哲学，而是抒发对充满灾难和忧愁的乱世的不满情绪。例如：

我将扬起衣袖，
径直走向酒店；
只求早日摆脱
当今乱世的灾难。[2]

又如：

---

① 哈菲兹 . 哈菲兹抒情诗全集 [M]. 邢秉顺，译 . 长沙：湖南文艺出版社，2001（2）：844.

② 哈菲兹 . 哈菲兹抒情诗全集 [M]. 邢秉顺，译 . 长沙：湖南文艺出版社，2001（1）：172.

一旦你看破了红尘，
就该把葡萄美酒畅饮；
抛弃人世的忧愁，
把沉重的酒杯握紧。[①]

为此，他总是觉得自己的这个生活“结局”是早已注定的，是不由自主的：

我走出清真寺的大门，
不由自主地来到酒店；
自混沌初开已经注定，
我的结局就是这般。[②]

歌咏爱情也是哈菲兹诗歌中最常见、最重要的内容。在诗人看来，爱情同样是现实世界和人间生活不可或缺的组成部分，若没有爱情则现实世界和人间生活同样会失去光彩。

毫无疑问，诗人善于描绘美女俊俏的面庞、多情的神色、妩媚的体态和温柔的举止，因而他的爱情诗富有艺术的魅力。例如：

在你天堂花园般的脸上，
你那麝香味的秀发是什么？
那是一只孔雀，
在天堂花园里降落。[③]

这节诗将情人的脸比喻为百花争艳的天堂花园，又将情人的秀发

① 哈菲兹 . 哈菲兹抒情诗全集 [M]. 邢秉顺，译 . 长沙：湖南文艺出版社，2001（1）：172.
② 哈菲兹 . 哈菲兹抒情诗全集 [M]. 邢秉顺，译 . 长沙：湖南文艺出版社，2001（1）：231.
③ 哈菲兹 . 哈菲兹抒情诗全集 [M]. 邢秉顺，译 . 长沙：湖南文艺出版社，2001（1）：75.

比喻为落在天堂花园里一只光彩夺目的孔雀，二者构成一幅美妙无比的图画，写活了美女的容貌。

你是否知道，
你卷发下的黑痣是什么？
那是一滴墨水，
装饰在“吉姆”半圆的中间。①

这节诗中所说的“吉姆”，是波斯文的第七个字母，这个字母中间有一个黑点。诗人将情人的黑痣比喻为这个黑点，意思是说这个黑痣长得很美，长得很是地方，长得恰到好处。黑痣长在一般人的脸上当然不能算是什么优点，但是长在美女的脸上，特别是长在情人的脸上，则成为无可比拟的优点，成为不可或缺的优点。

你那云杉般迷人的身段，
一刻也别离开我的双眼；
把它种植在我眼睛泉边，
那里的水可是清澈潺潺。②

这节诗的构思也很巧妙。它用“云杉”形容情人身段之妩媚，身段之迷人，这是哈菲兹的诗里经常使用的比喻之一，既有民族特色，又有个人特色。再用将这棵云杉种植在“我眼睛泉边”的奇特想象给人以新鲜之感，而之所以要求将“云杉”种植于此，一是因为那里离他的眼睛最近，他可以看得最清楚，二是因为那里的清澈流水潺潺不断，也就是说激动使泪水潺潺不断，能使“云杉”生长得更加繁茂。

---

① 哈菲兹．哈菲兹抒情诗全集 [M]. 邢秉顺，译．长沙：湖南文艺出版社，2001（1）：75.

② 哈菲兹．哈菲兹抒情诗全集 [M]. 邢秉顺，译．长沙：湖南文艺出版社，2001（1）：247.

你那蛾眉的一角，
就是我心的住房；
国王也不曾拥有，
比这更美的地方。①

这节诗文字简洁，思想明晰。以蛾眉的一角作为自己心灵住房的构想是新颖的，而将其与国王的住房——王宫作比较，认为前者超越后者，则充分说明了爱情力量之巨大。

为了你那双明眸，
我将不惜粉身碎骨；
让我们海誓山盟的大厦，
来日更加结实牢固。②

这节诗与上一节诗有异曲同工之妙。不同的是，上一节诗歌咏的是蛾眉，这节诗歌咏的是明眸；上一节诗美妙委婉，这节诗壮观宏伟。

在他的笔下，情人的美貌和身段已经被描绘得十分生动，十分细腻，但他仍不满意，仍感到心有余而力不足，因为在他看来，情人的美貌是描绘不尽的，爱情的秘密也是描绘不尽的，所以，他写道：

你美丽的秀发，
已使我心绪纷乱；
怎么会有可能，
一一挥洒笔端。③

这节诗是说爱情使他激动不已，心绪纷乱，所以不能写尽情人面

① 哈菲兹．哈菲兹抒情诗全集 [M]. 邢秉顺，译．长沙：湖南文艺出版社，2001（1）：261.
② 哈菲兹．哈菲兹抒情诗全集 [M]. 邢秉顺，译．长沙：湖南文艺出版社，2001（1）：276.
③ 哈菲兹．哈菲兹抒情诗全集 [M]. 邢秉顺，译．长沙：湖南文艺出版社，2001（2）：729.

貌之美。

哈菲兹这支笔，
怎能描绘你的美丽；
上苍赋予你的特点，
超越人们的智力。①

又如：

人的笔岂能找到适当的言语，
用来披露爱情的秘密；
要阐述爱的殷殷之情，
任何文字都已无能为力。②

这两节诗是说，由于情人的美貌是上苍赋予的，要描绘它是不可能的，因为这项工作超越了人们的智力，也超越了人间各种语言和文字的能力。

哈菲兹所歌颂的爱情不是虚情假意的爱情，而是真心实意的爱情，这种爱情不是轻而易举可以获得的，不能寻求安逸，必须通过布满荆棘的道路，必须投入全部的感情，必须忍受深重的痛苦，甚至是难以治愈的痛苦，而且必须经历不断的磨炼，在享受爱情的欢乐之前，必须首先品尝爱情的痛苦。

在爱情的路上布满荆棘，
不要错误地寻求安逸；
若想把你心的伤痛治愈，

---

① 哈菲兹 . 哈菲兹抒情诗全集 [M]. 邢秉顺，译 . 长沙：湖南文艺出版社，2001（2）：961.

② 哈菲兹 . 哈菲兹抒情诗全集 [M]. 邢秉顺，译 . 长沙：湖南文艺出版社，2001（2）：919.

那必然是徒劳无益。①

再如：

心儿已丢失，眼睛在流血，
身体已疲惫，心灵已瓦解；
爱情路上云谲波诡，
充满了苦难与浩劫。②

又如：

时时刻刻的快乐和享受，
并不是爱情的追求；
假如你是我们的知音，
请先品尝一杯苦酒。③

哈菲兹所歌颂的爱情并不限于对美女外貌的欣赏。在他看来，更重要的在于心灵和品格。只有具备高尚的品格，才是真正意义上的美；只有双方在心灵上产生共鸣，才能获得爱情的真谛，这是更高层次的美，是真正的美；是更高层次的爱情，是真正的爱情：

内在的魅力，
才能产生爱情；
不是红唇和云鬟，

---

① 哈菲兹 . 哈菲兹抒情诗全集 [M]. 邢秉顺，译 . 长沙：湖南文艺出版社，2001（2）：979.

② 哈菲兹 . 哈菲兹抒情诗全集 [M]. 邢秉顺，译 . 长沙：湖南文艺出版社，2001（2）：962.

③ 哈菲兹 . 哈菲兹抒情诗全集 [M]. 邢秉顺，译 . 长沙：湖南文艺出版社，2001（2）：982.

爱的真谛在心灵。[1]

再如：

眼睛、秀发、容貌和美痣，
不构成人“美”的概念；
要赢得人们的欢心，
需要千种品格的展现。[2]

又如：

我那可爱的人儿啊，
我真愿做她意志的奴隶；
只因她憎恶奸诈的虚伪，
助人为乐，心地善良。[3]

又如：

有真知灼见的人们，
不仅看重外貌的美丽；
具备各种良好的品德，
才是美的真正含义。[4]

---

① 哈菲兹 . 哈菲兹抒情诗全集 [M]. 邢秉顺，译 . 长沙：湖南文艺出版社，2001（1）：132.

② 哈菲兹 . 哈菲兹抒情诗全集 [M]. 邢秉顺，译 . 长沙：湖南文艺出版社，2001（1）：132.

③ 哈菲兹 . 哈菲兹抒情诗全集 [M]. 邢秉顺，译 . 长沙：湖南文艺出版社，2001（1）：266–267.

④ 哈菲兹 . 哈菲兹抒情诗全集 [M]. 邢秉顺，译 . 长沙：湖南文艺出版社，2001（1）：446.

哈菲兹的爱情诗最动人心弦之处在于他那饱满、炽热的感情，他那将爱情视为至高无上的态度。例如：

对于这世上的一切，
我全然无动于衷；
只有你那美丽的容颜，
能把世界装饰得巧夺天工。①

再如：

虽然对于两个世界，
我向来不曾屈从；
但我不得不低下头，
因为她的恩爱深重。②

这两节诗都是采用对比的方法来赞美情人，赞美爱情。后一节诗所说的“两个世界”，是指此世和彼世。“对于两个世界，我向来不曾屈从”，充分表明诗人不屈不挠的生活态度，但在情人深重的恩爱面前，他却不得不低下头。这是通过二者的强烈对照，歌颂爱情的巨大力量。

又如：

她那神秘的流盼之箭，
时刻射向我的心田；
她唇边荡漾的笑意，
是哈菲兹生命的源泉。③

① 哈菲兹.哈菲兹抒情诗全集[M].邢秉顺，译.长沙：湖南文艺出版社，2001（1）：50.
② 哈菲兹.哈菲兹抒情诗全集[M].邢秉顺，译.长沙：湖南文艺出版社，2001（1）：113.
③ 哈菲兹.哈菲兹抒情诗全集[M].邢秉顺，译.长沙：湖南文艺出版社，2001（1）：67.

又如：

假如没有你面颊的太阳，
我的岁月就会失去光亮；
我的整个生命之途，
就会像漫长的黑夜一样。[①]

这两节诗写尽爱情的甜美和魅力。在诗人笔下，情人唇边荡漾的笑意，是他生命的源泉。假如没有这样的爱情，他的一生就会像漫长的黑夜一样。

自从你头上的秀发，
与风儿交好结缘；
我这颗狂热的心，
就妒忌得裂成两半。[②]

这节诗写的是一种莫名其妙的“妒忌”之情，而这种“妒忌”之情之所以产生，正表明爱之深。因为爱之深，所以妒才切。

哈菲兹的思想追求，
有着多么高尚的境界；
除了拜倒在你的面前，
他无视今朝来世的一切。[③]

再如：

---

① 哈菲兹．哈菲兹抒情诗全集 [M]. 邢秉顺，译．长沙：湖南文艺出版社，2001（1）：79.
② 哈菲兹．哈菲兹抒情诗全集 [M]. 邢秉顺，译．长沙：湖南文艺出版社，2001（1）：75.
③ 哈菲兹．哈菲兹抒情诗全集 [M]. 邢秉顺，译．长沙：湖南文艺出版社，2001（1）：189.

我公开地宣称，
我为此而高兴——
我是爱情的仆人，
对两个世界无动于衷。[1]

又如：

两个世界有一个亮源，
那就是情人的容颜；
不论是公开还是秘密，
我都不掩饰这一观点。[2]

又如：

只有当你用鲜血
洗礼过你的心，
你才会有资格
对她的蛾眉朝觐。[3]

最后这节诗指出，必须用鲜血洗涤过自己的心，必须拥有纯洁的、热烈的心灵，才有资格跟情人谈情说爱。

不过，他的爱情诗虽然在描写上细腻到极点，在感情抒发上达到酣畅淋漓的地步，却没有什么色情的、肉欲的成分，这是因为他的思想格调是纯洁的、高雅的，他的表现方法是巧妙的、含蓄的。例如：

---

① 哈菲兹．哈菲兹抒情诗全集 [M]. 邢秉顺，译．长沙：湖南文艺出版社，2001（2）：673.

② 哈菲兹．哈菲兹抒情诗全集 [M]. 邢秉顺，译．长沙：湖南文艺出版社，2001（2）：760.

③ 哈菲兹．哈菲兹抒情诗全集 [M]. 邢秉顺，译．长沙：湖南文艺出版社，2001（1）：270.

我说：“你的秀口像个虚幻的小点，
何时能够通向那里？”
她说：“这是一个有趣的故事，
有眼光的人才能理解它的奥秘。”①

这节诗的前两行写“我”对情人提出的问题——“你的秀口像个虚幻的小点，何时能够通向那里”，这个问题问得诙谐，所谓“像个虚幻的小点”是形容嘴小，甚至给人以“虚幻”之感，给人以若有若无之感，而正是因为小，因为虚幻，因为若有若无，才更加使人感觉到美。后两行写情人的回答——“这是一个有趣的故事，有眼光的人才能理解它的奥秘”，这个回答也是诙谐的，令人回味无穷，似懂非懂，百思不厌，百思不倦。

总之，这些讴歌爱情的诗歌既表现了诗人不肯屈服于一切强权压迫之下的高尚人格，又表现了诗人甘愿拜倒在纯真爱情面前的鲜明态度，二者构成强烈对比，颇有感人的力量。

诗人既讴歌美酒，又讴歌爱情，并且认为美酒和爱情是互相关联、密切联系的。例如，他写道：

不要因嗜酒把我指责，
酒是爱情之路的引导者；
从开天辟地之日起，
酒肆就成了我的寄托。②

又如：

这红色美酒虽有几分刺激，

① 哈菲兹 . 哈菲兹抒情诗全集 [M]. 邢秉顺，译 . 长沙：湖南文艺出版社，2001（1）：393.

② 哈菲兹 . 哈菲兹抒情诗全集 [M]. 邢秉顺，译 . 长沙：湖南文艺出版社，2001（1）：60.

饮下它却无比轻松惬意；
这酒的美味来自情人的红唇，
被溶解的宝石[①]是宴会的话题。[②]

前一节诗说“酒是爱情之路的引导者”，后一节诗说“酒的美味来自情人的红唇”，这就充分表明美酒和爱情互助互补的关系，没有美酒的引导爱情就会迷失路途，没有爱情的激发美酒就会丧失味道，二者缺一不可。

在诗人看来，美酒和爱情是至关重要的，是主宰世界的真谛；没有美酒和爱情，生命如同虚度，岁月变为徒劳，世界也将黯然失色。为了美酒和爱情，诗人愿把眼前这个世界抛弃，另外设计一幅新的蓝图，创造一个新的世界——

没有美酒和情人，
我的生命已经虚度；
要结束这徒劳的日子，
设计一幅新的蓝图。[③]

以下两节诗将这种观点和态度表达得更为直截了当。其一：

在这个世界上，
我只渴望美酒和两情缱绻；
其他任何东西，
只能令我心烦意乱。[④]

---

① 宝石喻红葡萄酒。

② 哈菲兹 . 哈菲兹抒情诗全集 [M]. 邢秉顺，译 . 长沙：湖南文艺出版社，2001（2）：659.

③ 哈菲兹 . 哈菲兹抒情诗全集 [M]. 邢秉顺，译 . 长沙：湖南文艺出版社，2001（1）：275.

④ 哈菲兹 . 哈菲兹抒情诗全集 [M]. 邢秉顺，译 . 长沙：湖南文艺出版社，2001（2）：624.

其二：

从鸿蒙初辟之日，
我们就选择了美酒和爱情；
唯一的条件是——
义无反顾不改初衷。[①]

对于我们今天的读者来说，也许会觉得这些诗歌的思想有些极端，但是，如果我们考虑到诗人当时所生活的那个充满黑暗、压迫和剥削的可怕时代，考虑到诗人胸中埋藏的万丈怒火，考虑到诗人争取自由和幸福的迫切要求，便不难理解这些诗歌所包含的真正意义了。以下几节诗充分表达出他的这种感情——

从南到北，从西到东，
一片黑暗，鬼蜮横行；
但从太古到永恒，
托钵僧啊法力无穷。[②]

这节诗选自第 54 首诗。这首诗从头到尾都是歌颂托钵僧的，所以这节诗的最后一行写道“托钵僧啊法力无穷”。在诗人笔下，托钵僧其实并非单指托钵僧，而是包括所有心地纯洁、穷困潦倒的人们。他认为这些人自古以来“法力无穷”，足以颠覆这个“从南到北，从西到东，一片黑暗，鬼蜮横行”的世界。

我胸中埋藏着一座火山，

① 哈菲兹 . 哈菲兹抒情诗全集 [M]. 邢秉顺，译 . 长沙：湖南文艺出版社，2001（2）：776–777.

② 哈菲兹 . 哈菲兹抒情诗全集 [M]. 邢秉顺，译 . 长沙：湖南文艺出版社，2001（1）：101.

那火焰已把苍天点燃；
太阳射出的万道金光，
仅仅是这火势的一闪。①

假如苍天违我意愿，
我将让它乾坤倒转；
我不是那种胆小鬼，
任凭它肆无忌惮。②

这两节诗气势雄壮、宏伟，充分展示出诗人满腔的愤怒和博大的胸怀，令人耳目为之一新。

这万恶的时代，
尽管到处造乱，
但总是在我眼前，
装扮成新娘一般。③

再如：

哈菲兹啊，这世道
已将你折磨得忍无可忍；
把你那火焰般的利箭，
射向灾难的魔鬼之身！④

---

① 哈菲兹 . 哈菲兹抒情诗全集 [M]. 邢秉顺，译 . 长沙：湖南文艺出版社，2001（1）：172.

② 哈菲兹 . 哈菲兹抒情诗全集 [M]. 邢秉顺，译 . 长沙：湖南文艺出版社，2001（2）：638-639.

③ 哈菲兹 . 哈菲兹抒情诗全集 [M]. 邢秉顺，译 . 长沙：湖南文艺出版社，2001（1）：507.

④ 哈菲兹 . 哈菲兹抒情诗全集 [M]. 邢秉顺，译 . 长沙：湖南文艺出版社，2001（2）：550.

又如：

这藏污纳垢的世界，
没有丝毫的宁静；
心啊，用你的苦涩，
把贪婪冲洗一空。[①]

又如：

我要用这绿色宝石酒杯，
把红色美酒饮下几盅；
这伪善的世道犹如毒蛇，
我要用宝石让它双目失明。[②③]

又如：

尽管哈菲兹身揣宝藏，
尽管他满腹经纶；
但在这黑暗的世界，
怎能发出智者的声音。[④]

又如：

传到耳边的任何信息，

① 哈菲兹.哈菲兹抒情诗全集[M].邢秉顺，译.长沙：湖南文艺出版社，2001（2）：582.

② 据说毒蛇看到宝石，两眼就会变瞎。

③ 哈菲兹.哈菲兹抒情诗全集[M].邢秉顺，译.长沙：湖南文艺出版社，2001（2）：583.

④ 哈菲兹.哈菲兹抒情诗全集[M].邢秉顺，译.长沙：湖南文艺出版社，2001（2）：861.

都令人感到困惑和惶恐；
与其如此，莫如酩酊大醉，
沉湎在与世隔绝中。[①]

又如：

饱经沧桑的人啊，
这个世界无比卑贱；
不要期待它的仁慈，
一切无常，风云变幻。[②]

平日的社会环境尚且如此黑暗不堪，更何况突发动乱的日子呢？且看有一次土库曼人入侵给设拉子带来的灾难吧：

这里的血雨腥风，
令人惨不忍睹；
在这绿茵草场，
玫瑰和茉莉去了何处？[③]

笔者在这里之所以引用如此多的诗句，乃是为了充分说明诗人所处的社会是多么恶劣，诗人对于这个社会又是多么厌恶！在他的心目中，这个世界是黑暗的、伪善的、卑贱的、险恶的、藏污纳垢的、令人忍无可忍的。处在如此恶劣的环境之中，胸怀如此猛烈的仇恨之火，诗人无法取得安慰，无法获得解脱，无法发泄不满，无法施展才华，于是只能将自己的全部感情狂热地、不顾一切地、迫不及待地寄情于

① 哈菲兹．哈菲兹抒情诗全集 [M]. 邢秉顺，译．长沙：湖南文艺出版社，2001（2）：942.
② 哈菲兹．哈菲兹抒情诗全集 [M]. 邢秉顺，译．长沙：湖南文艺出版社，2001（2）：1008.
③ 哈菲兹．哈菲兹抒情诗全集 [M]. 邢秉顺，译．长沙：湖南文艺出版社，2001（2）：995.

美酒和爱情之中，以此获得精神上的慰藉和解脱。

除了爱情和美酒这两个基本主题以外，哈菲兹的抒情诗还涉及其他许多问题。大致说来，可以分为两类：一类表述他对世界奥秘的认识，另一类表现他为人处世的态度。

关于他对世界奥秘的认识，可以归纳为以下两点：

一是他认为世界有许多奥秘是人们不可知的，也是他百思不得其解的。他曾在不少诗里表述过这个思想。其一：

在美酒和歌声中陶醉吧，
莫去探寻人世间的秘密；
谁会有这样的能力，
解开这人世的妙谛！[①]

其二：

解开心头的结子，
莫把上天空谈；
无人能解开这个妙谛，
纵然他是睿智圣贤。[②]

其三：

哈菲兹啊，少安毋躁，
上苍的秘密何人知晓？
这人世间的风雨沧桑，

① 哈菲兹．哈菲兹抒情诗全集 [M]. 邢秉顺，译．长沙：湖南文艺出版社，2001（1）：5–6.
② 哈菲兹．哈菲兹抒情诗全集 [M]. 邢秉顺，译．长沙：湖南文艺出版社，2001（1）：213.

你能向谁去讨教？[①]

其四：

苦修和放纵孰是孰非，
只有最后才能见分晓；
世界最终是什么模样，
至今尚无人知道。[②]

其五：

不要为自己的强力
而狂妄自大忘乎所以；
多少天下深奥的秘密，
均掌握在上苍的手里。[③]

其六：

这个世界和人世间万事，
丝毫不值得信赖；
我已千百次地苦思，
探索它的来龙去脉。[④]

从上面这几节诗里，我们不难想见，作为一位头脑聪慧、知识丰

① 哈菲兹 . 哈菲兹抒情诗全集 [M]. 邢秉顺，译 . 长沙：湖南文艺出版社，2001（1）：341.
② 哈菲兹 . 哈菲兹抒情诗全集 [M]. 邢秉顺，译 . 长沙：湖南文艺出版社，2001（1）：438.
③ 哈菲兹 . 哈菲兹抒情诗全集 [M]. 邢秉顺，译 . 长沙：湖南文艺出版社，2001（2）：556.
④ 哈菲兹 . 哈菲兹抒情诗全集 [M]. 邢秉顺，译 . 长沙：湖南文艺出版社，2001（2）：628.

富的诗人，他曾经花费过许多心血，反复地、深入地思考过这些难题，但终于感到无能为力。笔者以为，其实这些难题不仅是当时的人不能认识的，就是我们现代人也还是难以认识的。

二是他认为世界在不断发生变化，不断循环运转：

千万不要相信
这世道会永恒不变；
在这个世界上，
充满了沧桑巨变。①

这节诗是他对人间世界不断变化的认识。世界各国历史的不断演变都可以证明，这种认识是合乎客观实际的。

以鲜红的葡萄美酒，
建造起心儿的宫殿；
因为这衰颓毁灭的世界，
将用我们的尸土作砖。②

再如：

有朝一日，苍天将会
用我们的骨灰制成酒坛；
端起我们的颅骨吧，
用葡萄酒把它斟满！③

① 哈菲兹.哈菲兹抒情诗全集[M].邢秉顺，译.长沙：湖南文艺出版社，2001（1）：398-399.

② 哈菲兹.哈菲兹抒情诗全集[M].邢秉顺，译.长沙：湖南文艺出版社，2001（1）：158.

③ 哈菲兹.哈菲兹抒情诗全集[M].邢秉顺，译.长沙：湖南文艺出版社，2001（2）：825.

又如：

当你的生命走到最终，
你将落到制罐人的手中；
趁生命尚在，该维系陶罐，
让他装满美酒伴你终生。①

这三节诗是对普通人未来命运的预见。诗人认为，世界是不断发生变化的，人们是不断循环运转的，人们的尸体将会化为泥土，这些泥土将被制成砖块，人们的骨灰将被制成酒坛和酒杯。既然如此，我们何不趁着如今生命尚在的时机，将酒坛和酒杯装满美酒，落个终生快乐？

诗人还认为，其实不仅普通人的命运是如此，那些高高在上、赫赫有名的帝王的命运也是如此。他写道：

把这泥制的酒杯举起，
切莫触犯它的尊严；
那是加穆希德、巴赫曼
和库巴德头颅的再现。②

这节诗所提到的“加穆希德、巴赫曼和库巴德”都是波斯古代的帝王，如今他们的头颅均已化为泥土，又由泥土转化为酒杯。

当他们离开了这个世界，
走向了虚无和死亡，
那就只有一个空名，

① 哈菲兹 . 哈菲兹抒情诗全集 [M]. 邢秉顺，译 . 长沙：湖南文艺出版社，2001（2）：1000.

② 哈菲兹 . 哈菲兹抒情诗全集 [M]. 邢秉顺，译 . 长沙：湖南文艺出版社，2001（1）：213.

留在后人的嘴上。[1]

这节诗出自《酒歌》一诗，是在回顾往昔的帝王时所发的感慨。在这节诗之前的几节诗里，他提到过好几个古代帝王的名字和业绩，但如今时过境迁，人们连加穆希德何时在位，卡乌斯（波斯帝王）何时当政，所罗门大王（以色列帝王）今在何处的问题都回答不出来了。

为了建造宫殿，
所用的每一块砖，
都是库巴德的头
和亚历山大的眼。[2]

这节诗写得更加尖锐，指出这些帝王的名字和业绩早已荡然无存，他们的头颅和眼睛也已经化为泥土，成为建造新的宫殿的砖瓦。

不言而喻，当我们阅读这些诗的时候，便会自然而然地联想起海亚姆的四行诗，因为哈菲兹在这几节诗里所表达的观点，委实太接近海亚姆四行诗的思想了。

关于他为人处世的态度，可以归纳为以下十点：

一是他对国王的矛盾态度。

他不是宫廷诗人，所以不像宫廷诗人那样千方百计为国王歌功颂德。他希望国王要贤明，谴责国王的残暴。前者如：

只有高尚的思想和抱负，
才能达到崇高的目的；
国王的心地要善良，

① 哈菲兹．哈菲兹抒情诗全集 [M]. 邢秉顺，译．长沙：湖南文艺出版社，2001（2）：1063.

② 哈菲兹．哈菲兹抒情诗全集 [M]. 邢秉顺，译．长沙：湖南文艺出版社，2001（2）：1067.

真主才会帮助你。[①]

这节诗指出，国王应该具有高尚的思想和善良的心地，只有如此才能达到崇高的目的。后者如：

尽管有人骄横跋扈，
狂傲不可一世；
但却无能行使权力，
没有治国安邦的本事。[②]

这节诗指出，既骄傲又无能的国王是不称职的，是不应该当国王的，是不值得称道的。

哈菲兹啊，哈菲兹，
要寄希望于情人的钟爱；
那压迫的锁链，
那强权的桎梏——不会青山常在！[③]

这节诗的后两行虽然没有明确说明是在谴责国王，但国王显然是当时“压迫”势力的主要代表，是当时“强权”势力的主要代表。诗人认定，他们“不会青山常在”。

人世间的沧桑变幻，
总是沿着正义的轨道运转；
来吧，尽情地欢乐吧，

① 哈菲兹. 哈菲兹抒情诗全集 [M]. 邢秉顺，译. 长沙：湖南文艺出版社，2001（2）：940.
② 哈菲兹. 哈菲兹抒情诗全集 [M]. 邢秉顺，译. 长沙：湖南文艺出版社，2001（1）：353.
③ 哈菲兹. 哈菲兹抒情诗全集 [M]. 邢秉顺，译. 长沙：湖南文艺出版社，2001（1）：359.

暴君们永远不会一切如愿。①

这节诗说得更为明确，更为干脆。他坚信，人间社会虽然变幻多端，但是归根结底“总是沿着正义的轨道运转”，归根到底“暴君们永远不会一切如愿”，因此人们大可不必闷闷不乐、愁绪满怀、悲观失望。

不过，他虽然不像宫廷诗人那样事事仰仗国王，处处依赖国王，但在当时的社会条件下，有时也不得不求助于国王，不得不奉承一下国王，特别是他认为比较好的国王。因此种种，在他的诗集里，对国王的态度自然存在着矛盾，即时而奉承国王，时而又远离国王。奉承国王的如：

国王啊，这御衣
对于你十分得体；
这皇冠，这宝石戒指，
对于你高贵无比。②

又如：

你的容貌，
犹如一轮月亮；
从你的皇冠下，
升起胜利的太阳。③

据说这两节诗写于曼苏尔国王返回设拉子重登王位之时。在诗人

① 哈菲兹．哈菲兹抒情诗全集 [M]. 邢秉顺，译．长沙：湖南文艺出版社，2001（2）：644.

② 哈菲兹．哈菲兹抒情诗全集 [M]. 邢秉顺，译．长沙：湖南文艺出版社，2001（2）：852-853.

③ 哈菲兹．哈菲兹抒情诗全集 [M]. 邢秉顺，译．长沙：湖南文艺出版社，2001（2）：853.

看来，曼苏尔是一位对外抵御侵略，对内尊重知识，并且解除禁酒令的明君，所以对他格外敬重。另外，有一节诗似乎含有求情的味道：

国王啊，哈菲兹在垂暮之年
仍壮心不已如青年一般；
只因企盼你宽恕他的罪过，
让他的生命青春再现。①

还有一节诗似乎含有抱怨的味道：

国王啊，你是人民的保护神，
你是位善良豁达的国君；
我在蒙受着不幸和灾难，
你该怜悯我这困苦无告的人。②

远离国王的如：

尽管我一贫如洗，
尽管我两手空空；
假如我乞求太阳的泉水，
那我必将羞愧得脸红。③

这节诗中所说的“乞求太阳的泉水”，是指乞求国王的恩典。

以上两方面的例证形成对比，表明他对国王的态度是矛盾的。究其原因，有时与他自己的心情有关，有时与国王本身有关，面对较开

---

① 哈菲兹 . 哈菲兹抒情诗全集 [M]. 邢秉顺，译 . 长沙：湖南文艺出版社，2001（2）：854.

② 哈菲兹 . 哈菲兹抒情诗全集 [M]. 邢秉顺，译 . 长沙：湖南文艺出版社，2001（2）：1019.

③ 哈菲兹 . 哈菲兹抒情诗全集 [M]. 邢秉顺，译 . 长沙：湖南文艺出版社，2001（2）：726.

明的国王与暴虐的国王，他的态度自然会有所不同。

二是他发誓决不欺压人民大众，要怜悯困苦无告者：

我感念我的手臂，
它的力量无比强大；
但我决不会用它
去把人民欺压。[①]

又如：

对那些困苦无告的人们，
要奉献怜悯恻隐之心；
只有在好善乐施之后，
再去把映世之杯觅寻。[②]

后一节诗中的“映世之杯”是指加穆希德国王所使用的一只酒杯，据说这只酒杯能够洞察世界上的一切。诗人在这里用以指代酒杯，意思是说自己要在“好善乐施”之后，再去寻觅满足自身欲望的美酒。

三是他主张安贫乐道、知足常乐，不必追求高官厚禄、大富大贵。

假如这世界市场有利可言，
那是属于快乐的托钵僧；
真主啊，让我们安贫乐道，
做知足常乐的托钵僧。[③]

---

① 哈菲兹 . 哈菲兹抒情诗全集 [M]. 邢秉顺，译 . 长沙：湖南文艺出版社，2001（2）：686.

② 哈菲兹 . 哈菲兹抒情诗全集 [M]. 邢秉顺，译 . 长沙：湖南文艺出版社，2001（2）：1068.

③ 哈菲兹 . 哈菲兹抒情诗全集 [M]. 邢秉顺，译 . 长沙：湖南文艺出版社，2001（2）：920.

再如：

追求高官厚禄，
路上充满荆棘；
最佳的选择是
绕过山谷凹地。①

又如：

哈菲兹啊，莫厌恶贫穷，
你要懂得满足；
贫穷和知足，
胜过炼金术。②

又如：

谁会把我这乞丐的音信，
带给世上的君主们——
在酒店大街浪子们的眼中，
即使两千个王位也不值分文。③

从最后一节诗可以看出，诗人明确表示不用说什么一般的荣华富贵和高官厚禄，即使至高无上的王位也不在“酒店大街浪子们”的眼里，即使“两千个王位也不值分文”。这真是“高傲”到了极点，“狂妄”

① 哈菲兹．哈菲兹抒情诗全集 [M]. 邢秉顺，译．长沙：湖南文艺出版社，2001（2）：940.

② 哈菲兹．哈菲兹抒情诗全集 [M]. 邢秉顺，译．长沙：湖南文艺出版社，2001（2）：940–941.

③ 哈菲兹．哈菲兹抒情诗全集 [M]. 邢秉顺，译．长沙：湖南文艺出版社，2001（2）：974.

到了极点！

四是他提倡及时行乐，不要贻误眼前的大好时光。

希望的宫殿建立在沙滩上，
生命的基础安置在风云中；
来吧，把美酒拿来吧，
有了它，烦恼自会无影无踪。[①]

再如：

哈菲兹啊，岁月的永恒
既然是不可寄托；
为什么要期待明天，
抛弃今日的欢乐？[②]

又如：

朋友们啊，在万花纷飞的时刻，
应该努力寻欢作乐；
这是摩冈长老[③]的教导，
该是我们的行动准则。[④]

又如：

① 哈菲兹．哈菲兹抒情诗全集 [M]. 邢秉顺，译．长沙：湖南文艺出版社，2001（1）：77.

② 哈菲兹．哈菲兹抒情诗全集 [M]. 邢秉顺，译．长沙：湖南文艺出版社，2001（2）：731.

③ 在哈菲兹的诗里，摩冈长老是智者的形象，是追求美酒和爱情的引路人。

④ 哈菲兹．哈菲兹抒情诗全集 [M]. 邢秉顺，译．长沙：湖南文艺出版社，2001（2）：784.

哈菲兹啊，哈菲兹，
不要艰难度过时光；
对这风云变幻的世界，
你还抱有什么期望？①

这几节诗的思想大体上是相同的：世界风云变幻不定，生命基础极不牢靠，因此，人们忍辱负重苦度岁月既没有指望，也没有意义，不如放开手脚，及时行乐。如前所述，在当时的形势下，产生这种思想是可以理解的，不能笼统地评之为“消极”。

五是他主张为人应当具有高尚的人格，不要为了乞求他人，到处点头哈腰、摇尾乞怜。

我们是“贫穷”的主人，
但却不会乞求他人；
在慷慨仁慈者面前，
何以需要摇尾乞怜。②

再如：

在这世界卑贱的主人门前，
你要等到何月何年？
这门庭里的老爷，
何时才能走出门槛？③

又如：

---

① 哈菲兹．哈菲兹抒情诗全集 [M]. 邢秉顺，译．长沙：湖南文艺出版社，2001（2）：939.

② 哈菲兹．哈菲兹抒情诗全集 [M]. 邢秉顺，译．长沙：湖南文艺出版社，2001（1）：70.

③ 哈菲兹．哈菲兹抒情诗全集 [M]. 邢秉顺，译．长沙：湖南文艺出版社，2001（1）：457.

无论在人世或在地府，
我绝不低下自己的头颅；
这是何等的高尚啊——
我这头脑中的怪物！①

又如：

不要去扣老爷们的家门，
因为他们为富不仁；
只有你的小小茅舍，
才能供你安心栖身。②

在这几节诗里，诗人认为在慷慨仁慈者面前是不需要点头哈腰、摇尾乞怜的，而在为富不仁者面前点头哈腰、摇尾乞怜则是毫无用处的。既然如此，你又何必低下高贵的头颅，放弃高尚的人格呢！

六是他提倡与人为善的态度，主张不要轻易指责他人，无论对方是强者还是弱者，是小过还是大过。

对弱者和强者都不要指责，
不管是小过还是大过；
处处要与人为善，
才是处世的良策。③

七是他认为做人应当谦逊忍耐。

---

① 哈菲兹．哈菲兹抒情诗全集[M]．邢秉顺，译．长沙：湖南文艺出版社，2001（1）：49.

② 哈菲兹．哈菲兹抒情诗全集[M]．邢秉顺，译．长沙：湖南文艺出版社，2001（1）：103.

③ 哈菲兹．哈菲兹抒情诗全集[M]．邢秉顺，译．长沙：湖南文艺出版社，2001（2）：787–788.

修道士的冷峻傲慢，
在饮酒人身上难以发现；
我们虽是酒的信徒，
但谦逊忍耐品格不凡。①

这节诗里所说的“修道士”，是指那些伪善的君子，他们总是摆出一副高高在上的架势，对别人的态度既冷峻又傲慢，张口就要教训别人。诗人不喜欢这样的人，而是以饮酒人自居，与酒徒为伍，认为这些人“谦逊忍耐品格不凡”。

八是他劝告年轻人要听从老年人的智慧良言，要听从师长的谆谆教导。

我的朋友啊，请听我的忠告：
君须知，对于幸运的年轻人，
知识老人的智慧良言
比生命的价值还要贵重万分。②

又如：

假如你不付出艰辛的努力，
你就不会到达目的地；
假如你想得到报偿，
就要把师长的教导记心里。③

九是他赞美哲理，反对愚昧。

① 哈菲兹．哈菲兹抒情诗全集 [M]. 邢秉顺，译．长沙：湖南文艺出版社，2001（2）：789.
② 哈菲兹．哈菲兹抒情诗全集 [M]. 邢秉顺，译．长沙：湖南文艺出版社，2001（1）：5.
③ 哈菲兹．哈菲兹抒情诗全集 [M]. 邢秉顺，译．长沙：湖南文艺出版社，2001（1）：521.

哈菲兹啊，从那哲理的清泉中，
饮下一杯甘甜的水；
但愿它能冲刷掉
刻在你心田上的愚昧。[①]

这里需要注意的是，诗人的性情是热情澎湃的，所以在有些歌颂美酒和爱情的诗中表示在这种场合可以不要理智，但这并不等于说他忽视理智的重要性和哲理的重要性。这节诗明确地指出了掌握哲理的重要性，指出了清除愚昧的必要性。

十是他认为人的本质在于纯洁质朴，只有如此才能给他人带来幸福。

人的本质在于纯洁质朴，
能给他人带来幸福；
否则，岩石不会变成宝石，
黏土不会变成珊瑚。[②]

哈菲兹抒情诗的艺术风格

哈菲兹的抒情诗有十分鲜明的艺术风格。它在艺术风格上的特点之一是放荡不羁。哈菲兹生活在一个处处是黑暗、腐败、虚伪、欺骗的社会，唯有那些满嘴仁义道德、一肚子男盗女娼的所谓隐士、聪明人、伪善者、教诲者、传道者、训诫者和说教者才受到尊敬，而所有不肯装腔作势、假装正经的人都被视为放荡汉，遭到咒骂、责难和轻蔑，这在哈菲兹看来是极不公正的。他恨透了那些道貌岸然的人，宁肯与放荡汉为伍，而这些都在他的诗中表达出来。

其一：

---

① 哈菲兹 . 哈菲兹抒情诗全集 [M]. 邢秉顺，译 . 长沙：湖南文艺出版社，2001（1）：438.

② 哈菲兹 . 哈菲兹抒情诗全集 [M]. 邢秉顺，译 . 长沙：湖南文艺出版社，2001（1）：448.

喂，教诲者啊，滚开吧！
去医治你自己的疾病！
这芳醇，这甜蜜的美人，
曾为什么人招来不幸？[①]

其二：

传道者们在宣讲台上，
高谈阔论卖弄虔诚；
而当避开人们的耳目，
他们的行为却大相径庭。[②]

其三：

这些训诫者们
似乎并不相信终审日；
因为正是这些虚伪和欺骗，
裁决着世间的是非曲直。[③]

其四：

我们的说教者，
对真理一窍不通；
这话我是当面坦陈，

---

① 哈菲兹 . 哈菲兹抒情诗全集 [M]. 邢秉顺，译 . 长沙：湖南文艺出版社，2001（1）：234-235.

② 哈菲兹 . 哈菲兹抒情诗全集 [M]. 邢秉顺，译 . 长沙：湖南文艺出版社，2001（1）：395.

③ 哈菲兹 . 哈菲兹抒情诗全集 [M]. 邢秉顺，译 . 长沙：湖南文艺出版社，2001（1）：395.

而非背后议论一通。[①]

其五：

伪善者，走开吧！
我所追求的鸿运
是酒杯握在手中，
美人的秀发贴在身。[②]

其六：

我是一个放荡者，
对美女和酒杯情有独钟；
稽查官也很清楚，
但却从不对我表示同情。[③]

其七：

布道者的空话连篇，
我们早已看穿和厌倦；
我们要蒙辱到何时——
忍受这对愚昧者的欺人之谈。[④]

其八：

① 哈菲兹．哈菲兹抒情诗全集 [M]. 邢秉顺，译．长沙：湖南文艺出版社，2001（2）：737.
② 哈菲兹．哈菲兹抒情诗全集 [M]. 邢秉顺，译．长沙：湖南文艺出版社，2001（2）：756.
③ 哈菲兹．哈菲兹抒情诗全集 [M]. 邢秉顺，译．长沙：湖南文艺出版社，2001（2）：724.
④ 哈菲兹．哈菲兹抒情诗全集 [M]. 邢秉顺，译．长沙：湖南文艺出版社，2001（2）：778.

哈菲兹啊，对那些异己者，
不要去乞求恭顺；
同那些放荡的浪子们，
去沟通交心做知音。①

其九：

在聪明人的眼里，
饮酒会败坏人的名声；
对我们这些放荡汉，
名声好坏有何不同！②

其十：

问君为何独自饮酒作乐，
莫非你的行为荒诞？
我要与放荡者结为至友，
任凭它天崩地陷！③

这些诗有的尖锐揭露那些道貌岸然者的言行不一，不学无术，空话连篇，有的热情抒发自身的豪放情怀，总之都具有放荡不羁的特色。以最后两节诗为例。在前一节诗里，诗人表示，只是在所谓“聪明人”的眼里，饮酒才会败坏人的名声，而自己则心甘情愿作一个放荡汉，根本不去管名声是好是坏。在后一节诗里，诗人表示，自己独自饮酒作乐，难道不怕别人指责“行为荒诞”？他的回答是“我要与放荡者

① 哈菲兹 . 哈菲兹抒情诗全集 [M]. 邢秉顺，译 . 长沙：湖南文艺出版社，2001（2）：576.
② 哈菲兹 . 哈菲兹抒情诗全集 [M]. 邢秉顺，译 . 长沙：湖南文艺出版社，2001（1）：14–15.
③ 哈菲兹 . 哈菲兹抒情诗全集 [M]. 邢秉顺，译 . 长沙：湖南文艺出版社，2001（1）：213.

结为至友”，且不必说什么“行为荒诞”的指责，即使是“天崩地陷”的大灾大难也阻挡不住他的所作所为，这是多么鲜明的态度！

他认为，那些道貌岸然者对于饮酒者的咒骂和责难是完全错误的，饮酒者并没有什么罪孽，放荡不羁并没有什么罪孽——

对于我等饮酒人，
发出多少咒骂和责难！
放荡不羁有什么错，
岂有罪孽可谈！①

他宁愿做心地高尚的饮酒者，也不做胸怀欺诈的禁欲者——

宁做一个饮酒者——
心地高洁纯善；
也不做一个禁欲者——
胸怀狡诈欺骗。②

他讨厌那些假装正经的隐士、布道者，讨厌他们挑剔放荡者的缺点——

生来纯洁的隐士啊，
莫去挑剔放荡者的缺点；
不要去管别人的事，
他人的罪过与你何干。

哈菲兹啊，请把盛宴装点一番，

① 哈菲兹．哈菲兹抒情诗全集 [M]. 邢秉顺，译．长沙：湖南文艺出版社，2001（1）：46.
② 哈菲兹．哈菲兹抒情诗全集 [M]. 邢秉顺，译．长沙：湖南文艺出版社，2001（1）：47.

你要对那些布道者直言：
请看看我的盛大场面，
快放弃你高谈阔论的讲坛！[①]

他不愿半遮半掩，他毫不掩饰，毫不虚伪，敢作敢为：

身着僧衣掩饰自己，
那是最虚伪的行迹；
因而从一开始，
我们就选择了放荡不羁。[②]

于是，从他的嘴里，不时吐出蔑视权威的豪言壮语，有振聋发聩的力量。例如：

快把酒杯斟满，
我要主宰苍天；
要像雄狮一样，
把这老狼的套索挣断！[③]

又如：

来吧！让我们把鲜花抛撒，
把酒杯用甘露斟满；
将苍天的穹顶掀开，

① 哈菲兹．哈菲兹抒情诗全集 [M]. 邢秉顺，译．长沙：湖南文艺出版社，2001（2）：535.
② 哈菲兹．哈菲兹抒情诗全集 [M]. 邢秉顺，译．长沙：湖南文艺出版社，2001（2）：775.
③ 哈菲兹．哈菲兹抒情诗全集 [M]. 邢秉顺，译．长沙：湖南文艺出版社，2001（2）：1054.

绘出一幅崭新的图案！①

他其实是不怕什么报应的。他引经据典，以神话传说中的人类始祖——亚当为先例，证明人类自古以来便抛弃了“虔诚信仰”，也丢弃了伊甸园。据《圣经·创世记》记载，上帝造出亚当和夏娃，并建造了伊甸园，让他们二人住在园中。夏娃受到蛇的引诱，偷吃了园中的禁果，并引诱亚当也偷吃了。上帝发现以后，对他们进行了惩处，因为怕他们再继续偷吃生命树的果实而获得永生，便将他们逐出了伊甸园。为此，他写道：

岂止是我独自一人，
抛弃了隐士的虔诚信仰；
就连我的祖辈亚当，
也丢弃了永恒的天堂②。③

他甚至劝告真主切勿与伪君子交往，也不要轻视放荡汉——

真主在上，切勿和那些
道貌岸然的伪君子交往；
对于清贫的放荡汉，
不要投去轻蔑的目光。④

至于他自己，当然更要远离那些伪君子了：

---

① 哈菲兹 . 哈菲兹抒情诗全集 [M]. 邢秉顺，译 . 长沙：湖南文艺出版社，2001（2）：781.

② “永恒的天堂”指伊甸园。

③ 哈菲兹 . 哈菲兹抒情诗全集 [M]. 邢秉顺，译 . 长沙：湖南文艺出版社，2001（1）：160.

④ 哈菲兹 . 哈菲兹抒情诗全集 [M]. 邢秉顺，译 . 长沙：湖南文艺出版社，2001（2）：807.

让我离开他们吧——
离开这些伪善之徒!
世上的珍宝无数,
珍贵的酒杯在手，我就心满意足。[①]

又如:

只把情人亲吻,
只把酒杯亲吻;
那些道貌岸然者,
万万不要接近。[②]

这种放荡不羁的叛逆精神充溢于哈菲兹的所有诗歌之中，成为其艺术风格的特点之一。

哈菲兹的诗歌在艺术风格上的特点之二是感情炽热。评论者常将他的诗歌和海亚姆的诗歌加以对比，认为二者在内容上有许多相近之处，但在风格上存在明显的差异，即后者大多属于哲理诗，富于哲理味道，以思想深邃为其显著特点；而前者大多属于抒情诗，富于抒情味道，以感情炽热为其显著特点。事实诚然如此，在哈菲兹的抒情诗里，无论是歌咏美酒还是歌咏爱情，诗人都是全力以赴的、不顾一切的。所谓“文如其人”，哈菲兹本人就是这样火热的脾气，火热的性格：

哈菲兹不自今日始,
渴望便燃烧在胸膛;
就像野生的郁金香,

① 哈菲兹 . 哈菲兹抒情诗全集 [M]. 邢秉顺，译 . 长沙：湖南文艺出版社，2001（2）：563.
② 哈菲兹 . 哈菲兹抒情诗全集 [M]. 邢秉顺，译 . 长沙：湖南文艺出版社，2001（2）：821.

伴着烈火成长消亡。[1]

因此，当歌咏美酒时，他可以不顾理智，不怕身败名裂，直至牺牲性命，依然“死不改悔”——

酒店的甘露，
夺走了我隐士的衣衫；
酒店的烈火，
焚毁了我理智的宫殿。[2]

又如：

萨吉啊，当我死亡的那一天，
别让人把我埋葬在墓地；
请把我带到酒店，
让我在酒坛中安息。[3]

当歌咏爱情时，他便神魂颠倒，热泪奔流，甚至献出生命，他的心为此熊熊燃烧——

其一：

你醉意蒙眬的眼睛，
使热恋者神魂颠倒；
令人陶醉的美酒，

① 哈菲兹 . 哈菲兹抒情诗全集 [M]. 邢秉顺，译 . 长沙：湖南文艺出版社，2001（1）：119.
② 哈菲兹 . 哈菲兹抒情诗全集 [M]. 邢秉顺，译 . 长沙：湖南文艺出版社，2001（1）：42.
③ 哈菲兹 . 哈菲兹抒情诗全集 [M]. 邢秉顺，译 . 长沙：湖南文艺出版社，2001（2）：550.

是致人死命的法宝。[①]

其二：

哈菲兹啊，哈菲兹，
在爱情的路上需要耐心；
谁不肯献出生命，
就别想得到心上人。[②]

其三：

对情人的热恋如火一团，
使我的心中痛苦难言；
就是这场熊熊烈火，
把我的整个心房点燃。[③]

其四：

爱情要付出代价，
它只属于投入者；
心灵要像燃烧的烈火，
眼睛要像奔流的江河。[④]

---

① 哈菲兹．哈菲兹抒情诗全集 [M]. 邢秉顺，译．长沙：湖南文艺出版社，2001（1）：38.

② 哈菲兹．哈菲兹抒情诗全集 [M]. 邢秉顺，译．长沙：湖南文艺出版社，2001（1）：497.

③ 哈菲兹．哈菲兹抒情诗全集 [M]. 邢秉顺，译．长沙：湖南文艺出版社，2001（1）：41.

④ 哈菲兹．哈菲兹抒情诗全集 [M]. 邢秉顺，译．长沙：湖南文艺出版社，2001（2）：1045–1046.

其五：

受你迷人的双眼的欺骗，
我的心已化成鲜血一团；
看上他一眼吧，亲爱的人，
让他死去的灵魂再现。①

其六：

你那笑靥陷阱，
已把我的生命扼杀；
千万人的头颅，
在你的下颌悬挂。②

最后这节诗的构思颇为奇特，尤其是后两行诗——“千万人的头颅，在你的下颌悬挂”——的写法是笔者闻所未闻、见所未见的。

非但如此，他甚至能够写出以下的诗句来，也只有他才能写出这样的诗句：

请在我死后，
打开我的坟茔，
看看我殓衣的烈火，
必有一道浓烟升腾。③

① 哈菲兹．哈菲兹抒情诗全集 [M]. 邢秉顺，译．长沙：湖南文艺出版社，2001（1）：12.

② 哈菲兹．哈菲兹抒情诗全集 [M]. 邢秉顺，译．长沙：湖南文艺出版社，2001（1）：66.

③ 哈菲兹．哈菲兹抒情诗全集 [M]. 邢秉顺，译．长沙：湖南文艺出版社，2001（1）：458–459.

这些诗歌如一团火，凝聚着诗人的满腔热情，渗透着诗人的全身心血，表现出诗人的强烈爱憎，着实具有感人肺腑、动人心魄的艺术力量。正是这种炽热的感情充溢于哈菲兹的所有诗歌之中，成为其艺术风格的特点之二。

当然，他的抒情诗的艺术风格是丰富多彩的，有的严肃，有的愤怒，有的欢快，有的轻松，有的激烈，有的含蓄，有的幽默，有的讥讽，诸如此类，不一而足。以下举幽默和讥讽的例子予以说明。

幽默的诗句含有浓郁的诙谐趣味，有时甚至使人产生忍俊不禁之感。例如：

那些讥笑饮酒者的人，
我倒是当真为他们担心；
或许他们的信仰，
也需在酒店里找寻。[①]

再如：

昨夜晚，我们的长老
从清真寺来到酒店；
虔诚的朋友啊，
什么才是我们的规范？[②]

又如：

我告诉她："由于你的折磨，
我将离开设拉子他往。"

① 哈菲兹 . 哈菲兹抒情诗全集 [M]. 邢秉顺，译 . 长沙：湖南文艺出版社，2001（1）：17.

② 哈菲兹 . 哈菲兹抒情诗全集 [M]. 邢秉顺，译 . 长沙：湖南文艺出版社，2001（1）：18.

她哭道："哈菲兹，走吧！
你的双脚已被紧紧捆绑。"①

又如：

我对她说："出于对何人的怨恨，
你把秀发梳理得波浪滚滚？"
她回答："哈菲兹，说来话长，
《古兰经》在上，请你不要多问。"②

以最后两节诗为例。在前一节诗里，"她"的回答颇为有趣，既揭穿"我"的真心，又表明她自己的心意。在后一节诗里，"她"的回答更加有趣，既假装正经，又委婉曲折。

讥讽的诗句有的是轻微的嘲笑，有的是辛辣的讽刺，程度不同，效果有别，各得其妙。例如：

隐士们狂傲自信，
却没有实现夙愿；
浪子们穷困潦倒，
却进了天堂门槛。③

再如：

我们的苏菲教徒，
晨祷时刻格外得意；

① 哈菲兹．哈菲兹抒情诗全集[M]．邢秉顺，译．长沙：湖南文艺出版社，2001（1）：69.
② 哈菲兹．哈菲兹抒情诗全集[M]．邢秉顺，译．长沙：湖南文艺出版社，2001（2）：569.
③ 哈菲兹．哈菲兹抒情诗全集[M]．邢秉顺，译．长沙：湖南文艺出版社，2001（1）：167.

黄昏时刻你再看，
他已经烂醉如泥。[①]

又如：

隐士啊，愿你从我面前平安走过，
因为这红色的美酒，
将把你的信仰和心灵剥夺——
请君别问为什么。[②]

又如：

当布道者在讲台上，
神采飞扬一本正经地在宣讲；
此时此刻从他头巾的一角，
大麻酚撒落在地上。[③]

这最后一节诗写得尤其精彩，或许由于布道者太投入了，太一本正经了，太得意忘形了，以至于一时忘记了事先藏在头巾里的麻醉药——大麻酚，而就是由于这点疏忽，使他在大庭广众之下原形毕露。

哈菲兹抒情诗的表现方法

哈菲兹的诗歌在表现方法上也达到了很高的水准，形成了鲜明的

① 哈菲兹 . 哈菲兹抒情诗全集 [M]. 邢秉顺，译 . 长沙：湖南文艺出版社，2001（1）：319.

② 哈菲兹 . 哈菲兹抒情诗全集 [M]. 邢秉顺，译 . 长沙：湖南文艺出版社，2001（2）：568.

③ 哈菲兹 . 哈菲兹抒情诗全集 [M]. 邢秉顺，译 . 长沙：湖南文艺出版社，2001（2）：843.

特色。他的语言丰富、生动、明快、有力，富于变化，例如：善于巧妙地使用比喻、排比、双关等修辞方法，善于巧妙地使用典故，等等。

比喻是用某些有类似点的事物来比拟想要说明的某一事物，以便表达得更加鲜明和生动的修辞手法。诗人能够准确地抓住被比喻事物的特点，选用波斯人所熟悉的东西作为喻体，从而达到贴切、形象、具体、动人的效果。如在描绘美女时，以月亮比喻她的容貌，以波浪比喻她的卷发，以弯弓比喻她的眉毛，以水仙比喻她的眼睛，以红宝石比喻她的嘴唇，以珍珠比喻她的牙齿，以丝杉和翠柏比喻她的身段，以嫩草比喻她的茸毛等。这些比喻既是具有诗人个性的，又是富有民族特色的，为波斯人所喜闻乐见。例如：

为了那皎洁的月亮，
我已变得如醉似狂；
她时而展现迷人的风韵，
时而却又把面孔隐藏。[①]

这节诗将情人比作月亮，月亮有阴晴圆缺，情人也时隐时现，二者同样具有迷人的魅力，同样具有令人如醉如狂的魅力。

娇嫩的茸毛，
点缀在你的唇边；
如同小小的蚂蚁，
在泉水边游玩。[②]

这种将茸毛与蚂蚁联系起来的比喻是新鲜的、形象的、别出心裁的。

为了追求美满的爱情，诗人必然经历许多曲折，其中既有剧烈的

---

① 哈菲兹．哈菲兹抒情诗全集 [M]. 邢秉顺，译．长沙：湖南文艺出版社，2001（1）：64.

② 哈菲兹．哈菲兹抒情诗全集 [M]. 邢秉顺，译．长沙：湖南文艺出版社，2001（2）：651.

痛苦，又有无限的欢乐，既有深重的悲哀，又有狂热的喜悦，他将拥有这种复杂心态的自己比作一面涌流泪水，一面发出微笑的蜡烛：

我像蜡烛一样。
微笑着泪水汹涌；
但愿这万般伤痛，
能把你坚硬的心触动。①

又如：

我像盛宴上的一支蜡烛，
在哭泣中发出微笑；
我既有火一样的心，
却又不能把他人燃烧。②

这两节诗所用的是同一个比喻。这个比喻颇为贴切，因为燃烧着的蜡烛，它的火焰似乎是在喜悦地跳舞，而它的泪痕则似乎是在悲哀地哭泣。

尽管爱情的经历如此曲折，他依然不顾一切地去追求。在抒发这种心境时，他也使用比喻：

对于哈菲兹，爱情之路
无所谓容易与艰难；
正如对于天上的飞鸟，
无所谓道路坎坷与平坦。③

---

① 哈菲兹．哈菲兹抒情诗全集 [M]. 邢秉顺，译．长沙：湖南文艺出版社，2001（2）：833.
② 哈菲兹．哈菲兹抒情诗全集 [M]. 邢秉顺，译．长沙：湖南文艺出版社，2001（1）：300.
③ 哈菲兹．哈菲兹抒情诗全集 [M]. 邢秉顺，译．长沙：湖南文艺出版社，2001（2）：560.

这就是说，正如道路平坦与否与飞鸟无关——因为飞鸟从不走路，爱情之路容易与否也不在诗人的考虑范围之内——因为诗人不达目的决不罢休。

在描绘美酒时，他也使用种种比喻。例如：

杯中的红色美酒，
犹如耶稣的呼吸；
他以独特的灵气，
使死者重获生机。①

这节诗以“耶稣的呼吸”比喻“红色美酒”，认为二者同样具有使人死而复活的神力。耶稣的故事见《圣经·新约》。据说耶稣曾经先后使拉撒路、拿因城寡妇的独生子和睚鲁的独生女三人复活。

又如：

哈菲兹的住所，
是在酒店的角落；
如夜莺在花园栖息，
狮子在森林里过活。②

这节诗将哈菲兹在酒店的生活比喻为夜莺在花园和狮子在森林里一样快活，显得十分贴切、生动。

有时还使用相反的比喻，通过对比的手法突出被比喻者。例如：

哈菲兹的知识水平，
已经达到九霄云天；

① 哈菲兹．哈菲兹抒情诗全集 [M]. 邢秉顺，译．长沙：湖南文艺出版社，2001（2）：612.

② 哈菲兹．哈菲兹抒情诗全集 [M]. 邢秉顺，译．长沙：湖南文艺出版社，2001（2）：665.

而对你的黄杨身段的苦恋，
却令我感到卑微难言。[①]

又如：

尽管我没有看到，
你那轮圆月般的容颜；
而我却已经变得，
像弯月一样瘦弱不堪。[②]

后一节诗将情人美丽的容颜比为圆月，将因受思念之苦而瘦弱不堪的自己比为弯月，显得既形象又优美。

排比是将一系列内容相关、结构类似的句子放在一起，表示强调和意思层层深入的修辞手法。诗人常常使用这种修辞手法，给人以一气呵成之感，读来朗朗上口，大大增加了诗歌的音乐感和感染力。以第 88 首诗前三节为例：

即使你的麝香秀发招来灾祸，
我也心甘情愿，决不难过；
即使你的娇容媚眼招惹战乱，
我也满怀欣喜，决无指责。

即使你爱情的闪电烧毁乞丐的破衫，
我也愿意把那雷鸣闪电呼唤；
即使这幸运的君主为乞丐带来痛苦，

① 哈菲兹 . 哈菲兹抒情诗全集 [M]. 邢秉顺，译 . 长沙：湖南文艺出版社，2001（2）：669.

② 哈菲兹 . 哈菲兹抒情诗全集 [M]. 邢秉顺，译 . 长沙：湖南文艺出版社，2001（2）：977–978.

我也愿意用这甜蜜的痛苦把胸腔填满。

即便是情人的青睐给心儿带来创伤，
这创伤也将永远被遗忘；
即便你的心和情侣曾出现裂痕，
这裂痕也不过是消散的烟云。①

这三节诗连用六个排比句，将诗人对情人的无限热爱抒发得淋漓尽致。

在双关方面，诗人喜欢采用一词两意、一语双关的手法，表达双重意思，从而增加了语言的趣味性，加强了语言的表现力。譬如：

她心中一清二楚，
我心的鸟儿将飞出心窝；
但却不肯用她的笔，
织成“罗网”寄给我。②

这节诗第四行的“罗网”在波斯文中既是“罗网”的意思，又是“书信”的意思，一语双关。这是抱怨女方拒不理睬他的求爱信，既不织成“罗网”将“鸟儿”捕捉，又不寄出回信予以答复。这节诗出自第124首诗，在该诗的第一节，他写道：“已是漫长的时光，情人音信渺茫；从未见她只言片语，从未问候我的安康。”③

哈菲兹这支笔，

---

① 哈菲兹．哈菲兹抒情诗全集[M]．邢秉顺，译．长沙：湖南文艺出版社，2001（1）：164–165.

② 哈菲兹．哈菲兹抒情诗全集[M]．邢秉顺，译．长沙：湖南文艺出版社，2001（1）：227.

③ 哈菲兹．哈菲兹抒情诗全集[M]．邢秉顺，译．长沙：湖南文艺出版社，2001（1）：226.

善于守口如瓶；
只要笔尖尚在，
秘密就藏心中。[①]

这节诗第三行的“笔尖”在波斯文中既有笔尖的意思，也有人的头颅的意思。被削掉笔尖，即被砍掉头颅。

在典故方面，他善于巧妙地使用波斯以及西亚、中亚地区广泛流传的民间故事和文学作品的典故，将其融入自己的诗篇里，既节省很多笔墨，又使读者感到亲切，从而达到言有尽而意无穷的境界。

例如：

假如像法尔哈德那样，
痛苦地结束生命——我决不踌躇；
我有多少甜蜜的故事，
留给后人们去讲述。[②]

这是使用法尔哈德和西琳的爱情故事为典故，诗中的“甜蜜”一词，在波斯语中与“西琳”一词相同，也是双关语。诗人把为爱情而献身的法尔哈德与自己联系起来，充分表达了他毫不踌躇地甘愿为爱情而牺牲的炽热情怀。

又如：

把心儿系在蕾莉的秀发上，
你的行为要以马杰农为榜样；
对于身陷热恋中的人们，

① 哈菲兹．哈菲兹抒情诗全集 [M]. 邢秉顺，译．长沙：湖南文艺出版社，2001（1）：282.
② 哈菲兹．哈菲兹抒情诗全集 [M]. 邢秉顺，译．长沙：湖南文艺出版社，2001（2）：835.

无须去谈智者有害的文章。[①]

这是使用蕾莉与马杰农的爱情故事为典故。诗人认为，对于热恋的一对情人来说，所谓“智者”写的教训人的文章是有害的，也是无用的。

此外，在遣词造句方面，他的诗还有其他若干特点，譬如有的以形象生动、细腻入微见长，有的以简洁明快、直言不讳取胜，有的则广泛使用夸张的方法，等等。形象生动、细腻入微的如：

自从对她的爱情的憧憬
深深扎根在我的心田，
我的头脑就像她的蓬发，
一片癫狂，涌起波澜。[②]

又如：

啊，她巧夺天工的魅力，
令我对她五体投地；
美痣——茸毛——秀发，
美丽的容颜，窈窕的身躯。[③]

简洁明快、直言不讳的如：

我是放荡浪子，
我崇尚爱情；

---

① 哈菲兹 . 哈菲兹抒情诗全集 [M]. 邢秉顺，译 . 长沙：湖南文艺出版社，2001（2）：919.

② 哈菲兹 . 哈菲兹抒情诗全集 [M]. 邢秉顺，译 . 长沙：湖南文艺出版社，2001（1）：192.

③ 哈菲兹 . 哈菲兹抒情诗全集 [M]. 邢秉顺，译 . 长沙：湖南文艺出版社，2001（1）：176.

我怎么能忏悔，
我岂能祈求宽容。①

又如：

我眷恋情人，
我崇尚美酒；
只有这个天地，
才是我的追求。②

使用夸张方法的如：

自从我的两只眼睛，
看到你美丽的容颜，
整个世界一片昏暗，
犹如猎鹰紧闭双眼。③

哈菲兹抒情诗的流传和影响

长期以来，哈菲兹的抒情诗流传很广，影响很大，并且获得了极高的评价。早在哈菲兹生前，他的诗歌就已广为传诵，所以他常常在每首诗的最后一节表达这种自豪的情感。

其一：

哈菲兹的诗篇，

---

① 哈菲兹 . 哈菲兹抒情诗全集 [M]. 邢秉顺，译 . 长沙：湖南文艺出版社，2001（2）：869.
② 哈菲兹 . 哈菲兹抒情诗全集 [M]. 邢秉顺，译 . 长沙：湖南文艺出版社，2001（2）：1031.
③ 哈菲兹 . 哈菲兹抒情诗全集 [M]. 邢秉顺，译 . 长沙：湖南文艺出版社，2001（1）：85.

谁会挑剔责难?
除非他的头脑,
白痴一般愚顽。[①]

其二:

从黑眼睛的克什米尔人,
到撒马尔罕的突厥族;
人们传诵哈菲兹的诗,
伴着它尽情载歌载舞。[②]

其三:

哈菲兹的行行情诗,
都充满真知灼见;
赞美吧,那迷人的气息
和那美妙优雅的语言![③]

其四:

哈菲兹啊,生命水无地自容,
因为不如你的诗歌甘甜;
无人为表述对她的爱,
写出如此流畅的诗篇。[④]

---

① 哈菲兹.哈菲兹抒情诗全集[M].邢秉顺,译.长沙:湖南文艺出版社,2001(1):326.
② 哈菲兹.哈菲兹抒情诗全集[M].邢秉顺,译.长沙:湖南文艺出版社,2001(2):921.
③ 哈菲兹.哈菲兹抒情诗全集[M].邢秉顺,译.长沙:湖南文艺出版社,2001(2):589.
④ 哈菲兹.哈菲兹抒情诗全集[M].邢秉顺,译.长沙:湖南文艺出版社,2001(2):616.

其五：

我是一个神秘的诗人，
书写着奇妙的诗篇；
从我笔端流下的，
是甜如蜜糖的语言。[①]

其六：

并非任何人的诗篇，
都能适合人的口味；
我的诗歌别具魅力，
它如雄鹰展翅高飞。[②]

其七：

你曾说："哈菲兹啊，
你的诗歌有什么奇妙内涵？"
对我的诗歌千万别误解，
它通俗易懂明了简单。[③]

其八：

哈菲兹啊，你手中虽无金银，
但这又有什么值得抱恨；

① 哈菲兹 . 哈菲兹抒情诗全集 [M]. 邢秉顺，译 . 长沙：湖南文艺出版社，2001（2）：688.
② 哈菲兹 . 哈菲兹抒情诗全集 [M]. 邢秉顺，译 . 长沙：湖南文艺出版社，2001（2）：746.
③ 哈菲兹 . 哈菲兹抒情诗全集 [M]. 邢秉顺，译 . 长沙：湖南文艺出版社，2001（2）：763.

你应该感到满足——

你有隽永的诗歌和纯洁的灵魂。[①]

从表面看，这几节诗所表述的内容似乎不免有点不够谦虚，甚至有自吹自擂和妄自尊大之嫌，其实不然。自哈菲兹在世的 14 世纪至今 700 年的历史证明，他的抒情诗的确经受住了时间的考验，非但在伊朗国内广泛传播，而且通过译文流传到了世界各地。

在伊朗国内，他的诗歌称得上是家喻户晓，人人皆知。人们爱用他的诗句占卜，以寄托对未来的希望。在伊朗国外，他的诗歌被译成阿拉伯语、印地语、乌尔都语、土耳其语、英语、德语、法语、俄语、意大利语、西班牙语等多种文字大量出版。恩格斯在一封信里称赞他的诗歌时写道：读放荡不羁的老哈菲兹的音调十分优美的原作是令人十分快意的。德国大诗人歌德特别推崇哈菲兹，在《东西诗集》中，他将哈菲兹摆在十分突出的地位。如在《希吉勒》一诗里写道：

听到领队欣喜若狂，
坐在高高的骡子背上，
唱起你的诗歌，哈菲兹，
崎岖的山道就化为平地，
你的诗歌能唤醒星辰，
也能吓退行劫的强人。

在澡堂里，在酒店里，
诗圣哈菲兹，我要想着你，
每逢爱人儿揭起面纱，
摇动龙涎香的卷发。

---

① 哈菲兹．哈菲兹抒情诗全集 [M]. 邢秉顺，译．长沙：湖南文艺出版社，2001（2）：769.

确实，诗人的靡靡之音，
使天女也会大动春心。[①]

在《献给哈菲兹》一诗里写道：

原谅我，大师，如你所知，
我常常不知自量，
当她柏枝似的仙姿，
吸引住我的眼光。[②]

在《创造和赋予生气》一诗里写道：

哈菲兹，就让你的歌声，
你那神圣的榜样，
在杯盏声中率领我们
前去创造主的殿堂。[③]

他还多次模仿哈菲兹的抒情诗进行创作，正如《模仿》一诗所写的那样：

我想模仿你的韵律写诗，
就是重复也会使我高兴，
首先是立意，其次就是遣词；
任何音调不作第二次歌吟，
除非它能创出特别的意义，

① 歌德 . 歌德诗集 [M]. 钱春绮，译 . 上海：上海译文出版社，1982（2）：308.
② 歌德 . 歌德诗集 [M]. 钱春绮，译 . 上海：上海译文出版社，1982（2）：355.
③ 歌德 . 歌德诗集 [M]. 钱春绮，译 . 上海：上海译文出版社，1982（2）：322.

像你那样高明，最受宠的人。[①]

他甚至还说过这样的话："哈菲兹啊，除非丧失了理智，我才会把自己和你相提并论。你是一艘鼓满风帆劈波斩浪的大船，而我只不过是在海浪里上下颠簸的一叶小舟。"[②]

在哈菲兹的心目中，中国虽然距离遥远，却令人神往，所以，他在自己的诗里多次提到中国，提到中国的麝香和仕女。他在一首诗里写道：

哈菲兹啊，哈菲兹，
你那迷人的诗篇，
已远播到埃及和中国疆界，
名扬罗马和列依[③]周边。[④]

哈菲兹的诗歌在中国也受到学术界的重视和广大读者的欢迎。他的抒情诗选集已经翻译出版 20 余年，抒情诗全集也翻译出版 10 余年了，译者都是邢秉顺。

① 歌德．歌德诗集 [M]. 钱春绮，译．上海：上海译文出版社，1982（2）：351.
② 张鸿年．波斯文学史 [M]. 北京：昆仑出版社，2003：255.
③ 波斯古代名城。
④ 哈菲兹．哈菲兹抒情诗全集 [M]. 邢秉顺，译．长沙：湖南文艺出版社，2001（2）：898.

比肩而立交相辉映
——中国诗歌和波斯诗歌的宏观比较

中国和波斯（伊朗）都是历史悠久的文明古国，都是诗人辈出的诗歌之邦。在亚洲大陆上，两国比肩而立，两国诗歌交相辉映。

在10至15世纪的五百余年间，波斯诗歌曾经大放光彩，以诗歌之父鲁达基（850—941）、史诗诗人菲尔多西（940—1020）、哲理诗人海亚姆（1048—1122）、叙事诗人内扎米（1141—1209）、苏菲诗人莫拉维（1207—1273）、教诲诗人萨迪（1208—1292）和抒情诗人哈菲兹（1327—1390）为代表的一系列著名诗人都是这个时代的产儿，他们共同铸就了那个诗歌的黄金时代。

这五百余年间，大体上相当于中国的宋代和元代。我国宋元两代的诗歌也取得了光辉灿烂的成就。宋代既有诗，又有词。宋代的诗是唐诗的继续和发展，是在唐诗之后出现的又一高峰。宋代又是词最兴盛的时代。在中国文学史上，词以宋称，这体现了宋词的重要地位。宋代诗人词人众多，柳永（约984—约1053）、欧阳修（1007—1072）、苏轼（1037—1101）、辛弃疾（1140—1207）和陆游（1125—1210）堪称代表。柳永是北宋第一位专门写词的词人，是“婉约派”的代表之一，他的作品扩大了词的领域，标志着宋代词风的重大转变。欧阳修是北宋诗文革新的领导人，既是散文家，又是诗人和词人。苏轼在诗、词、散文方面都颇有成就，他进一步开拓词的领域，改变词的风格，成为“豪放派”的开创者，同时又在欧阳修之后完成北宋诗文革新运动。辛弃疾是南宋最杰出的词人，所作词独具一格，被称为“稼轩体”。陆游是南宋最多产的诗人之一，所作诗风格独特，被称为“放翁体”。元代文学以戏曲成就最高，所以后人常把唐诗、宋词和元曲并列。戏曲分为散曲和杂剧，散曲是一种诗歌的形式，是在民谣俚歌的音乐基础上形成的。杂剧由宾白、唱词和科介三部分组成。宾白包括韵白和散白，韵白采用诗体。唱词是杂剧的重要组成部分，由许多曲子构成，曲子有规定的格律，讲究平仄、押韵和对仗。由此可见，杂剧是韵文和散文交织的文体。在众多杂剧作家（同时也是散曲作家）中，关汉卿（生卒年不详）和王实甫（生卒年不详）可为代表。关汉卿在杂剧方面作品最多，成就最大，是杂剧艺术的奠基者，在散曲方面也取得了不可忽视的成就。王实甫的代表作——《西厢记》是元杂剧最优秀的作品之一，另外他还写有若干散曲。

将这五百余年间两国的诗歌加以比较，我们可以发现二者有同有异，同中有异，异中有同。我们在进行比较时，既要研究二者的同，又要研究二者的异，以便深入认识二者的规律和特点。

首先，从社会背景来看，就总体而言，两国诗歌的蓬勃发展都恰逢两国外患频繁发生的年代。在伊朗，阿拉伯人于 7 世纪推翻萨珊王朝的统治，征服伊朗全境，使之成为阿拉伯帝国的一个行省；9 世纪初阿拉伯帝国在伊朗的统治衰落以后，伊朗又先后受到突厥人和蒙古人的侵略和统治。在中国，北宋时期便不断遭到辽、西夏和金人的侵略，并且终于在金人的压迫下向南方退却。南宋时期先是继续受到金人的侵扰，金朝灭亡之后又遭到蒙古人的侵略，并且最终被蒙古人所灭亡。元代则是蒙古统治者建立的统一王朝，历时近一个世纪。至于为什么在外患频繁的时代诗歌却能得到蓬勃发展，则是一个相当复杂的问题。大致来说，一方面是因为文学艺术的发展与社会状况的关系是曲折的、微妙的，而不是直接的、简单的；另一方面是因为影响文学艺术发展的社会状况不限于一个领域，而涉及许多领域。

其次，从诗歌本身来看，就总体而言，两国诗歌都在这时取得辉煌成就，并且达到一个发展高峰。当然，对于两国来说在这时出现高峰都不是偶然的，都是长期发展演变的结果。据历史记载，在伊朗高原的西南部，早期居民埃兰人于公元前 27 世纪左右就进入阶级社会，逐渐形成若干奴隶制城邦，并于公元前 23 世纪建立统一的埃兰王国。其后，米底人和波斯人从中亚移居伊朗，并着手建立奴隶制城邦和奴隶制帝国。大约与此同时，伊朗文化和伊朗文学便逐渐产生和发展。尽管由于种种原因，保存至今的资料已经很不完整，可是从保存下来的资料仍然可以想象伊朗古代文化和古代文学的大致面貌。中国的古代文化也可以上溯到公元前 22 世纪以前。早在公元前 22 世纪夏代之前的传说时代（即黄帝、尧、舜时代），便已创造了光辉的文明，并渐次由原始社会向奴隶社会过渡。中国奴隶社会正式始于夏代。大约与此同时，中国文化和中国文学也逐渐产生和发展起来。

不过，就具体情况而言，两国诗歌的发展过程和内部情况仍然存在许多差异。笔者认为，二者的差异可以从以下几个方面来考察：

第一，从诗歌发展的历史来看，这几百年间的伊朗诗歌犹如巨峰突起，高耸凌云，超前越后。诚然，在 10—15 世纪之前，伊朗曾经有过若干科学著作、宗教著作、历史著作和文学作品，包括诗歌在内。其中有一部分被完全保存下来或者部分保存下来，但这些著作只有一部分具有文学价值，真正的诗歌作品并不很多。在 10—15 世纪之后，伊朗文学逐渐进入衰落时期。造成这种衰落的原因，一是长期社会动乱，人民不得安生，文人无心写作；二是宫廷轻视文学和诗歌创作，尤其轻视用波斯语写的文学作品；三是伊斯兰教不同教派的矛盾，属于逊尼派的作家和诗人受到压制。这种情况持续到 20 世纪初现代文学诞生为止。

但中国的情况大不相同。从先秦到清代，中国文学的发展可以说是连绵不断，高峰迭起。在宋词和元曲之前，有先秦的《诗经》、楚辞和散文，汉代的诗歌（含乐府）和散文，三国两晋南北朝的诗歌和散文，唐代的诗歌和古文。在宋词和元曲之后，有明清两代的诗歌、戏曲和小说。仅就诗歌而言，也有《诗经》、楚辞、汉诗、三国两晋南北朝诗、唐诗、宋词、元曲、明诗和清诗等一系列高峰。

第二，从诗歌与宗教的关系来看，伊朗的古代诗歌与宗教联系密切，受宗教的影响非常深刻。在7世纪以前，主要是与琐罗亚斯德教密切联系，受琐罗亚斯德教的影响深刻；在7世纪以后，主要是与伊斯兰教有密切联系，受伊斯兰教的影响深刻。在阿拉伯人侵入伊朗以后，伊朗人逐渐放弃琐罗亚斯德教，改信伊斯兰教。与此同时，伊朗文学与阿拉伯文学也互相融合，阿拉伯文学吸收了伊朗文学的许多因素，而伊朗文学也吸收了阿拉伯文学的许多因素，并具有了明显的伊斯兰教性质和浓厚的伊斯兰教色彩。尽管上述波斯诗歌黄金时代的诗人所处的时代不同，所属的教派不同，所生活的社会环境不同，所经历的生活道路不同，所具有的个人秉性不同，但他们都是伊斯兰教徒，都长期接受伊斯兰教教育，都熟读过《古兰经》，所以他们的诗歌都与伊斯兰教有不同程度的联系，受到伊斯兰教不同程度的影响。以萨迪为例，他出生在一个下层宗教人士家庭，从小接受宗教学校教育，长大以后成为虔诚的伊斯兰教徒，长期过着游荡生活，四处传教布道，他的两部主要作品——《果园》和《蔷薇园》就是他宗教生活和宗教思想的结晶。通读他的作品，我们不难发现，他是以一个伊斯兰教徒的眼光观察社会和认识生活的，所以，他对帝王、官吏、富人、穷人等的评述无不体现伊斯兰教的观点，而最能充分体现这种观点的，乃是他对传教者的评述。他的观点和评述自然包含他个人的主观见解在内，但显然也符合伊斯兰教教义。总体来说，宗教对波斯诗人和诗歌的影响是深刻的，同时也是复杂的，我们应当认真研究，仔细分析。

中国的情况则与此不同。中国的古代诗歌与宗教的联系不太密切，受宗教的影响也不太深刻，这显然与中国汉族人的信仰有关。在夏、商、周时期，汉族人既崇拜天命和祖先，又着眼于现实。到春秋后期，孔子创立儒家。孔子继承了传统的天命思想，但他反对听天由命的观念，既主张积极努力，又主张顺应天命。这就使他的天命观与传统的天命观有所不同。与此相关，对于鬼神，他虽然没有明确加以否定，但采取敬而远之的态度。他的思想固然不能被称为彻底的无神论，但对后世无神论的发展有积极影响却是不可否认的事实。以孔子学说为主要内容和主要依据的儒家思想，其后一直成为中国的正统思想。总之，由于汉族早已存在崇拜天命和祖先的信仰以及着眼现实的精神，由于对鬼神敬而远之的儒家在思想界始终居于统治地位，所以无论是从外国传入的佛教还是土生土长的道教，虽然都得到相当广泛的传播，拥有为数众多的信徒，但都未能达到独尊的地步，未能成为“国教”，这种情况大体上决定了宗教与中国诗歌的关系。我们一方面应当承认宗教与中国诗歌有一定的联系，对中国诗歌有一定的影响；另一方面也应当承认这种联系远不像伊朗那样密切，这种影响也远不像伊朗那样深刻。

第三，从诗歌和散文的关系来看，在这几百年间的伊朗文坛上，诗歌可以说是“一枝独秀”，无论是在数量上还是在质量上都远远超过和压倒了散文，以至于使人们常常忽视了散文的存在，常常低估了散文的价值。其实，这个时期的散文还是取得一定的成绩的，并且数量不少。举例来说，故事有《大王书》（阿卜姆耶迪·巴尔赫）、《王书》（阿卜·曼苏尔·莫玛利）、《达拉布故事》（阿布·塔赫尔·塔尔图斯）、《信德巴德故事集》（扎希里）、《卡里来与笛木乃》（纳斯罗拉）、《卡布斯教诲录》（昂苏尔·阿玛里）、《治民要术》（内扎米·莫尔克）、《遗闻集锦》（欧菲·布哈里）等，传记有《文苑精华》（内扎米·阿鲁兹依）等，游记有《游记》（纳赛尔·胡斯鲁）等，小说有《义士萨玛克》（法拉玛尔兹）、《巴赫堤亚尔的故事》、《九重霄》等，散文有欧贝德·扎康尼的《贵人的操守》《解颐集》《百条忠告》等。但与声名远扬的诗歌比较起来，依然显得逊色得多，影响也限于伊朗国内。

中国的情况则有所不同。从整个文学史的发展过程来看，诗歌和散文始终是并驾齐驱的两种文体。在诗歌方面，由《诗经》起，中经楚辞、汉诗、三国两晋南北朝诗、唐诗、宋词、元曲，到明诗和清诗。

在散文方面，由先秦散文起，中经汉代散文、三国两晋南北朝散文、唐宋古文、元代杂剧到明清戏曲和小说。仅就这几百年间的文学史来看，在宋词发扬光大的同时，古文运动也在蓬勃发展，而元曲的主要组成部分——杂剧本身，便是诗歌和散文交织的文体。

第四，从诗歌的体裁来看，在这几百年间，波斯的各种诗歌体裁几乎都获得了充分的发展，取得了丰硕的成果。这时的诗歌体裁主要包括六种：一是颂体诗（格绥德），是由阿拉伯传入的诗体。其长度不限，一般在 15 个联句以上。第一个联句为起句，起句两行押尾韵。从第二个联句起，每一个联句的第二句依起句韵。二是抒情诗（卡扎尔），是来源于颂体诗的诗体。一般在 7 至 14 个联句之间。押韵规则与颂体诗相同。三是叙事诗（玛斯纳维），是一种波斯诗体。每两行为一个单位，分上下两句押韵，但其韵脚灵活多变，适于写作长篇叙事诗。四是四行诗（鲁拜），也是一种波斯诗体。一般一、二、四行押尾韵，或者四行都押韵。五是短诗（卡特埃），可能也来源于颂体诗。一般在 2 至 18 个联句之间，从头到尾都押尾韵。六是串珠诗（姆萨玛特），是兴起于 11 世纪的诗体。一般前几行（3 至 5 行）押尾韵，最后一行不押韵。在这些诗体中，最值得注意的是叙事诗（玛斯纳维）。这种诗体由于韵脚灵活多变，因此可以无限延长，甚至能够产生像《列王纪》那样长达 12 万行的长篇史诗。

中国的情况有所不同。中国诗歌的体裁当然也是多种多样的，四言诗、五言诗、七言诗、词、曲可谓五花八门，应有尽有。若与波斯诗歌相比，在抒情诗和叙事诗两个领域，中国的抒情诗相当发达，短篇叙事诗也相当可观，但长篇叙事诗和长篇史诗似乎不够发达，没有产生像内扎米的《五卷诗》那样的长篇叙事诗，也没有产生像菲尔多西的《列王纪》那样的长篇史诗，其原因恐怕可以从两方面去探讨：一方面是社会历史和思想意识的原因，即中国由于书写文字产生较早，书写材料比较先进，历史文献极为丰富，散文文学高度发达，再加上中国人（这里主要指汉族人）比较着眼现实，深受儒家思想影响，宗教观念不像伊朗人那样浓厚，这些因素在一定程度上限制了需要依靠丰富想象力支撑的长篇叙事诗和长篇史诗的发展。另一方面是诗歌体裁的原因，即中国诗歌在体裁上没有抒情诗和叙事诗的明确区别，中国诗歌体裁演变的总趋势是从较为自由的古体诗走向规则严格的近体诗，到唐宋两代诗歌发展达到高峰时，诗歌的格律也达到最严格的地步，不仅在字数上有严格限制，还讲究押韵，而且讲究平仄，讲究对仗。所以，无论是唐诗还是宋词，作为一种格律极其严格的诗体（在世界上似乎很难找到这样严格的诗体），都适用于短篇抒情诗和短篇叙事诗，而不适用于长篇叙事诗和长篇史诗。如果要写长篇叙事诗和长篇史诗，诗人就会感到束缚过多过严，难以详细描述复杂的事实，难以充分展示自己的思想，难以自由抒发自己的情怀，读者阅读起来也会感到困惑。而伊朗诗歌在体裁上则有抒情诗和叙事诗的明确区别，一般来说，诗歌的格律也不像中国诗歌的格律这样严格，虽讲究押韵，但不要求平仄和对仗；至于叙事诗这种体裁则显得更加自由，其韵脚允许灵活多变，这就更便于长篇叙事诗和长篇史诗的创作。

附录一：波斯诗歌黄金时代大事年表

萨曼王朝始于 874 年，终于 999 年
伽色尼王朝始于 962 年，终于 1186 年
塞尔柱王朝始于 11 世纪中叶，终于 12 世纪末叶
成吉思汗入侵 1219 年
窝阔台入侵 1229 年
旭烈兀入侵 1260 年
帖木儿王朝统治伊朗始于 1380 年，终于 1506 年
黑羊王朝和白羊王朝 15 世纪

鲁达基生于 850 年，卒于 941 年
拉贝埃约与鲁达基同时代
塔吉基生年不详，卒于 977 年
菲尔多西生于 940 年，卒于 1020 年
法罗西生年不详，卒于 1037 年
昂萨里生于 961 年，卒于 1039 年
玛努切赫里生年不详，卒于 1040 年
阿比尔赫尔生于 967 年，卒于 1048 年
巴巴塔赫尔生年不详，卒于 11 世纪中叶
古尔冈尼生年不详，卒于 1073 年
纳赛尔·胡斯鲁生于 1004 年，卒于 1088 年

安萨里生于 1006 年，卒于 1088 年

海亚姆生于 1048 年，卒于 1122 年

萨纳伊生于 1080 年，卒于 1150 年

安瓦里生年不详，卒于 1187 年

哈冈尼生于 1126 年，卒于 1198 年

内扎米生于 1141 年，卒于 1209 年

阿塔尔生于 1145 年，卒于 1221 年

莫拉维生于 1207 年，卒于 1273 年

萨迪生于 1208 年，卒于 1292 年

阿密尔·霍斯鲁生于 1253 年，卒于 1324 年

哈珠·克尔曼尼生于 1290 年，卒于 1352 年

欧贝德·扎康尼生年不详，卒于 1370 年

哈菲兹生于 1327 年，卒于 1390 年

贾米生于 1414 年，卒丁 1492 年

附录二：本书主要参考书目

[1] 菲尔多西 . 列王纪全集（六卷）[M]. 张鸿年，宋丕方，译 . 长沙：湖南文艺出版社，2001.

[2] 哈菲兹 . 哈菲兹抒情诗全集（两卷）[M]. 邢秉顺，译 . 长沙：湖南文艺出版社，2001.

[3] 海亚姆 . 鲁拜集 [M]. 张鸿年，译 . 长沙：湖南文艺出版社，2001.

[4] 鲁达基 . 鲁达基诗集 [M]. 张晖，译 . 长沙：湖南文艺出版社，2001.

[5] 莫拉维 . 玛斯纳维全集（六卷）[M]. 穆宏燕，元文琪，王一丹，宋丕方，张晖，译 . 长沙：湖南文艺出版社，2002.

[6] 内扎米 . 蕾莉与马杰农 [M]. 张鸿年，译 . 北京：中国文艺联合出版公司，1984.

[7] 萨迪 . 果园 [M]. 张鸿年，译 . 长沙：湖南文艺出版社，2000.

[8] 萨迪 . 蔷薇园 [M]. 水建馥，译 . 北京：人民文学出版社，1958.

[9] 萨迪 . 蔷薇园 [M]. 张鸿年，译 . 长沙：湖南文艺出版社，2000.

[10] 张鸿年 . 波斯古代诗选 [M]. 北京：人民文学出版社，1995.

[11] 张鸿年 . 波斯文学史 [M]. 北京：昆仑出版社，2003.

后记

我最初结识波斯诗歌是在 1958 年，迄今已经整整 60 载了。从那时起至 1966 年“文化大革命”为止，是我认识和研究波斯诗歌的第一阶段。当时我编写的《东方文学讲义》中，专设“波斯文学”一节。这一节开头写道：“波斯具有悠久的文化传统。中世纪的波斯诗歌是世界文学史上极为珍贵的瑰宝，以其深刻的思想、凝练的语言和优美的格律著称于世。”然后，简要介绍了波斯文学的历史，重点评介了鲁达基、菲尔多西、海亚姆、莫拉维、萨迪和哈菲兹六位诗人及其诗歌。

改革开放以后，波斯诗歌被越来越多地翻译成中文，我对波斯诗歌的理解也越来越深入了。1992 年，我在伊朗德黑兰大学的资助下编著了《伊朗古今名诗选评》一书，由北京师范大学出版社出版。该书收入伊朗自古至今 19 位名家名作，并逐一加以介绍和评述。其中，鲁达基、菲尔多西、法罗西、胡斯鲁、海亚姆、哈冈尼、内扎米、安瓦里、萨纳伊、阿塔尔、莫拉维、萨迪、哈菲兹和贾米 14 位中古诗人的作品，占据全书大部分篇幅。此外，我还发表了《深邃隽永新颖别致——〈蔷薇园〉思想艺术简论》（北京大学《国外文学》1991 年第 1 期）等论文。

本世纪初，湖南文艺出版社推出了一套 18 册的“波斯经典文库”。这套书的问世，打开了我国翻译和研究波斯诗歌的新局面。为祝贺该书问世，我发表了《比肩而立交相辉映——中国波斯古典诗歌宏观比较》的论文（《芙蓉》2002 年第 3 期）。现在这本书是我近年来在重新仔细研读“波斯经典文库”和张鸿年著《波斯文学史》的基础上产生的。

当本书即将付梓之际，我谨向各位译者，特别是向张鸿年教授表示衷心的感谢！张鸿年教授是我国波斯文学著名翻译家和研究家。他翻译的波斯诗歌最多，对波斯诗歌的研究最深，对我的帮助也最大。可惜的是，他已于几年前去世。

本书得以顺利问世，当然还要感谢华中科技大学出版社以及郭善珊和李静女士的不懈努力。

何乃英

2018 年 9 月 1 日写于北京师范大学越水书屋